Sous la ville

SYLVAIN FORGE

Sous la ville

Toucan
NOIR

ISBN : 978-2-81000-834-6
(ISBN : 978-2-81000-716-5, 1re publication)

Éditions du Toucan – éditeur indépendant
16, rue Vezelay, 75008 Paris.

www.editionsdutoucan.fr

PRÉCISIONS DE L'AUTEUR

Les personnages et les situations décrites dans ce roman sont imaginaires.

Des lieux réels ont été évoqués, mais toujours de manière fictive.

Toute ressemblance avec des personnes ou des faits attestés ne pourrait être que pure coïncidence.

Le cimetière des enfants de Bourg-Lastic existe bien, l'auteur n'a fait qu'y rajouter une tombe.

Pour Rodolphe qui se bat.

« Trois personnes peuvent garder un secret si deux d'entre elles sont mortes. »

Benjamin Franklin

PROLOGUE

Clermont-Ferrand, début des années 60.

Des flaques boueuses parsemaient les trottoirs et les façades en pierre d'andésite avaient la couleur du charbon brûlé. L'homme, vêtu d'un manteau et d'un chapeau sombres, se hâta de rejoindre la demeure qui se dressait au fond d'une impasse. Son frontispice néogothique interpellait encore les passants égarés, avec ses gargouilles insolites et ses toitures vertes oxydées. C'était l'ancienne maison d'un excentrique millionnaire qui avait fait fortune dans l'industrie aurifère en Guyane avant de venir s'installer en Auvergne, sa terre natale, persuadé que le mont d'Or possédait des roches volcaniques riches du précieux métal.

Il se retourna et inspecta la rue. Les premiers feux du jour chassaient les ombres, le silence régnait. Il entra dans la bâtisse et se retrouva dans un large vestibule. De lourds rideaux occultaient entièrement les fenêtres, l'obligeant à sortir une lampe électrique. Son faisceau de lumière glissa sur le plafond, révélant les toiles d'araignées qui entouraient un lustre. L'homme verrouilla soigneusement la porte avant d'ôter son manteau. Dessous, il portait une tunique de serveur à la mode égyptienne qui ressemblait plus à un costume de carnaval. Un miroir, en passant, esquissa son reflet. Il fit la grimace car il détestait enfiler cet accoutrement.

Sans quitter le rez-de-chaussée, il se dirigea vers la cuisine et accéda au débarras. Une baie vitrée laissait percer le demi-jour. On apercevait une arrière-cour. Au milieu de la pièce, une trappe était dissimulée sous un tapis. Il utilisa un anneau d'acier pour la soulever et découvrir une volée de marches, juste assez larges pour une personne. L'escalier s'enfonça de trois bons mètres avant de déboucher dans un couloir qui formait un coude vers la gauche. Sa lampe projetait un rayon tremblotant sur les parois et le plafond en pierre.

Quelques mètres plus loin, il ouvrit une porte qu'il avait récemment consolidée d'une barre en fer. Derrière : un cellier faiblement éclairé par la lumière qui provenait d'un soupirail. Une grande cage, achetée à un cirque en faillite, occupait un tiers de l'espace. Le reste était encombré d'un bric-à-brac qui en faisait un parfait atelier de refonte d'or : four alimenté au gaz propane, ventilateur, moules en sable destinés à recueillir le métal en fusion. Derrière les grilles, recroquevillée sur une paillasse, se trouvait une silhouette maigre. Ses longs cheveux et sa barbe étaient cuits de crasse. Sans un mot, celui qui venait d'entrer se dirigea vers un tuyau d'arrosage et alluma un robinet encastré dans le mur. Un jet glacé aspergea le captif qui se réveilla en hurlant.

– Debout, c'est l'heure ! rouscailla l'homme en tenue.

Le malheureux se leva avec peine pendant que l'autre lui ouvrait la cage. Il était bien trop faible pour tenter de fuir.

Cela faisait des mois qu'il n'avait plus vu l'astre du jour. Selon un rituel bien rodé, il attrapa une paire de menottes que lui tendit son geôlier, attacha la première à sa cheville droite et fixa la seconde à une chaîne, rivée dans le mur, près de l'atelier de fonderie.

Après avoir avalé un quignon de pain et quelques fruits, il se remit à sa besogne.

La réclusion et la malnutrition avaient, au fils des semaines, dévoré sa jeunesse. Jadis ingénieur, il avait secondé le propriétaire de la maison dans sa recherche de souches aurifères. Ce dernier lui avait confié les clefs de sa demeure avant de s'envoler pour la Guyane d'où il ne revint jamais, son avion s'étant abîmé en mer. La mine du mont d'Or ayant fermé peu de temps auparavant ; l'adjoint s'était reconverti comme maître d'œuvre à la Banque de France, cours Sablon, où il supervisait la fonte des lingots d'or.

Aujourd'hui, c'était une loque à la botte de son gardien.

Les deux hommes travaillèrent toute la matinée et une bonne partie de l'après-midi. Leur tâche achevée, le cerbère se recula et contempla la merveille, étincelante comme un soleil.

Il tendit une bouteille d'eau au prisonnier qui se jeta immédiatement sur le goulot ; il en profita pour le détacher et le repousser dans la cage. Les minutes suivantes, il entreprit de refroidir la structure en or, puis de la transporter dans l'arrière-cour où il la dissimula sous une couverture recouverte de planches en bois.

De retour dans la cave, il vit le loqueteux qui empoignait les barreaux d'un air suppliant.

– S… sortir, baragouina-t-il, promesse… sortir quand travail fini.

L'autre examinait la pièce, se demandant s'il n'avait rien oublié.

Alors, son regard sombre daigna se poser sur le captif.

– Si tu avais tenu ta langue, au lieu d'aller voir les flics, tu ne croupirais pas dans cette cage comme un rat que tu es. Tu as vraiment cru à ces conneries d'amnistie ? Sache que le jour où tu as rencontré l'inspecteur des RG, dans ce bar de la place Gaillard, mes amis te filochaient déjà. Maintenant, tu auras tout le temps de méditer sur le sens du mot « traîtrise ».

L'autre mit ses dernières forces dans un hurlement que la porte étrangla en se refermant.

Des cris, pareils à des gémissements le suivirent dans l'escalier. Lorsque la trappe se rabattit, ils s'éteignirent tout à fait.

– 1re partie –

Une goutte dans la nuit

1

La discrétion était de rigueur. Le jeune homme gara son scooter à l'abri d'un platane. Comme la nuit était fraîche, il avait troqué sa veste de treillis au profit d'un pull de camionneur. Son amie portait une polaire, doublée d'un coupe-vent. Elle se sentait la proie de sentiments contradictoires, la peur et l'excitation mêlées. Ils risquaient gros à s'introduire dans l'ancien CHU de Clermont, devenu friche au cœur de la ville.

Son compagnon était un *dénicheur* : un adepte de l'exploration urbaine. Il adorait saisir des instantanés au clair de lune, dans des hangars éventrés ou des navires mangés par la rouille. Il alimentait un blog et nouait des contacts avec d'autres inconditionnels, partout en Europe. Ces escapades étaient son loisir et il avait quelques prouesses à son actif : un fort militaire dans la Somme, un opéra à demi inondé et infesté de rats en Bulgarie, la prison Saint-Joseph de Lyon où fut incarcéré Klaus Barbie, un pensionnat dans les Vosges, qu'on disait hanté, et cette vieille clinique à Ris-Orangis : le décor idéal pour un film d'épouvante.

Le couple longea le mur d'enceinte, garni de barbelés, qui courait le long du boulevard Charles de Gaulle. L'ancien hôtel-Dieu, avec ses cinq hectares en plein centre-ville et ses entrées condamnées à coup de parpaings, promettait sa dose de sensations fortes. Qui sait quels secrets pouvait bien receler la polyclinique abandonnée ?

Le garçon progressait rapidement. Après quelques minutes, il désigna à son amie une porte à l'intérieur du rempart. Une chaîne cadenassée en barrait l'accès. La pancarte fixée à la maçonnerie disait : « Zone surveillée – Danger – Accès interdit ».

Le jeune homme inspecta les environs. Une brume aqueuse voilait les contours des immeubles et des arbres. Quelques voitures filaient le long du boulevard et leurs phares se perdaient dans un brouillard grisâtre.

La montre de la fille affichait une heure trente. Pendant qu'elle faisait le guet, son compagnon sortit une grosse pince de son sac et coupa la chaîne qui tomba au sol dans un bruit lourd. Ils étaient dans la friche. Les bâtiments formaient des masses noires qui émergeaient à peine de la mélasse. De grandes herbes et des touffes de chardons poussaient au milieu d'un sentier gravillonné. Ils s'éloignèrent rapidement de la porte. Lorsqu'ils atteignirent un croisement, le dénicheur ajusta sa lampe frontale et montra la silhouette de la polyclinique. La fille ne le lâchait pas d'une semelle. Plusieurs fenêtres avaient subi des jets de pierre. Le vent de l'hiver s'engouffrait par les ouvertures et ressortait en ululant.

Le jeune homme remarqua une issue qui béait au rez-de-chaussée de la maternité. À l'intérieur, le temps s'était arrêté.

En témoignaient des plannings accrochés au mur, des tables et des casiers remplis de scribouillages. Les employés semblaient avoir à peine quitté leurs fonctions. Des traces de pas s'estompaient dans la poussière. Sur certains meubles, les fientes de pigeons formaient une croûte.

Plus loin, ils virent des murs couverts de graffitis, la vieille maternité s'était convertie en laboratoire de street-art déjanté.

Le garçon examina sa carte.

– Il y a un grand escalier qui mène à l'étage. Les toilettes sont à gauche, au premier palier. C'est là que je t'emmène.

– Pourquoi ici plus qu'ailleurs ?

– Surprise...

Dans les halos blancs que sa lampe dessinait, à côté d'un vieux distributeur à café, il inspecta méticuleusement la cloison. Après quelques minutes, il laissa échapper un cri de joie.

– Regarde.

Elle fronça les sourcils en s'approchant de la peinture qui s'écaillait.

Elle vit une pièce de métal.

– Qu'est-ce que c'est ?

– Une clef USB. On l'a fixée avec du ciment à prise rapide. Seul l'embout dépasse. On appelle ça une *Dead drop*, ou goutte morte. C'est génial.

– À quoi ça sert ?

– C'est un support « libre ». Pas d'accès internet, donc pas de flicage. N'importe qui peut venir avec un cordon et brancher la clef à son ordinateur pour en explorer le contenu ou y déposer un message.

En disant ces mots, la voix soudainement fiévreuse, il se mit à genoux et sortit une tablette numérique de son sac. Il la transportait, emmaillotée dans un tee-shirt. Il alluma la machine, installa une rallonge de câble et la connecta à la clef.

– C'est un artiste berlinois qui a inventé ce concept ; un mode d'échange entre correspondants anonymes. Ce truc vient du monde de l'espionnage : « les boîtes aux lettres mortes ». Un agent peut laisser des instructions à sa source sans jamais la croiser, c'est top discret.

– Comment savais-tu qu'elle était là ? chuchota-t-elle.

– Quelqu'un en a parlé sur un forum où les utilisateurs de gouttes mortes renseignent sur l'emplacement de leur bébé. Comme des photographes amateurs exposent parfois leurs œuvres sur ces bidules, j'ai tapé Clermont-Ferrand, pour voir. L'unique site mentionné était celui de la maternité du CHU. Mince, je kiffe trop…

Il y eut un bip. La clef s'était connectée.

Le garçon explora son contenu, il n'y avait qu'un seul dossier. Il eut une moue dépitée.

– On doit être les premiers à accéder à la clef.

Un bruit sourd.

Ils se raidirent. Elle fouilla les ténèbres avec sa lampe.

– Merde, qu'est-ce que c'était ?

– J'en sais rien. Un vieux truc qui s'est cassé la gueule ?

Ils étaient reclus dans la nuit glaciale, la tablette les couvrait de reflets bleus.

Le garçon ouvrit le dossier qui contenait une photo.

En cliquant dessus, la surprise fut telle qu'il faillit lâcher la tablette.

2

Un air vif dégringolait des volcans et charriait des odeurs de fougère et de terre. Clermont-Ferrand sommeillait dans la brume. Seules les flèches sombres de la cathédrale émergeaient du brouillard. Au-dessus des quartiers nord, un hélicoptère équipé d'un projecteur patrouillait inlassablement.

La silhouette se rapprochait des HLM de la Croix-de-Neyrat. De l'autre côté de la rue, il aperçut les cars de CRS et les flics par dizaines, harnachés et prêts à en découdre. Certains étaient munis de Flashball. D'autres filtraient la circulation en multipliant les contrôles.

Depuis qu'un type était plongé dans le coma suite à son interpellation, l'avant-veille, la zone était en ébullition. Des jeunes avaient caillassé des bagnoles de flics ; les feuillistes de tout le pays affluaient pour commenter ces émeutes qui gangrenaient désormais les coins les plus reculés de l'Hexagone. L'Auvergne n'y coupait pas.

L'homme rabattit la capuche de son sweat. Il marchait sur le trottoir, indifférent aux carcasses de voitures brûlées qui encombraient la chaussée. Les lueurs des gyrophares léchaient son jogging. Il évita de fixer les cognes et traça droit vers la tour des Églantines, un quartier riverain qui échappait aux troubles.

C'était un donjon qu'il occupait depuis dix ans. Un édifice comme il en existe dans toutes les cités d'Europe, morne et triste. C'était chez lui.

Dans le secteur il n'était pas rare que les boîtes aux lettres soient vandalisées. Mais jamais la sienne. Il empruntait toujours l'escalier pour rejoindre son appartement, au sixième étage. Les jours où il était fatigué, parce qu'il avait travaillé une partie de la nuit ou qu'il avait la crève, le dernier niveau était de trop.

Il posa son sac sur la table de la cuisine, ouvrit le frigidaire et sortit une bouteille d'eau minérale. Le salon était plongé dans l'obscurité ; par intermittence, le faisceau de l'hélicoptère heurtait la vitre et noyait la pièce d'une pluie brillante. Il tira le rideau d'un mouvement sec, se déshabilla et marcha vers la baignoire. Son allure était souple et sa carrure athlétique. Quand il donnait son âge, cinquante-deux ans, personne ne le croyait. La discipline qu'il imposait à son corps le rajeunissait : peu de gras, pas une goutte d'alcool.

La surface du bain reflétait son visage. Des cheveux crépus, un regard brunâtre.

Son portefeuille, tombé de son sac ouvert, laissait apparaître une carte plastifiée avec sa photo. Elle était barrée d'un bandeau tricolore.

Bien plus tard dans la nuit, la sonnette de son appartement tira brutalement Adan Settara de son sommeil. Quinze minutes après, il se trouvait à l'avant d'une berline qui fonçait à travers les rues endormies de Clermont. Fred, le gars qui conduisait, était un flic de la brigade des stupéfiants, son ancien chef de groupe. Six années de complicité.

Deux collègues se tenaient à l'arrière et une autre bagnole les suivait de près. Pas de gyrophare ni de sirène, il fallait frapper vite et silencieusement.

– Désolé de t'avoir réveillé, mais j'étais sûr que tu ne m'en voudrais pas, dit Fred.

– Tu parles, c'est de m'avoir oublié qui m'aurait mis en rage, répliqua Adan. Tu m'expliques comment vous avez fait pour le serrer ?

Il faisait allusion à un jeune dealer qui narguait la brigade depuis des années. Pas de photo ni d'identité, juste un signalement : une belle gueule d'ange, cheveux bouclés et regard azuré. Surnommé « Giovanni », une allusion au premier prénom du célèbre Casanova, il approvisionnait en drogue les lycées chics de Clermont et trouvait un moyen agréable de recouvrer les dettes de ses clientes : il couchait avec. Jamais de violence physique, mais beaucoup de manipulation. Les filles en sortaient démolies psychiquement.

Il y avait cinq ans de cela, les choses étaient devenues plus sordides encore. Deux lycéennes d'un internat avaient perdu la vie : la première d'une overdose, la deuxième en se défenestrant.

Adan avait entendu les parents des adolescentes et monté tout le dossier, il s'était jeté dans cette affaire comme un beau diable, manquant de coincer Giovanni à deux reprises. Les années étaient passées, il avait finalement été retiré des stups par sa hiérarchie et refourgué à la brigade criminelle : un placard avant sa retraite prochaine.

– Un petit caïd a cafté en tôle, il y a trois semaines. Il voulait une remise de peine en échange d'informations sur notre lascar. Le procureur a accepté et on a eu une adresse : un appartement cossu dans le quartier Blatin. Giovanni va se souvenir de son réveil, tu peux me croire.

Enfin ils allaient le serrer, ce fils de pute.

– Tu fais plus partie des stups, ajouta Fred, mais je te voulais comme témoin quand on lui jettera la gueule sur le parquet avec les pinces dans le dos. J'ai rien dit à mon taulier et ça doit rester notre petit secret, les collègues sont au parfum.

Adan avait récupéré un gilet pare-balles dans le coffre de la Peugeot. Il prit un fusil à pompe et suivit les autres, silhouettes noires, qui longèrent la façade de l'immeuble avant de pénétrer dans le hall. Le brouillard nimbait les feux de signalisation d'une aura fantomatique.

Il était presque six heures. Les gars gravirent l'escalier en silence. Une radio grésillait derrière une porte du premier étage, un bébé pleurait quelque part.

Adan sentait l'adrénaline qui accélérait progressivement son rythme cardiaque. Il retrouvait les sensations du terrain, le goût de la chasse. À la criminelle, les homicides entre pochetrons étaient son seul ordinaire. Le sport, c'était les stups...

Fed s'arrêta devant la porte et fit signe au collègue qui portait le bélier de s'approcher. L'autre projeta la tête de métal au-dessus de la serrure. Les murs du couloir tremblèrent et le vacarme se répandit dans tout l'immeuble. Du plâtre tomba du plafond. La porte n'avait pas cillé. Seuls les panneaux, encadrés d'une moulure de bois, s'étaient fissurés. Derrière, les policiers virent la lourde plaque d'acier qui les narguait.

Une porte blindée!

Le bélier s'acharnait sur la porte mais seul le chambranle vacillait.

Baigné de sueur, le policer faisait une nouvelle tentative quand plusieurs coups de feu claquèrent. Les balles traversèrent les panneaux de plâtre comme du beurre et l'une d'elles frappa un policier en pleine poitrine. Son gilet pare-balles absorba l'impact, mais il fit un bond en arrière avant de s'affaler au sol. Les autres répliquèrent en aveugle. Une cacophonie assourdissante remplit tout le couloir.

Adam se releva lentement, l'air était saturé par l'odeur de la poudre. Les collègues finirent de défoncer l'encadrement de la porte avant d'investir les lieux. Ils ne trouvèrent qu'un appartement vide et à l'arrière, la fenêtre du salon ouverte sur un toit en contrebas.

Adan n'en revenait pas.

Le salaud s'est carapaté par les toits.

Pendant que les autres inspectaient le domicile, il retourna précipitamment dans la rue.

Où Giovanni allait-il redescendre ?

À l'entrée de l'immeuble, il y croisa un jeune maghrébin qui le fixa avant de faire demi-tour.

Adan n'y prêta pas plus d'attention que cela. Il était connu dans les cités et là-bas, les minots se dévisageaient tout le temps, question de territoire.

Ce fut la première négligence qu'il commit dans ce qui allait être bientôt l'affaire la plus dangereuse de toute sa carrière.

3

Adan Settara se gara à l'entrée du jardin ouvrier. C'était près du domicile de son père, une maison Michelin alignée avec ses jumelles, quartier de La Plaine.

La nuit avait été courte. De n'avoir pu serrer Giovanni, cette fois encore, lui avait mis les nerfs en pelote.

Il se dirigea vers un pot de fleurs, dans la jarre près du perron. L'été, le vieux chat Simba s'y prélassait au soleil.

L'hiver, il hibernait dans le salon. Adan souleva le pot, trouva la clef et l'introduisit dans la serrure.

Quand il entra, la pendule de la cuisine indiquait neuf heures. Son père était prostré dans un fauteuil. À près de quatre-vingts ans, Youcef n'était plus que l'ombre de lui-même. Trop d'années passées dans un abattoir de volailles, en périphérie de la ville. Une usine à viande où il fallait désosser des poulets alignés à la chaîne ; sept heures par jour, debout au milieu du bruit et du froid. Aujourd'hui, en plus de son pécule de retraite, la France lui octroyait de petits subsides en souvenir de son passé de Français musulman recruté par l'armée française. C'était durant la guerre d'Algérie. Adan lui avait bien proposé de l'argent, une fois ou deux, mais l'ancien s'était violemment emporté et la discussion avait tourné court. Alors fréquemment il lui faisait de menus achats et, de temps en temps, son paternel oubliait de le rembourser. C'était leur petit arrangement à tous les deux.

Dans le salon, la lueur matinale perçait à peine. Adan posa le pain tajine sur la grande table, du café, des dattes du marché Saint-Pierre et deux paquets de cigarettes. Une boule soyeuse frôla ses jambes. Sur le mur en face, Youcef avait accroché des photos sous verre. Elles étaient toutes jaunies et presque aussi vieilles que lui. On voyait des maisonnettes blanchies à la chaux et des femmes, en tenue kabyle, qui marchaient au milieu des chèvres. C'était la *mechta,* le hameau où vécurent ses parents.

Il surprenait parfois son père, debout devant les images d'autrefois et l'espace d'un instant, il retrouvait la silhouette de l'homme fort qu'il avait été. Comme s'il voulait franchir le temps et la distance et revenir fouler les sentiers des Babors, la montagne de son enfance. Sentir l'odeur des figues et guetter au milieu des chênes la course des sangliers.

Adan se baissa pour caresser le chat. Il china bol et croquettes dans la cuisine et regarda la bestiole ronronner en avalant sa pitance.

4

Le commissaire Daniel Charfotti était fils d'agriculteurs ardéchois. Il avait détesté Paris, siège de ses premières affectations, et demandé à retourner en province le plus vite possible, quitte à faire une croix sur sa carrière. L'Auvergne, avec ses paysages sauvages, lui avait offert un spectacle de début du monde. Le coup de foudre avait été immédiat. Car Charfotti n'oubliait pas d'où il venait, qui étaient ses ancêtres et ce qu'ils avaient trimé, génération après génération, sur les plateaux venteux de Lachamp-Raphaël. Tout leur destin se résumait au labeur pastoral : la morsure du soleil l'été, celle du gel l'hiver.

Une carrure massive évoquait cet héritage. Pourtant, un récent accident vasculaire cérébral avait fait son œuvre ; le colosse avait vacillé. S'il n'y avait ce relatif affaissement de la partie gauche de son visage et une poigne sensiblement amoindrie, les séquelles de son AVC auraient pu passer inaperçues. Mais Charfotti n'était pas dupe. Il se fatiguait plus vite qu'avant. Ses mains étaient parfois victimes de légers tremblements. Pour les masquer, lorsqu'il s'adressait à ses hommes, il veillait à croiser les bras ou à garder ses paluches bien serrées derrière son dos. Chaque jour, il vivait avec la hantise que son handicap ne s'aggrave, qu'il soit désarmé et relégué à des tâches administratives : une voie de garage, un prélude à la fin.

Pour quelque temps encore, Daniel Charfotti supervisait la section criminelle et de répression du banditisme et tout particulièrement les affaires sensibles. Des sujets qui heurtaient l'opinion et agitaient les politiques de tout bord : une source inépuisable d'ennuis. C'était un service où il fallait des nerfs solides et beaucoup de discernement.

En jetant un coup d'œil sur la photo que le permanent de nuit avait laissé dans le parapheur à son intention, quelque chose lui dit qu'il allait en avoir grand besoin.

5

Le brigadier Adan Settara portait sa tenue de travail habituelle : jean, chaussures de sport et tee-shirt noir. Il mettait rarement une chemise, une veste encore moins. Il posa son blouson sur le dossier d'une chaise, remarqua la cafetière éteinte et s'employa à réparer cette étourderie.

La machine crépitait quand Marie Lesaux fit son entrée. La capitaine de police avait intégré le groupe homicide de la brigade il y a deux ans. Après un long passage dans le renseignement, elle avait muté en province pour rejoindre son mari pharmacien. Ce joli brin de fille, la trentaine conquérante, en imposait avec sa silhouette sportive, ses cheveux courts et son regard couleur jade.

Dans le service, excepté Adan, elle ne commandait personne. Et lui avait un problème avec çà, elle aurait pu être sa fille.

Au début, il avait gardé ses distances et elle l'avait jugé froid. Sur certains sujets d'ailleurs, il pouvait être d'une rigidité totale. Des clichés sur les hommes de culture maghrébine lui étaient venus à l'esprit. Parfois, elle le regardait à la dérobée, se demandant pourquoi il était célibataire, à son âge. Lui ne s'expliquait pas ce qu'elle faisait avec un pharmacien friqué. Elle s'était montrée travailleuse et plutôt futée. Pas comme ces petites lieutenantes stagiaires qui minaudaient pour obtenir une invitation à suivre les gars sur de belles affaires. Avec le temps, ils avaient fini par trouver leurs marques.

Les tasses de café fumaient à peine quand le commissaire Charfotti entra. Il tenait une photo dans la main.

Sa mine était sombre.

– J'aimerais que tu jettes un coup d'œil là-dessus, dit-il en tendant la photo à Marie.

Une jeune femme était attachée à un radiateur. Son corps était dénudé, ses cheveux longs et dorés. Il y avait des hématomes et du sang. Une plaie lui cisaillait le cou sur toute la largeur. Elle fixait le photographe de ses yeux vert amande.

– Un couple de jeunes l'a apportée ce matin, ils affirment l'avoir ramassé dans l'ancien Hôtel Dieu. J'ai demandé à Fabrice de les entendre immédiatement. C'est peut-être un de ces canulars qu'on trouve sur internet ; des clichés truqués que ces cons d'ados échangent sur Facebook. Je veux un point avant midi.

Le commandant Fabrice Boutteville pianotait sur le clavier de son ordinateur avec lassitude. Il avait des valoches sous les yeux. Ce grand type maigre, communément surnommé « le maquignon », occupait le poste de chef d'état-major au sein de la brigade. C'était peu dire qu'une partie de la PJ le haïssait et que l'autre avait choisi de l'ignorer souverainement. L'homme avait commencé sa carrière à la direction centrale de la police judiciaire, manageant les mutations des collègues de province avec un art consommé de l'intrigue. Toujours fourré aux basques des patrons, il avait su s'attirer les bonnes grâces. Vêtu d'un costume gris, d'une chemise du même coloris et d'une cravate de laine noire, il quittait rarement son bureau et préférait raser les murs. Non pas qu'il fût asocial, il choisissait simplement ses relations. Alors que Charfotti détestait les dorures de la préfecture et toutes les mondanités qui incombaient à sa fonction, Boutteville en raffolait. Il ne manquait pas une occasion de le remplacer. Certains disaient qu'il était frustré de n'avoir pas été retenu au concours d'entrée de l'École Militaire de Saint-Cyr, à la différence de son père et de son frère cadet. Son géniteur, le colonel Philippe de Boutteville, descendait d'une lignée d'officiers supérieurs qui s'étaient distingués pendant la campagne de France en 1940, en Indochine et durant la guerre d'Algérie. Homme sévère et peu enclin à exprimer ses sentiments, il avait été déçu par son aîné qu'il jugeait mollasson. L'éducation quasi spartiate qu'il lui avait imposée n'y avait rien changé. Aussi, de guerre lasse, avait-il fondé tous ses espoirs dans le cadet. Quand ce dernier décida d'intégrer l'armée de terre plutôt que la gendarmerie nationale, ce choix de la noblesse et de la fidélité envers ses aïeux lui valut l'estime définitive de son père. Tout au contraire, lorsque Fabrice fut reçu au concours de lieutenant de police, un statut d'officier de seconde zone aux yeux du paternel, celui-ci prétexta des ennuis de santé pour ne pas se rendre à la cérémonie.

De l'autre côté de son bureau, le couple de jeunes n'en menait pas large.

En s'adossant au mur de la salle d'interrogatoire, Adan vit une copie de la photo donnée par Charfotti. Elle s'affichait sur l'écran d'une tablette numérique, installée devant le garçon en treillis.

Il détailla un peu plus l'environnement, une pièce banale.

Une chambre d'hôtel ou un studio ?

Un instant, il songea aux deux gamines mortes à l'internat, des années plus tôt. Pas le même topo, mais Giovanni courait toujours. C'était insupportable.

Boutteville leva la tête vers les jeunes avant de lancer, sèchement :

– Qui a mis cette photo sur la clef?

La fille était blême, le garçon sur la défensive.

– Les spots pour urbex foisonnent sur internet, répliqua-t-il, on pêche leur emplacement sur des blogs. N'importe qui y a accès.

– C'était pas la question.

– Le CHU est à l'abandon, tout le monde le sait. Y a déjà un paquet de graffeurs qui sont passés à l'intérieur, on consulte leur boulot partout sur la toile. Je suis tombé par hasard sur un site qui en parlait. C'était bizarre, car un document se baladait au milieu : le plan de l'hôpital avec la localisation de la clef USB. À mon avis, ça n'aurait pas dû se trouver là.

– Tu peux préciser ?

– Quelqu'un a pu faire une erreur de manipulation en échangeant des informations. Ou alors, c'est un service de partage en ligne qui a été piraté, c'est fréquent. Tout ce que je sais, c'est que le plan s'est retrouvé en clair sur le Net.

– N'importe qui pouvait récupérer cette clef ?

– Absolument. Mon amie a insisté pour que je vienne vous en parler immédiatement, mais je veux que ce soit clair : mon truc c'est d'explorer des immeubles abandonnés, pas de télécharger des horreurs.

Des larmes dévalaient les joues de la fille et ses épaules bougeaient nerveusement.

– Qu'est-ce qu'elle a ? demanda Boutteville.

– État de choc, répliqua Adan. Il s'approcha pour lui proposer un verre d'eau.

Après que les deux jeunes aient regagné le couloir, le commandant se tourna vers lui.

– Comment se fait-il que je me cogne l'interrogatoire de ces deux crétins ? Où t'étais fourré ?

– T'as qu'à demander à Charfotti.

Le commandant plissa les yeux avec cet air qu'Adan exécrait tout particulièrement.

– Commence par aller récupérer cette foutue clef, l'autre ahuri te montrera le chemin.

– Je préviens l'Identité judiciaire et j'y vais.

– Pour quelle raison ?

– Il y aura peut-être des empreintes.

L'autre rit bêtement.

– Si tu as du temps à perdre.

6

Le commissaire parcourait le procès-verbal qu'Adan avait rédigé : un descriptif exhaustif de la photographie. Attitude et apparence de la fille, présence d'objets divers, zone floue à l'emplacement des fenêtres. La scène se déroulait en journée. Mobilier visible : le côté droit d'un lit, un radiateur, une prise électrique…

Pendant ce temps, Marie consultait son carnet rose, celui avec des fleurs séchées sur la couverture. C'était son herbier à elle. Pas de mièvreries, mais des pages pleines de récits d'horreurs, de corps mutilés, brûlés ou écrasés.

Elle s'exprima la première pour dire qu'ils partaient sur un postulat : l'image était réelle, ce n'était pas une mise en scène jouée par une actrice.

Ce fut au tour d'Adan qui s'arracha à la contemplation du sucre qui fondait dans sa tasse.

– L'agresseur a photographié sa victime, c'est peut-être un fétichiste. Je pense que l'attaque est préméditée, à cause de la ficelle. La motivation n'est pas le fric : la fille a encore un collier autour du cou, une montre au poignet et son portefeuille. On l'aperçoit près du corps. L'assaillant est plutôt costaud, il a pris le temps de l'attacher avant de se jeter sur elle. Les cuisses sont écartées et on voit les poils pubiens : agression sexuelle à coup sûr. Si on se fie aux statistiques, elle connaissait son bourreau, un homme dans son entourage affectif, familial ou professionnel. Le plus curieux, c'est la fenêtre. La vitre est floue, contrairement au reste de l'image. L'expéditeur a peut-être voulu dissimuler un détail ?

Le commissaire n'était pas convaincu.

– La seule question qui compte, c'est de savoir si cette fille est morte dans notre circonscription ou à Pétaouchnock. Tant qu'on n'a pas élucidé ce point, on ne va pas sonder tous les bailleurs sociaux et les auberges de jeunesse du canton.

– Tout comme il serait prématuré de diffuser la photo du visage dans la presse, compléta Marie. D'ailleurs, elle n'apparaît pas au fichier des disparitions inquiétantes.

– Une anonyme qui ne manque à personne, conclut Fabrice Boutteville d'un air détaché. Vous pensez bien que si cette gamine s'était volatilisée dans la région, quelqu'un aurait porté plainte. Elle n'a pas le look d'une SDF. Regardez ses vêtements, on dirait une robe de soirée.

L'espace d'un instant, personne ne sut quoi ajouter.

– Settara, trancha le commissaire, rapprochez-vous de la brigade des mineurs et voyez le collègue qui a les codes pour consulter CALIOPE, le fichier du centre d'analyse d'images pédopornographiques ; il a en mémoire l'arrière-plan de milliers de scènes de pornographie infantile. Si une autre victime a été abusée dans cette même pièce, le fichier nous le dira peut-être.

Marie approuva d'un signe de tête et ajouta : « Sans plainte ni victime déclarée, je propose qu'on se concentre sur le technique. Fabrice, pourrais-tu regarder de ton côté si la disposition du corps reproduit un *modus operandi* connu du logiciel SALVAC ? Après, question fichiers, on aura fait le tour ».

Comme ils sortaient tous, le commandant s'approcha d'Adan.

– Je vous ai donné un coup de main pour l'audition des gamins, mais je n'ai pas à m'investir dans votre enquête. Je te laisse voir avec les fichiers, tu feras la synthèse dans un rapport.

Adan lui lança un regard venimeux.

– Qu'est-ce qui te prend ? demanda l'officier.

– Tu fais chier. J'en ai plein le dos de faire la boniche à ta place. Marie dirige l'enquête et elle t'a confié une tâche. Tu es payé chaque fin du mois, je te signale.

Fabrice trouvait que depuis quelque temps, l'âge donnait à ce salopard une assurance détestable. Il sourit crânement.

– Tu as toujours été une grande gueule toi, on ne t'a jamais appris à la fermer, pas vrai ? Tu devrais te méfier. Tu pourrais bien me retrouver sur ta route, un jour. Tu ferais moins le fier.

Une pause.

– Va te faire foutre.

Adan tourna les talons et s'éloigna, poings serrés.

Ce soir, il avait besoin d'aller cogner contre quelque chose.

7

Sa ceinture de Krav-Maga noire autour des hanches, Adan s'engagea sur le tatami. Il flottait dans l'air une odeur de vieux cuir et de sueur. Des sacs de frappe, luisants d'usure, pendaient à des crochets. Sur les murs, la peinture s'écaillait.

Ses trois adversaires étaient des jeunes qu'il ne connaissait pas. Son maître l'avait choisi pour les débourrer.

Des petits nouveaux imprévisibles, qui allaient cogner sans discernement.

Ils sautillaient et faisaient mine de s'échauffer en roulant des mécaniques.

Le flic évalua les corps, endurcis par la rue. Un black dominait le lot avec ses scarifications, des abdos cachés par la couenne et des mains larges comme des battoirs. Celle de droite tenait un couteau factice. À ses côtés, un type chauve jetait sur Adan un air torve. Dans ses mains, un bâton.

À traiter en second après le surin.

Le dernier challenger, tignasse grasse et nez camus, était un vrai gorille.

Adan se mit au centre d'un triangle que formaient les trois autres, guettant celui qui chargerait en premier.

Concentre-toi. Ils sont trois et tu as plus de cinquante ans…

Adan bougeait lentement. D'où viendrait l'attaque ? Bientôt, le Noir se rua sur lui en piquant du couteau. Le flic répondit instantanément. Avant-bras gauche, dégagement de la lame et plongée d'une main fermée sous la mâchoire. La tête du gars se releva brusquement. Enchaînement : coup du genou puis du coude dans les côtes flottantes. Le gaillard grimaçait, ses allonges battaient le vide et découvraient sa garde. Nouvelle réplique d'Adan par poing marteau. Le type tomba à genoux, souffle coupé.

T'éternise pas, sinon tu cracheras tes poumons !

Adan se préoccupa du chauve qui murmurait des imprécations. Sa mailloche virevoltait de tous côtés. Le colosse essayait de le prendre par revers, mais l'assommoir le gênait aussi.

Adan bougeait comme un félin, les yeux plissés par la concentration.

Pauvre cave, tu craques comme une vieille baderne!

Tout en esquivant, il portait tantôt une droite, tantôt un coup de pied au niveau des fesses. La boule de billard frémissait de rage, mais malgré tous ses efforts, l'autre détournait toujours le bâton, parfois au prix de chocs qui projetaient dans ses bras des épines ardentes. Les seuls bruits étaient les frottements de leurs pieds sur le tapis.

L'engagement était trop long, les forces d'Adan déclinaient.

Un instant, voyant qu'il lui tournait le dos, le « primate » heurta le flic comme une tractopelle et le fit basculer en avant. Le chauve, dont le nez saignait, lui frappa le crâne avec une telle force que sa massue se fendilla tout net.

Un grand feu blanc enveloppa Adan.

Enculés. Vous allez me le payer.

Le troisième le lardait de coups de pieds.

Son maître cria quelque chose. Les sons étaient ouatés, comme dans un rêve.

Adan fit un signe de la main à son professeur.

Le round n'est pas terminé. Oh que non, putain!

Le gros s'apprêtait à cogner de nouveau. Adan gueula en arabe et se redressa gauchement. Patte de tigre sur le bras, déplacement, blocage puis clef de coude. Il se tenait derrière le ventru sans lâcher King-Kong des yeux. Torsion et poussée, griffe sur les nerfs. Une langue bleue sortit de la bouche de son adversaire comme un dard. Le bâton tomba au sol. Adan l'envoya rouler et ses chairs claquèrent sur le tapis. Cette prise lui coûta plus qu'il n'aurait cru, il voyait trouble quand le velu chargea comme un boxeur. Il mit ses dernières forces.

Coup de pied plongeant puis frappes du coude et du poing.

Le type s'écroula.

Adan rejoignit le bord du tatami avant de s'affaisser contre un banc.

Il laissa échapper un jet de bile.

8

L'eau chaude giclait sur son crâne, là où le coup de trique avait laissé une bosse. La chaleur l'apaisait et l'élançait en même temps. La vapeur transformait le vestiaire en étuve.

Serviette autour des hanches, Adan s'assit près de son sac.

– Tu peux m'expliquer à quoi tu joues, lança son professeur.

Baptiste avait surgi comme une apparition. Un homme petit et sec, au crâne chauve, le nez plusieurs fois cassé. Aujourd'hui, l'ancien boxeur se consacrait à une discipline requérant plus d'agilité que de force brute.

– Ces gars n'ont rien à foutre dans une école de Krav-Maga, argumenta Adan, tu le sais comme moi. Il chassa d'une main les gouttes sur son front.

– Tu devais les maîtriser dans les règles de l'art, pas les dessouder à tour de rôle.

– Le chauve a déconné. Le coup de bâton sur la tête, ce n'était pas au programme. Il a franchi la ligne rouge, il assume.

Baptiste secoua la tête.

– Tu avais mille et une manières pour les neutraliser sans trop de bobos. Belle victoire que voilà ! Durant toutes ces années, je t'ai appris à te contrôler. Eux, ce sont des chiens fous qui n'ont jamais rien fait d'autre que zoner au pied des tours. Le fait qu'ils viennent s'entraîner est déjà un petit miracle. On dirait que tu as pris plaisir à étriller ces idiots.

Et pour quel résultat ? Tu t'es fait trois ennemis et moi j'ai perdu trois futurs licenciés. Tu crois le club si riche ? Regarde autour de toi, tout part à vau-l'eau. À la prochaine visite, la commission de sécurité va me démolir.

Baptiste s'assit à côté d'Adan, silencieux. L'élève avait déçu le maître.

– Voilà ce qu'il en coûte d'être orgueilleux et de se torcher avec les règles, lâcha-t-il, maussade.

Ils entendirent le bruit de l'eau qui circulait dans le réseau de canalisation.

– Je pense qu'on n'aurait pas dû faire cet exercice, t'es blanc comme un linge.

Adan affichait un air buté.

– Je me souviens la première fois que je t'ai vu : tu étais un grand gamin, mais on devinait la violence qui bouillait en toi.

Un sourire triste glissa sur le visage du flic. Baptiste regardait devant lui.

– Tu as accepté de venir à la salle, de t'asseoir et de m'écouter. Je n'ai pas été le seul à te remarquer. Il y a eu ce prêtre, avant, et Stéphane, le flic qui t'a exhorté à passer le concours.

– Ils voulaient plus de maghrébins dans la police, lâcha Adan. J'étais l'arabe de service : on m'a offert mon entrée sur un plateau. Tu parles d'un mérite. Je n'ai pratiquement franchi aucun échelon. Brigadier à cinquante-deux piges…

– Tu as dit oui, et tu as bien fait.

Adan maugréa :

– Un traître pour mes frères, voilà ce qu'ils ont fait de moi, comme mon père.

Baptiste lui pressa l'épaule avec force.

– Tout ça c'est des conneries, tu n'es pas une racaille de banlieue, t'es un fils de harki ! T'as fait un putain de chemin et ton honneur, c'est peut-être la dernière chose qui te reste. Alors, si tu dois le défendre à coups de poing, fais-le pour une bonne raison.

Adan s'habillait, la mine sombre.

– Et trouve-toi une femme, c'est moche de vieillir seul.

Il boucla ses affaires et sortit des vestiaires.

Baptiste considéra la douche vide. Il songea à son propre passé, quand il vivait dehors. Le premier ring et les nuits comme videur de boîte. Aujourd'hui, c'était dur de garder la tête au-dessus de l'eau. Ça n'avait jamais cessé de l'être.

En quittant le club, il vit l'épicerie au coin de la rue, grillage baissé. À l'étage, les fenêtres cassées étaient obstruées par des cartons. Il repensa à ce qu'il avait lu sur le sort des harkis restés au pays après 1962. Ces villageois qui faisaient la queue à l'entrée d'une salle communale, payant leur obole pour avoir le droit de triquer un type, attaché sur une table avec du fil de fer. Ses congénères à qui on avait percé le nez pour y suspendre des poids. Ceux qu'on retrouva crucifiés sur des portes de grange ou enterrés vivants.

Ces souvenirs le remplissaient d'une rage froide.

9

Le commissaire Charfotti se moucha bruyamment en se calant dans son fauteuil.

Il était un peu pâle. En retournant un feuillet posé devant lui, il vit le bout de ses doigts frémir ; il ramena sa main sous la table et jeta un coup d'œil vers Marie. Son calepin ouvert, elle parcourait des notes.

– Concernant CALIOPE, lança-t-elle, les gendarmes du Fort de Rosny-sous-Bois ont croisé notre photo avec les cinq cent mille clichés pédopornographiques de la base. Ils ont tout passé au crible : images de cuisines, de motels, de chambres et de crèches municipales. Résultat : aucune scène identique à la nôtre. Mais ils ont une certitude, la prise électrique est un modèle français. Elle daterait des années soixante : du 230 volts.

– Quelle prise ? demanda le taulier en se redressant.

Marie posa la photo sur le bureau et désigna un détail à droite du cadavre, devant le radiateur.

– D'accord, et pour le reste ?

– Aucun des profils du SALVAC ne correspond à des auteurs de crimes connus dans la région sur les dix dernières années.

– Et le site qui a diffusé l'emplacement de la clef USB dans l'Hôtel Dieu ? Il y a forcément un internaute derrière.

– C'est ce que j'ai dit à notre informaticien, mais ça s'annonce coton.

– Pourquoi ?

– Le site en question héberge des fichiers grâce à un serveur situé en Transnistrie. Un État fantôme coincé entre la Moldavie et l'Ukraine qui regorge de pirates informatiques. C'est l'eldorado des trafiquants de tout acabit : flingues, putes ou médicaments en provenance de Chine.

Charfotti était un terrien, le virtuel n'était pas son truc.

– Je pense, poursuivit Marie, que l'expéditeur a stocké ce fichier en ligne, mais quelque chose n'a pas fonctionné et le plan d'accès à la cave s'est retrouvé sur Google. Les jeunes disent qu'ils sont tombés dessus par hasard, je les crois.

– Donc, on est au point mort ?

– Pas sûr. Les gendarmes affirment qu'une partie de la photo a été floutée.

– Ils savent pourquoi ?

– Non, ils n'ont pas les outils pour.

Charfotti marqua une pause. Sa main ne tremblait plus.

– J'ai eu le procureur Archambaud tout à l'heure. Il nous autorise à poursuivre nos investigations quelques jours. Si d'ici là on n'a rien de plus, il veut qu'on passe à autre chose.

– Je comprends.

– Tant mieux, car j'ai une autre affaire pour vous.

Le commissaire se racla la gorge et fouilla dans la corbeille à papier. Il sortit une édition de *La Montagne* datée de la veille qu'il tendit au capitaine.

Son bras frissonnait de nouveau.

En première page, colonne de gauche, un titre en gras annonçait : « Disparition de chats dans le vieux Clermont : un collectif de propriétaires perturbe la séance du conseil municipal ».

– Où voulez-vous en venir, patron ?

– La SPA du Puy-de-Dôme estime que près de deux cents chats ont disparu durant les trois dernières années ; à chaque fois dans des ruelles de la butte de Clermont. Le Parquet a reçu une plainte collective. Des rumeurs font état d'un trafic avec la Suisse. Les bêtes seraient vendues à des labos pharmaceutiques ou des tanneries. Il paraît que leur peau soulage les rhumatismes.

Elle sourit.

– En quoi la brigade criminelle est concernée ? Sans jeu de mots, cette enquête relève des chiens écrasés.

– Très drôle, Marie. Mais vous allez rire jaune dans une minute. La Sûreté, avec le commissaire Dauchard à sa tête, piétine depuis des semaines. Le ministère public rapporte que plusieurs victimes habitent les beaux quartiers ; l'affaire fait du foin. Et comme de bien entendu, le préfet a évoqué le sujet à la dernière réunion de police. Un médecin a même fait l'objet de menaces de mort, on a retrouvé un poulet cloué sur sa porte. Tout çà va mal finir…

Encore un dossier de merde pour la gonzesse de service, songea-t-elle.

Elle digéra cette bonne nouvelle avant de répondre :

– Qu'est-ce que vous attendez de moi ?

– Des éclaircissements dans un fait divers qui tourne au drame, quand ce n'est pas à la psychose collective. En ville, tout le monde en parle. Je veux pouvoir dire quelque chose au pacha que je vois jeudi prochain.

Elle hocha la tête avec lassitude.

– Merci, Marie. Je préviens Dauchard de votre venue.

La jeune femme remontait le boulevard. La vitre d'un abribus était criblée d'annonces qui rappelaient étrangement le quartier de Manhattan, après les attentats du 11 septembre. Quand les images d'absents fleurissaient aux quatre coins des rues. Ici, la mention « Chat disparu » s'inscrivait au-dessus de dizaines de photos de matous. Mille petits drames anonymes.

Elle avait bien d'autres choses à faire que perdre son temps sur ce dossier. Pourtant, un étrange pressentiment l'envahissait.

Il y avait quelque chose de sinistre là-dessous.

De sinistre et de mauvais.

10

Quand Adan sonna, c'est Hasna qui lui ouvrit la porte, un tablier sur les hanches. Sa sœur sentait le sucre, la cannelle et le miel. Elle passait presque toutes ses journées en cuisine, l'œil rivé sur la pendule, guettant le retour de son mari. Chadil venait enfin de retrouver du travail. C'était sur le chantier de démontage de la passerelle de Croix-Neyrat, un haut lieu de caillassage des rames du tramway.

Quelle que soit l'heure à laquelle il arrivait, il fallait qu'un repas soit prêt. Des amis ou de la famille pouvaient débarquer à l'improviste, comme Adan ce soir-là : la soupe était à disposition.

Hasna embrassa son frère et le conduisit au salon où Chadil regardait la télévision. C'était un gaillard avec de l'embonpoint qui portait la moustache ottomane. Il avait du plâtre sous les ongles et suivait un programme du câble qui racontait la saga d'une dynastie de Bédouins. Sa journée l'avait rincé.

– Salam, fit-il sans quitter le poste des yeux.

Adan prit place au bout du canapé.

– Comment va ton père ? demanda Chadil.

– Comme d'habitude.

Durant le repas, il vit que sa sœur était lasse.

Pendant qu'elle disposait les couverts dans le lave-vaisselle, Adan la rejoignit à la cuisine.

– Tu as l'air bizarre.

– Moi ? Pas du tout.

– Je vois bien que si.

– Tu te trompes.

Adan fit quelques pas vers la fenêtre. La nuit était tombée.

– Chadil dit que tu veux mettre le voile.

Elle se raidit.

– Pourquoi ?

Une pause. Elle coupa le robinet et regarda le fond de l'évier.

– J'avais dit : si ma fille Lila me donne un petit-fils, je mets le voile. J'ai été exaucée. Je vais tenir parole.

– Personne ne t'y oblige.

– C'est ma décision.

– Moi, je crois que tu fais ça pour emmerder ce con de Chadil.

Elle tenait le torchon dans ses mains, le nouant avec nervosité.

Il prit un ton plus doux.

– Il a trouvé du travail, tu l'auras moins sur le dos maintenant.

– C'est un petit chantier, quelques semaines…

– Ta fille est partie, elle est heureuse. Toi, tu as tout ce qu'il te faut ici.

Elle hocha la tête. Une larme coulait le long de sa joue.

– Apprends la patience, respecte les traditions et considère ton mari. Tout s'arrangera.

– Oui, lâcha-t-elle dans un murmure.

Adan lui pressa doucement l'épaule.

– Tu seras toujours ma petite sœur. J'ai envie que tu sois heureuse.

Elle hocha la tête.

En reprenant son blouson, il vit près de l'entrée un magazine local au titre accrocheur : « L'ancien gendarme devient chasseur d'extraterrestres ». Après avoir lu l'article, une idée lui vint.

Une idée qui pourrait faire avancer leur enquête.

Au siège de la police judiciaire régionale, Adan posa l'article de la revue devant lui. Marie et Boutteville suivait la réunion en triant des procès-verbaux.

– Vous avez déjà entendu parler de P-WATCH ?

Haussement d'épaules généralisé.

– C'est une association gérée par un ancien gendarme du GEIPAN, un machin rattaché au Centre National d'Études Spatiales. Il s'intéresse aux ovnis.

Boutteville prit un ton sarcastique :

– Tu penses que la fille sur la photo a été enlevée par des petits hommes verts et qu'après l'avoir charcutée, ils nous ont adressé une carte postale depuis Mars ?

Adan poursuivit.

– J'ai lu dans ce magazine que ce mec, qui s'appelle Maxime Fournier, est devenu détective privé puis diplômé d'astrobiologie ; malgré les apparences, il semble sérieux. Il se passionne pour les canulars soucoupistes qui circulent sur le net. Il a même monté sur Orcines une société spécialisée dans la détection de photos truquées.

Marie releva la tête, intriguée.

– La boîte se trouve au siège de P-WATCH, continua Adan, en haut du puy de Dôme. Elle est hébergée dans les locaux de l'observatoire météorologique. Avec son logiciel, Fournier dit qu'il peut déceler les modifications subies par une photo numérique. Il bosse avec une agence de presse et plusieurs structures gouvernementales.

Marie croisa les bras.

– Eh bien, c'est parfait Adan. Prends une copie de la photo et soumets-la à ce cher Maxime. Voyons s'il est aussi costaud qu'il prétend l'être. Moi, il faut que je fasse un tour dans le « triangle de la mort », où tous ces chats ont disparu. Le commissaire insiste pour qu'on fasse semblant de s'intéresser à l'affaire.

– Je vais rester au bureau pour trier un peu de paperasse, ajouta Fabrice en se levant.

– Faites donc ça, Monsieur l'officier ! maugréa Adan.

Boutteville le fusilla du regard avant de sortir. Avec Settara, son opinion était faite depuis longtemps : une tête brûlée ingérable qui avait grandi dans le chaudron des cités. Il exécrait cette politique de mixité à marche forcée qui l'obligeait à diriger des types pareils.

11

Récupérer la procédure des chats disparus auprès de la Sûreté ne posa aucune difficulté. Le commissaire Dauchard était trop heureux de s'en débarrasser. L'absence de pistes sérieuses, à laquelle s'ajoutait la médiatisation récente du dossier, en faisait une vraie patate chaude.

Les procès-verbaux sous le bras, Marie Lesaux partit déjeuner chez elle. Son mari Michel était déjà là. Il était professeur à la faculté de médecine et co-gérant d'une florissante officine en plein centre-ville.

Il lui servit une tasse de café pendant qu'elle se plongeait dans la litanie des plaintes : des matous volatilisés en série. Son épouse avait à peine touché à son assiette. Sur la même table, le journal était ouvert. Comme à son habitude elle avait découpé avec une règle les Sudokus du jour pour les stocker dans son carnet fleuri. La logique des énigmes japonaises l'aidait à se concentrer.

– Grégoire a fini par m'avouer qu'il souhaite vendre ses parts dans la pharmacie, lança Michel en coupant la machine à expresso.

Elle resta pensive.

– On en a parlé toute la matinée. J'ai essayé de le convaincre de différer sa décision, pour quelque temps du moins, mais tu sais comme il est têtu. Par-dessus le marché, il vient d'avoir une petite-fille. Monsieur veut profiter de son nouveau statut de grand-père. On aura tout entendu.

– Ce n'est pas une surprise, tu me dis depuis des mois qu'il prépare sa sortie.

– Mais qu'est-ce qu'il va faire de sa retraite, c'est un drogué de boulot ? Torcher un poupard, ça va vite le soûler.

– Ce n'est pas parce que nous n'avons pas d'enfants que tout le monde n'aspire qu'à bosser.

Il ricana.

– Balaye devant ta porte, ma chérie. Tu es infoutue de lever le pied cinq minutes pour manger tranquillement.

– Eh bien, en ce cas, on s'est bien trouvé, tu ne penses pas ? Elle se força à sourire.

Michel posa sa tasse et vint se poster derrière elle. Il lui caressait les cheveux.

– Pourquoi ne laisses-tu pas tes morts pour me rejoindre à

la pharmacie ? Avec nous deux aux commandes, la boutique tournerait du feu de Dieu. On cesserait de se croiser comme des amants dans un hôtel.

Marie se crispa.

– On a déjà eu cette conversation ; j'apprécie mon boulot et je n'ai pas l'intention de l'abandonner. Et puis, toi comme patron… Je ne suis pas sûre que notre couple y gagne en sérénité.

– Dis tout de suite que je suis un tyran.

– Tu as très bien compris Michel. Je n'ai aucune envie de travailler avec toi.

Il remarqua une feuille dans une chemise ouverte, la prit et lut rapidement.

– Une plainte pour un chat qui a disparu ? C'est ton nouveau dossier ? Seigneur…

– Arrête, s'il te plaît.

– Tu fais la boniche à longueur de journée pour des gens qui ne t'arrivent pas à la cheville, tu t'en rends compte au moins ?

– Je ne crois pas, non.

– Tes collègues te filent les affaires les plus minables, comment peux-tu être aveugle à ce point ?

Elle le regarda avec une pointe de tristesse.

Il ajouta : « Tu sais quoi, quand on me demande ce que tu fais dans la vie, je ne sais même plus quoi dire ».

– Mais la vérité, tout simplement. Je suis officier de police et je n'éprouve aucune gêne à en parler autour de moi, contrairement à toi.

– Qu'est-ce que tu as dit ?

– Tu m'as entendu. Je sais que tu as honte de mon travail,

mais ce n'est pas ça qui me fait le plus de peine. Sa voix était devenue hésitante. Le pire, je crois, c'est qu'au fond, tu as honte de moi.

Agacé, Michel envoya le PV glisser sur la table et se dirigea vers son manteau.

Il s'habillait pour sortir.

– Attends, j'aimerais qu'on continue notre discussion.

Il avait déjà claqué la porte.

12

L'accès au sommet du puy de Dôme était interdit aux voitures ; Adan rabattit son pare-soleil POLICE et mit le gyrophare avant d'attaquer la route qui filait vers la cime.

Au-dessus du temple de Mercure, l'antenne de radiocommunication était cerclée de hautes grilles truffées de caméras. À l'entrée de l'observatoire météorologique, Adan sortit sa carte tricolore et demanda qu'un scientifique le guide vers les locaux de P-WATCH. On le conduisit à travers un dédale de coursives et d'escaliers raides.

L'ancien gendarme l'attendait près d'une sculpture en pierre évoquant la face cachée de la lune. C'était un quinquagénaire en fauteuil roulant, accoutré d'un jean délavé et d'un vieux tee-shirt décoré d'un héros de comics américain. Une queue-de-cheval enserrait sa tignasse. Derrière des lunettes passées de mode, son regard malicieux détaillait le visiteur. Une baie vitrée dévoilait le soleil qui descendait au-dessous d'une mer de nuages.

– Bienvenue au *Teufelsberg*, fit Maxime en guise de préambule.

Le local était modeste, mais croulait sous un décorum hétéroclite : croquis d'engins spatiaux, photo dédicacée de Jean-Claude Bourret, poster *La vérité est ailleurs* inspiré de la série X-Files, cartes météorologiques. Dans un coin, une poubelle était remplie d'emballages de barres chocolatées et de canettes de soda vides.

Au cours des minutes qui suivirent, Adan expliqua le motif de sa venue. Il apprit de son côté que le « P » de P-WATCH était la lettre du patronyme Petterson, le nom de l'unique héritière d'un magnat du pétrole américain qui défraya la chronique dans les années soixante-dix. La gamine fut retrouvée en pleine nuit, errante et hagarde, le long d'une route du Montana. Elle tenait des propos incohérents, évoquant des « hommes gris » qui l'auraient enlevée dans une soucoupe avant de lui imposer des expériences chirurgicales.

Adan posa devant Maxime un CD-ROM qui contenait une copie de la fille attachée au radiateur. L'homme, d'une curiosité insatiable, tendit la main et récupéra le disque qu'il se dépêcha de placer dans un ordinateur relié à un large écran plat. Au bout d'une minute, la photo jaillit. Adan ne l'avait jamais vue sous ce format, avec de tels rendus. La scène était impressionnante ; il n'était pas près d'oublier ce regard.

Passé l'instant de stupeur, Maxime se mit à pianoter avec dextérité. Des cadres s'ouvraient à toute vitesse, la flèche de la souris glissait d'un bout à l'autre de l'écran, activant des fonctions obscures.

– Je scrute le contenu des métadonnées pour trouver la signature de l'appareil photo.

Les premières informations fusèrent.

– Ce cliché a été réalisé avec un Smartphone de marque Fire One, fit Maxime d'un ton détaché. Un modèle récent et haut de gamme. On a aussi la date : 31 octobre 2013, un jeudi.

Adan commença à noter.

– Peut-on savoir si elle a été prise dans les environs ?

– C'est la première chose que j'ai vérifiée. Malheureusement, la géolocalisation n'est pas possible. L'utilisateur a dû déverrouiller l'option. Pour le reste, je vois une zone bizarre, près de la fenêtre.

– C'est la raison de ma venue, répliqua Adan. C'est bien votre spécialité, le décryptage d'images truquées ?

– En effet. Il y a deux mois, une ONG m'a refilé des photos de torture censées provenir du centre de détention militaire de Guantanamo. Tout était bidonné, elles étaient vieilles de plus de dix ans et provenaient de la prison d'Abou Ghraib, en Irak.

– Mais c'est parfait alors. Comment allez-vous vous y prendre ?

Maxime afficha un air docte.

– Une photo est composée d'un mélange de longueurs d'ondes, de filtres et d'algorithmes. Les modifier laisse des traces ; mon logiciel peut révéler des détails qui ont été supprimés ou ajoutés.

– Ce sera long ?

– Si c'est une affaire criminelle, je vais travailler dessus en priorité. Je vous ferai signe dès que j'aurai quelque chose.

En sortant de la tanière, Adan vit que son téléphone

accrochait de nouveau le réseau. Il avait un message en attente, c'était son père.

Après l'avoir écouté, il jura en silence.

13

Marie s'était donné une heure pour relire la procédure, installée dans sa cuisine. Son carnet fleuri était ouvert devant elle. Elle prit quelques notes.

En l'espace de trois ans, presque deux cents chats, dont treize pour le seul mois d'octobre, avaient disparu dans un rayon de neuf cents mètres autour du vieux Clermont. À chaque fois dans un triangle dont les pointes étaient la Place Delille au nord, la préfecture de région au sud-ouest (Boulevard Desaix) et la chapelle des Capucins au sud. Les matous se volatilisaient littéralement.

Une putain d'histoire à la con.

La Sûreté ne pouvait être taxée de laxisme, car tout avait été fait comme il fallait : recueil systématique des témoignages, examen des maisons désaffectées, des squats et des chantiers d'immeubles. On avait même interrogé les adhérents d'un club de tir sportif dont le domicile se trouvait à proximité de la zone des disparitions.

Un boulot de dingue pour une affaire à la con…

À Clermont, questionnés par les enquêteurs sur ces sujets, les égoutiers ne rapportèrent aucune chute du nombre de rats, comme la chose s'était produite, peu avant la trouvaille d'un crocodile du Nil, dans les égouts de la capitale en 1984.

Au bout du compte, faute de piste rationnelle, le commissaire Dauchard avait sollicité l'assistance d'un gendarme de l'ANACRIM. À l'aide des procès-verbaux, l'officier avait dressé un profil du ravisseur : un homme d'âge moyen qui n'aime pas les bêtes. Envahi par un sentiment d'impunité et de toute-puissance ; potentiellement dangereux avec un fort risque de récidive.

Marie ricana en lisant le rapport. On frôlait l'escroquerie intellectuelle.

Les derniers feuillets étaient consacrés à la plainte du médecin de la rue des Gras. Le docteur Robenson Dieucibon, généraliste, avait retrouvé un poulet crucifié sur la porte de son cabinet. Ses origines antillaises et sa résidence secondaire en Suisse l'avaient désigné à la vindicte comme suspect numéro un. Selon la rumeur qui enflait dans la ville et dont le marché Saint-Pierre bruissait tous les dimanches, une équipe de malfaiteurs – le praticien en serait la tête pensante – volerait les chats pour les revendre à des tanneries helvètes. La Sûreté avait entendu le médecin et reçu sa plainte pour menaces de mort.

Les médias se pourléchaient les babines.

Dieucibon logeait rue Pascal, derrière l'hôtel de ville. La propriété offrait une façade appareillée en pierres de Volvic. On y accédait par une cour intérieure, ceinturée d'un haut mur percé d'une porte-cochère à tympan ajouré. La plaque de praticien était accrochée au-dessus d'un digicode. Dessus, quelqu'un avait tracé à la bombe : « Enculé ».

Marie se retrouva dans un petit salon, face au médecin.

C'était un homme chauve, à la forte corpulence. Une barbe grisonnante et des lunettes lui donnaient une allure de marabout vénérable. La policière le sonda vite : un être craintif, qui se raidissait au moindre bruit insolite.

Dieucibon lui raconta que quelques années auparavant, un patient schizophrène lui avait porté un violent coup de couteau. Il ne s'en était jamais complètement remis. Né à Haïti, c'était un médecin prospère dont l'épouse, une ravissante quadragénaire à la chevelure miellée, leur servait le thé.

– Mes chemises africaines et la décoration traditionnelle de mon cabinet font de moi une cible idéale, conclut-il, amer.

– Pourquoi ce poulet sur votre porte ? demanda-t-elle.

– Certainement une allusion au vaudou. Comme cette religion vient du Bénin, des imbéciles m'ont pris pour un cultiste superstitieux. J'ai entendu tellement d'inepties : je sacrifierais des chats dans ma cave, on me verrait traîner la nuit, du côté du cimetière.

Un rire nerveux le secoua.

– Vous aviez reçu des menaces, auparavant ?

– Non, mais je sens le regard des gens. Surtout ma femme, on l'a insultée plusieurs fois. Une belle blonde qui s'affiche avec un noir, quel scandale.

Une pause. Elle esquissa un sourire en l'interrogeant de nouveau :

– Aimez-vous les chats ?

– Pas particulièrement, pour être franc. Mais sachez qu'une de mes patientes en héberge une douzaine. Bien qu'elle appartienne à ce collectif qui dénonce leur disparition et qui m'a dans sa ligne de mire, elle m'a toujours défendu. C'est bien la seule.

– Vous pouvez me donner son nom ?

– Henriette Menut. C'est une ancienne assistante sociale qui loge dans une mansarde, rue du Port. Cette femme a une passion pour les félins. Vous ne pouvez pas la louper, c'est à côté d'un bistrot. Il y a habituellement deux ou trois types qui s'arsouillent sur le trottoir. Elle, c'est une pauvresse avec le cœur sur la main ; elle aide des SDF de temps en temps. Je l'ai mise en garde, vous savez. Un jour ou l'autre, elle se prendra un coup de poinçon. Comme moi.

– Eh bien docteur, je pense aller lui parler. Merci de votre accueil. J'aurais sans doute besoin de vous entendre de nouveau à l'hôtel de police.

– Ne tardez pas trop. Nous avons décidé avec ma femme de changer d'air : nous partons nous installer en Suisse.

En traversant la place de la Victoire qui jouxtait la cathédrale noire, au sommet de la butte de Clermont, Marie songea à la dernière remarque du médecin. Ne disait-on pas que des tanneurs helvètes étaient au cœur des trafics de chats volés ? Quel crédit donner à cette rumeur ?

Au commissariat, les coups de fil de propriétaires étaient quotidiens. Que devenaient toutes ces bêtes ? Étaient-elles empoisonnées ? Et pourquoi ne retrouvait-on pas les charognes ?

Marie leva un regard inquiet vers le sommet de la cathédrale. Qu'est-ce qui n'allait pas dans cette ville ?

14

Adan gara la voiture du service non loin de la sortie de la grande mosquée. Son père l'attendait sur le trottoir, bavardant avec deux hommes vêtus d'une djellaba. Youcef Settara était devenu pratiquant sur le tard. Comme il se faisait vieux, Adan le raccompagnait à son domicile quand son emploi du temps le lui permettait. Ce désir de renouer avec la religion ne lui ressemblait guère. Il l'avait toujours vu accomplir un mahométisme solitaire, fait de rares prières et d'un ersatz de ramadan, peu conciliable avec le travail à l'abattoir qui le lessivait.

Youcef ouvrit la portière, posa sa canne à côté du siège passager et s'installa en soufflant.

Adan démarra et prit la direction des quartiers nord.

Ils roulèrent un moment sans causer.

Alors, Youcef dit : « C'est mardi prochain ».

– De quoi parles-tu ? répondit Adan sans quitter la route des yeux.

– C'est mardi prochain, l'anniversaire.

Les mains du flic se crispèrent sur le volant.

– Tu ne vas pas encore te rendre là-bas ? Tu es trop fatigué.

– Non, pas tant que ça.

– Mais enfin, ça fait plus de cinquante ans qu'ils sont partis. Pourquoi t'épuiser chaque année ? C'est mauvais pour toi.

– C'est l'anniversaire de ta maman et du petit, murmura le vieil homme. Je vais les voir.

Youcef était têtu comme une bourrique. Espérer le faire changer d'avis était vain, Adan le savait mieux que quiconque.

Sa mère était morte au cours de l'été 62, au camp de regroupement des harkis de Bourg-Lastic, dans le Puy-de-Dôme. Avant son dernier souffle, elle avait accouché de deux jumeaux : Yazid et Adan. Au sein du bivouac, les anciens supplétifs qui avaient juré fidélité à la République plutôt qu'aux troupes du FLN, n'étaient pas équipés pour affronter les violents orages du Massif central. Un des jumeaux décéda durant une nuit glaciale. Il est demeuré là-bas, au milieu des bois. Sa tombe est à l'ombre d'une rangée de sapins. Youcef dit qu'ils veillent sur le repos de son frère comme des anges, aux ailes déployées.

– J'ai vu Hasna, l'autre soir.

– Comment va-t-elle ?

– Elle veut mettre le hijab. Le père à la mosquée, la fille voilée. Qu'est-ce qui se passe chez les Settara ?

Le vieil homme regarda ailleurs.

– C'est à son mari d'en parler avec elle. Mais si Hasna a décidé toute seule, *Inch'Allah*.

Adan fixait le trafic, dense à l'entrée du boulevard.

– Tu viendras ? osa Youcef.

– J'ai du boulot, une affaire compliquée. Je ne peux pas quitter Clermont.

– Tu dis toujours la même chose, siffla son père.

– Ce n'est pas vrai.

– Si. L'année dernière, j'ai presque dû supplier Chadil de m'accompagner. Maintenant qu'il a retrouvé du travail, il dit que tu dois faire ton devoir.

Adan frappa le volant du plat de la main. Youcef sursauta.

– Cet abruti se permet de me donner des leçons, c'est vraiment la meilleure.

Ils étaient arrivés devant la maisonnette.

Le père prit sa canne et ouvrit la portière.

– C'est tout de même ton frère…

– Et moi, je t'ai dit que je n'irai plus là-bas. Quand je te vois devant ta glace, en uniforme avec tes breloques, j'ai envie de vomir. Tu es fier de ce que tu as fait pour la France ? Mais où est sa reconnaissance ? Tous nos frères sont considérés comme des sous-hommes, on nous parle comme à des chiens.

Youcef était tétanisé.

– Pourquoi tu t'accroches à ces souvenirs ? La France, tu l'aimes encore ? Mais regarde de quoi tu vis, cette pension de merde qu'on t'a donnée. La France, elle t'a niqué, elle nous a tous niqués. Et pire que tout, elle nous a pris maman et Yazid.

Le vieillard accusa le coup. Adan n'arrivait pas à se calmer.

– Et toi, tu continues de ruminer ta putain de nostalgie et tes secrets. Pendant des années je t'ai demandé de me raconter ce que tu avais fait quand t'étais moghazni. Je voulais t'admirer un peu, comprendre pourquoi tu avais quitté ton pays, tes racines et tes morts. Tu ne m'as jamais répondu !

À peine la portière refermée, Adan démarra nerveusement.

Avant de tourner au coin de la rue, il vit la silhouette de son père, devant le portail.

Arrêté devant un feu rouge, Adan tentait de retrouver son calme.

Sonnerie du téléphone.

– Allo ? fit-il sèchement.

– C'est Fournier, de P-WATCH.

– Ah oui, bonjour.

– Je crois qu'on a quelque chose, inspecteur.

– Allez-y.

Le feu était passé au vert. Derrière, un klaxon pressant.

– La photo de la fille est authentique, ce n'est pas du bricolage. En revanche, un angle de l'image a été retouché au niveau de la fenêtre. En remontant les étapes, on distingue une barre d'immeuble à l'horizon.

– C'est en France ?

– Possible : architecture contemporaine, années soixante-dix ou quatre-vingt.

– Félicitations.

– Attendez, ce n'est pas tout.

– Je vous écoute.

– On a le visage du photographe.

15

Adan déboula dans la salle de réunion en nage.

Le commissaire Charfotti le fixa en maugréant.

– Bravo, Settara. On était sur le point de finir. C'est gentil de nous accorder un peu de votre temps.

Le brigadier prit place sans se démonter ; il avait une clef USB dans la main. Ce n'était pas celle de l'Hôtel Dieu, désormais sous scellé.

Marie poursuivit son exposé.

– Je ne crois pas que notre toubib soit malveillant. Il n'aime guère les chats, mais je suis tenté de lui faire confiance. Je vais aller voir cette vieille dont il m'a parlé ; elle est membre du collectif, j'apprendrais peut-être quelque chose.

– Pour la fille où en est-on ? demanda le commissaire en fixant Adan d'un œil noir.

– La scène de crime est authentique, rétorqua Adan d'une voix sourde. Les experts sont formels. Mais le plus intéressant, c'est qu'ils m'ont donné l'image du photographe.

Un murmure parcourut le groupe.

– Un homme de race blanche, trente ou quarante ans, moustache et chevelure brune clairsemée.

Adan jouissait de son effet. Il fronda Charfotti qui s'était redressé.

– Pourtant, je ne vois nulle part la tête de l'agresseur.

Adan brancha la clef amovible sur l'ordinateur installé devant Marie. Il était raccordé à un vidéoprojecteur avec lequel la policière venait de commenter une carte du vieux Clermont ; des points rouges indiquaient les maisons où vivaient les propriétaires des chats disparus. Adan projeta l'image récemment analysée par P-WATCH. Le visage de la fille jaillit à l'écran. C'était les yeux d'une morte qui les fixaient tous.

– La photo a été prise avec un appareil récent, d'excellente qualité. Il dispose d'un capteur de quarante mégapixels. C'est un niveau de résolution peu banal pour un smartphone ; la plupart ne dépassent pas douze ou treize. Regardez ce que donne un zoom poussé au maximum.

Le visage en gros plan.

Un carré vint dessiner le contour d'un œil. Puis, l'image se mit à grandir. La prunelle gonfla, les cils se révélaient à pouvoir les compter. Quand l'iris occupa tout l'écran, les couleurs et les détails formaient un tableau d'une netteté renversante.

Personne ne parlait.

Au milieu de la pupille, ce qui de loin ressemblait à une tache prit bientôt la forme d'une silhouette, puis d'un visage au front dégarni. Un homme.

Adan croisa les bras et toisa son commissaire d'un air narquois.

– L'expert m'a expliqué que la police américaine utilise de plus en plus les analyses de pupille dans les photos de victimes. Grâce à la nature réfléchissante des cornées, il est possible de distinguer toutes sortes d'éléments dans le reflet des yeux.

Sur l'écran, l'image était à peine floue. Le photographe portait une moustache à la Clarke Gable, il avait de grosses lèvres. L'oreille droite était légèrement décollée.

Tout le monde contemplait l'individu comme s'il s'agissait d'une apparition. Marie vint se poster devant le visage de l'agresseur.

– Adan, pourrais-tu nous repasser l'image initiale ?

Retour sur la scène de crime.

– Tes experts ont dévoilé l'aspect de la fenêtre à droite, remarqua la jeune femme.

– Oui, comme tu vois.

– Agrandis cette partie.

Nouveau zoom. Le corps de la fille disparaît du cadre. Approche du mur en descente rapide. Couleur jaune pisseuse de la cloison, puis rebord de la fenêtre et plongée au centre de la vitre. Pas de rideaux ni de volets.

Un bout de ciel, c'est le jour. Une bande de nuages file vers la gauche. Dans le lointain, les immeubles baissent progressivement dans le détail.

– Vas-y, allonge encore.

Une barre d'HLM se détoure délicatement. On distingue les teintes, des fenêtres et une cheminée. Le bâtiment est de côté.

– Oh merde ! s'exclama Marie.

Tous pensèrent de même. C'était la muraille de Chine du quartier Saint Jacques, un édifice emblématique de Clermont.

Boutteville se dirigea vers une armoire et récupéra un plan de la ville qu'il déplia sur la table.

– La fenêtre offre une vue dégagée sur tout le profil de la muraille, c'est un cliché pris d'un point haut, au moins six étages lança l'officier.

Ils étaient tous penchés au-dessus de la carte.

Marie ne tarda pas à pointer l'index sur un conglomérat d'immeubles installés à moins de cinq cents mètres de la muraille.

– Cité universitaire, lut le commissaire.

– C'est la résidence Saint Mathieu du CROUS, rue Léonard, murmura Marie. J'ai fréquenté le resto U quand je faisais mon droit.

– Moi aussi, renchérit Fabrice.

– Merde, je suis bon pour appeler le procureur, souffla Charfotti.

Adan secoua tristement la tête.

– La fille était étudiante ; elle a été massacrée dans une chambre, à deux pas d'ici. Et personne n'en a rien su ?

16

En cette fin d'après-midi, le ciel était lugubre. Le crachin persistant.

Marie et Adan s'engagèrent dans le hall défraîchi de la résidence universitaire. Des murs couverts d'affiches et de petites annonces, des publicités pour des mutuelles, un panneau indiquant le bureau des élèves. Un groupe d'étudiants bavardait devant une machine à café, d'autres déambulaient en tenue de sport.

Le directeur du CROUS, un homme grand, costume passé de mode et mèche rebelle, patientait près de l'ascenseur. Il était accompagné d'un type à l'embonpoint respectable, lunettes épaisses et pull de chantier élimé aux coudes ; il s'aidait d'une canne. Le responsable des lieux s'appelait Yves Berthelot et son factotum, François Madani.

– Il s'agit bien évidemment d'une méprise, dit le premier en désignant le chemin qui menait à son bureau. Comment une étudiante pourrait-elle se faire assassiner dans une chambre de neuf mètres carrés, à l'isolation sommaire, sans que personne n'entende rien ? C'est impossible.

Marie posa son imperméable sur ses genoux. Adan resta debout, les bras croisés.

– Voici à quoi ressemble la victime.

Elle tendit à Berthelot un cliché où ne figurait que le visage de la morte.

Il la détailla.

– Nous avons des centaines de résidentes dans ce bâtiment, vous pensez qu'elle en fait partie ?

– C'est assez probable. Elle doit loger dans les derniers étages. Vous devriez pouvoir faire des recoupements avec les photos des dossiers d'inscription. Comme vous voyez, nous cherchons une jeune femme de type caucasien. Moins de trente ans et très jolie.

– J'ai demandé à François d'assister à notre entretien, car c'est un familier des lieux, les étudiants le connaissent bien. Il s'occupe de l'électricité et de toutes sortes de choses.

– Vous reconnaissez cette femme ? lança Marie.

Il se pencha un moment vers l'image avant de secouer la tête.

Le directeur prit son téléphone.

– Je vais transmettre la photo au service des admissions, c'est là que se trouve le répertoire.

Ils n'eurent pas longtemps à attendre.

Une employée entra avec une vingtaine de dossiers dans les bras.

– Je vous ai sélectionné toutes les jeunes femmes aux cheveux clairs, dont les noms correspondent à une des chambres situées en haut de la résidence, fit-elle en disposant les liasses sur le bureau.

Les policiers et Berthelot se mirent au travail.

Durant plusieurs minutes, on n'entendit que le bruissement des pages.

– C'est elle, lâcha Adan en montrant une fiche. La photo en couleur était agrafée en haut du document. Des yeux émeraude, une crinière miel frisottée.

Aucun doute possible.

– Émilie Landrot, lut Berthelot en parcourant la note. Hélas, vous aviez raison. Quel drame. Elle loge à la chambre 526.

Marie se tourna vers Adan.

– Tu appelles l'Identité judiciaire, qu'ils prennent ce qu'il faut : crimescope et tout le barda.

Le directeur du CROUS s'arrêta devant la porte, au milieu d'un couloir aux murs pâlots.

– Elle est fermée à clef. François, vous pouvez nous ouvrir ?

L'employé posa sa canne et fouilla dans une poche avant d'en sortir un passe.

– Que va-t-on découvrir derrière ? demanda le gérant avec inquiétude.

– Il n'y a qu'un moyen de le savoir, répondit Marie.

La clef tourna dans la serrure et François Madani poussa la porte.

Ils entrèrent dans la chambre.

Une studette, lit défait. Un bureau, un placard et deux chaises le long du mur ; un réfrigérateur avec des cartes postales. Une cabine faisant office de douche, un lavabo et deux plaques chauffantes. Les rideaux sont tirés.

Le ménage a été fait.

Le directeur fit mine de rentrer.

– Restez à l'extérieur ! lança Marie. C'est peut-être une scène de crime qui ne dit pas son nom. On va laisser travailler la police technique et scientifique. Après, on jettera un œil.

– Mais vous voyez bien que tout est en ordre, cette chambre est vide.

– Les apparences sont parfois trompeuses, Monsieur Berthelot.

– Franchement, j'ai du mal à croire à une agression ici, quelqu'un aurait forcément entendu quelque chose.

– Vous ne vous souvenez pas du « violeur aux chaussettes » ?

– Non, pas vraiment.

– C'était un récidiviste, il a terrorisé un temps le milieu universitaire clermontois. Il s'introduisait dans les appartements d'étudiantes par les fenêtres ouvertes en escaladant les murs. Ensuite, il bâillonnait ses victimes avec des chaussettes ; il s'en servait aussi de gants pour ne pas laisser d'empreintes. À chaque attaque, personne ne remarquait rien.

Deux gardiens de la paix cantonnaient les étudiants trop curieux à l'autre bout du couloir. Dans la chambre, les techniciens en combinaison stérile illuminaient chaque mètre carré de leurs flashs.

L'un d'eux inspectait le conduit d'évacuation de la douche, un autre dessinait accroupi. À un moment, la pièce fut obscurcie et des hommes ratissèrent tout l'espace au moyen de lampes à ultraviolet.

Depuis l'entrée, Marie parcourait inlassablement la photo de l'étudiante attachée à son radiateur.

– Il doit rester des fibres au niveau du robinet thermostatique, lança-t-elle à un collègue qui éclairait le dessus de l'appareil.

Au bout d'une demi-heure, le lieutenant Gavoile ôta son masque et ses lunettes de protection. Marie et Adan le rejoignirent à l'écart.

– On est loin d'avoir terminé, murmura-t-il. Mais on a déjà des traces de ficelle sur la valve de réglage. Dans la cabine à douche, le test au Luminol est éloquent : du sang a été nettoyé, beaucoup de sang. J'ajoute qu'il y a des résidus biologiques dans le conduit d'évacuation : cheveux, poils. On fera un panaché pour les scellés. Vu le volume de boudin, il est possible que le cadavre ait été découpé sur place. Mais comme il faut en moyenne deux cents litres d'eau pour dissiper un litre de sang, l'agresseur a dû faire couler la douche des heures pour tout désinfecter ; un travail de dingue.

– Et sans être le moins du monde dérangé… conclut Marie.

– Il y a quand même une chose qui pose problème. Le sodium contenu dans l'eau de javel réagit positivement au Luminol. Si le tueur a tout briqué, c'est l'hypochlorite de sodium qu'on distingue, pas le fluide de la victime.

– Donc, on n'est sûr de rien ?

– Un doute subsiste, on va continuer de chercher. Je ne suis pas expert en analyse morphologique du sang, mais à vue de nez, on peut relever trois zones. Une possible projection artérielle au niveau du radiateur puis une tache circulaire élargie, là où la fille s'est vidée. Enfin, un sillon qui part du chauffage vers le bac à douche. Ça badigeonne tout le long.

– Elle a été égorgée puis on a traîné son corps vers la pièce d'eau, résuma-t-elle.

– C'est ce que je pense, sans être péremptoire.

Adan aperçut François Madani ; il se tenait à l'écart, appuyé sur sa canne.

Le flic décida de l'interroger.

– Savez-vous si une femme de ménage est passée récemment ?

L'homme prit une seconde pour réfléchir.

– Le nettoyage est fait une fois par semaine, le vendredi

matin. Il y a un mot punaisé sur chaque porte de chambre, à l'intérieur. Les résidents sont au courant. Ils ont pour consigne de ne rien laisser traîner de valeur.

– Nous sommes mardi ; la dernière fois, c'était il y a quatre jours ?

– Ben oui, c'est cela.

– Il faudra qu'on interroge cette dame. Qui possède les clefs des piaules, à part les étudiants ?

– Le personnel d'entretien et le technicien en charge de l'électricité, c'est lui qui accompagne les intervenants extérieurs quand c'est nécessaire.

– Où peut-on se procurer un passe ?

– Mis à part celui que j'ai sur moi en permanence, il y en a un second au secrétariat, dans une armoire fermée à clef. Il faut signer un registre pour le récupérer.

– Il vous arrive de le prêter à quelqu'un ? Vous ne l'avez jamais égaré ?

Un soupçon d'inquiétude passa dans son regard.

– Non, jamais. Vous savez, je n'ai pas le droit d'entrer dans les chambres sans la présence des étudiants. S'il y a une demande pour une fenêtre qui n'isole plus ou une fuite d'eau, je transmets à l'agent concerné. C'est lui qui voit.

– Et comment peut-on le joindre, ce monsieur ?

– En fait, il a un problème de dos qui le tarabuste depuis longtemps ; il est arrêté depuis trois semaines.

Adan nota l'information.

– Une dernière chose, les étudiants peuvent-ils faire une copie des clefs ?

– Le règlement de la résidence l'interdit formellement sous peine d'expulsion immédiate. Mais certains ne s'en privent pas. Des tas de gens circulent, vous savez. Les jeunes aiment faire la fête, on ne peut pas tous les surveiller.

Adan lui tendit une carte de visite.

– On aura l'occasion de consigner tous ces détails sur procès-verbal. À plus tard, Monsieur Madani.

Au milieu du brouhaha que faisaient les étudiants dans la cafétéria, Adan avisa une poubelle près du distributeur automatique et réussit un beau panier avec son gobelet vide. Marie marchait dans sa direction, elle avait retiré son brassard.

– Je viens du secrétariat : le passe y est toujours. Selon le registre, personne n'y a touché depuis des lustres.

Il fit la moue.

– Les doubles en circulation sont indénombrables : on cherche une aiguille dans une meule de foin. Probable que la victime connaissait son agresseur, elle ne s'est pas méfiée.

Elle aperçut derrière une baie vitrée le lieutenant Gavoile qui traversait le hall. Ils bondirent de leur chaise et le rejoignirent en petites foulées.

– On a quasiment fini là-haut, dit-il en les voyant se radiner.

Les trois se retrouvèrent à l'entrée de la résidence. Une bruine froide et pénétrante accompagnait l'arrivée du crépuscule. Le technicien de scène de crime alluma une clope en fermant son blouson.

– Tu as trouvé quelque chose d'autre ? demanda Marie.

– Un collègue a récupéré une médaille coincée sous le matelas, je la ferai suivre avec mon rapport. Pour le reste, on n'a déniché ni ordinateur portable ni téléphone. Juste des bouts de poils un peu partout. Utiliser un crimescope après le passage d'une ménagère… autant pisser dans un violon.

– Reste quand même l'ADN du sperme.

– Oui, mais vous voyez le tableau ? Un type jute dans un lit sans mettre de préservatif et laisse tout en l'état alors que dans un même temps, il s'emploie à briquer toute la chambre de fond en comble.

Ils soupesèrent cette analyse.

– Il y a une explication, conclut Adan.

– Laquelle ?

– Ils étaient deux. Celui qui a couché avec la fille et celui qui l'a tuée.

17

Suite à un énième callaissage, les conducteurs du tramway avaient fait jouer leur droit de retrait. Aucune rame ne s'enfonçait plus dans les Hauts de Chanturgue après vingt heures. Deux femmes portant le hidjab longeaient les voies, lestées de lourds cabas ; des gosses traînaient sur les marches d'un escalier menant à une passerelle.

Marie se gara non loin de l'immeuble d'Adan.

Le moteur de la voiture ronronnait dans le froid du soir. Ils fixaient, maussades, un cycliste solitaire qui remontait la rue.

– T'as bien mis les convocations sous les portes ? demanda la capitaine.

– J'ai fait l'étage en entier. Vingt piaules.

Un bref silence.

– Je repense à un détail, dit Marie. Dans la chambre de la fille, près du lit.

– Un carré vide au milieu d'un paquet d'images, difficile de passer à côté.

– Tu as une idée là-dessus ?

– La photo d'un ex-petit copain, c'est l'explication la plus simple. Mais je préfère celle-ci : quelqu'un a voulu supprimer un détail embarrassant. Un familier de la victime ou la rencontre d'un soir, après une baise qui a mal tourné. Ils sont au moins deux, j'en mettrais ma main à couper.

– Pourtant, dans le reflet de la rétine on ne voit qu'une personne ?

– Le complice était peut-être hors du champ de vision, ça ne prouve rien. Mais laisse-moi te montrer un truc.

Adan récupéra la sacoche de l'ordinateur qui leur servait à prendre les auditions en dehors du commissariat.

Il alluma le PC. L'écran diffusait une lumière pâle qui éclairait leurs visages.

– J'ai conservé une copie de l'image trouvée sur la clef, regarde.

Encore la scène.

– Fixe le mur, près du lit.

Marie hocha la tête.

– Vu. Aucune photo ne manque, cette fois-ci. Tu crois qu'on pourrait identifier la photo qui a disparu, en zoomant cette partie, comme pour la rétine ?

– La photo est d'une bonne résolution, essayons.

Le mur se rapprocha, on comptait une vingtaine de clichés : des moments festifs, un bord de mer, Venise et la tour Eiffel, des copines qui souriaient à la vie.

Adan pointa le curseur sur l'image qui les intéressait. Un

couple. On reconnaissait bien Émilie, un jeune homme la tenait par la taille et regardait de côté. Visage flou.

– Tu as gardé la capture du fond de l'œil, là où on aperçoit la silhouette moustachue ? La voix de Marie frémissait d'excitation.

Après quelques manipulations, Adan plaça les deux photos l'une à côté de l'autre.

– Rien à voir, gémit-elle.

– D'où ma petite théorie. Un demi-chauve qui prend le cliché et ici, le brun qui embrasse la victime dans le cou. Étudiants tous les deux ?

– C'est quoi ce truc autour de son cou ? Elle pointa un médaillon sous le menton du jeune homme. On peut grossir, encore ?

Le résultat n'était pas concluant.

– Un talisman ? proposa Adan.

– On dirait un animal avec des ailes.

– Hum, peut-être.

– La question reste posée : qui a retiré cette photo et surtout, pourquoi ? Et celle-là, aussi : qui va prévenir les parents d'Émilie ?

Son équipier esquissa une grimace.

– Fabrice pourrait s'en occuper, on ne l'a pas trop vu cet après-midi. Il bûchait son concours, je suppose ?

– Je vois que la rumeur ne t'a pas échappé. Les épreuves écrites approchent ; il a demandé à bénéficier d'aménagements horaires.

– Et Charfotti a accepté ? Avec cette affaire qui nous tombe dessus ?

– Réfléchis, si Boutteville devient commissaire, le taulier

n'aura pas envie de froisser un pair. Les patrons savent se renvoyer la balle.

– Quitte à faire trimer un pue-la sueur dans mon genre, Arabe de surcroît.

– Oh, Adan. Arrête avec ça. Tu ne vas pas nous rejouer la lutte des classes. Tu n'avais qu'à passer le concours d'officier, voilà tout.

Adan éteignit l'ordinateur et le rangea sèchement.

Un silence.

– Je retire ce que j'ai dit, désolé.

Il ouvrait la portière. Elle le retint par le bras.

– Attends, j'aimerais que tu contactes les parents d'Émilie. Il y a un peu de route et… j'avais promis à mon mari de l'aider à la pharmacie, pour l'inventaire. C'est un boulot dingue, tu sais. À vrai dire, j'ai déjà posé ma matinée. Tu veux bien ?

Adan sortit rapidement.

– Je n'ai guère le choix, j'imagine. Tu pourrais quand même trouver meilleure excuse.

18

La porcherie de la famille Landrot se trouvait à une cinquantaine de kilomètres de Clermont-Ferrand, sur de hautes terres battues par les vents.

L'exploitation se dressait au milieu d'un terrain vague envahi par la bouillasse. En sortant de la voiture, Adan perçut l'odeur du lisier fraîchement épandu. Un chapelet de nuages, lourds de pluie, pliait au-dessus de l'horizon.

Un coin qui pue l'ennui.

Il y avait de la lumière qui sourdait d'une grange et un carré jaune sale allumé au rez-de-chaussée du logis central. Il appuya sur une sonnette. Pas de réponse. Il jeta un coup d'œil à travers la fenêtre. Personne. En se retournant, un bourdonnement attira son attention. Le son provenait du bâtiment de ferme oblongue. C'était la porcherie.

Il s'y dirigea en prenant garde de ne pas trébucher dans la gadoue. L'odeur de fumier se fit plus forte. À l'intérieur régnait un vacarme assourdissant : l'heure du repas. Des centaines d'ongulés grognaient sur leur litière. Dans l'air flottait une poussière faite de poudres de graminées séchées et d'excréments. Au centre de la salle, un couple se démenait au milieu d'une masse grouillante de bêtes.

Le gars portait une salopette verdâtre commune aux éleveurs et une casquette. Il soulevait la carcasse d'un porc et la déposa sur un chariot élévateur. Ses congénères l'avaient à demi dévoré. La femme fixait la scène, navrée.

De son côté, Adan jeta un regard dépité sur ses chaussures et le bas de son jean.

Il va falloir que je passe au milieu de ces bestioles ? Si j'embaume la bagnole, les autres n'ont pas fini de se foutre de ma gueule !

Il se décida à couper la horde de bestiaux au plus court. La plupart couinaient quand il les repoussait du pied.

Il y en a quelques-uns qui pourraient me tailler en pièce.

La paysanne l'aperçut la première.

Un Arabe au milieu des cochons, l'image était cocasse. Il présenta sa carte tricolore et désigna un local éclairé sur le côté. Avec le vacarme, il peinait à se faire entendre.

Dans la guérite, le flic tira la porte derrière lui. Depuis

l'entrée de la grange, on les voyait qui conversaient tous les trois. Au bout d'un moment, la fermière se tourna vers son mari, quêtant un geste. Rien ne se produisit.

Alors, elle prit une chaise pour s'asseoir et se couvrit le visage avec les mains.

*

Assise dans le salon, la femme avait conservé sa gabardine. Ses cheveux étaient mal peignés, des cernes lui soulignaient les yeux. Son mari était resté dans la grange : les cochons n'attendaient pas.

Depuis qu'Adan l'avait suivie dans leur cuisine, elle avait mécaniquement sorti du frigo une bouteille de jus de fruits à demi-entamée et deux verres qu'elle avait posés sur un plateau.

Adan considérait le mobilier rustique et les deux photos sur la cheminée. À gauche : un pourceau gris de bonne taille, le regard méchant. À droite : une jeune femme dans une robe légère. C'était Émilie.

Il sortit un carnet et son stylo.

– Votre fille est passée vous voir, récemment ?

– Nous sommes sans nouvelles, depuis l'été dernier.

– Vous n'avez pas essayé de la contacter ?

La mère soupira.

– Émilie a toujours été indépendante. Son obsession était de fuir la ferme alors que mon mari comptait sur elle pour reprendre l'exploitation à notre retraite. Nous avons fait tellement de sacrifices pour maintenir l'élevage à flot. Un jour, Claude s'est mis en colère. Ils se sont querellés.

– Claude, c'est votre conjoint ?

– Oui.
– À quand remonte cette dispute ?
– Début juillet.
– Et depuis, aucun signe de vie ?
– Non, rien.
– Votre fille est étudiante, de quoi vit-elle ?

La femme se tordait les mains.

– Claude lui a coupé les vivres. Elle doit bosser quelque part, je suppose. Elle n'a pas fait de bêtises, au moins ?

Un souffle, qui charriait une odeur dégoûtante, envahit la pièce. Claude venait d'entrer. Il s'assit lourdement et posa sa casquette devant lui. Il dévisagea son épouse puis jeta sur Adan un regard déterminé.

– J'aimerais revoir votre carte de flic.

Adan avait l'habitude.

L'éleveur la détailla un moment, comme s'il appréciait le travail du faussaire.

– Qu'est-il arrivé à ma fille ?
– C'est ce que j'essaie de savoir, monsieur Landrot. Adan récupéra son étui. Nous pensons qu'elle avait un petit ami. Vous l'a-t-elle présenté ?

Il fit non de la tête.

– Vous avez son numéro de téléphone, un portable ?

La femme se leva d'un pas traînant et revint avec un cellulaire.

– Vous devriez l'appeler, maintenant.

Plusieurs sonneries, une voix enregistrée.

– C'est la messagerie.

Adan fit rappeler et écouta les paroles. Il nota le numéro.

– C'est une fille gentille, ajouta la mère d'une petite voix.

Elle aime la musique et la danse. Elle ne ferait de mal à personne.

Il releva la tête comme s'il n'avait pas prêté attention à cette dernière remarque.

– Je vais devoir vous solliciter pour quelque chose de très pénible.

Un silence.

– Nous ne savons pas où est votre fille. Elle a disparu de sa chambre d'étudiante et on ne l'a pas revue à la fac. Nous interrogeons son entourage, c'est la raison de ma présence. Nous avons juste trouvé une photo : nous pensons qu'il s'agit d'elle. On la voit attachée, elle a subi une agression. Il y a du sang. C'est vraiment une image très dure. Il va falloir que je vous la montre. J'ai besoin que vous me disiez si c'est bien elle.

L'expression du mari avait changé.

Adan entra dans la chambre. Une penderie avec de beaux vêtements. Des fringues sexy pour une jolie fille qui aimait plaire. Les chaussures rangées sous les cintres sentaient le fric. Quelques clichés dans une boîte ; pas de carnet intime ou de conneries de ce genre. Ni de photo d'un petit ami. Juste des livres de droit, un classeur avec des cours manuscrits et sur le premier feuillet, un nom : Robert Saudeloup, chargé d'enseignement en droit du travail à la faculté des sciences juridiques de Clermont-Ferrand.

Il vit une photo d'elle, plus jeune. Une robe noire, sans manches et légère, au bas évasé. De petits escarpins. Elle souriait en regardant l'objectif.

Elle aurait pu être mannequin…

En redescendant l'escalier qui menait au salon, Adan tomba sur deux vieillards.

La mère n'avait pas bougé de sa table, le père se tenait immobile, fixant le carrelage près de l'entrée.

Adan ne savait quoi dire ; il évoqua une convocation prochaine des parents à l'hôtel de police et prit congé.

Comme il passait devant lui, le fermier lui attrapa le bras.

– Puisque c'est bien notre Émilie sur la photo, alors... elle est morte ?

Adan prit un moment avant de répondre.

– Tant qu'un corps n'est pas retrouvé, la justice dit que non. Mais je ne veux pas que vous nourrissiez de faux espoirs. Il faut vous préparer au pire.

Derrière, la femme sanglotait.

– Vous avez des amis qui pourraient vous rendre visite ?

L'homme haussa les épaules.

Les premières gouttes de pluie scintillaient sur le pare-brise.

Adan sortit son cellulaire et appela Marie.

– Je viens de voir les parents d'Émilie. Ils me font un drôle d'effet, mais on en reparlera. J'ai pu récupérer son numéro de mobile, il faudrait demander en urgence au procureur sa géolocalisation. Peux-tu t'en occuper dès maintenant ? Si l'appareil est quelque part en ville, les antennes-relais du réseau téléphonique nous y mèneront tout droit.

19

« Ce tueur vit dans les sous-bois ».

La phrase en caractères gras et rouges s'alignait sous une imposante photo d'Amanite phalloïde. À proximité, une affiche de la société française de mycologie annonçait : « Prévention des intoxications par les champignons ». Tous les murs étaient blancs. Le mobilier se partageait entre quatre chaises et deux armoires grises. Derrière le comptoir, un gendarme répondait au téléphone ; dans une pièce à côté, un collègue interrogeait un type avec un béret qui parlait en roulant les r.

Adan poirotait depuis un moment quand la porte d'entrée s'ouvrit ; un vent frisquet s'engouffra dans la brigade, suivi d'un cycliste qui jurait.

Le jeune pandore lui fit un signe de la tête. Le maréchal des logis Thiraud était enfin rentré. Il fallut qu'il prenne une douche et se change avant de recevoir le flic dans son bureau. Les murs étaient tapissés de photos de pêche.

Le militaire ruisselait. Un homme au front haut, cheveux coupés ras. Son ventre tendait le tissu de sa chemise d'uniforme.

– Que puis-je pour vous ? demanda-t-il en se calant lourdement au fond de son siège.

– La famille Landrot…

– Qu'est-ce qu'ils ont encore fait, ceux-là ?

Le brigadier résuma brièvement l'affaire.

Thiraud soupira.

– Les Landrot sont éleveurs de porcs de pères en fils depuis plusieurs générations ; ils ont toujours fait partie du paysage, même s'ils ne s'aventurent guère en dehors de la propriété. Leur petite, c'est bien Émilie. Une fille qui a fait les quatre cents coups dans le patelin avec les jeunes de son âge. Elle savait faire tourner les têtes. Un jour pourtant, les choses sont devenues moches.

Tout en parlant, le gendarme faisait du tri sur son bureau.

– Elle a déboulé à la caserne un beau matin, elle voulait porter plainte contre son père.

– Pour quel motif ?

– Il l'aurait agressée sexuellement. Autant vous dire, c'était la parole de l'un contre celle de l'autre. La gamine n'avait aucune trace de violence sur elle ; on a vite trouvé que ça ne tenait pas la route, le procureur nous a donné raison et l'affaire a été classée.

– Et depuis cet incident, elle n'a plus mis les pieds chez elle ?

– La plainte remonte à deux ans. Après ça, plus rien n'a été comme avant, vous imaginez.

– Claude, le père, vous en pensez quoi ?

– Ce n'est pas un mauvais bougre, la ferme c'est toute sa vie. Mais la petite nous a raconté une drôle d'anecdote. Lorsqu'elle aidait son paternel à nourrir les bêtes, l'une d'elles occupait une place à part, c'était Mastard.

– Mastard ?

– Le verrat.

– Pardon ?

– Le reproducteur si vous préférez, un porc dans les deux cent cinquante kilos ; un polonais acheté à prix d'or qui fait la fierté du père Landrot depuis des années. On dit que c'est le plus beau géniteur du pays. Je l'ai vu une fois, un bestiau énorme, mais vicieux. Faut voir l'état des truies après qu'il les a couvertes. Les pauvres ont la croupe en sang.

– Qu'est-il arrivé ?

– Un jour que Mastard était en rut, Émilie est passée entre lui et une femelle qu'il poursuivait. Elle s'est fait renverser d'un coup de groin et il l'a méchamment mordue à la main. Elle a failli y laisser des doigts. Les choses auraient pu plus mal tourner encore. J'ai le souvenir d'une affaire, quand j'étais en poste dans le Finistère ; un sexagénaire attaqué par un mâle reproducteur alors qu'il aidait son fils à nourrir les bêtes. Il s'est fait sectionner l'artère fémorale avant de se vider en quelques minutes. Couic.

– Dangereux métier.

Le gendarme hocha la tête.

– À la ferme des Landrot, après la charge de Mastard, tout est allé en empirant. Depuis qu'il avait goutté au sang de la fille, le verrat devenait fou chaque fois qu'elle passait près de l'enclos. Il fallait faire quelque chose.

Adan n'arrivait pas à déterminer si cette histoire était tragique ou comique.

– Et que fait-on, en pareil cas?

– Ce que préconise le vétérinaire, abattre l'animal.

– Quel crève-cœur pour le père Landrot, se débarrasser de son cochon fétiche.

– Comme vous dites, mais on ne tue pas la poule aux œufs d'or. Égorger Mastard, c'était trop demander au bonhomme. Il n'a jamais voulu en entendre parler. Je crois que ça a été la ligne de rupture entre lui et sa fille. Elle a considéré qu'entre elle et le pourceau, il avait fait son choix.

– Vous saviez que sur la cheminée familiale, la photo de Mastard est juste à côté de la sienne ?

– Ça ne me surprend pas. L'attachement aux bêtes, c'est difficilement compréhensible quand on n'habite pas la campagne. Surtout pour vous qui, enfin…

– Parce que j'ai une gueule d'Arabe et que je suis censé ne pas manger de porc ?

Le visage du pandore prit un ton carmin.

– Je n'ai pas dit ça.

Adan nota l'embarras du sous-officier et resta silencieux un moment. Il adorait laisser les gens vasouiller dans leurs maladresses.

– Vous avez raison, je n'en mange pas. Question de goût.

En regagnant sa voiture, le policier repensa au salon des Landrot, à sa décoration fruste et à l'étagère, immanquable au milieu du mur. Il n'avait cessé de l'observer pendant que la mère sanglotait.

Entre deux pots de fleurs en plastique, une série de trophées. Les bons points du prince Mastard.

20

Dans la salle de réunion, des policiers en civil écoutaient Marie. Elle leur distribua plusieurs photos d'Émilie récupérées chez ses parents. Il y avait aussi l'agrandissement de la rétine avec la silhouette du type presque chauve.

Elle prit appui sur une table et les dévisagea tous, l'air passablement ennuyé.

– Émilie Landrot : elle a vingt-deux ans et personne ne

sait où elle est. On présume qu'elle a été tuée. L'auteur, c'est peut-être le photographe qu'on distingue à peine, on l'appellera l'homme à la moustache. La date du décès pourrait être le 31 octobre dernier, la veille de la Toussaint. On soupçonne son petit ami d'être complice du meurtre. Ses voisins de chambrée, à la résidence, n'ont rien remarqué, rien entendu. Charfotti veut qu'on ratisse tout l'immeuble, qu'on débriefe les locataires des niveaux inférieurs, tous les jeunes qu'elle a pu fréquenter à la fac de droit. N'oubliez pas les boîtes de nuit, surtout celles qui organisent des soirées estudiantines.

Marie se redressa et fit un signe de la main aux troupes.

– Allez, au boulot.

Elle aperçut Adan dans l'encadrement de la porte et le rejoignit dans le couloir.

– Les premiers témoignages recueillis ne vont pas vers le bon, lança-t-il. Le bâtiment est un moulin ouvert aux quatre vents, n'importe qui entre et circule dans les étages.

– Il n'y a pas de digicode, la nuit ?

– Si, répondit Adan, mais tu connais les limites du système. Tu te pointes derrière un résident et tu rentres sans problème. Sans parler de ceux qui regagnent leurs pénates avec un coup dans le nez ; ils ne font pas attention à qui leur tient la porte.

Elle était pensive.

– Reste la question de la clef ; si l'agresseur s'est débarrassé du corps et qu'après avoir tout nettoyé, il a refermé derrière lui, comment s'est-il procuré celle de la chambre ?

– Il a pris celle de la victime, pardi.

– Mais tu me disais que ce n'était pas compliqué d'en faire un double ? répliqua Marie.

– Non, mais Émilie a pu prêter sa clef à une connaissance qui en a fait une copie avant de venir la surprendre dans son sommeil.

– Ah non, elle était habillée sur la photo.

Adan nota l'argument et changea de sujet.

– Pour la triangulation de son portable, on a des nouvelles de l'opérateur téléphonique ?

– J'ai fait partir la réquisition dès que tu m'as appelé, répondit-elle. Je me suis aussi chargée du gestionnaire de boîtes e-mail. Émilie a une adresse électronique, il nous faut son mot de passe. J'espère en apprendre plus demain.

Ils se tenaient devant une large baie vitrée qui donnait sur l'avenue de la République. Le trafic était dense.

– Qu'est-ce que tu penses des parents Landrot ?

– Le vieux est pas bien fute-fute, peut-être vicelard sur les bords, qui sait ? Émilie n'était pas nette non plus.

Une pause.

– J'ai vu que tu as posé un jour.

– Je m'occupe de mon père.

– Comment va-t-il, au fait ?

Adan n'aimait pas parler de sa vie privée. Encore moins avec des femmes.

– Comme d'habitude.

21

Quand Marie monta les marches de la faculté, elle s'offrit un petit voyage dans le temps. La statue de Thémis, cycliquement peinturlurée par les noceurs, restait impassible, fixant l'orée du Jardin Lecoq. À l'intérieur, presque rien n'avait changé. Cette odeur, mélange de poussière et de café, le brouhaha et les murs couverts d'annonces. Elle se faufila au milieu des étudiants et atteignit le secrétariat. On l'orienta vers la salle des travaux dirigés où officiait Robert Saudeloup. Le cours n'étant pas terminé, elle prit son mal en patience et resta assise au pied d'une affiche qui vantait les crédits d'une banque. En travers, un encart promettait une « soirée infirmières » dans un pub clermontois. La vénus en blouse blanche minaudait en agitant une seringue.

Des bruits de chaises la tirèrent de sa torpeur. Après que tous les étudiants furent sortis, elle approcha du chargé de cours qui rangeait ses notes.

Il marqua un moment de surprise en voyant la jeune femme.

Le bureau de Saudeloup était un triste galetas dont seule la vue qu'il offrait sur le parc était plaisante. Des livres éparpillés aux quatre coins, une poubelle pleine de gobelets.

L'enseignant portait une courte barbe grise et de petites lunettes. Cette allure le vieillissait, il ne devait pas avoir plus de quarante ans. Il tenait une pipe dans une main et s'exprimait en l'agitant en tous sens, comme il devait le faire en auscultant devant ses élèves les arcanes du Code du travail.

– Émilie Landrot est inscrite à mon cours, mais elle n'a jamais fait preuve d'une grande assiduité.

Marie contemplait le désordre.

– Pourrait-elle se trouver en stage quelque part, à l'étranger ? Faisait-elle partie d'un programme d'échange ?

– Non, les étudiants en Licence n'y ont pas droit.

– Qu'est-ce que vous pouvez me dire à propos d'elle ?

Robert Saudeloup curait son brûle-gueule avec une branche de ses lunettes.

– Pas grand-chose. Une fille aux notes moyennes que le droit n'a jamais captivée.

– Vous a-t-elle raconté des choses sortant de l'ordinaire ? De mon temps, les profs de TD buvaient des coups avec leurs élèves ; certains parlaient de leurs tracas ou des problèmes de logement, ce genre de chose.

Saudeloup ricana.

– J'ai d'autres chats à fouetter et guère le temps de fréquenter mes étudiants en dehors des cours.

Elle le dévisagea et vit qu'il disait vrai.

Quelle fille s'attarderait avec un type à la mine si renfrognée ?

– On s'intéresse aux relations d'Émilie. Un petit ami ?

Saudeloup considéra la question.

– Elle s'affichait avec un garçon, il y a quelques semaines.

– Un nom ?

– Gaëtan de Sivry.

Elle prit note de l'identité. En relevant la tête, elle vit le regard perçant de l'enseignant.

– Antoine de Sivry, ça ne vous dit rien ?

– Non, pourquoi ?

Saudeloup arbora un sourire méprisant.

– C'est son père, un avocat d'affaires connu du landerneau. Vous entendrez parler de lui très bientôt.

– Seul Gaëtan m'intéresse, où puis-je le trouver ?

– Vous l'avez manqué de peu, il est inscrit à mon cours de droit social. Tout à l'heure, il vous est passé devant.

22

C'est en rejoignant son véhicule, de l'autre côté de l'avenue, qu'elle l'aperçut. Elle le reconnut immédiatement. Une évidence, malgré les années écoulées. Ce fut un choc.

Denis Gagné…

Elle se sentit gênée et rentra dans la voiture pour mieux le détailler. L'homme se tenait près d'un arrêt de bus, il conversait avec des étudiantes. Il s'était empâté et ses cheveux viraient au gris. Mais il était toujours séduisant. Tomber sur Denis était si improbable, qu'une seconde elle fut tentée de mettre le contact et de retourner à son bureau. Mais elle n'en fit rien. Elle avait déjà oublié la photocopie du dossier de Gaëtan. Une ombre blanche passa devant son champ de vision, c'était le bus de la T2C. Elle vit Denis prendre congé et fouiller dans une poche de sa veste.

Marie sortit précipitamment et courut rejoindre la porte de l'autocar avant qu'elle ne se rabatte.

À l'intérieur, le chauffeur attendait qu'elle se décide à payer sa place ou à rester là comme une godiche. Il avait l'habitude des zozos.

Elle farfouillait dans son sac, toute nerveuse, puis son regard se posa vers l'arrière.

Au milieu de la travée, Denis la dévisageait.

Le parc fermait dans une heure. Ils déambulaient le long d'un étang, longeant les arbres dégarnis. Le froid du soir les couvrait. Denis proposa un thé dans un troquet du vieux Clermont.

– J'ai l'impression d'avoir manqué un épisode, fit-elle après avoir passé commande. Je te croyais avocat à Montréal.

Se tenir à ses côtés avait quelque chose d'irréel. Elle se revoyait au concours de plaidoiries organisé conjointement par l'Université du Québec et l'Université d'Auvergne. Denis était aussi compétiteur, ils avaient sympathisé. C'est après son retour en France que leur histoire avait commencé. Des centaines de lettres et presque autant de cassettes. Juste l'odeur de l'encre et la douceur du papier. Le choix des plus jolis timbres, des plus belles musiques pour entrecouper les soliloques sur bande magnétique qu'ils s'adressaient. Écouter la voix de Denis dans le noir fut probablement son expérience érotique la plus intense. Une plénitude renforcée par le caractère strictement platonique de leur relation. Elle dura trois années. Un jour, il rencontra celle qui allait devenir sa femme. Marie apprit la nouvelle dans une courte lettre, elle en eut le cœur brisé. Elle était tombée amoureuse, l'air de rien.

Toutes ces pensées dansaient devant elle.

Denis était heureux de la revoir, mais semblait à mille lieues de son trouble.

– Après mon mariage avec Clotilde, j'ai exercé une douzaine d'années au barreau de Montréal, mais elle voulait revenir dans la région, se rapprocher de ses parents âgés. Alors, quand mon propre père s'en est allé, on a franchi le pas. Elle a repris une franchise de vente de barbecues, *Red Gibson*. Tu connais ? Elle bûche comme une dingue. Avec elle, je suis devenu incollable sur les grils de cuisson et les planchas.

Denis se lança dans un long monologue sur les avantages comparés entre les combustions au gaz et celles au bois à charbon.

Elle trouva judicieux de changer de sujet.

– Et toi, que fais-tu ?

– Je suis toujours avocat, mais associé désormais. Notre cabinet est rue Saint-Dominique, à deux pas du palais de justice.

– Tu as bien réussi.

– Je n'ai pas à me plaindre.

– Des enfants ?

– Un petit garçon, Alexandre. Je l'adore.

Elle parla un peu d'elle. Denis n'en revenait pas qu'elle soit flic, dans une brigade criminelle en plus. Ses questions pesantes sur l'odeur des cadavres, son envie d'anecdotes macabres lui rappelaient ces vautours croisés dans les dîners où son mari la traînait malgré elle.

Ils redescendaient le cours Sablon où flottait un léger brouillard. Elle voulait regagner sa voiture, il était tard. Pendant qu'il parlait de lui, au café, elle avait réalisé qu'il valait mieux laisser le passé où il était. En même temps, elle ressentait toujours de l'attirance pour lui.

Il la frôlait et le froid piquant du soir lui donnait envie de se blottir contre lui.

Il devisait sur Clotilde et son couple, sur la routine qui s'était installée.

Elle avait sorti ses clefs de voiture. Denis avait quelque chose qui lui couvait au fond des yeux.

Elle devinait la suite, limpide. Il lui caresserait la nuque et l'instant d'après, il l'embrasserait avec fougue.

Elle se retourna, désemparée. Les choses prenaient une tournure si inattendue.

Une diversion s'imposait.

– J'ai oublié de te demander, tu travailles à la fac ?

Il était déçu.

– Je donne un cours en droit des affaires.

– C'est toujours pour les étudiants inscrits en 3e année ?

– Oui.

– Tu connais Gaëtan de Sivry, le fils de l'avocat ?

Un silence.

L'inconséquence de Marie l'intriguait.

– Le vieil Antoine ? Évidemment.

– Quel genre d'homme est-ce ?

– Un ténor du barreau qui se pique de politique. Certains disent qu'il convoite la place du maire. Pour moi, c'est un irascible virtuose qu'il vaut mieux avoir de son côté. Un détail qui te concerne, il déteste les flics. Tu as des ennuis ?

– Non, j'étais simplement curieuse.

Marie mentait mal. C'était une des choses que Denis savait d'elle.

– Je te laisse ma carte, dit-il en effleurant sa main.

Elle la prit sans rien dire.

– J'espère te revoir bientôt.

Elle le gratifia d'un sourire avant de rentrer dans sa voiture.

23

À l'hôtel de police, il était vingt heures passé.

Couloirs déserts. Une tache de lumière qui glisse à travers la porte entrebâillée du chef. Marie risqua une tête.

Charfotti ne la remarqua pas tout de suite. Costume gris,

visage triste. Il semblait bien las, assis derrière son bureau, le menton dans les mains.

– Je vous dérange, Monsieur ?

Il se redressa, comme surpris au milieu d'un rêve.

– Pas du tout… quelle heure est-il ?

– L'heure de rentrer chez vous, on dirait.

Parfois, quand ils n'étaient que tous les deux, elle le maternait un peu. La fatigue inhabituelle de son supérieur ne lui avait pas échappé. Ses efforts pour n'en laisser rien paraître étaient touchants.

– Vous avez raison. Mais c'est valable pour vous aussi.

– Je suis montée déposer mon arme au coffre. Après, je me sauve.

– Prenez d'abord ça, dit-il en désignant un feuillet couleur crème avec le logo violet d'un fournisseur de services Internet.

Elle parcourut rapidement le document.

– C'est le résultat de notre réquisition pour l'accès à la messagerie privée d'Émilie Landrot. Déjà ?

– Le nouveau correspondant « forces de l'ordre » de l'opérateur est un ancien du 36 quai des Orfèvres, ceci explique cela.

– C'est génial, ils ont récupéré le mot de passe.

– Tout est dedans.

Elle prit le rapport et lui souhaita une bonne soirée.

– Gardez un œil sur les mistigris, vous n'avez pas oublié j'espère ? Elle l'entendit à peine. Une seule chose importait désormais. Connaître la liste des contacts d'Émilie Landrot.

Découvrir qui elle était vraiment.

24

Hasna Settara recompta les sandwichs et les plaça dans le carton avec le thermos de thé, les pâtisseries et les fruits.

Le père tournait autour de la table, préoccupé. Adan entra.

– Alors ?

– J'ai retourné chaque brin d'herbe : rien. Il ôta ses chaussures.

– Mais où donc fourré ce chat !

– Ne te mets pas dans des états pareils pour Simba, lui répondit Adan. Il est juste en vadrouille, voilà tout.

– Ce n'est pas son genre, bougonna le vieux. D'ordinaire il se plante devant la porte et miaule jusqu'à ce qu'on lui ouvre.

– Bon, j'ai fini de préparer votre pique-nique, dit Hasna. Il faut que je m'en aille, Chadil va s'impatienter. Vous partez à quelle heure, demain ?

– Neuf heures, on sera de retour en début de soirée.

Youcef était sorti pour poursuivre les recherches. Cette bête avait pris dans sa vie une place inouïe.

Quand ils furent tous les deux, sa sœur demanda :

– Tu dors là ?

Adan hocha la tête. La veille de leur pèlerinage annuel, Youcef était toujours anxieux ; autant qu'il couche ici. C'est seulement hier qu'il s'était résolu à accompagner son père. Une fois encore. Direction Bourg Lastic, au lieu-dit « le Camp », quelque part au milieu des bois. Là où se trouvait leur tente, jadis, assaillie par les vents glacés des nuits auvergnates. Là où là mère était morte sur son lit de camp. Hasna salua son frère et quitta la maison.

Derrière la vitre, Adan la suivit discrètement du regard. Elle ferma le portail, fouilla dans son sac et en sortit un carré d'étoffe qu'elle ajusta habilement sur sa tête avant de s'éloigner dans la rue.

Le père rouscaillait toujours.

– Va te coucher, grogna Adan en s'affalant dans le fauteuil.

– Pas avant de l'avoir retrouvé.

– Il faut que tu dormes, c'est une grosse journée demain.

– Je ne laisse pas Simba dehors.

– Tu nous emmerdes avec ton chat !

La voix d'Adan avait tonné avec une intensité qui le surprit lui-même.

Youcef ne répliqua pas. Il n'avait plus la moelle.

*

Agnès Charfotti s'apprêtait à poser son magazine sur la table de chevet quand elle entendit un bruit sourd dans l'escalier.

– Daniel ?

Pas de réponse.

Elle se leva rapidement et sortit de la chambre en enfilant son peignoir.

Ce qu'elle vit de l'autre côté de la cloison lui serra le cœur. Son mari était affalé au milieu des marches. Le plateau gisait par terre avec les deux bols à tisane. L'infusion de tilleul formait une tache que la moquette absorbait lentement.

Daniel était livide.

– Qu'y a-t-il mon chéri ? dit-elle en s'empressant de le rejoindre. Les mains de son époux tremblaient, son souffle était court.

– J'appelle un médecin.

– Non ! dit-il avec un soupçon d'autorité. Il se relevait déjà, fixant d'un air désolé le tapis de sol.

– Je me suis entravé, ce n'est rien.

Agnès ne rétorqua pas. Ce genre d'incident se répétait, elle en connaissait la cause.

Elle caressa sa joue tendre malgré un duvet de barbe.

– Laisse-moi essuyer. Tu es épuisé, il faut que tu viennes te coucher.

– J'ai besoin d'aller aux toilettes.

Il descendit lentement les marches, agrippé à la rampe, et passa devant la porte des cabinets sans s'y arrêter. Il se dirigea vers la salle de bains et s'approcha du lavabo. Alors, quand il fut certain d'être seul et qu'on ne pouvait l'entendre de l'escalier, il s'accroupit et pressa une main contre sa bouche avant d'éclater en sanglots.

Agnès avait fini d'éponger la moquette depuis un bon moment quand son mari réapparut. Ses yeux étaient rouges, sa chevelure ébouriffée.

La douleur était partie, mais sur son visage, quelque chose d'autre l'avait remplacée.

L'épouse du commissaire ne la reconnut pas aussitôt, c'était la première fois qu'elle l'apercevait.

Cette chose, c'était la peur.

*

Quand Marie entra dans la cuisine, seul son couvert était mis. Un plat à réchauffer l'attendait sur la table. Sur l'assiette, un mot de Michel : « Trop vanné pour t'attendre, je vais dormir. »

Pendant qu'elle dînait, sa journée défilait devant elle.

Après avoir rempli le lave-vaisselle, elle prit une douche, enfila une chemise de nuit et s'approcha de la chambre. Elle l'entendait qui ronflait doucement. Elle s'assit à ses côtés, les jambes en tailleur, et alluma son ordinateur portable. Elle se connecta sur internet et déplia le compte-rendu du service provider. Émilie possédait une adresse électronique gratuite. La réquisition judiciaire avait permis d'obtenir le code d'accès. En deux clics, elle atteignit l'historique des échanges. Quelques messages, dont deux publicités pour des sites de rencontre. Le dernier courriel retient son attention : « Validation de votre mot de passe pour votre accès à Badon-Promotion. com ; bienvenue sur le site des petites annonces gratuites ».

Marie vit un lien dans le corps du texte qui renvoyait directement au site. Elle cliqua dessus et ouvrit le compte d'Émilie sur « Badon » avec le mot de passe fourni.

Dans l'onglet « Votre annonce », rubrique « rencontre sans suite », à la catégorie « hétéro », le portrait d'une étudiante apparut. Seul le bas du visage était visible, de longs cheveux et une bouche aux lèvres vermeilles. La jeune femme portait un tee-shirt d'adolescente, relevé sur une poitrine nue. Deux petits seins fermes pointaient vers le haut. Le modèle s'était photographié avec un smartphone. Jambes écartées, son jean troussé sur ses chevilles dévoilait une petite culotte blanche. C'était la seule image. Un texte précisait : « Bonjour, je m'appelle Justine, je suis une jeune femme de 23 ans. Pour messieurs courtois, je vous reçois à l'hôtel et vous propose de passer un moment agréable en ma compagnie. Hygiène et respect exigés. Numéro de chambre communiqué par

SMS. Les appels masqués ne sont pas acceptés. Mythos s'abstenir. »

Marie fit une capture d'écran.

Michel dormait toujours. Elle regarda l'heure sur le réveil. Il était tard. Mais la curiosité la tenait éveillée.

Elle se replongea dans le rapport. Un dernier paragraphe recensait les adresses IP des gens qui avaient consulté l'insertion. Il y en avait une bonne centaine. Pas mal pour une ville comme Clermont, mais pas si étonnant. Émilie était affriolante et les collègues d'Adan, à la brigade des Mœurs, lui avaient confié qu'en raison de la crise économique et du prix des loyers, la métropole auvergnate avait vu fleurir des petites annonces d'un genre particulier. Certaines proposaient un hébergement contre une rétribution en nature. La palme revenait à un fétichiste qui réclamait chaque dimanche, pour solde de tout compte, de donner la fessée à son étudiante. Elle devait s'habiller pour l'occasion en collégienne nipponne. Certaines personnes désargentées étaient prêtes à jouer le jeu.

La capitaine finit par éteindre l'ordinateur.

La chambre était plongée dans le noir, elle se sentit seule. Alors, elle s'assoupit, bercée par le murmure de son époux. Marie rêva qu'elle et Denis s'étaient retrouvés au Canada, leur route à chacun ne s'était pas séparée. L'air charriait des parfums qui mariaient l'herbe coupée, l'odeur des pavés après l'averse et, plus loin, comme portée par les nuages, l'effluve saline du Saint-Laurent. Il se tenait non loin d'elle et lui souriait. Alors, Marie sentait remonter le désir qu'elle avait pour lui. Et ce désir était si présent et si fort qu'il lui faisait presque mal.

Elle ouvrit les yeux. Ses pensées l'avaient ramenée à la photo dénudée d'Émilie. Imperceptiblement, ses mains glissèrent sous sa nuisette et commencèrent à se promener sur son corps. Elle n'osa pas réveiller son mari. En caressant son clitoris par de petits mouvements circulaires, elle songea à d'autres doigts que les siens.

25

La départementale qui montait vers Nébouzat était sinueuse, elle se faufilait au milieu des champs avant de traverser des forêts de chênes et de conifères qui s'étalaient aux pieds des volcans. Plus loin, laissant derrière eux Rochefort Montagne, ils virent l'horizon s'élargir et la route filer tout droit. Une lumière chaude dressait un voile blanchâtre qui surplombait des prés enclos par des haies vives et dessinait un halo autour du soleil. Youcef et Adan avaient voyagé côte à côte. Ils n'avaient presque pas parlé. Le vieux avait un bouquet de fleurs dont il lissait doucement les pétales. Après les abords de Bourg Lastic, leur chemin prit la direction du cantonnement. Alors, seulement, Youcef commença à scruter le paysage. Il détaillait les maisons assoupies dans la végétation et chaque tournant qui les rapprochait du hameau de Corne. Bientôt surgirent les baraques en pierre rouge du campement réservé à l'infanterie. C'est un autre homme, alerte et attentif à tout ce qui l'entourait, qui sortit de la voiture, manquant d'y oublier sa canne. Le bouquet dans les mains, il gagna le sentier qui menait à la clairière. Les tombes l'attendaient, fidèles à ses souvenirs. Et les sapins, si grands. La lumière et les parfums de la terre.

Son épouse reposait dans le cimetière de Bourg-Lastic, au milieu des chrétiens. Mais le petit Yazid était là, aux côtés des onze sépultures. Quelques anonymes avaient pris soin de les sertir de gravier ; des traverses de chemins de fer empêchaient les cailloux de s'en aller. Chaque enfant, certains mort-nés, avait droit à une planche en bois, peinte en blanc et menuisée dans le style des portes mauresques.

Youcef se tint un long moment devant son fils. Adan était en retrait, les mains dans les poches.

– Bonjour mon petit, fit le vieux en déposant le bouquet sur la tombe.

Dans son costume élimé, il tressaillit une fois encore, malgré la douceur de l'après-midi. Il venait de repenser aux nuits glaciales de l'été 62 qui lui avaient volé son bébé et sa femme.

Le père et le fils s'assirent sur un tronc et mangèrent leur déjeuner en silence.

Adan observait les environs, déserts. Les maisons de briques semblaient abandonnées. Il n'avait pratiquement gardé aucun souvenir de Bourg-Lastic. Ce qui s'était passé avant sa naissance, il le devait à des bribes, lâchées au compte-gouttes par son père ou sa sœur. La fuite d'Algérie, le bateau jusqu'à Marseille, le train et les nuits sous la toile au milieu d'une forêt dont les ombres terrifiaient même les adultes.

Youcef levait parfois les yeux vers la cime des arbres, épiant l'empreinte d'une émotion. Tant de choses le ramenaient là.

À la réclusion du camp militaire auvergnat succéda celle de Rivesaltes, l'ancienne prison à ciel ouvert du régime de Vichy ; ses grillages et ses miradors, jadis promis aux anti-nationaux et aux juifs étrangers. Bien qu'habitué à la rude vie du djebel, qu'il arpenta comme garde forestier, Youcef connu des années ingrates. Hasna avait confié à son frère que lui et les siens auraient fini au sinistre camp de Bias, dans le Lot-et-Garonne, si le hasard n'en avait décidé autrement. Des rumeurs inquiétantes circulaient sur le Centre d'accueil des Rapatriés d'Algérie. On le disait destiné aux inclassables, trop vieux ou infirmes, et gouverné par d'anciens pieds noirs qui y faisaient régner une discipline de fer, avec coupures électriques et couvre-feu toutes les nuits. Youcef se débrouilla pour bénéficier d'un accord signé entre les ministères des rapatriés et de l'Agriculture. D'ex-supplétifs, durs à la peine, furent recrutés pour des activités de forestage : abattre des arbres ou tracer des sentiers de lutte contre les incendies au cœur des bois. La journée commençait à cinq heures et s'achevait au crépuscule. Le réfugié connut une dizaine de hameaux. Loin des villes, des écoles publiques, de la vie ordinaire. Les enfants suivirent. Des années durant, Adan et Hasna vécurent cloîtrés à l'ombre des miradors.

Qu'avait fait Youcef durant la guerre ? Avait-il tiré sur son peuple ? Avait-il trahi, et de quelle manière ? Toutes ces questions, Adan crevait de les garder pour lui seul.

L'homme se leva soudainement, épousseta quelques miettes sur le bas de son pantalon et serra vigoureusement sa canne.

– On va voir ta mère.

Silence.

– Non, baba.

– Comment ?

– On ne va nulle part.

– Qu'est-ce que tu racontes ?

– On ne bougera pas d'ici tant que tu ne m'auras pas dit

ce que tu faisais en Algérie pendant la guerre. Tu étais garde champêtre dans un douar perdu de Kabylie : tu aurais pu rester à l'écart du conflit, attendre que l'orage passe comme l'ont fait les Français avec les Allemands. Et s'il te fallait t'engager à tout prix, pourquoi ne l'as-tu pas fait avec ton peuple contre les colons ?

Ces mots avaient fusé comme des balles.

Youcef pâlit, les yeux d'Adan cillèrent.

Ils étaient seuls au milieu de nulle part.

Plus d'échappatoire.

26

Il y a treize ans, ils avaient pris un avion pour Alger. C'était la première fois, depuis la fin de la guerre, que Youcef Settara y retournait. Il avait longtemps hésité, mais ses enfants étaient parvenus à le convaincre.

Adan était du voyage, il avait pris sa caméra et deux appareils photo ; tant de choses à voir et à sentir. Le douar perdu dans le massif des Babors, le puits au milieu de la place et le figuier dans le jardin. Et toute la famille restée là-bas, au moment de l'exode des harkis. Qu'étaient-ils devenus ?

Sa sœur les avait accompagnés jusqu'à la gare. Chadil la serrait par la taille.

À leur arrivée à l'aéroport international d'Alger, le soleil était généreux. Adan découvrait un nouveau monde. Il observait son père, marchant sur le tarmac, raide comme un officiel en visite d'État.

On vérifia leur passeport et leur visa de tourisme. Ils furent autorisés à traverser le poste frontière. Ils allaient rejoindre le tapis où les attendaient leurs valises quand quelqu'un cria derrière eux. Deux douaniers venaient à leur rencontre. Le premier, un subalterne, s'adressa à Youcef qui tendit de nouveau son passeport. Le fonctionnaire le remit aussitôt à son chef qui le scruta avec attention. Son visage n'exprimait rien qui vaille.

– Dans quel camp étiez-vous durant la guerre de libération nationale ? demanda sèchement l'officier.

Il n'y avait rien à dire que l'autre, visiblement, ne sache déjà.

L'Algérien cracha par terre et jeta le document au sol avant de le fouler du pied.

Adan eut un geste de révolte, mais l'agent des douanes posa la main sur la crosse de son arme.

– Arrête mon fils, implora Youcef.

– Tu es un traître de moghazni. Ton pays c'est la France et tu y retournes à l'instant ! vociféra l'officier en désignant le comptoir d'enregistrement. Ton fils peut rester, lui. Ses papiers sont en règle.

Dans le hall de l'aéroport, Adan regarda l'avion d'Air Alger prendre son envol en bout de piste.

En salle d'attente, son père s'était mis à pleurer et cette image lui avait brisé le cœur. C'était la première fois qu'il le voyait si bouleversé. Lui, l'ancien arpenteur des montagnes kabyles, taiseux et dur au mal. Il s'était souvenu d'une lointaine discussion avec sa sœur Hasna. Elle aussi avait été témoin d'une telle scène, à deux reprises. Une fois dans la soute du cargo Sidi Brahim, quand lui et sa famille laissèrent toute une vie derrière eux. Et quelques semaines plus tard, sous la tente d'un camp auvergnat, devant sa femme morte en couche.

Les dix jours qui suivirent, Adan s'acquitta de la tâche que lui avait confiée son père. Il retrouva le village natal, le puits et l'arbre fruitier, des oncles et des cousins. La plupart avaient vécu dans la misère, longtemps après la fin de la guerre. On n'avait pas pardonné aux proches des harkis. La plupart se souvenaient bien de Youcef, mais les sentiments à son égard étaient contrastés. Certains le trouvaient privilégié. Tous n'avaient pas eu sa chance. Au douar, il y avait ce harki qu'on avait enterré jusqu'au cou. Un membre de l'armée de libération nationale, en treillis léopard, l'avait décapité à coup de pelle, s'y reprenant par trois fois. La tête avait roulé jusqu'au bas de la rue. Et cet autre qui avait fui par ses propres moyens. Comme les champs de mines bloquaient toute échappatoire le long de la frontière tunisienne, il s'était enfoncé seul dans le Sahara.

On ne l'avait plus jamais revu.

27

Au manoir familial de Pont-l'Abbé, en Bretagne, le feu qui ronflait dans l'immense cheminée parvenait difficilement à chasser l'humidité ambiante. Depuis le retour du cimetière, un orage avait dressé au-dessus des champs de lourds manteaux de pluie.

À quelques mètres de l'âtre, sur un mur paré de boiseries, les portraits des ascendants paternels, en costume militaire, rappelaient la fière lignée qui s'achevait avec celui du fils cadet. Il souriait à la vie, impeccable dans son uniforme saint-cyrien, casoar sur la tête et sabre au côté. Son expression affichait l'assurance des êtres nés pour commander. Philippe de Boutteville le contemplait, revêtu de sa tenue de colonel d'infanterie.

Fabrice venait d'entrer dans le salon. La présence de son père l'intimidait, il était resté en retrait.

Au bout d'une minute, sans quitter des yeux le visage de son fils, l'ancien chef de guerre avait lâché quelques mots, dents serrées.

– Tu étais l'aîné. Ton devoir t'imposait de partir le premier, d'aller combattre en Afghanistan. Au lieu de ça, tu as préféré te planquer dans la police pour y jouer l'officier d'opérette.

Il se retourna, son regard luisait de colère et de chagrin.

– Si tu n'avais pas été si faible, Bastien serait toujours là.

François tenta timidement d'objecter mais son père fit un geste de reniement.

– Tu me dégoûtes, je ne veux plus te voir.

Fabrice Boutteville s'arracha à la contemplation de la pluie qui ruisselait sur la vitre de son bureau. En se retournant, il vit Charfotti qui le regardait dans l'encadrement de la porte.

– J'ai besoin de te parler.

– J'arrive, répondit le commandant.

Lorsqu'ils furent dans son bureau, le commissaire lui fit signe de prendre une chaise et de fermer la porte.

En s'asseyant, l'officier remarqua deux boîtes de médicaments que son chef enfourna prestement dans un tiroir.

– Alors ça y est, tu es sur le départ ? La voix était neutre, presque indifférente.

– Les épreuves écrites sont dans trois semaines : dernière ligne droite, fit crânement l'autre. J'ai posé mes restes de RTT pour bûcher jusqu'au bout.

Charfotti prit le temps de répondre. Il s'éclaircit la gorge.

– J'aimerais que tu reportes ce projet de concours.

Boutteville pâlit. Il croisa nerveusement les bras.

– C'est une blague ?

Le commissaire, visage grave, se pencha en avant.

– Écoute, j'ai des soucis de santé. J'ai besoin de quelqu'un pour me seconder : la paperasserie, toutes ces choses.

Boutteville secouait la tête, incrédule.

– Passer ce concours est un droit, tu ne peux pas faire barrage. Enfin merde, tu sais ce que ça représente pour moi ?

– Bien évidemment, mais laisse-moi finir, Il y a d'autres moyens pour arriver à tes fins. Si tu acceptes de m'assister, disons quelques mois, je te proposerai pour la prochaine voie d'accès professionnelle. Il te suffira de patienter quelques semaines et tu pourras accéder au grade de commissaire, sans passer le concours.

– Je n'ai aucune garantie d'être retenu.

– Tu as beaucoup plus de chance d'être admis à la VAP que de réussir un concours avec copie anonyme, une procédure hasardeuse par nature. Et puis, je connais le président du jury. C'est un ami. Avec une lettre de recommandation bien appuyée, c'est comme si tu avais déjà tes feuilles de chêne sur les épaules.

Boutteville était songeur.

– Pourquoi ce marché ?

– Tu es le mieux profilé pour ce travail. Et moi, j'ai besoin d'un peu de temps et de beaucoup d'énergie pour me soigner.

– C'est si grave que ça ?

– Assez. Tu acceptes ?

Une pause.

Les yeux de Boutteville s'étrécirent.

– Je veux te voir cosigner mon dossier de candidature.

– Aucun problème.

– Fais-le maintenant. J'ai travaillé trop dur pour renoncer à me présenter sur la base d'une simple promesse. Il s'agit de ma carrière, c'est sérieux.

Charfotti soupira. La détermination de l'officier n'était pas une surprise.

Il prit un formulaire vierge et s'exécuta.

Boutteville vint se placer au-dessus de son épaule, attentif.

– Je veux que tu fasses passer la note de service dès aujourd'hui. Er ce n'est pas tout. En plus de l'état-major, j'aurai un droit de regard sur toutes les affaires.

– Comme tu veux. Alors, c'est bon ? Tu restes parmi nous ?

Cette discussion avait épuisé Charfotti. Il transpirait abondamment.

Boutteville se leva avec le sourire du chat qui digère.

– Jusqu'à l'année prochaine patron, mais pas un jour de plus. D'ici là, je superviserai cette boutique, soyez confiant. D'ailleurs, j'ai déjà quelques idées.

Après qu'il fut sorti, le commissaire s'abandonna dans son fauteuil, visage crispé.

Inutile de se voiler la face, songea-t-il tristement. Il n'allait plus pouvoir tenir bien longtemps. L'idée que Boutteville dirige bientôt la boutique, même par intérim, lui soulevait littéralement le cœur. Mais le pire, c'était de l'imaginer commissaire. Cette petite gale en était arrivée là sans avoir jamais coffré le moindre malfrat. Sa réussite au concours serait le couronnement d'un aberrant parcours. Et cela ne pouvait être. S'il l'avait bien jaugé, la pression occasionnée par ses nouvelles responsabilités serait trop forte. Le scribouillard exploserait en vol, perdant tout espoir de promotion.

C'est le pari que faisait Charfotti.

28

Marie Lesaux disposa plusieurs images d'Émilie sur un panneau en liège. Elle écoutait, de l'autre côté de la table, un gardien qui terminait son compte rendu.

– Tous les jeunes de l'étage où logeait la fille ont été entendus ; aucun n'a la physionomie de notre photographe-mystère. On déplore de temps en temps de la fauche dans les chambres. En général, un ordinateur ou un téléphone. Il y a très peu d'agressions graves, plutôt des chicanes entre gamins bien entamés. On a trouvé des bouteilles d'alcool dans presque toutes les piaules. Seul incident notable, il y a trois mois, un vicieux s'en est pris à des nanas du niveau en dessous. Il furetait dans les couloirs et testait les fermetures de porte. Deux fois, le verrou n'était pas tiré. Les filles dormaient, il les a tripotées. La seconde a fini par se réveiller et le type s'est fait serrer, il est au trou depuis. À moins d'avoir le don d'ubiquité…

Un autre fit le résumé des analyses de la police technique.

– Dans la douche, l'inspection du siphon de sol et de la grille inox a révélé la présence de résidus de chair, d'une dent et d'un bout de vertèbre cervicale. Le groupe sanguin est A + : celui de la disparue. Découpage probable de l'épine dorsale à l'aide d'une scie à métaux. Le prélèvement ADN du sperme trouvé à proximité du radiateur de la chambre a été confronté à celui du fichier national, sans résultat.

Découverte de traces latentes de sang effacées grossièrement dans l'ascenseur, la même eau de javel que celle utilisée à l'intérieur de la piaule. Et pour finir, une drôle de médaille retrouvée accrochée à une latte du matelas. La chaîne est cassée, un maillon déformé. La PTS pense qu'on l'a arrachée.

Il tendit un sachet en plastique contenant une pièce de métal arrondie sur laquelle figurait un volatile.

– On dirait une chouette avec une tête de mort, fit Marie. Un bijou gothique ?

Elle prit une chaise et relut en silence le rapport des techniciens avant de conclure, d'un ton désolé : « Émilie a été découpée dans sa chambre d'étudiante puis trimballée dans l'ascenseur. C'est un coup bien préparé, son agresseur connaissait les lieux ».

– Peut-être un familier, ajouta le gardien.

Elle haussa les épaules.

– Aucune trace ADN de l'agresseur ?

Signe négatif de la tête.

– Où conduit cet ascenseur ?

– À tous les étages et jusqu'au sous-sol. Il faut une clef de déverrouillage pour y accéder. Mais ça dysfonctionne depuis des semaines, n'importe qui peut s'y rendre.

– Vous avez jeté un coup d'œil en bas ?

– Deux collègues fouillent les lieux. Ils sont sur la piste

d'un chariot qui manquerait à l'appel. Le personnel d'entretien l'utilise pour transporter le linge d'un étage à un autre.

– Et si notre type vient de l'extérieur ?

– Il faut commencer par le plus simple : l'entourage de la victime. On ne part pas les poches vides, la physionomie du tueur est celle d'un type dégarni avec une moustache. Un gaillard, entre trente et quarante ans. S'il a ligoté sa victime, c'est qu'il est venu outillé : un acte prémédité, exécuté froidement. Si ce n'est pas un opportuniste, il peut très bien récidiver. Il doit être connu des services de police. Un ancien cambrioleur, peut-être. Un type qui aime entrer sans y être invité…

– On a bien quelques détraqués dans l'agglomération, mais par où commencer ? interrogea le policier.

Marie se leva, une copie de la procédure sous le bras.

– Faites-moi une consultation du fichier des auteurs d'infractions sexuelles et proposez-moi une liste de suspects. Concernant le chariot qui a disparu, faites le tour des déchetteries de l'agglomération. Si ça ne donne rien, prenez en photo un de ceux qui restent dans les sous-sols et transmettez-la par messagerie au groupement de gendarmerie départementale du Puy-de-Dôme. Il a pu être abandonné dans un fossé, sur un parking ou dans un dépôt sauvage. Des manouches ont pu le ramasser pour récupérer le fer. Les patrouilles ouvriront l'œil. Dites-leur que c'est une affaire d'homicide, surtout.

– Et le petit ami de la victime, on devrait commencer par lui…

– Gaëtan de Sivry ? Je ne le perds pas de vue, mais prudence, il ne correspond pas à l'homme à la moustache. Et puis, vu l'influence de son avocat de père, je veux qu'on l'entende avec un dossier béton.

Ce que Marie prit soin de ne pas ajouter, c'est qu'elle comptait interroger Denis Gagné en tout premier lieu.

Une excuse pour le revoir. Elle en avait très envie.

29

Les premières victimes furent les caïds, accusés de collaborer avec les Français. Puis ce fut au tour des vétérans des grandes guerres qu'on retrouva égorgés. Sur leurs dépouilles, les traîtres à la nation algérienne arboraient leurs médailles militaires, agrafées dans les chairs.

Dans les campagnes, on ne comprit d'abord rien à ces truanderies. Ce n'est qu'après de longs mois que le mot « FLN » vint sur toutes les lèvres. L'organisation collectait des fonds, du ravitaillement pour les unités combattantes et faisait régner son ordre révolutionnaire. Dans chaque province, ou Wilaya, le FLN tissait sa toile et les villageois étaient sommés de rallier l'insurrection. Tous les réfractaires étaient passés au fil du poignard, sans autre forme de procès.

Youcef était garde forestier. Il ne faisait pas de politique et s'était toujours tenu à l'écart des troubles. Comme la plupart de ses voisins au douar, il était pauvre et sa fille n'allait pas à l'école.

– Au début, reconnut Youcef, l'indépendance me semblait une bonne chose. Ensuite, virent les premières exécutions, les premiers massacres. Alors, je ne me suis plus séparé de mon fusil.

Le placement des bois en « zone interdite » vit son village, comme tant d'autres, évacué et ses habitants regroupés près d'un cantonnement français. Cette technique radicale visait à couper le FLN du soutien des populations. Dans l'affaire, Youcef perdit son travail, sa terre et ses chèvres. Pour la première fois de sa vie, son horizon de montagnes fut remplacé par celui des fils barbelés et des miradors. Au sein du camp, la présence d'une école et d'un dispensaire n'empêcha pas sa famille de sombrer un peu plus dans la misère. La section administrative spécialisée (SAS) qui gérait le village de toile était dirigée par un commandant taciturne, mais son adjoint, le capitaine Vincent Joubert, faisait preuve d'humanité. Il traitait tous ses hommes sur un pied d'égalité, qu'ils soient Français d'origine européenne ou nord-africaine. Youcef fut chargé de la sécurité. Il protégeait des civils, il protégeait sa famille.

Le soir tombait déjà. Le père tendit la main vers sa canne et le fils indiqua un sentier qui entrait dans une clairière. Ils empruntèrent un sentier, marchant côte à côte. Youcef reprit son récit.

Les années passées comme moghazni sous les ordres de Joubert filèrent vite. Mais durant l'année 1962, tout s'accéléra : accords d'Évian, exode des pieds noirs et proclamation de l'indépendance, le trois juillet. Une seule date hantait sa mémoire : le 24 mars. Quatre jours après le cessez-le-feu.

C'était une fin d'après-midi à la caserne. Un gradé leur avait demandé de laisser leurs fusils sur les lits.

« Séance de cinéma obligatoire », avait dit l'homme. Youcef ne se souvenait plus de quel film il s'agissait. Ce qu'il n'oublierait jamais, c'est qu'à leur retour dans les chambrées, tous les flingues avaient disparu.

– C'est fini, vous êtes libres. Vous pouvez rentrer chez vous.

C'est ce que cria à haute voix un officier, en les réunissant dans la cour, au pied du drapeau. Leurs frères d'armes, venus de la métropole, n'étaient pas avec eux. Ils chargeaient du matériel dans les camions.

Vers deux heures du matin, les bahuts se mirent en branle et le bruit qu'ils firent en manœuvrant les jeta tous au pied du lit. Ils crurent d'abord à une attaque. Mais la réalité s'imposa vite. Leur régiment levait le camp.

Les heures qui précédèrent l'aurore furent interminables. Les harkis tenaient des conciliabules pour décider quelle stratégie adopter. Les chefs étaient injoignables, les consignes floues et contradictoires. Que faire ? La peur gagnait les esprits. Sur les collines entourant la caserne, les moudjahidin avaient allumé des feux pour signifier leur présence. Certains supplétifs disaient qu'ils attendaient le départ des militaires avant de venir les égorger tous. Depuis plusieurs jours déjà, les fellouzes occupaient l'espace laissé libre par les Français. Les tabassages se multipliaient, les exécutions n'allaient pas tarder.

Lui et ses compagnons craignaient particulièrement les « martiens », des partisans de la dernière heure qui avaient patienté jusqu'au cessez-le-feu avant de se rallier à la cause indépendantiste. Ils redoublaient de cruauté pour faire oublier leur atermoiement. Tous tentaient de se raccrocher à un officier, une bouée de sauvetage. Youcef comme les autres. Mais pour son malheur, le capitaine Joubert profitait d'un congé dans sa famille, en métropole. Un colonel avait essayé, sans grand succès, de se montrer rassurant. Il disait que des listes avaient été dressées par le haut-commissaire de la République, leur nom à tous y figurait. Le gage d'un sauf-conduit vers Marseille.

Pourtant, au fil des heures, il ne fut plus question de registres, mais d'une simple promesse : l'amnistie à tous et la garantie qu'il n'y aurait pas de représailles. Le nouveau pouvoir algérien s'y était engagé, à Évian.

Au petit jour, le bataillon était prêt au départ.

Alors, des musulmans commencèrent à s'accrocher aux camions pour les contraindre à rester. D'autres abandonnaient leur treillis pour une tenue civile et couraient retrouver leurs proches. Youcef pensa tout d'abord rejoindre à pied le camp du Rocher Noir, sur la route d'Alger. D'autres optaient pour les ports où devaient appareiller les bateaux de la marine nationale.

Il demeurait quelques garnisons le long de la côte, dont la caserne de Zeralda.

Mais l'ALN était à l'affût. Partir le long des pistes avec sa famille était périlleux.

Youcef vit plusieurs Français repousser des frères harkis à coup de crosse pour les empêcher de grimper à bord. Certains avaient les doigts en sang, d'autres gisaient renversés dans la poussière. Tous criaient leur désespoir.

C'était la fin.

Alors, il se souvint du fusil qu'il avait caché dans le massif des Babors. À leur maison et à sa terre. Sa place était là-bas.

Il remonta se changer dans le dortoir et rejoignit le secteur de la SAS où sa famille logeait. Après qu'il eut raconté ce qui s'était passé, rongé par l'angoisse, sa femme esquissa un pâle sourire et prit sa tête dans ses mains.

– Ne t'angoisse pas, j'ai une idée pour nous sauver tous.

30

Marie s'apprêtait à appeler Denis quand elle vit le commandant Boutteville qui rôdaillait dans le couloir. Il finit par entrer dans son bureau. Petit sourire au coin des lèvres, il retournait dans ses mains une grande enveloppe kraft.

– Que veux-tu ?

– C'est arrivé au courrier, ce matin.

Le visage de Marie se plissa d'étonnement. Elle reconnut le logo de la société de télécommunication, la réponse à sa demande de géolocalisation du portable d'Émilie.

– Qui l'a ouvert ? C'est confidentiel.

– Tout ce qui touche aux correspondances concerne l'état-major.

– Tu plaisantes ? Ton boulot c'est l'intendance, depuis quand tu inspectes les lettres des groupes opérationnels ?

Boutteville se renfrogna et tendit la note de service fraîchement signée du commissaire.

Marie la parcourut rapidement, elle dut se rendre à l'évidence. Désormais, ce salopard avait autorité sur son équipe.

Elle ravala son fiel. Trop de travail pour gâcher de l'énergie dans un combat stérile.

La triangulation révélait que la dernière borne activée par le portable se trouvait près du parc de Montjuzet ; il coiffait une colline au nord de la ville.

Marie prit son téléphone et composa le numéro de la brigade cynophile.

– Que vas-tu faire ? s'enquit Boutteville.

– Je connais bien l'endroit, j'y faisais du jogging à une

époque. Localiser un mobile ne sera pas de la tarte, c'est truffé de recoins.

– Je t'accompagne.

Elle essaya de masquer son agacement.

– Tu es sûr ?

– Ton équipier a posé sa journée, donc je viens. Point à la ligne. Mais tu auras le droit de conduire.

Il ricana.

La camionnette de la brigade cynophile était à l'entrée ouest du parc, près du rond-point. Le gardien les avait rejoints. Boutteville se tenait à l'écart.

Expert dans la détection des restes humains, le chien était un fier malinois qui se nommait Aularque. Son maître, d'un naturel bavard, préparait l'animal en enchaînant les anecdotes flatteuses.

Dans l'appartement d'Émilie, Marie avait récupéré une petite culotte logée au fond de la panière de linge sale.

Maris présenta le sous-vêtement au brigadier.

Le berger belge frétillait d'excitation.

– Avant qu'Aularque ne parte en chasse, dit-il, vous devez savoir une chose. Son travail nécessite une concentration extrême, c'est une source importante de stress, même s'il prend cela pour un jeu. Nous avons trois bons quarts d'heure devant nous. Passé ce délai, si le chien n'a rien trouvé, ce ne sera pas la peine de poursuivre. Il sera trop fatigué.

Marie approuva d'un signe de tête.

Pendant que son dresseur parlait, l'animal se tenait droit sur ses pattes, truffe aux aguets.

Invité à donner son avis, le gardien haussa les épaules et lâcha en soupirant :

– Le terrain fait vingt-six hectares, ce sera coton pour retrouver quelque chose d'aussi petit que votre téléphone. Le parc est interdit la nuit, on ferme à dix-neuf heures trente. Mais c'est un lieu dont les abords sont curieusement fréquentés, vos collègues de la sécurité publique le savent bien : clochards, homosexuels en quête de partenaire, étudiants éméchés. Il y a quinze jours je suis tombé sur tout un groupe de furieux, déguisés en vampires. On trouve de drôles de choses dans les bois, vous pouvez me croire.

Avant que Boutteville ne se sente obligé de justifier sa présence par une remarque inopportune, Marie proposa au dresseur de commencer les recherches.

Le quadrupède renifla la culotte et prit aussitôt la direction du sommet de Montjuzet.

Il effleurait des troncs de cyprès et de pins parasols, des bosquets de lavandes et de romarins sans s'arrêter. Près d'un banc, il tourna en rond puis se remit en chasse, son maître sur les talons. Il l'encourageait.

Ils atteignirent la partie la plus élevée du parc. Le soleil était dégagé, la vue sur Clermont saisissante. Les flèches d'encre de la cathédrale, le ciel en camaïeu de bleu et au loin, le plateau de Gergovie et les monts du Forez.

Le temps passait, le chien fourrageait dans tous les sens.

Parvenant aux contreforts du parc, il se tint une seconde au bout d'un sentier qui filait entre les arbres. Il s'élança droit devant.

Aularque déboucha dans la rue des Chanelles, au milieu de petits immeubles, puis descendit la rue et entra dans le boulevard Lavoisier. Il commençait à s'agiter. Le brigadier lui caressa la tête et se releva en fixant Marie.

– On dirait qu'il a flairé quelque chose dans le coin, mais la piste semble floue. Il est trop fatigué pour continuer.

Aularque reçut une balle pour récompense, il commença aussitôt à jouer avec.

– Chou blanc, lâcha Boutteville. On aura au moins pris l'air.

Marie observait les environs.

Un couple de zonards avec leur chien traversaient la chaussée, une canette à la main. Elle les suivit du regard avant de tomber sur un ancien garage, non loin de la place des Bughes. Plusieurs coups de peinture n'avaient pas permis d'effacer complètement des taches sur les murs. Sur la façade, une enseigne aux néons vulgaires : *Rock River*.

31

– Inutile de te dire que je n'hésitais pas longtemps, ajouta Youcef en regardant son fils. La scène aurait pu sembler comique si la situation n'était pas si tragique. J'ai enfilé la robe et le hidjab que ta mère m'avait donnés.

Le père raconta qu'ainsi accoutré et accompagné de sa famille – sa femme était enceinte depuis plusieurs mois –, il s'était enquis d'un bus pour entamer le laborieux trajet de retour vers leur mechta. L'ancienne zone interdite était désormais sillonnée par des *Ferkas*, des sections d'une trentaine d'hommes de l'armée de libération algérienne qui s'enhardissaient chaque jour un peu plus.

Après que le bus les eut déposés, ils marchèrent encore deux heures et arrivèrent enfin chez eux. C'était peu avant le crépuscule. La porte était défoncée. Sur la façade, le mot « traître » était badigeonné avec un liquide rougeâtre. Au milieu du bourg, il y avait un cadavre pendu par les pieds. On l'avait émasculé et les viscères pendeloquaient de son abdomen fendu à la hache. Personne n'avait osé le décrocher, seuls les chiens tournaient autour, attirés par l'odeur.

Leur foyer n'était pas sûr, le village guère plus. Youcef confia ses proches à des voisins qui acceptèrent de les héberger quelque temps. Bien qu'exténué, il profita des ténèbres pour gagner le col où pâturaient jadis ses chèvres. C'est là que se trouvait le mausolée blanchi à la chaux au pied duquel il avait caché son fusil de chasse. Dans la touffeur de la nuit, les effluves environnants lui rappelaient l'insouciance des années d'avant-guerre : les aloès, les grappes de cactus et les oliviers.

En redescendant vers le douar, il était armé. Les poches pleines de cartouches.

Les jours passèrent. Youcef se déguisait en femme le matin et patrouillait dans les bois au crépuscule pour s'assurer qu'aucun fellaga n'y rôdait ; il connaissait la zone forestière comme personne et savait se dissimuler.

Les nouvelles du pays leur parvenaient par bribes, c'était la confusion. La lutte de pouvoir avait commencé entre les tenants d'un gouvernement provisoire et le bureau politique de l'ALN qui multipliait les expéditions punitives dans le pays.

Au lever du soleil, le bruit d'un moteur se fit entendre. Youcef avait bondi sur ses pieds et récupéré le fusil planqué sous une natte. En jetant un œil par la fenêtre, il vit un véhicule militaire. Son cœur manqua un battement. Ce ne pouvait être que l'ALN qui effectuait une descente ! Un voisin lui avait dit l'avant-veille qu'un peu partout la chasse aux traîtres avait débuté. On regroupait les harkis dans des centres d'interrogatoire où tortures et exécutions allaient bon train. Les plus chanceux s'en sortaient avec les lèvres et le nez coupés ; la plupart étaient massacrés ou jetés vivants dans la chaux.

Youcef était comme une louve piégée dans son terrier.

Au même instant, la portière côté conducteur s'ouvrit et il vit une silhouette sauter au sol et contourner le bahut. Elle portait des vêtements couleur sable ; un chapeau de brousse masquait le haut de son visage. L'homme cherchait quelque chose. Une seconde, il se tint de profil et Youcef fut traversé par un courant.

C'était le capitaine Joubert.

Le musulman fit un pas dans la lumière. Le soleil lui faisait cligner des yeux, il n'avait plus mis le nez dehors depuis des semaines.

Le Français le vit et marcha rapidement vers lui. Nerveuse, sa main droite ne quittait pas la crosse de son revolver.

– Youcef, rassemble ta famille, vite. Vous partez.

– Où va-t-on capitaine ?

– En France.

32

Le club de danse *Rock River* ouvrait à peine. Quand il vit le chien et son maître, en uniforme, le gérant fit grise mine. C'était un type maigre qui compensait sa calvitie par une mèche qui lui tombait sur la nuque.

– Je peux vous renseigner ?

Marie ouvrit son sac à main, sortit sa carte de police et la plaça sous les yeux du professeur.

– Vous êtes le responsable ? Quel est votre nom ?

– Richard Bertun.

– Émilie Landrot, c'est une de vos élèves ?

– Pourquoi cette question ?

Sans répondre, elle fit un signe au maître-chien pour qu'il s'avance.

– Vous permettez que notre animal inspecte votre local ?

– Mais, pour quel motif ?

Elle croisa les doigts et soupira.

– Cette jeune femme a disparu, dossier criminel.

Aularque venait de bondir à l'intérieur du dancing.

Marie jeta un regard au commandant Boutteville pour qu'il ne lâche pas leur interlocuteur.

À la suite du cador elle s'engouffra dans un escalier au fond d'un couloir dont les murs étaient tapissés d'affiches de films où jouèrent Fred Astaire et Ginger Rogers. Le malinois avait retrouvé toute son agitation, il furetait avec souplesse d'une cloison à l'autre. Il s'arrêta devant une porte et se mit à la gratter furieusement en se tenant sur ses pattes arrière. La serrure était verrouillée.

– Mais ça ne va pas, non? braillait Bertun en bas des marches.

Marie désigna l'entrée d'un geste formel.

– Si vous ne voulez pas nous voir rappliquer avec une perquisition, je vous suggère de nous laisser faire. Sinon, votre club sera dans un tel chantier qu'il en sera méconnaissable.

Le gérant grogna quelques paroles inintelligibles et vint ouvrir avec un trousseau qu'il sortit d'une poche.

Une pièce sombre, rideaux tirés. Un bureau plein de tiroirs. Dans une caisse, des piles de disques rangés à la diable. Un matelas à même le sol, drap et couette froissés. Et pour compléter le tableau : une bouteille de vodka vide qui a roulé contre le pied d'une chaise. Un tee-shirt et une petite culotte pendouillent sur le dossier.

Dans l'air, un mélange de foutre et de tabac froid.

Le malinois n'y prêta aucune attention, son museau s'engouffra dans une case du meuble. Il jappa de contentement.

Le maître-chien lui envoya sa balle et fit coulisser le compartiment.

Au milieu de cartes de visite, de clefs et de pièces de monnaie : un téléphone portable.

Le policier fit un signe de tête à Marie qui enfila des gants jetables.

Elle prit l'appareil. La batterie semblait déchargée.

– Monsieur Bertun, quelle heure indique votre montre ?

– Quinze heures trente, répliqua-t-il avec aplomb.

– À partir de cet instant, vous êtes en garde à vue pour l'enlèvement et la séquestration d'Émilie Landrot.

33

Youcef avait terminé son récit succinctement. Le camion les avait conduits jusqu'au port d'Alger. Ils avaient appareillé dans la foulée, avec une quinzaine de supplétifs accompagnés de leur famille. Il y avait quelques officiers français, tous anciens responsables de SAS, qui veillaient à les faire embarquer incognito. C'était dans les soutes d'un cargo, avec la complicité de lieutenants de vaisseau. Une vraie filière d'évasion. Il fallait être particulièrement discret, car la prévôté surveillait les quais. Elle s'opposait à toute évacuation sauvage depuis qu'un télégramme du 16 mai dernier, signé du ministre des Affaires algériennes, précisait que toutes initiatives individuelles tendant à l'installation en métropole de Français musulmans étaient « strictement interdites ». C'est bien après que Youcef comprit les risques qu'avait pris Joubert. Le militaire était un homme d'honneur qui ne voulait pas que la France renouvelle les erreurs de l'Indochine. Au début, le capitaine avait reçu l'assurance que tous ses harkis feraient mouvement avec leur unité d'affectation. Quand l'exode commença, pourtant, il devint clair que beaucoup d'entre eux ne seraient jamais autorisés à rejoindre la France. On lui signifiait à demi-mot qu'ils étaient inassimilables et suspectés de connivence avec les jusqu'au-boutistes de l'Algérie française qui posaient des bombes dans les grandes villes du pays. Dans les premiers temps, pour ne pas violer le cessez-le-feu, il décida de ne pas se rendre dans les douars. Mais depuis le 3 juillet, l'Algérie avait proclamé son indépendance. Les massacres atteignaient leur paroxysme et l'armée était cantonnée dans ses casernes. Officiellement, il fallait éviter toute friction avec l'ALN et ménager les susceptibilités du nouvel État algérien.

Joubert s'était souvenu de la promesse qu'il avait faite à ses gars durant la bataille d'Alger : la France ne lâcherait pas ceux qui l'avaient fidèlement servie.

– Voilà, conclut Youcef.

Pour toute réponse, le croassement d'un corbeau dans les frondaisons.

– Cet officier, tu l'as revu ?

Son père regardait devant lui.

– J'ai appris bien plus tard qu'il était mort, tombé sous les balles d'un commando de l'OAS. Jamais je n'ai respecté quelqu'un comme lui. C'est en sa mémoire que je porte mes médailles. Pas pour la France mon fils, oh non. Juste pour un homme bon qui s'appelait Vincent Joubert.

La fraîcheur du soir se fit sentir.

Adan posa une main sur l'épaule de son père.

– Viens baba, on rentre à la maison.

34

Au siège de la PJ, Richard Bertun se tenait droit sur sa chaise. Une goutte de sueur perlait sur son front. Il voyait Boutteville examiner son portefeuille et déplier un à un tous les papiers qu'il contenait.

Il lança l'interrogatoire.

– Quand Émilie a-t-elle suivi des cours au *Rock River* ?

– Il y a un trimestre, je dirais.

– Pourquoi a-t-elle arrêté ?

Bertun s'épongea le front, inquiet.

– Elle avait payé pour six séances à la rentrée 2013. Après la dernière leçon, je ne l'ai pas revue.

– À qui appartient le mobile que nous avons dégoté dans votre club de danse ? demanda Marie.

– Je l'ignore, je vous le jure. Je l'ai ramassé un soir dans le vestiaire des dames, après les cours. J'ai tenté de l'allumer pour savoir à qui il appartenait, mais il y avait un mot de passe. Je n'ai pas voulu l'éteindre, je pensais qu'on tenterait d'appeler pour le retrouver. Mais rien ne s'est passé ; il a fini par se décharger.

– À quand remonte cette trouvaille ?

– Un mois, environ.

– Vous n'avez pas mis d'annonce ?

– J'en ai parlé aux filles qui sont venues la semaine suivante, Émilie n'était pas là, j'imagine.

Boutteville tapa du poing sur la table.

– On aura tôt fait d'examiner le contenu du téléphone. Si on débusque des SMS entre vous deux; ton horizon pourrait vite s'obscurcir.

De la paume, le professeur repassa une manche de chemise froissée.

– Je n'ai rien à me reprocher.

– Et le matelas à terre, la petite culotte ? C'est ta garçonnière ? Tu fais le tri parmi tes clientes et l'heureuse élue passe à la casserole ?

Bertun s'empourpra.

– C'est de la pure calomnie.

– Le tiroir de la commode où se trouvait le téléphone

était plein de préservatifs. C'est quoi le secret de ton fichu baisodrome ?

Une pause.

– Je veux mon avocat.

Le commandant leva les bras aux ciels.

– Si ce n'est pas un aveu, ça !

Marie fit un signe à son collègue pour qu'il la rejoigne en dehors de la salle d'audition.

Elle le considéra avec sévérité.

– Tu peux m'expliquer à quoi tu joues ?

– J'essaye de le faire craquer.

– Il est à nous pour vingt quatre-heures. C'est court. Pour que le Parquet prolonge la garde à vue, il va lui falloir des faits précis, que nous n'avons pas. Le flair du chien à lui seul ne vaut rien, le portable n'a pas parlé, nous n'avons pas relevé d'empreintes et concernant les traces d'ADN sur les draps, nous n'aurons aucune conclusion avant la fin de la GAV. Je crains que tu ne sois allé vite en besogne.

Boutteville s'était renfrogné.

Elle était blanche de colère.

– Et le plus grave, c'est qu'en t'écoutant le menacer, Bertun a compris qu'on n'avait que dalle. Pourtant, les choses se présentaient bien, il n'avait pas demandé d'avocat. Il suffisait de le ménager le temps que la technique parle. On aurait obtenu vingt-quatre heures de plus et j'abattais nos cartes en faisant monter la pression. Il aurait pu craquer, comme tu dis si bien. J'avais prévu de laisser planer une mise en examen pour fait de proxénétisme en évoquant la garçonnière. C'était la fin du *Rock River* et de ses folles nuits. Mais là, franchement… Son avocat va lui intimer de la boucler. C'est mort. Tu as merdé, Fabrice.

Silence.

La voix de Marie s'était radoucie.

– Retourne donc dans ton bureau, j'ai besoin de réfléchir.

Embarrassé, Boutteville tourna les talons.

Elle attendit qu'il eût disparu pour prendre son téléphone et composer un numéro.

Deux sonneries.

– Allô ?

– Adan, tu es où ?

– Avec mon père, sur la route. On rentre.

– Tant mieux.

– Que se passe-t-il ?

– J'ai besoin de monde pour fouiller un jardin, derrière un club de danse. On est peut-être sur une piste valable.

Adan raccrocha et glissa son mobile dans une poche. Il tourna la tête et vit son père qui dormait. Le trafic était fluide, la tombée du jour drapait l'horizon d'un voile rougissant.

En cet instant, il se sentait proche de lui, comme jamais il ne l'avait été. La seule fois où pareille émotion l'avait envahi, c'était quand ils avaient regardé les vidéos prises en Algérie, après l'incident à l'aéroport. Pour le fils, un périple solitaire dans les montagnes kabyles ; pour le vieux : un retour sur les lieux de son enfance. La façade de la maison, des visages familiers et le puits au fond du jardin.

Adan et Youcef avaient communié en silence devant les images du pays perdu.

35

Le bureau de Charfotti, des tasses de café fumantes sur un plateau. Il était mal rasé, semblait stressé. Face à lui, l'équipe des enquêteurs au grand complet.

Le lieutenant Gavoile de la police scientifique fit le point sur les expertises en cours. Au compteur, des prélèvements de sang, de sperme et de poils récupérés dans la chambre du CROUS et à l'étage du club de rock. Des empreintes en pagaille, mais rien qui ne ressorte des bases de données.

Un gradé poursuivit : « Personne n'a retrouvé le chariot manquant à la résidence universitaire. Vu son poids, il a sans doute été transporté dans un véhicule. Le quartier n'ayant aucune caméra, on a passé tout le personnel au fichier des cartes grises. Résultat : aucun propriétaire de camionnette. Les recherches continuent ».

Marie feuilletait un rapport. Elle prit la parole.

– Nous avons les résultats de la réquisition judiciaire transmise au site qui héberge la petite annonce d'Émilie, elle a permis de recueillir les adresses IP des ordinateurs qui l'ont consulté durant ces dernières semaines. On a fait suivre aux fournisseurs d'accès internet concernés. Résultat : les coordonnées des titulaires de chacun des abonnements, une bonne trentaine. Si on écarte ceux qui se sont connectés depuis l'étranger pour ne retenir que les passages avant le trente et un octobre, date probable de sa mort, une seule adresse présente de l'intérêt. Elle s'est connectée cinq fois entre septembre et mi-octobre 2013.

Silence dans le bureau.

Charfotti rassembla l'extrémité de ses dix doigts.

– Cet internaute, il a un petit nom ?

La capitaine ménagea son effet.

– Oh oui : Gaëtan de Sivry.

– Le fils de l'avocat d'affaires ajouta Adan avec une pointe de mépris.

Le commissaire se redressa.

– Autre chose ?

– Le portable déniché par la brigade cynophile, c'est bien celui de la fille. On a récupéré une partie du contenu. La dernière photo a été prise le vingt-trois octobre. Les autres sont sans intérêt. Pour le reste, il y a au moins deux cents numéros dans l'annuaire téléphonique.

– Le nom de Sivry est dedans ? lança Adan.

– Oui, son numéro de cellulaire.

Le flic semblait perplexe.

– Des précisions sur ce cliché daté du vingt-trois octobre ?

– C'était un mercredi. J'ai pensé à le faire imprimer ; on voit Émilie dans un amphithéâtre qui fait un *selfie*, entourée de copines.

Charfotti se fit remettre la photo.

– Il y a un ou deux types sur l'estrade, des profs ? C'est tout flou.

Adan se leva et vint regarder par-dessus l'épaule du commissaire.

– Marie, il me faut une copie du fichier numérique de l'image, je veux tenter quelque chose.

– Avec ton adorateur du cigare volant ? railla Boutteville.

Adan fit comme s'il n'avait rien entendu. Il se rassit et enchaîna :

– Émilie a réglé son annonce avec sa carte bleue, on s'est adressé à sa banque. Il y a eu, dans les mois précédents, plusieurs versements en liquide : deux ou trois cents euros à chaque fois. Sans doute des passes. En revanche, aucun mouvement depuis le trente octobre.

Adan lorgna Boutteville du coin de l'œil, attentif à la prochaine salve. L'autre se contentait d'afficher l'air de celui qui a une vision d'ensemble de l'affaire.

– J'ai aussi entendu la femme de ménage qui a nettoyé la chambre d'Émilie. Elle est arrivée dans la pièce le mardi cinq novembre, vers dix heures trente. Elle l'a trouvée propre et bien ordonnée. Elle m'a confié sa surprise. Les étudiants ne sont pas des maniaques du rangement et Émilie ne faisait pas exception. En entrant, elle a senti l'eau de javel. Or, elle n'en utilise jamais.

– Et si c'était une remplaçante, qui avait fait la chambre ? demanda Boutteville.

– Non, j'ai vérifié sur le planning. De toute façon, la société d'entretien n'utilise pas de javel.

Le commissaire semblait las. Marie pensa à un détail qu'elle avait oublié :

– J'ai eu François Madani au téléphone, l'homme à tout faire de la Résidence universitaire. Ils aimeraient savoir si la chambre de la disparue peut être réattribuée à quelqu'un d'autre. Ils manquent terriblement de place, on dirait.

– Ils attendront, grommela Charfotti. On ne touche pas à une scène de crime tant qu'on n'a pas le feu vert d'un magistrat instructeur. Autre chose : Richard Bertun, le prof de danse. Il est toujours dans nos murs ?

– Le procureur n'a pas souhaité prolonger sa garde à vue, répondit-elle. Petit regard à destination de Boutteville. À l'heure qu'il est, il est libre et je ne sais où. On a fouillé avec Adan le terrain à l'arrière, au cas où le cadavre d'Émilie s'y trouverait. Il n'y avait qu'un chat crevé.

– Il a été moins chanceux que Simba, fit Adan.

– C'est celui de ton père ?

– Oui, il avait disparu depuis deux jours ; cette andouille était coincée dans une armoire de la cave. Le vieux était fou de joie.

La réunion s'achevait. Tous les collègues sortirent, Marie resta.

– Quelque chose à me dire ? demanda Charfotti.

– Je ne pourrai pas, lança-t-elle.

– Quoi donc ?

– Travailler sous les ordres de Boutteville.

Le commissaire resta silencieux un moment.

– Marie, écoutez…

– C'est un pervers, bien sûr, mais c'est surtout un type qui a passé trop de temps à enfiler des perles, le cul sur une chaise.

– Il est travailleur et méticuleux, plaida Charfotti, sans grande conviction.

– Il n'a aucune expérience du terrain. Cette fille a été égorgée, merde ! Celui ou ceux qui ont fait ça ont bien préparé leur coup. Vous imaginez le truc, ils l'ont démembrée avant de tout faire disparaître dans un sac. Puis, sans paniquer, ils ont briqué la chambre à fond. Qui peut avoir autant de cran ? Dans toute ma carrière, je n'ai jamais rencontré un fou pareil.

– Moi non plus et c'est pour cela que je vous confie l'affaire.

– Vous ne m'aidez pas avec Boutteville, pourquoi est-ce qu'il ne s'occupe pas des chats, lui ?

Charfotti fit un geste d'exaspération.

– J'ai pris ma décision.

Un moment de silence.

– Patron, pourquoi ne vous faites-vous pas arrêter ?

Il chercha ses mots.

– J'ai besoin d'être ici, avec quelque chose à faire. Chez moi, je crois que je perdrais pied. Et puis, l'Administration est une garce. Si je demande un poste aménagé, je vais me retrouver dans un de ces mouroirs dont elle a le secret.

Marie le regardait avec une pointe de peine.

– J'ai l'air si à la ramasse ?

Elle se força à sourire.

36

L'orage se déchaînait, les plombs avaient sauté. La pièce d'ordinaire remplie d'écrans lumineux était plongée dans l'obscurité. Maxime Fournier n'avait pas besoin d'y voir clair pour manœuvrer son fauteuil d'un bout à l'autre, il connaissait les lieux comme sa poche. Ce qui l'inquiétait, c'était l'interrupteur qui se trouvait dans un sous-sol casematé, accessible uniquement par l'ascenseur ou un escalier étroit. Faute d'électricité, il se trouvait coincé. Ironie du sort, l'installation militaire située à l'étage au-dessus brillait dans la nuit comme un sapin de Noël ; l'alimentation de secours avait pris le relais. Les locaux de P-WATCH n'avaient pas cette chance.

Maxime en était réduit à attendre la venue d'une âme charitable. Mais qui viendrait un vendredi soir, après dix-neuf heures ?

D'ordinaire, il se sentait chez lui et bien à l'abri au Teufelsberg, son repaire, nommé par allusion à la station d'écoute américaine qui espionnait la RDA durant la guerre froide ; mais sans courant, plus d'ordinateur ni de souris à faire glisser sur des écrans. Il se sentait vulnérable et plus entravé que jamais. Son fauteuil redevenait un fardeau, la solitude se rappelait à lui.

Il en était à ces conjectures quand un bruit insolite lui fit dresser l'oreille. Quelqu'un se déplaçait dans la salle d'à côté.

– Qui est là ? lança-t-il d'une voix inquiète.

Le rayon d'une lampe glissa sur le sol, son faisceau le recouvrit subitement. Il cligna des yeux. Une silhouette lui faisait face.

– Adan Settara, brigade criminelle.

– Merde, J'ai failli avoir une attaque ! Comment avez-vous pu entrer ?

– J'ai croisé un type du centre de météorologie, en bas du puy de Dôme. Il m'a dit que vous étiez encore là. Votre système de sécurité n'est pas très au point ; la panne de courant a neutralisé le digicode. Vous savez comment on rétablit le jus ?

Maxime dirigea son fauteuil vers le plus grand des moniteurs. Dessus, la photo d'Émilie dans l'amphithéâtre, rayonnante.

– Une fille drôlement belle.

– Oui. Vous voyez l'estrade tout en bas ? Il y a deux silhouettes assises côte à côte. On ne distingue que celle de gauche. Un enseignant peut-être ? On veut savoir qui c'est.

– Et le planning de l'Université ? Ce ne doit pas être difficile de le consulter ?

– Justement, ce jour-là Émilie n'avait pas cours. La salle de conférences était libre. C'est une réunion informelle, avec peu d'élèves.

– L'image est bien trouble.

– Je suis là pour ça, c'est dans vos cordes ? Un nouveau petit miracle ?

Maxime Fournier gratta la barbe sous son menton.

– Je peux essayer de jouer sur le niveau de correction et l'adoucissement des contours, mais aucun logiciel au monde ne peut fabriquer une image nette à partir d'un original complètement flou.

Tout en maugréant, Maxime farfouilla dans sa machine et cliqua sur une icône qu'Adan n'eut même pas le temps d'observer. Un programme s'ouvrit, des inscriptions en hébreu apparurent.

– Une application développée par l'agence spatiale israélienne, commenta le technicien.

– Un truc militaire ?

– Exact, je m'en suis procuré une copie pirate lors d'un rassemblement de hackers à Berlin, vous ne direz rien à vos collègues du contre-espionnage, n'est-ce pas ?

Petit rire.

– Je crois qu'au début, c'était destiné à localiser les lanceurs de roquettes opérant depuis Gaza en améliorant la netteté des images satellites. Quand la résolution au départ est importante, le travail sur le flou est intéressant. Mais avec votre téléphone… je ne ferai pas d'étincelles.

Le technicien se mit au boulot.

Quelques minutes plus tard, Maxime imprima une image qu'il tendit au policier.

– Je ne peux pas faire mieux.

C'était un homme, la quarantaine, en costume cravate. On discernait bien ses traits.

Adan regretta qu'il ne fût ni chauve ni moustachu.

– Beau travail, une fois encore.

– *Mazal Tov*, fit Maxime en levant les bras au ciel.

Adan copia l'image sur son mobile et remercia l'informaticien avant de sortir affronter la pluie. Dehors, au sommet du volcan, les lumières de la ville avaient presque entièrement disparu. Le brigadier rejoignit sa voiture en courant. La flotte tombait sur le pare-brise en cataractes. Il s'essuya le front d'un revers de manche et saisit son téléphone. Il était tard, il ne voulait pas déranger sa coéquipière. Il lui adressa simplement un message avec la photo en pièce jointe.

37

Henriette Menut, la « vieille aux chats », logeait rue du Port dans le vieux Clermont. Elle occupait, au fond d'une courette, un ancien atelier de sabotier surmonté de logements insalubres et vides. En s'engageant dans la cour, Marie aperçut sur la droite, à dix bons mètres de hauteur, une tourelle baroque rivée à l'immeuble voisin. C'était un vieux pigeonnier qui demeurait l'unique vestige de l'hôtel Gilbert de La Valette, belle demeure construite par un négociant en vin du XVIIe siècle. La bâtisse et son propriétaire avaient disparu lors d'un tragique incendie. La jeune femme se souvenait avoir vu, chez un brocanteur du quartier, des cartes postales en noir et blanc où le campanile s'alignait avec le clocher de Notre Dame du Port, à l'arrière-plan.

Manifestement, le beffroi n'avait plus les faveurs des pigeons qui s'étaient réfugiés sous les voûtes en briques entourant la cour. Les pavés étaient tapissés de leurs déjections. Quand Marie s'engagea sous les arcades, elle croisa plusieurs félins qui vaquaient à leurs occupations. Certains avaient le visage couturé, d'autres une patte raide. Dans une alcôve envahie par le salpêtre, une statue scrutait les visiteurs. Elle était d'une taille imposante et noire, quoique mouchetée de fiente. Marie la considéra un instant.

– Elle est belle, n'est-ce pas ? fit une voix chevrotante.

La capitaine se retourna et tomba nez à nez avec la maîtresse des lieux.

Henriette la dévisageait derrière de petites lunettes demi-lune.

Elle dégageait l'odeur des aînés qui vivent reclus parmi les bêtes.

– C'est Bastet, la déesse de la joie et de la maternité, annonça-t-elle avec fierté.

– Vous l'avez ramenée d'Égypte ?

– Oh non, c'est un cadeau. Un gentil monsieur…

Marie expliqua le motif de sa venue et Henriette l'invita à l'intérieur.

– Il vaut mieux de pas s'attarder dehors trop longtemps, conseilla la vieille femme en montrant les arcades. Ce serait dommage que mes petits salissent votre chemisier.

– Vous n'aimeriez pas que la ville vous en débarrasse ? demanda Marie.

Elle secoua la tête avec énergie.

– Les oiseaux ont aussi le droit de vivre, vous savez. J'ai souvent eu cette discussion avec un locataire de l'immeuble voisin. C'était un retraité, ancien géologue, qui adorait explorer les carrières de la chaîne des Puys. Il lui arrivait de recueillir des oiseaux blessés et de les soigner en haut de la « Cime du Duc », à l'abri de mes chats.

Henriette lui expliqua qu'il avait ainsi baptisé le pigeonnier, à l'abandon depuis la mort de son propriétaire.

Le salon empestait le félin, une vingtaine d'entre eux somnolait sur les fauteuils ou se frottait contre les jambes de la vieille femme.

– On m'en a enlevé cinq, dit-elle avec amertume.

Marie essayait de ne pas trop prêter attention au goût de la tisane.

– Vous appartenez bien à ce collectif qui a interpellé le maire, il y a quelques jours ?

La vieille lui décocha un regard aigu.

– C'est la ville qui vous envoie ?

– Non, votre médecin : Monsieur Dieucibon. On l'accuse de bien des choses et lui raconte que vous êtes la seule personne qui prenne sa défense.

– C'est un saint homme. Il m'a soignée pour rien et sans lui, je n'aurais jamais pu remplir ma demande de couverture médicale. Il est incapable de faire du mal. C'est lui qui m'a donné la statue, il avait besoin de faire de la place.

– Cette affaire prend de l'ampleur, on dirait ?

– Et comment, des centaines de minous disparaissent et les autorités ne font rien !

– Ce n'est pas exact, je suis là.

– Et qu'allez-vous faire, alors ?

– Tout dépendra de ce que vous me direz.

Une bestiole miaula dans un coin, Henriette se leva et apprêta une gamelle. Aussitôt, une douzaine de bêtes à poil se disputèrent la nourriture.

Elle se rassit en soufflant.

– Vous avez une opinion, Mme Menut ?

Elle répondit sans réfléchir.

– Et si c'était un de ces rabatteurs, à la solde des laboratoires ? On dit qu'ils utilisent des matous pour leurs expériences ? Si ça se trouve, ils sont une dizaine de loqueteux, comme lui, qui quadrillent le vieux Clermont : une organisation bien huilée dont nous faisons les frais, nous les pauvres gens.

Elle crut percer une pointe d'incrédulité dans le regard de Marie.

– Vous avez enquêté du côté des pièges ?

– Je vous demande pardon ?

– Des cages avec de la mort au rat, mélangée à des croquettes. On en a déniché à différents endroits.

– On les a signalées à la police ?

– Je ne sais pas.

Elle remercia Henriette et sortit respirer l'air frais.

38

Le cabinet de Denis Gagné se nichait sous les combles d'un vieil immeuble classé du centre-ville. La façade présentait un habillage dans l'esprit de la Renaissance et côté cour, des galeries aux étages étaient flanquées de pilastres doriques.

Le bureau était repeint de frais, un grand écran d'ordinateur couleur ivoire trônait fièrement sur un bureau jonché de dossiers. Le travail ne manquait pas.

Elle le trouva en chemise, un modèle coûteux rehaussé d'une cravate à rayures discrètes.

– Je suis content de ta visite, dit-il en lui faisant la bise. Elle sentit qu'il lui serrait affectueusement l'épaule.

– Je te fais le tour du propriétaire ?

Une demi-heure plus tard, près de la place Gaillard, ils prenaient un verre dans un lounge bar où Denis avait ses habitudes. Tapas et lumière bleutée, musique jazzy en sourdine.

Il avait tout le loisir de la regarder et ne s'en privait pas. Après avoir parlé un moment de choses légères, elle se pencha en avant et dit : « Je suis sur une affaire qui requiert de la discrétion, accepterais-tu de m'aider ? »

Une lueur de déception passa fugacement dans son regard.

– De quoi s'agit-il ?

– Nous recherchons une jeune femme, inscrite en licence. Elle a disparu depuis plusieurs jours, peut-être un assassinat.

– Quelle horreur.

– Émilie Landrot, tu connais ?

Il réfléchit un instant.

– Je ne retiens que le nom des étudiants qui participent à mes travaux dirigés. Les autres sont fondus dans la masse. Tu aurais une photo ?

Elle ouvrit son sac et lui en présenta une.

Il prit le temps de la regarder, sans affect aucun.

– Elle me rappelle vaguement quelqu'un. Tu as vu avec le bureau des élèves ?

– C'est son entourage qui m'intéresse : amitiés, flirts, petit copain du moment…

– Je n'en ai aucune idée, vraiment.

Marie termina son verre et contempla la rondelle de citron au fond.

– Est-ce qu'une chouette à tête de mort ça te parle ?

Elle venait de penser au bijou trouvé dans la chambre et au collier du jeune homme, sur la photo qui avait disparu du mur de la piaule. Le même modèle ? Ce détail la titillait.

Denis parut surpris.

– Quel rapport avec ton enquête ?

Elle se redressa et prit un air plus assuré.

– Tu te souviens que j'étais curieuse, à l'époque.

– C'est ce qui m'a plu en toi ; ça et autre chose.

Il la couvait du regard et cette dernière remarque remua quelque chose au fond d'elle-même.

– Bon, je ne suis pas censé en parler ; les enseignants qui sont dans la confidence promettent de ne rien dire. C'est une tradition, un jeu.

– Un bizutage ?

– Non, non. Cette chouette, c'est le symbole d'une petite communauté.

– Tu veux dire, une société secrète ?

Il sourit.

– N'imagine pas qu'ils se réunissent le soir avec une cagoule, comme dans Tintin et les cigares du Pharaon ! Disons que c'est un club, plutôt fermé, qui s'inspire vaguement de *Skull and Bones* : un collège qui existe au sein de l'Université de Yale, au nord-est des États-Unis. À Clermont, depuis près de cent ans, la faculté de droit héberge une fraternité qu'on nomme la Couronne. Son emblème est un cercle dentelé avec, au centre, une chouette à tête de mort. Les étudiants aiment l'humour noir.

– Des francs-maçons ?

Denis secoua la tête.

– La Couronne n'est pas une loge, elle n'est pas aussi structurée. Ses membres travaillent juste leur réseau, ils espèrent en tirer profit dans leur vie professionnelle future. Je crois qu'ils n'ont qu'une ambition, et elle est simple : réussir. Ce n'est pas le club des meilleurs élèves, mais certainement celui des plus ambitieux. La plupart sont issus de familles bourgeoises, certains ont des parents bien en vue dans la sphère politique locale, rarement au-delà. Rien de très original.

– On trouve des filles dans ce club de Rastignac ? demanda Marie.

Il sourit.

– La majorité est composée de garçons, les rares filles sont intronisées par leur copain. Certains couples finissent par se marier.

– Il semblerait qu'Émilie et Gaëtan fassent partie de ce club.

– S'ils ont une chouette comme bijou, alors c'est probable.

Elle le détailla une seconde.

– Denis, tu en es, toi aussi ?

Il ne put empêcher un éclat de rire.

– Les profs connaissent l'existence de la Couronne, mais comme ce n'est pas une association d'étudiants déclarée, ils n'y prêtent pas attention. Tout ça reste assez informel, je te l'ai dit. Parfois ils invitent un prof pour refaire le monde lors d'un dîner, rien de plus.

– Ce fut ton cas ?

– Une ou deux fois, oui. Ils m'amusent avec leur rituel.

– On doit facilement les reconnaître, s'ils portent tous une médaille autour du cou.

– En fait, ils ne la portent qu'au moment de leur réunion. En dehors, ils optent plus volontiers pour une broche sur le revers d'une veste ou d'un tailleur. Certains n'ont aucun signe distinctif, ils se plaisent à brouiller les pistes.

Marie se pencha en avant et sans laisser à Denis le temps de réagir, elle retourna le col de sa veste.

– Mais qu'est-ce que…

Elle se rassit en riant à son tour.

– Je voulais vérifier si tu en portais une.

Il opina du chef.

– Je te l'ai dit, je n'appartiens pas à cette confrérie.

– Dis-moi quand même comment se passe le recrutement, tu as eu des confidences ?

– La sélection des petits nouveaux se fait en troisième année, elle est précédée d'une période d'observation de quelques semaines, mais tout est joué avant Noël. Certains en font des caisses pour se faire accepter et parfois, je me demande jusqu'où ils seraient prêts à aller. Il faut dire que le prix en vaut la peine : se faire accepter dans un réseau qui peut s'avérer déterminant pour sa carrière. Une fois la sélection faîte, les gamins font la fête tous ensemble : les anciens et les nouveaux. Les filles évitent sagement de participer à ces agapes ; le champagne coule à flots et la cérémonie tourne souvent à l'orgie.

– Ces jeunes loups, interrogea Marie, ils ont un chef ?

– D'une promotion à l'autre, il y a des personnalités qui

prennent plus ou moins le dessus, c'est certain. Les fils de PDG, de notaires ou de magistrats sont bien en vue. Il existe un annuaire qui dresse la liste des adhérents sur les dix ou vingt dernières années : un carnet d'adresses qui vaut son pesant d'or. Au début, les membres le faisaient circuler sous le manteau, les photocopies étaient interdites. Il y a deux ou trois ans, quelqu'un a proposé que sa consultation soit payante. L'argent devait servir à financer un voyage de fin d'année mais aux dernières nouvelles, la fraternité vivoterait. Je ne sais même pas si les étudiants se réunissent toujours.

– Tu n'as pas répondu à ma question : il y a un chef ?

Denis croisa les bras en se calant dans la chaise.

– Si je te donne son nom, tu me garantis que personne ne le saura ? Qu'on apprenne que je balance sur la Couronne et la fac me déclarera *persona non grata*. Crois-moi, il existe de vieilles traditions auxquelles il vaut mieux ne pas s'attaquer quand on a deux sous de bon sens.

Cette dernière remarque la piqua au vif.

– Enfin Denis ! C'est une affaire criminelle, les cachotteries ne sont pas de mise. Je peux m'arranger pour que ton nom n'apparaisse pas dans la procédure. Après tout, nous sommes deux amis qui boivent un coup. Je te l'ai dit : ce n'est pas un interrogatoire.

Il sembla rassuré.

– Le grand sachem du moment n'est autre que Gaëtan de Sivry : le fils d'une des personnes les plus influentes de la ville.

39

Adan avait cogné sur le sac de frappe pendant une vingtaine de minutes avant de rejoindre Baptiste sur le ring. L'entraînement avec le maître s'était déroulé dans une atmosphère studieuse. Ils bougeaient en silence, attentifs aux enchaînements, dans un respect mutuel. Mais que la garde de l'un soit trop basse et la sanction était immédiate.

Sous la douche, l'eau ruisselait sur sa peau, avivée par les engagements. Dans le mur près du pommeau, les carreaux de faïence vétustes encadraient une grille d'aération. À travers, il devinait une cour d'école : les platanes et la marelle. L'air du dehors rafraîchissait son visage.

Un espace clos qui lui rappelait d'autres barreaux, d'autres univers : les prisons de son enfance. Des zones d'habitation placées sous commandement militaire ; un horizon demeuré kaki longtemps après la fin de la guerre d'Algérie. Jusqu'à ses dix ans, il n'avait pratiquement jamais franchi l'enceinte des baraquements. Les instituteurs, les médecins et les assistantes sociales venaient de l'extérieur, aucun ne comprenait l'arabe. Quelques adolescentes parlaient français, elles servaient de traductrices occasionnelles.

Ses plus nombreux souvenirs portaient sur le centre de séjour de Sainte-Léonie-l'Hématite : l'Ardèche et son dernier camp, là où il était resté le plus longtemps.

C'est en le quittant qu'il avait dégusté son premier yaourt. Car pendant des années, les coupures d'électricité à vingt-deux heures n'autorisaient pas les familles à posséder un frigidaire. Le couvre-feu était synonyme d'obscurité.

En hiver, on s'éclairait à la lampe à huile pour faire les devoirs.

Les semaines passaient au rythme du salut au drapeau les dimanches et de la douche hebdomadaire, autorisée uniquement ce jour-là, dans un bâtiment sinistre qui faisait office de toilettes communes. Il se rappelait les bagarres avec ses camarades, certains avaient des couteaux et l'instituteur les confisquait tous en début d'année ; le sang coulait parfois dans la cour de récréation. Il se remémorait ces quelques types, silhouettes maigres vêtues d'une gandoura crasseuse. D'anciens supplétifs rendus à moitié fous par les horreurs de la guerre et l'isolement. Ils vivaient dans un préfabriqué, à l'autre bout du camp. Son père lui avait interdit de les approcher.

Une nuit, l'un d'eux se pendit dans la cour à une poutre, non loin de la bannière tricolore. Dès le lendemain une ambulance vint chercher le reste des égarés pour les emmener dans un institut « spécialisé ». On n'en entendit jamais plus parler.

Le portail d'entrée de Sainte-Léonie était rehaussé de fil barbelé ; il s'ouvrait à sept heures trente le matin et se fermait chaque soir vers vingt et une heures. Durant les heures ouvrables, les visiteurs devaient se soumettre à un contrôle d'identité. Le directeur du centre se nommait Pierre Castel-Jourdain, c'était un officier qui avait participé à la bataille d'Alger, comme il se plaisait à le rappeler. Il faisait régner la discipline.

Au moment où il sortait du vestiaire, Baptiste passait un coup de balai dans le dojo.

– J'aimerais te montrer ce que j'ai découvert ce matin, dit-il en désignant l'arrière de la salle.

Une vitre était cassée. Des éclats de verre jonchaient le sol.

– À l'extérieur, j'ai trouvé une bouteille à demi remplie d'essence avec un chiffon brûlé dans le goulot. Un cocktail Molotov ? Heureusement ça n'a pas fonctionné. Une petite frappe m'en veut, on dirait.

– Tu penses à quelqu'un ?

– Tu te souviens des trois gars que tu as rossés l'autre jour ? C'est peut-être l'un d'entre eux qui n'a pas digéré ta correction. Tu crois qu'il faut que je porte plainte ?

– Tu as gardé leur dossier d'inscription ?

– Je dois avoir ça, quelque part.

– Donne-moi leur nom, je te dirais s'ils ont déjà fait parler d'eux. Concernant ta plainte, les collègues viendront sûrement relever des empreintes sur la bouteille, mais ça n'ira pas plus loin.

Sur la route qui le menait chez lui, son portable sonna. Au bout du fil, Marie inquiète.

– Oui, je serai au bureau vers treize heures. Un problème ?

La voix tremblait.

– Je crois que j'ai foutu en l'air notre enquête sur la disparition d'Émilie.

40

Denis regarda sa montre, il était presque dix-neuf heures trente. Le temps avait filé si vite. Il décida de se lancer : « Tu es libre ce soir ? »

Elle frémit légèrement.

– Pour quoi faire ?

– On pourrait dîner quelque part.

– Personne ne t'attend à la maison ?

– Ma femme a pris rendez-vous avec un dermatologue lyonnais, le petit doit se faire enlever un grain de beauté. Ils dorment chez ma belle-mère, à Francheville. Je suis libre comme l'air.

Les idées se bousculaient dans la tête de Marie. Elle avait pour seul programme de rentrer chez elle et de rejoindre Michel. Une soirée routinière, comme beaucoup d'autres. Ce que proposait Denis, c'était juste de d'imprévu. Il débarquait dans sa vie sans crier gare et ça l'excitait. Comme pour se rassurer, elle tentait de se convaincre qu'elle ne risquait pas de tomber amoureuse une seconde fois. Ce serait le moyen de tourner la page, de ne plus ressasser ses désillusions devant les occasions perdues. Elle finit par sourire en pensant aux barbecues chromés qui faisaient la fierté de son épouse.

– Je vais essayer de me libérer, ânonna-t-elle. Tu m'accordes une minute ? Elle s'éloigna pour adresser un texto à son mari. L'excuse facile : une garde à vue qui se prolonge, elle rentrerait tard.

– Où veux-tu qu'on aille ?

De gros nuages annonçaient la pluie.

– Tu es venue en voiture ?

– Oui, elle est garée à côté.

– Je connais un petit restaurant japonais près de Jaude. C'est léger et délicieux, ça te tente ?

– Parfait, oui.

– Auparavant, verrais-tu un inconvénient à m'accompagner

à la faculté ? Je n'en ai que pour quelques minutes. Il y a un article de jurisprudence que j'aimerais récupérer avant demain ; je plaide à dix heures et j'aimerais le relire.

La pluie menaçait, les lampadaires maculaient l'obscurité de taches jaunâtres.

– Tu viens avec moi ? lança Denis en ouvrant la portière.

Elle vit ce qu'il avait dans la main.

– Tu as un badge pour entrer à la fac ?

– Il appartient à un collègue qui donne des cours à Oxford six mois par an, il me le prête durant son absence ; j'ai parfois besoin de faire des recherches à la bibliothèque après la fermeture. C'est pratique quand je sors tard du cabinet.

Marie prit un air entendu.

– Ta femme ne doit pas te voir souvent.

– Quand elle m'a rencontré, elle savait que j'étais bosseur, elle s'est fait une raison.

À mi-chemin de l'Université, le ciel tonna et des trombes d'eau glacée s'abattirent sur tout le quartier. Ils se mirent à crier et courir en riant au milieu des flaques. À leur arrivée devant la porte badgée, ils ruisselaient et claquaient des dents.

Denis ne lambina pas pour ouvrir, ils se précipitèrent dans l'escalier de service.

Ils traversèrent le grand hall qui baignait dans une semi-obscurité. Leurs pas résonnaient dans un silence de caverne. Marie sentait sa chevelure qui collait sur son trench-coat, l'eau qui dégoulinait sur sa jupe et ses bas pour mouiller le carrelage à ses pieds. Il faisait étrangement chaud, elle ôta sa veste et l'égoutta comme elle put. Denis l'imita.

– Désolé, si j'avais réalisé que le déluge se préparait, je t'aurais proposé de m'attendre dans la voiture.

Elle fit un signe pour dire que ça importait peu. Face à l'amphithéâtre, elle avait remarqué la huche de verre et dedans, le bouclier arverne qui luisait faiblement dans la pénombre. C'était le symbole de la faculté.

Elle s'approcha en se remémorant ses études : quatre années à passer devant et pas une seule fois elle n'avait pris le temps de le détailler.

Denis la rejoignit. Elle le sentait qui frissonnait aussi. Tout contre elle.

Marie recula d'un pas et aperçut sa silhouette qui se reflétait dans le verre.

Elle faillit pousser un cri.

La pluie avait collé sa robe en coton sur sa poitrine et ses hanches. Par un effet de transparence, on entrevoyait ses sous-vêtements. Elle se vit presque nue et sentit ses joues qui s'empourpraient.

En lorgnant ses seins moulés, Denis ne faisait rien pour la mettre à l'aise.

Elle renfila son imperméable à contrecœur, l'humidité lui donnait la consistance du cuir.

– Je crois qu'il y a un sèche-mains aux toilettes du dernier étage, dit-il en l'invitant à le suivre vers un ascenseur.

Pendant qu'ils filaient vers le quatrième, Marie se demanda ce qu'elle faisait là.

Ils débouchèrent devant le département d'archéologie et la salle d'ordinateurs réservée aux étudiants thésards, l'élite de l'Université. Un espace de détente évoquait un fumoir avec ses fauteuils club, son tapis persan et une bibliothèque. Sur les murs étaient accrochés les portraits en noir et blanc des précédents doyens.

Elle partit se sécher comme elle put dans les toilettes.

Quand elle sortit, elle le retrouva dans un bureau, occupé à imprimer le document dont il avait besoin. Elle jeta un œil dans la collection. Le département d'archéologie de la fac était consacré à l'époque gallo-romaine. Le mobilier se résumait à une table recouverte de quelques pièces de bronze et une armoire encombrée d'artefacts.

Elle alla se blottir dans un siège en cuir, elle frissonnait encore.

La pluie battait la vitre en cadence, on entendait le bruit du tonnerre et le murmure d'une pendule, quelque part.

Denis en avait terminé avec la paperasse. Il vint la retrouver, se pencha et l'embrassa dans le cou. Ce n'était qu'un simple baiser, mais tellement attendu. Elle avait ses deux mains agrippées aux accoudoirs ; une onde de plaisir la submergea.

Il la conduisit vers son bureau et la coucha au milieu des photocopies et des codes Dalloz. Il remonta sa robe jusqu'à la taille ; ses bas étaient perlés d'humidité, il les retira consciencieusement tout en lui frictionnant les jambes. Denis fit glisser sa culotte et la jeta derrière lui, d'un geste désinvolte. Marie était étendue sur le bureau, cuisses écartées. Elle lui dévoilait son intimité pour la première fois. Il la dominait, debout à l'entrée du delta que formaient ses jambes. Il les trouvait fines, et soyeuses. Ses mains les caressaient doucement, elle devinait la bosse que dessinait son sexe sous son pantalon. L'excitation la chavirait de plus en plus fort, un éclat de fièvre traversait son regard. N'y tenant plus, il s'agenouilla devant elle et commença à la lécher par petits coups. Sentir sa langue si douce sur ses lèvres électrisa son corps tout entier. Bientôt elle se mit à gémir, tout l'univers se recentrait sur cette bouche avide. Elle lui agrippa les cheveux et ses cuisses se refermèrent sur sa tête.

Plusieurs minutes passèrent, Denis se redressa. Il se défit gauchement de sa ceinture et de son pantalon. Elle s'accrocha à ses épaules et le laissa la posséder. Le choc de leurs corps enlacés résonnait dans la pièce.

Leurs vêtements gisaient par terre, elle le tint dans ses bras et ferma les yeux.

– J'en avais envie depuis si longtemps, murmura-t-elle.

Il souriait. Après un moment, il se détacha d'elle. Ils avaient soif, Denis partit chercher des sodas glacés au distributeur.

– Mets-toi d'abord quelque chose sur les fesses, il n'y a pas de gardien dans cette fac ?

Il pouffa de rire et s'éloigna en ramassant ses affaires.

Dehors, la pluie redoublait. Marie se demandait comment elle allait s'y prendre pour regagner son véhicule sans être douchée une seconde fois.

Machinalement, elle regarda l'heure sur son téléphone.

Il y avait un message d'Adan à son attention.

Elle cliqua sur la pièce jointe et ouvrit l'image qui s'y trouvait.

Toute la chaleur qu'elle venait d'accumuler dans les bras de Denis s'envola aussitôt.

C'était lui, sur la photo.

41

Un parking de supermarché à l'écart du centre-ville. Forêt de pancartes et d'enseignes, de commerces périphériques et enfilades de ronds-points.

Adan avait récupéré Marie à l'hôtel de police. À l'intérieur de l'habitacle, la femme triturait nerveusement le bout de ses ongles.

Il tapotait d'une main sur le volant en réfléchissant.

– Je n'ai pas compris grand-chose à ton message, c'est quoi cette histoire avec Denis ?

Elle soupira.

– Denis enseigne à l'Université, il s'occupe des troisièmes années. Émilie était inscrite en licence. Le vingt-deux octobre, quelque temps avant sa disparition, comme le prouve la photo éclaircie que tu m'as adressée, il s'est exprimé lors d'une réunion qui ne figure dans aucun planning. Je crois qu'il s'agissait d'un conciliabule organisé par ce club pour gosses de riches et Émilie était de la partie. Denis se sert d'un badge qui ouvre la salle des ordinateurs. C'est là qu'on s'est connecté sur le site des petites annonces. Seuls les enseignants et les thésards possèdent un tel sésame, ça restreint la liste.

– Tu es sûre de ton fait ?

Elle rongeait nerveusement l'ongle de son pouce.

– J'ai interrogé le secrétariat de la fac, chaque machine possède un filtre internet baptisé SARAGOSSE. C'est un programme mouchard installé par l'Université pour lutter contre le téléchargement illégal. L'utilisateur d'internet n'accède au réseau qu'en passant par la plateforme. Il doit rentrer un identifiant et son mot de passe. Avec la date et l'heure précise de connexion sur le site d'annonces, on retrouvera l'ordinateur, le code et celui qui l'a rentré. Je suis certaine qu'on tombera sur Denis…

Elle était au bord des larmes.

Adan fixait une petite vieille qui tirait un cabas le long d'un mur couvert de graffitis.

– Continue…

– Émilie était une très jolie fille et Denis me semble bien coureur. Il m'a délibérément caché des choses.

Elle se couvrit le visage avec les mains.

– J'ai trop honte.

Adan restait de marbre. Il semblait la prendre pour une godiche. Au bout d'un moment, il lâcha :

– Ce n'est pas un criminel pour autant.

– Mais même s'il est innocent, j'ai couché avec lui, merde !

– Tu as été imprudente, mais ce n'est pas à moi de te faire la morale. Garde la tête froide.

Elle acquiesça, un début de sanglot dans la gorge.

Adan réfléchissait à voix haute.

– Le nom de Denis est-il apparu dans une pièce du dossier ? Non. Pour l'instant, nos pistes conduisent à un individu dont la silhouette se reflète dans la rétine de la victime ; elle ne correspond pas à celle de ton gars. Je suggère qu'on se concentre sur notre fils à papa. Cette pauvre fille n'avait rien à faire au milieu de ces étudiants qui pètent dans la soie, c'était leur jouet sexuel, rien de plus.

– Que vais-je faire ? geignit la jeune femme.

Adan ne l'écoutait plus, sa voix était dure.

– On les aura ces petits merdeux, pas question qu'ils s'en sortent.

42

Charfotti était absent du bureau pour quelques jours, officiellement pour raisons familiales. Boutteville le remplaçait, il avait convoqué les chefs des différents groupes pour une exaspérante réunion de synthèse où il s'écouta parler tout le long. Enfin, ce fut au tour de la section criminelle de faire le point. Marie prit la parole et résuma les pistes en cours, sans allusion aucune à Denis Gagné.

– Quelle est la prochaine étape ? demanda Boutteville.

– Poursuivre notre enquête à la fac et attaquer le dernier morceau, le plus gros : l'interpellation de Gaëtan de Sivry.

Le visage du commandant pâlit.

– Que ce soit bien clair : ce n'est pas n'importe qui, le père de Sivry. On marche sur des œufs. Nous prendrons nos consignes auprès du procureur Jean-Noël Haudecourt qui vient de récupérer l'affaire. D'ailleurs, à partir de maintenant, c'est moi qui me charge du compte rendu quotidien.

Marie tenait son gobelet de café dans ses mains et observait ce qu'il y avait au-delà de la fenêtre. Elle pensait au corps de Denis, à l'histoire fumeuse qu'elle avait racontée à son mari pour justifier d'être rentrée si tard. Elle rêvait de quelques jours de repos : des vacances au soleil, loin de cette ville taillée dans la pierre noire.

À la fin de la réunion, Adan retrouva Marie dans son bureau. Il ferma la porte.

– Comment tu te sens ?

– J'ai déconné, j'espère qu'il n'y aura pas de vagues.

– Il t'a recontacté ?

– Un SMS tout à l'heure, j'ai répondu en disant que les choses en resteraient là.

– Il t'a répondu ?

– Pas encore. Il plaidait ce matin.

Adan prit une chaise.

– Qu'est-ce que tu penses de Boutteville ?

– Il tire la couverture à lui, évidemment. Il se foutait bien de l'affaire tant que les choses étaient dans le flou ; maintenant que l'étau se resserre autour du fils de l'avocat, il joue le coordinateur responsable. C'est d'un classique.

– Moi, je crains surtout qu'il ménage le Parquet et le père de Sivry. C'est quoi la suite ?

– On retourne à la Fac, répondit Marie. J'ai une idée.

Elle rejoignit Adan dans leur voiture, garée sur le boulevard, à deux pas de la faculté.

– Tu en as mis du temps, tu foutais quoi ?

– Je suis repassée au secrétariat, expliqua-t-elle. Une intuition. J'ai consulté les photos de tous les enseignants de l'établissement. Heureusement que c'est informatisé.

– Et ?

– Aucun n'a le physique de notre homme à la moustache. Mais j'ai déniché deux lièvres sur cette sacrée fac : Antoine de Sivry en a été le vice-doyen de 1996 à 1999 et notre cher procureur Haudecourt, maître de conférences durant la même période.

– C'est si extraordinaire ?

– Tu ne vois pas où je veux en venir ? Nos deux lascars

sont d'anciens affidés, ils s'entraident peut-être. C'est un truc à devenir parano, tu ne crois pas ?

Adan gémit.

– Quoi ? Une putain de conspiration ?

– Je l'ignore et franchement, j'espère que non. Mais si les réseaux de la Couronne fonctionnent réellement, on n'est pas sorti de l'auberge.

43

Le visage d'Agnès Charfotti s'éclaircit quand elle vit Marie sur le palier.

– Vous êtes gentille de passer, dit-elle en baissant la voix, de peur que son mari n'entende. Vous êtes la première à venir prendre de ses nouvelles. Ses collègues se sont contentés du téléphone. Il est si seul, en ce moment.

La capitaine tendit la boîte de chocolats et entra.

– Comment va-t-il ?

– Depuis sa rechute, il a du mal à parler. Vous allez devoir tendre l'oreille.

On sentait qu'elle donnait le change, l'émotion n'était pas loin.

– Il se bat de toutes ses forces… il aime tellement son travail.

Le commissaire divisionnaire se trouvait dans le salon, près de la cheminée. Une couverture sur les genoux il fixait les flammes, perdu dans ses pensées.

Agnès avait fait du thé et des cookies.

Marie parla à son chef comme s'il était encore dans son

bureau, supervisant tous les dossiers avec cet air avisé qu'elle lui connaissait. Elle fit le point sur l'affaire Landrot et dévoila ses craintes concernant la garde à vue de Gaëtan de Sivry.

Daniel se racla la gorge. Il mit un moment à rassembler ses idées.

– Vous devez tenir la montre, un juge d'instruction sera bientôt désigné. Il prendra l'initiative et vous pourrez vous abriter sous son aile : ce sera votre parapluie de berger. Mais d'ici là, soyez prudente. J'ai cru comprendre qu'Haudecourt n'est pas du genre téméraire.

Il toussa.

– À moins que nous n'ayons des aveux en bonne et due forme, objecta Marie.

Le commissaire secoua la tête.

– N'y pensez pas, le gamin prendra son père pour conseil et ne pipera mot. Quoi qu'il ait pu faire. Arrangez-vous pour que votre dossier soit béton, sinon vous perdrez votre temps.

Elle se garda bien d'évoquer le compérage qu'elle soupçonnait entre Haudecourt et de Sivry. Elle n'avait aucune preuve et il n'était pas question que les révélations de Denis sur la fraternité des étudiants, cette fameuse Couronne, apparaissent dans la procédure.

– Comment ça se passe, avec Fabrice ?

Elle croisa les bras et regarda vers le feu, ne sachant quoi dire.

– Il tient la rampe ?

– On fait le boulot et il supervise les travaux finis, assez mal je dirais.

– J'ai peut-être manqué de discernement à son encontre,

murmura Charfotti. Je pensais qu'il perdrait pied, qu'on en serait vite débarrassés.

Elle regarda son chef dans les yeux.

– Je n'ai pas l'intention de me laisser faire.

– Je m'en doute, Marie, et je sais que vous êtes une flic de première.

Elle sourit avec malice.

Une teinte maladive glissait sur son visage. Il grimaça avant d'ajouter, articulant avec peine :

– Soyez prudente avec Fabrice. Vous êtes proche de Settara et des rumeurs courent sur vous deux, ce qui agace notre ami. Vous me croirez si vous le voulez, je pense que vous ne le laissez pas indifférent.

Elle haussa les épaules.

– Vous savez monsieur, j'ai l'habitude qu'on me traite avec condescendance. Quant aux supérieurs qui ont essayé de me draguer, sitôt repoussés, ils se sont vengés en utilisant leur pouvoir hiérarchique. Je ferai le dos rond…

Charfotti semblait à bout de force.

– À ce sujet, dit-elle en prenant congé, la voix la plus enjouée possible. Notre affaire de disparition de chats n'avance guère !

Charfotti fit un geste las.

De toute évidence, les félins étaient devenus le cadet de ses soucis.

L'opéra de Clermont jouait la Traviata de Verdi. Michel avait caché deux billets pour le récital sous l'oreiller de son épouse, Marie les avait découverts en se mettant au lit. Ces derniers temps, il faisait de louables efforts pour que la tension baisse au sein de leur couple. Mais sa bonne volonté avait des limites, il s'était endormi au début du troisième acte. Le public quittait lentement la salle, une averse fine balayait la rue. Michel serra les pans de son imperméable et s'engagea sur le trottoir, bravant la pluie à la recherche d'un taxi.

Elle resta en haut des marches, indifférente à la foule qui l'entourait et s'écoulait au-dehors.

– Marie ?

Cette voix...

Denis se tenait devant elle, dans un costume de soirée très élégant.

– Tu as aimé le spectacle ?

– Euh, oui. Une première...

– Tu es seule ?

– Michel cherche un taxi.

– Je pourrais vous déposer, je suis garé au parking.

Une pause.

– Denis, à quel jeu joues-tu ?

Il sourit.

– Je sais me taire, vois-tu. Je voulais te rendre service.

– Ce n'est pas du tout une bonne idée, tu me mets mal à l'aise.

– Pardonne-moi. J'aimerais te revoir, très vite.

– Arrête s'il te plaît.

– Je pense à toi tous les jours, à chaque instant. J'ai encore le goût de ta peau sur mes lèvres, j'ai envie de t'embrasser.

Elle recula d'un pas et jeta un regard inquiet alentour.

– Tu es venu sans ta femme ?

Il éclata de rire.

– La musique romantique, ce n'est pas son truc.

– Je vais y aller Denis, bonne soirée.

– Ton cher et tendre n'est pas près de trouver un chauffeur, tu as bien cinq minutes. J'ai quelque chose à te dire.

– Je crois que tu l'as déjà fait, je n'ai pas envie d'en entendre davantage.

Il croisa les bras et releva la tête en lâchant : « Je sais où s'est réunie la Couronne, avant la disparition de la fille. C'était lors d'une cérémonie d'intronisation. Elle était avec eux ».

– De qui tiens-tu cette information ?

– Un étudiant qui devait y participer. Il s'est décommandé au dernier moment.

– J'ai besoin de l'entendre dans la procédure.

– Impossible. J'ai promis de ne pas répéter les confidences qu'il me fait sur eux.

Elle fit la moue, agacée.

– Où se trouve cet endroit ?

– Dans un chalet, une résidence secondaire installée en pleine forêt. Il domine le lac d'Aydat. C'est à quelques kilomètres de Clermont.

– Tu as l'adresse ?

– Non.

– Je vais te laisser, Denis.

Il fit un pas et l'enlaça avant de l'embrasser dans le cou. Surprise, elle tenta de le repousser.

– Arrête, mais arrête !

Elle avait presque crié, des gens la dévisageaient.

Pétrifié par le ton de sa voix, il s'écarta d'elle et bredouilla un mot d'excuse. Furieuse, Marie le regarda s'éloigner jusqu'à ce qu'il se mêle à la foule et disparaisse.

Quand elle se retourna, elle tomba sur Michel, debout près d'une colonne.

Ses cheveux dégoulinaient de pluie. Il la regardait avec stupeur.

44

Adan rangeait les courses dans le frigidaire pendant que son père nourrissait Simba. Il enfila son blouson de cuir et s'apprêta à partir.

La bête dévorait ses croquettes en ronronnant.

– Tu devrais le garder dans la maison, on ne sait toujours pas qui s'en prend aux bêtes dans le centre-ville. Depuis le temps que les collègues s'y intéressent, le cinglé qui les trucide pourrait élargir son terrain de chasse. Gras comme il est, Simba ne fera pas long feu.

Youcef secoua la tête.

– C'est un chat de Kabyle, libre comme l'air. Pas le genre à être enfermé.

Adan ne répondit pas.

– Tu fais quoi cet après-midi ?

Youcef se redressa en grimaçant. Son dos le faisait souffrir.

– Je vais au *Soleil de Tunis* voir les autres.

C'était une gargote près du marché Saint-Pierre où des Français originaires d'Algérie se réunissaient pour boire du thé, jouer au PMU ou lire la presse d'Oran.

Youcef y retrouvait parfois d'anciens harkis avec lesquels il se complaisait dans le passé. C'était du moins ce que supposait Adan qui n'y avait jamais mis les pieds.

– Il y a aussi cette boutique dont je t'ai parlé la semaine dernière, dit le vieux.

Adan s'apprêtait à sortir.

– C'est bientôt l'anniversaire d'Hasna, j'aimerais lui offrir quelque chose.

– Fais-lui plaisir : un bijou, quelque chose qui n'ait pas un rapport avec la cuisine, pour changer des cadeaux de Chadil, répliqua Adan.

Quand il se gara dans la cité, il faisait déjà sombre.

Il marcha vers sa tour et vit que tout était comme à l'accoutumée. Mille petits détails que le flic percevait aisément, à commencer par les guetteurs, en lisière du carré des deals. Et puis, entre les tours Églantine et Agapanthes, les cages d'escalier où brillaient dans la nuit les cigarettes des revendeurs encapuchonnés. Le bruit d'une sono crachait ses décibels depuis une fenêtre au huitième étage. Comme en écho, au milieu des voitures rangées en épis, un scooter slalomait en faisant du mono roue.

Adan longea des conteneurs poubelles. L'un d'eux avait récemment brûlé ; le bloc de polymère avait fondu comme une bougie, des coulées de plastique s'étalaient sur la chaussée. À quelques mètres de son immeuble, il vit dans la vitre d'une camionnette deux silhouettes qui se pressaient dans sa direction. Elles gagnèrent bientôt le couvert d'une galerie qui accueillait un kebab et une épicerie de nuit.

Par instinct, Adan se dissimula à l'abri des réverbères qui venaient de s'allumer. Il était accroupi, dans l'ombre d'une berline. Il n'y avait rien à piquer dans la boutique : les heures d'ouverture étaient aléatoires, les clients inexistants.

Les silhouettes réapparurent, plus proches. La mobylette s'était éloignée, la sono tue. Un silence inhabituel tomba sur le parking.

Il se faufila au milieu des voitures.

En risquant une tête au-dessus d'un capot, il reconnut ceux qui le talonnaient.

Le singe poilu et le colosse aux épaules scarifiées. Ils étaient bien loin de leur quartier.

Qu'est-ce qu'ils foutent par ici, à deux pas de chez moi ?

Adan bondit vers une barre HLM grisâtre qui s'élevait de l'autre côté du square Jean Gabin.

Le flic jeta un œil à l'arrière et vit que les gars se hâtaient dans sa direction.

Ils avaient une batte de baseball et une barre de fer. De quoi casser des os et faire éclater un crâne. Le premier impact devait immobiliser, le second achever.

Un coup d'œil sur ce qu'ils avaient aux pieds.

Des croquenots de cuir et des pataugas. C'est bien pour la castagne, mais nul pour un sprint.

Il se mit à courir.

Les trois hommes traversèrent les halos des derniers luminaires avant de plonger dans les ténèbres du parc. Des gosses assis sur un banc se marrèrent en les voyant passer.

Adan cherchait son rythme en maintenant une allure rapide. Il entendait son souffle s'échapper dans le noir et son cœur bondir dans sa poitrine. Chaque fois qu'il quittait une bande de gazon pour raccrocher un chemin, il comptait les secondes avant que ses poursuivants ne piétinent les cailloux et l'informent de la distance à laquelle ils se trouvaient.

Après une minute, il s'engouffra dans un immeuble fantôme,

en voie de démolition. Le digicode n'était plus qu'un souvenir, l'endroit ouvert aux quatre vents. Une pancarte fixée sur la porte de l'ascenseur condamné annonçait : « Chantier interdit au public ».

Le coin était louche depuis que des clochards et des toxicos squattaient les premiers niveaux. Les déchets s'entassaient dans les armoires électriques et les couloirs sans lumière.

Le flic entra dans la cage d'escalier et gravit les marches aussi vite qu'il put. L'éclairage de son portable lui évitait de se ramasser en glissant.

La barre était composée de neuf étages, il gravit tous les paliers en s'accordant une seconde, de temps en temps, pour jauger l'endurance de ses agresseurs. Il les entendait haleter et jurer dans l'obscurité.

Il finit par accéder au toit-terrasse. La porte d'accès ne fermait plus, Adan le savait. Il y a deux semaines, une patrouille était intervenue pour des gamins qui jetaient du gravier sur les voitures garées en contrebas.

Là-haut, la vue sur Clermont était saisissante : les flèches bleues de la cathédrale, les concrétions brillantes sur les collines et le carré de Jaude qui luisait comme un paquebot dans le noir.

Le vent apportait un air glacé qui ululait en s'engouffrant dans l'escalier.

Il avait moins de dix secondes.

Plante ton flingue sous une grille d'aération et éloigne-toi.

Il dégrafa son gilet pare-balles.

Oxygène et vélocité, voilà ce que Baptiste t'aurait dit s'il était là.

Il les vit débouler sur le toit, le visage marqué par l'effort.

Il hésita entre charger aussitôt ou les entraîner dans le dédale des ventilateurs ; ils seraient contraints de l'attaquer séparément.

Il décida de forcer son avantage et porta son attention sur le velu qui respirait le plus difficilement ; tout en évitant le demi-cercle que fit la batte de baseball au-dessus de sa tête, il projeta sa jambe et enchaîna des punchs à la face. Son coude claqua contre l'oreille du jeune dans un bruit de chair et d'os ; il s'affala au sol et quelque chose de liquide et d'épais s'échappa de son nez.

Le grand noir tenta de le frapper avec la barre, mais son comparse le gênait. Adan fila au milieu des bouches d'aération. Le balèze éructait et s'efforçait de le rattraper. Au bout de l'enfilade, une mince rambarde traçait la frontière qui les séparait du vide.

Le flic se retourna et fit face, crânement.

– Tu peux encore t'en tirer sans trop de bobo. Si tu préfères te bastonner, tu finiras dix étages plus bas.

Le black hésita, puis ses phalanges se refermèrent sur son arme ; il chargea.

Adan attendit patiemment que l'autre frappe dans un mouvement ample et horizontal pour lui bloquer l'avant-bras et enchaîner par un coup de genou dans l'entrejambes. Le colosse s'était affaissé en avant. Par sécurité, et parce que la première leçon sur le tatami n'avait pas suffi, il cogna encore et projeta au loin la barre de métal.

Désormais indifférent aux deux types qui geignaient à terre, il s'allongea au sol pour reprendre son souffle. Des coups dans le dos lui faisaient mal, une de ses omoplates l'élançait.

Après quelques instants, il se dirigea vers le velu dont le

tee-shirt était maculé de sang. Il le prit par les cheveux avec la main qui prolongeait le bras et l'épaule valide et le traîna au bord du parapet.

En voyant les voitures alignées au pied de la barre HLM, il se mit à hurler.

Adan s'était approché de son oreille pour que le vent ne couvre pas ses paroles.

– C'est toi et ton copain qui avez bousillé la fenêtre de Baptiste à la salle d'entraînement.

L'autre était tétanisé.

– Vous n'êtes pas de la cité. Vous venez d'où ?

– De Saint-Jacques...

– Si je vous revois traîner dans le quartier, je file votre blase aux guetteurs. Vous serez mis en pièces. Tu m'as compris ?

Visiblement oui, il tremblait comme une feuille.

Adan retourna vers le black et lui fit les poches. Il prit sa carte grise et les clefs d'une Audi RS4. Elle devait être flambant neuve, un double y était accroché.

– Trésor de guerre, lui murmura-t-il à l'oreille avant de lui décocher un nouveau coup de pied. Vous avez vingt minutes avant que la racaille du coin vienne faire le ménage. Ça va sans dire que je ne veux plus jamais voir vos gueules au club.

Adan récupéra discrètement son arme et son gilet.

Il se dirigea ensuite vers le hall d'une tour qui jouxtait la sienne. Dans le hall, deux jeunes en casquette faisaient le guet.

Adan s'approcha du second et lui tendit la carte grise et les clefs de l'Audi. Le double était resté au fond de sa poche.

– Douraid, cadeau pour ton boss. À mettre en lieu sûr.

Le jeune empocha le tout et posa la main gauche sur son cœur.

– Le *Sarkinn* va te kiffer grave, dit-il sans sourire.

C'est comme ça que le dealer s'était baptisé, un mot qui signifiait « monarque » en haoussan.

Adan ne répondit rien. L'instant d'après il se fondait dans la nuit.

– 2e partie –

L'armoire aux péchés

1

Marie contempla l'imposante pile de procès-verbaux qui résumait l'affaire Landrot. Un gradé venait de lui transmettre l'audition de ses parents. En parcourant les pages de l'interrogatoire du père et de la mère, elle retrouvait la description qu'en avait faite Adan après son passage à la ferme.

Une compagne effacée, un mari taciturne. On n'apprenait rien de Claude, si ce n'est qu'il connaissait mal sa fille. Il n'avait fait aucune allusion au comportement du verrat ni à la plainte d'Émilie qui le désignait comme parâtre père indigne. Au fond du compte, était-il sincère ?

Suzanne, son épouse, avait remis une carte de sa fille aux enquêteurs. Elle était adressée de Biarritz. Le cachet de la poste datait de 2013. Le texte, succinct et banal, résumait ses vacances avec Gaëtan, un copain qu'elle ne leur avait jamais présenté. Ils ignoraient tout de ce dernier et plus encore de son avocat de père. Le couple ne descendait presque jamais à Clermont. Suzanne se rappelait qu'Émilie portait parfois de beaux vêtements, sa curiosité s'arrêtait là.

Les parents étaient tellement habitués à taire leurs sentiments que les policiers ne parvenaient pas à sonder leurs émotions véritables.

Marie rangea les feuillets. Elle pensa un instant à la jeunesse d'Émilie : la campagne avec ses plateaux dénudés, les relents de lisier et Mastard, le verrat belliqueux.

Fabrice Boutteville déboula dans le bureau, la faisant sursauter.

– Où est Adan ? Je le cherche depuis ce matin.

– Il a un peu de retard, répondit Marie en levant la tête. Je l'ai eu au téléphone. Nuit difficile.

Le commandant fit la tronche.

– Je comptais réunir le groupe pour faire le point. Tant pis, tu lui feras un compte rendu. J'ai avisé le Parquet qu'on convoquait le fils de Sirvy. Ses consignes sont claires : audition avec les formes et garde à vue en cas d'extrême nécessité. Ensuite, on refile le dossier au juge qui prendra ses patins lui-même.

– Je prévois les croissants et le jus d'orange ? répliqua Marie avec froideur.

Il lui jeta un regard venimeux.

– Un peu de bonne volonté, c'est tout ce que je demande.

– Et la commission rogatoire, on l'aura quand ?

– D'ici quarante-huit heures. Le juge Rémi Pajole sera aux commandes, personne ne le connaît, il débarque de Nantes.

Marie se recula sur sa chaise.

– C'est Haudecourt qui réclame de la retenue ?

– Oui, pourquoi ?

– Ils se connaissent, le père du suspect et lui : même passage à la fac. Le bon vieux temps. À l'évidence, ils ont gardé des liens.

Boutteville haussa les épaules.

– Le barreau et la magistrature debout se fréquentent tous les jours au palais de justice ; c'est quoi ces allusions ?

Elle se redressa.

– Mais c'est pourtant simple. Si on ne met pas la pression sur le morveux, on n'obtiendra rien. Il a déconné avec Émilie, ce qui fragilise les ambitions de son père. Ça va tousser dans les hautes sphères.

– On s'en branle, grogna Boutteville, c'est au juge d'instruction de prendre ses responsabilités. J'assure l'intérim en l'absence de Charfotti et je ne vais pas compromettre ma carrière en bousculant le rejeton d'un ponte du milieu judiciaire. D'ailleurs justement, puisqu'on aborde le sujet, c'est moi qui procéderai à l'interrogatoire. Tu m'assisteras et on ira le chercher chez lui. Tous les deux.

– Aux dernières nouvelles, c'est Adan mon équipier.

Geste agacé du commandant.

– Je ne veux pas de cette tête brûlée dans le coup. Sa voix se fit plus douce. Enfin Marie, tu le vois avec sa dégaine débouler chez de Sivry ? La police va passer pour un repaire de ploucs, c'est pas les stups ici.

Il avait fait un pas dans sa direction. Mal à l'aise, elle se recula contre le dossier en croisant les bras.

– C'est vrai que sa gueule de métèque fait mauvais genre. On est bien content de l'avoir pour faire du chiffre, de profiter de ses contacts dans les cités. Mais quand il s'agit de faire de la représentation…

Le visage de Boutteville, ouvert l'instant d'avant, grimaça subitement.

– Garde ta tirade droit-de-l'hommiste pour les innocents. C'est toi et moi, point à la ligne.

Il sortit aussi soudainement qu'il était entré.

2

Adan ôta doucement sa chemise, car l'épaule lui cuisait. Sous le néon de la salle de bains, il contempla la marque qu'avait laissée la trique. Elle lui faisait un mal de chien, mais rien de cassé. Dehors, le mauvais temps tapissait la nuit d'un voile lugubre. Il se fit couler un bain, il avait envie de rêvasser dans l'eau fumante. Il détestait avoir froid, un souvenir hérité de tous les hivers de son enfance, passés dans les baraquements. Après s'être séché, il appliqua sur la zone meurtrie une épaisse couche de pommade. En faisant pénétrer la crème, son esprit flottait toujours et des souvenirs venus de loin l'entourèrent. L'appartement vide reflétait sa solitude.

Quand il avait du vague à l'âme et qu'il trouvait sa vie sinistre, à cent lieues de ses rêves de jeunesse, il se remémorait les bonnes choses. Parfois elles suffisaient pour chasser sa mélancolie. L'été 78 en était une. Il avait seize ans et il vivait avec son père et sa sœur dans une maison en dur, allée D du centre de séjour de Sainte-Léonie-l'Hématite.

Le site était noyé dans un désordre de rochers et de broussailles sèches. En plein été, le calcaire réfléchissait une aveuglante lumière qui rappelait à certains les prémices du Sahara.

À l'époque, il lisait à peine et écrivait encore moins. C'était un élève frondeur qui avait découragé tous les instituteurs qui s'étaient relayés dans l'unique classe du camp. Sainte-Léonie était leur premier poste. Ils n'avaient pas tardé à comprendre qu'ils étaient dans une zone militaire. La guerre était terminée depuis longtemps, mais pour les âmes du site, que les populations alentour nommaient les Crouillats, les stigmates du conflit algérien n'étaient pas près de s'estomper. Après l'extinction des feux, franchir les barbelés qui couraient le long de l'enceinte était devenu pour les adolescents un besoin vital. Il n'y avait rien à voir ni à faire dans les campagnes environnantes, le village le plus proche était à douze kilomètres. Mais cavaler seul au milieu des collines, même de nuit au risque de chuter dans une ravine ou de s'écorcher aux broussailles, avait pour tous le piquant d'une liberté retrouvée. Se faire la belle était d'autant plus difficile que le commandant Pierre Castel-Jourdain, responsable du centre, y faisait régner un ordre quasi colonial, interdisant toute escapade. La nuit tombée, il lâchait à l'extérieur des clôtures un molosse baptisé « Lanzo ». En prenant la tangente sous la lune, des gosses avaient récolté une morsure.

La bête avait autour du cou une clochette destinée à effrayer les gamins. Longtemps après le coucher du soleil, terrés au fond de leurs lits, ils l'entendaient longer les grillages tel un croquemitaine à l'affût d'une proie. Se lever à la nuit close pour assouvir un besoin naturel était toute une aventure : il fallait sortir dans la cour et faire plusieurs dizaines de mètres pour gagner les toilettes collectives. Bien des années plus tard, nombre d'adultes se souvenaient encore de l'épouvante qui les saisissait lorsque, au milieu des ténèbres, grelottant dans leur pyjama, ils reconnaissaient la sonnette. Ils s'imaginaient que le cerbère s'était frayé un chemin à l'intérieur du centre et qu'il s'apprêtait à leur sauter à la gorge.

Pour Adan, une opportunité se présenta un dimanche du mois de juillet, en début d'après-midi. Les jours de marché, les femmes se rendaient au petit village perché de Beaumérac. Elles négociaient un peu d'artisanat et des pâtisseries traditionnelles. La sœur d'Adan était toujours du voyage, une voisine de l'allée D l'aidait à confectionner des *makrouts* qu'elle emportait dans un grand saladier. Ce jour-là, se sentant fiévreuse, elle avait confié à son frère le précieux chargement. Un paysan acceptait de transporter les familles avec son camion jusqu'au marché, une fois par semaine, et de les ramener à l'issue. Tous les passagers devaient se cotiser, car la locomotion coûtait cher.

Comme ils s'en revenaient de Beaumérac, Adan admirait les francs qu'il avait récoltés. Le bahut cahotait sur un mauvais chemin de terre.

Au sortir d'un tournant, une roue creva. Le chauffeur coupa le contact et partit évaluer l'affaire. Alors, on releva la bâche du coffre car le soleil tapait dur et dessous, c'était un vrai séchoir. L'adolescent contemplait la plaine tapissée de châtaigniers, une tour de guet à demi effondrée et, plus loin, la naissance d'un suc volcanique. La lumière ravivait les couleurs des arbres et des champs, partout s'étalait un camaïeu de verts, de jaunes et de bruns.

Pris d'un élan, Adan sauta du camion et s'éloigna vers le talus.

Il marcha puis courut, bondit presque, indifférent aux cris des femmes qui diminuaient au fur et à mesure qu'il gagnait le couvert des marronniers.

Il traversait des contrées où l'odeur du soleil cognant sur les pierres, celle des troncs et des plantes lui étaient familières, c'était celles qui lui parvenaient à travers les clôtures du camp. S'enfoncer pour la première fois dans l'intimité de ces bois avait quelque chose de follement enivrant.

Il erra longtemps et fit, sans le savoir, un large cercle autour de Sainte-Léonie-l'Hématite. L'astre solaire pointait haut dans le mitan du jour quand il aperçut le toit d'une chapelle romane.

La bâtisse annonçait le bourg de Rochecondré. C'était l'heure de la sieste, pas une âme ne déambulait dans les rues. La chaleur était accablante et Adan avait soif. Il se réfugia dans la chapelle où la pénombre se mêlait à la fraîcheur. On avait célébré l'office du matin, l'odeur du cierge Pascal flottait dans l'air. La porte refermée, il se crut dans une cave. L'unique clarté provenait des vitraux. L'un d'eux relatait la vie de Saint Jean-François Badisse.

Adan attendit un moment puis se hasarda à explorer les lieux. Il admirait les panneaux traversés par la belle lumière et les sculptures dans le calcaire : certaines évoquaient des figures grimaçantes. Il caressa du bout des doigts le relief des banquettes et s'arrêta devant une vasque remplie d'eau. Juste à côté, enchâssée dans la pierre meuble, une plaque de bois rehaussée d'un crucifix. Elle laissait apparaître une fente.

Par curiosité, il essaya d'ouvrir le compartiment. Il remarqua le cadenas qui verrouillait un demi-cercle de fonte, planté dans le bois.

L'adolescent resta devant le tronc et tendit l'oreille, vaguement inquiet.

Pas un bruit ne venait du dehors.

Il fouilla au fond de sa poche et sentit l'Opinel.

3

La famille de Sivry logeait à Chamalières dans une maison de ville qu'un architecte avait dessinée avant de partir s'installer aux États-Unis.

La nervosité de Boutteville sautait aux yeux. Marie avait fait un effort sur la tenue, mais son chef était carrément en costard. Il en faisait toujours trop.

Antoine de Sivry leur ouvrit. Il était grand et svelte, son visage exprimait une indignation retenue. Il portait un pantalon de costume en lin et une chemise de marque. Probablement italienne, pensa Marie qui appréciait les hommes qui prenaient soin d'eux.

Boutteville bafouilla quelque chose qu'elle ne saisit pas.

Pour rattraper le coup, elle présenta sa carte. L'avocat y jeta un air condescendant et leur fit signe d'entrer.

Un salon lumineux. Derrière la baie vitrée : un jardin offrant une vue dégagée sur le parc de Montjoly. Sur les murs, des photos encadrées montraient le juriste aux côtés de politiques connus.

Gaëtan était là, assis dans un fauteuil. Il ne se leva pas pour les saluer.

Antoine de Sivry prit un air affecté.

– Jean-Noël Haudecourt m'a informé de votre passage, nous vous attendions.

Il toussa.

– Avant que vous ne fassiez votre travail, je souhaite préciser une chose. Il faut que ce soit bien clair entre nous : mon fils est innocent de quoi qu'on puisse l'accuser. Je compte en apporter la preuve. Par ailleurs, compte tenu de ma réputation et de son avenir, j'attacherais du prix à ce que son audition se fasse dans une parfaite discrétion. Monsieur Haudecourt m'a affirmé que vous ferez le nécessaire.

– Nous avons une pièce appropriée à l'hôtel de police, assura Boutteville. N'ayez aucune crainte.

– Si vous n'y voyez pas d'inconvénient, je vous propose de vous rejoindre là-bas. J'emmènerai Gaëtan.

– Ce n'est pas dans la procédure, osa Marie.

Boutteville fit un geste de la main.

– Entendu maître, nous nous retrouvons avenue de la République, d'ici une vingtaine de minutes.

De retour dans leur voiture, Marie fulminait.

– C'est quoi cette comédie ?

– On prend des gants, rien de plus. Et s'il te plaît, garde-toi de faire une remarque mal à propos. Je gère, tu m'as compris ?

Au timbre de sa voix, elle sentit que rien n'était moins sûr.

Dans le couloir qui desservait les bureaux de la brigade criminelle, Boutteville désigna une chaise près d'un distributeur.

– Je vous en prie Monsieur de Sivry, vous pouvez patienter ici.

– Vous plaisantez ? Je viens avec mon fils.

L'autre manqua de bafouiller.

– C'est que… nous souhaiterions l'entendre seul. Il est majeur et nous avons des questions à lui poser.

De Sivry soutint son regard avant de répondre :

– Faites vite.

Une salle aux murs blancs, la table et quelques chaises

alignées sur le côté. Pas de fenêtres. Un endroit propice aux confidences.

Marie observait Gaëtan, sans gêne. Il attendait en silence, curieux de voir ce que les flics avaient dans leur manche.

Boutteville se cala devant son ordinateur.

– Pourquoi suis-je ici ? demanda l'étudiant.

– Émilie Landrot a disparu depuis plusieurs jours et personne ne sait où elle est.

Un silence.

– Eh bien, moi non plus.

– Elle était votre petite amie.

Gaëtan se renfrogna.

– J'ai fréquenté cette fille un moment, rien de sérieux.

– Quand l'avez-vous vue pour la dernière fois ?

– Il y a plusieurs semaines.

– Et depuis ?

Boutteville l'avait interrogé sans lever les yeux de sa machine.

– Écoutez, on a rompu et c'est tout. Je n'ai rien d'autre à ajouter. J'espère qu'il ne lui est rien arrivé de grave, sincèrement. Je peux y aller, maintenant ?

Marie vit le commandant se gratter le haut du crâne. Elle décida d'embrayer.

– As-tu déjà rejoint Émilie dans sa chambre d'étudiante ?

– Pourquoi cette question ?

Cette bonne femme le tutoyait, il n'aimait pas.

– Répond simplement.

– Une ou deux fois, peut-être.

– On pense que tu sais qui a pris cette photo.

Elle sortit l'image d'Émilie suppliciée au radiateur et la planta devant le visage de Gaëtan. Il détourna vivement la tête.

– Oh putain !

Marie se pencha vers lui, autoritaire.

– Cette scène, tu l'as déjà vue en vrai, n'est-ce pas ?

Il ne dit rien.

– Tu savais qu'elle se prostituait ?

Silence.

– Gaëtan, est-ce toi qui as tué Émilie ?

Le jeune homme fixait ses chaussures, mâchoires serrées.

– Faîtes venir mon père.

Marie et Boutteville échangèrent un regard. Le commandant poussa un soupir et annonça, la mort dans l'âme :

– Gaëtan de Sivry, il est onze heures. Vous êtes désormais en garde à vue.

– Que me reprochez-vous ? cria-t-il.

– Pour commencer : enlèvement et séquestration, asséna Marie.

4

La chute du jour assombrissait le presbytère.

Assis dans la cuisine, l'abbé Rémi Chastel contempla un instant la bassine fumante avant d'y plonger ses pieds endoloris.

Un sourire de contentement illumina son visage.

Une fois de plus, il était descendu au verger avec ses godillots. Le chemin qui y menait était raide et caillouteux, un vrai supplice pour ses chevilles.

Mais les pommiers étaient lourds de fruits, il ne pouvait pas tout laisser aux guêpes. Et puis, il aimait trop les compotes que

Madame Guironnet lui confectionnait. C'était une retraitée dynamique dont le fils était diacre à Rochemaure. Ses parents possédaient jadis une ferme sur la commune ; elle l'avait fait retaper pour y accueillir des voyageurs. Occasionnellement, Adélaïde venait s'assurer que l'abbé ne manquait de rien.

On cogna vigoureusement à la porte.

Chastel ronchonna avant de s'arracher à ses ablutions.

C'étaient deux gendarmes de la brigade de Beaumérac. Derrière eux se tenait un gamin aux joues enflées.

– Pardon de vous déranger Monsieur le curé, mais nous avons remarqué ce garçon qui marchait dans les bois, pas loin d'ici. Il s'est enfui en nous voyant, nous avons eu toutes les peines du monde à l'accrocher.

– Il vous a fait bien courir, nota l'abbé en examinant le prisonnier.

– Il dit s'appeler Adan : sûrement un faux prénom. Il n'a aucun papier sur lui. Nous pensons que c'est un Arabe qui s'est fait la malle du camp de harkis, de l'autre côté du plateau.

Le visage du prêtre s'assombrit.

– Qu'attendez-vous de moi ?

Un sous-officier s'avança et disposa sur la table une grosse poignée de pièces qui tintinnabulèrent.

– On a récolté plus de trente francs dans ses poches, rien que de la monnaie. Tous ces vols dans les troncs des églises… il doit écumer le canton avec ses congénères. On a déjà eu des plaintes.

Chastel ne dit rien.

– Ce bicot a avoué être entré dans votre chapelle ; on vous ramène l'argent.

L'autre croisa les bras et fit mine de réfléchir, avant de déclarer :

– Vous avez fait votre devoir, Messieurs, mais il se trouve que j'ai recueilli les aumônes de mes fidèles ce matin, après l'office. Rien n'a été volé, vous pouvez me croire. Notre bon Saint Jean-François Régis y a veillé.

Il avait lâché cette phrase avec une pointe d'ironie.

– Vraiment ? fit un militaire, il ne vous manque rien ?

– Il y a une méprise et je crains que vous n'ayez accusé ce jeune homme à tort.

Les deux gendarmes étaient interdits.

– On dirait qu'il a besoin de soins. J'imagine qu'il a chuté en essayant de vous échapper.

Pas de réponse.

– Ne vous tracassez pas pour lui, le directeur du camp est un de mes paroissiens ; je l'appellerai pour qu'on vienne le récupérer avant la nuit.

Les pandores semblèrent hésiter.

– Je vous souhaite la bonne soirée.

Les deux hommes s'éclipsèrent en saluant le prêtre.

Lorsqu'ils furent seuls, Chastel considéra Adan avec gravité.

– Tu n'as pas trop mal ? Je vais te préparer une bassine d'eau chaude, pour toi aussi. Lorsque tu te seras débarbouillé, nous passerons à table.

Durant le dîner, ils mangèrent en silence. Les pièces étaient toujours au milieu de la table, elles accrochaient la lumière des bougies.

Après avoir débarrassé, Chastel se traîna en clopinant vers un meuble. Il fouilla dans un tiroir puis revint avec une photo.

Elle était un peu jaunie, mais le curé la conservait dans une enveloppe.

Il s'assit et fit signe au gamin d'approcher.

C'était l'image de prisonniers devant un baraquement. À l'arrière-plan, on devinait un mirador et des barbelés.

Chastel s'attarda sur les visages d'autrefois. Au milieu du groupe, un homme portait une chemise blanche. C'était lui.

– J'ai été aumônier militaire à une époque, et captif en Allemagne, comme tu le vois. C'était le Stalag V-B, en Forêt-Noire. Tu sais, nous n'avons pas été les plus mal traités, il y en a eu d'autres camps, bien pires. Mais enfin, ce n'était pas un centre de vacances non plus. Nous avons connu la faim et le froid et j'ai perdu plusieurs compagnons. Pourtant, je n'ai jamais volé ni nourriture ni vêtement à quiconque. En disant ces mots, Chastel fixait Adan sans ciller.

Une pause.

– J'aimerais que tu me fasses une promesse.

Le gamin sembla surpris.

– La promesse que tu ne voleras plus et que tu consacreras les années qui viennent à devenir un homme droit et juste. Cet engagement, d'ailleurs, je te l'achète avec l'argent que tu as pris dans mon église.

Adan regarda les pièces sur la table.

– Adan, c'est vraiment ton prénom ?

Un timide hochement de tête.

– Tu vas rester dormir ici, je te ramènerai au camp demain. Mais ce soir, si tu veux bien, tu vas me raconter ton histoire.

5

Boutteville mena seul l'interrogatoire de Gaëtan, assisté de son père. L'étudiant déclara tout de go qu'il n'avait tué personne et qu'il garderait le silence durant toute l'audition. Le policier avait lu le dossier dans les grandes lignes : il fit le service minimum, soucieux de ne froisser personne, à commencer par le ministère public.

Après une audition d'un peu moins d'une heure, Gaëtan était resté sur ses positions. Il niait tout en bloc.

Le jeune homme fut conduit en cellule.

Marie rejoignit Boutteville qui effectuait une copie du procès-verbal.

– Alors ?

– On a fait fausse route, lança-t-il avec soulagement. Ce gamin ne ferait pas de mal à une mouche, ça crève les yeux. C'est peut-être un fils à papa arrogant, mais pas un meurtrier.

Consternée, Marie parcourait les trois feuillets.

– Mais putain, cet interrogatoire est complètement vide ! Tu ne lui as parlé ni de l'annonce internet ni de la Couronne ?

– Laisse filer, Marie. Ce gars ne nous apportera que des emmerdes.

– Que fait-on, alors ?

– Coup de fil à Haudecourt puis notification de la fin de garde à vue. On a fait le job, on est couvert. Le juge pourra le convoquer si ça lui chante.

Marie préféra sortir. Elle tomba sur Adan qui parlait avec un collègue des stups. Il avait des marques sur le visage. Pour la première fois, elle trouva qu'il faisait son âge.

Sivry la fixait depuis le bout du couloir, elle préféra entraîner son équipier dans un bureau vide.

Il était outré.

– On m'a mis à l'écart, merde ! Tu le savais depuis quand, que je ne ferai pas l'audition ?

– Hier matin. Tu n'étais pas encore arrivé quand Boutteville m'a posé son diktat. Je n'avais rien à dire ; il remplace Charfotti et c'est lui qui commande. Que ça nous plaise ou non.

– Le gamin s'est allongé, au moins ?

– Fermé comme une huître sur les conseils du papa. Quant à Boutteville, il s'est tellement excusé avant chaque question que l'audition est pleine de pisse et de vent. La suite est connue d'avance : Haudecourt va applaudir des deux mains et réclamer qu'on le libère immédiatement. Une réussite totale.

Adan serra les poings et leva les yeux sur Marie.

– Quand est-ce que le juge ouvrira son instruction ?

– Demain, pourquoi ?

– J'ai peut-être une idée, fit-il d'une voix sourde. Mais je vais avoir besoin de ton aide.

6

Rémi Chastel n'était pas qu'un homme d'Église, c'était aussi un sourcier tenu en grand honneur dans la région. Nul ne savait s'il devait ses capacités à un don ou aux connaissances qu'il tirait de son métier d'ingénieur-géomètre, une fonction qu'il exerçait avant d'entrer dans les ordres.

De cet homme, la bonté rayonnait avec largesse et simplicité.

Féru de littérature, il se passionnait pour les auteurs classiques, mais ne détestait pas Camus et même Jack Kerouac dont il appréciait le souffle libertaire, pourtant à mille lieues des préceptes figés d'une l'Église que ses facéties indisposaient.

Il montra à l'adolescent son verger et le laissa cueillir des pommes. Dans la fraîcheur du soir, ils en partagèrent une, ronde et sucrée.

Le prêtre tint parole, il appela le chef du camp de Sainte-Léonie avant d'y reconduire le fugitif à bord d'une vieille Renault. C'était la première fois qu'il visitait les lieux, il en ressortit troublé.

Par la suite, il proposa de donner des cours d'écriture et de calcul pour aider le gamin à rattraper le temps perdu ; ses lacunes étaient immenses. En échange, et en plein accord avec Youcef, Adan filerait un coup de main à de jeunes membres d'un groupe charismatique qui venaient durant les vacances rénover la chapelle et relever quelques murs.

Pierre Castel-Jourdain fit des histoires, évoqua le règlement du camp et menaça de se plaindre en préfecture. La discussion avec l'homme d'Église fut houleuse. À bout d'arguments, il révéla qu'une monitrice de promotion sociale avait rédigé un rapport pour qu'Adan soit placé dans un internat. En fait, c'était un centre de redressement à la sinistre réputation. Youcef ne savait que faire : s'opposer au directeur c'était compromettre l'arrivée de maigres ressources ; personne n'ignorait que les allocations familiales et les pensions militaires empruntaient un circuit opaque que Castel-Jourdain contrôlait totalement. Heureusement pour Adan, le curé cultivait ses réseaux, à commencer par les cercles de bienfaisance de madame de Ronsart, l'épouse d'un baron dont la famille était une des plus anciennes du Vivarais. Il fallut remplir quelques papiers, mais l'abbé eut gain de cause. Adan passa toute la fin de l'été dans la sacristie de Rochecondré, il connut là une parenthèse enchantée où il tomba amoureux d'une jeune bachelière dégourdie qui se destinait à l'école des beaux-arts de Valence. Elle lui fit découvrir bien des ivresses, des plaisirs de la chair à ceux de la marijuana. Ils se retrouvaient le soir, fourbus et tâchés de plâtre, au bord d'une rivière qui comblait de grandes vasques au milieu des rochers. C'était un endroit secret et magique ; ils se baignaient nus et faisaient l'amour. Le murmure des eaux dissimulait leurs gémissements.

Quand la fille partit, Adan en eut le cœur brisé, mais le prêtre avait d'autres projets pour lui qu'une échappée à Valence. Madame de Ronsart le fit entrer dans un établissement d'enseignement catholique de Clermont-Ferrand où Chastel avait séjourné en tant que préfet des études ; elle était bien décidée à lui faire décrocher son brevet des collèges. Et comme les usines Michelin cherchaient des bras, Youcef obtint un poste d'ouvrier sur une chaîne de montage. À l'automne 1978, lui et ses enfants quittèrent définitivement les hameaux de forestage, les camps de regroupement transitoires et les centres de séjour surveillés : c'était là tout ce qu'ils connaissaient de la France.

7

Adan fit un signe au gradé en faction dans le couloir menant aux cellules. Celle de Gaëtan se trouvait au fond.

Ses chaussures étaient posées devant, comme dans les hôtels chics. Mais nul cireur à l'horizon, juste le moyen d'éviter que les suspects ne se pendent.

Le jeune homme était prostré sur un banc rivé au mur. Une odeur de vomi et de merde flottait dans l'air. Dans le cagibi voisin, un clochard radotait sans fin.

Hors la présence de son paternel, le garçon semblait complètement perdu.

Quand il vit le policier ouvrir la grille, il se redressa plein d'espoir.

– Où crois-tu aller ? lança Adan en le voyant se diriger vers la sortie.

– Je sors, mon père m'attend.

Adan ricana.

– Pour l'instant, tu restes à ma botte. Tu as faim ?

Il lui présenta un plateau avec un gobelet de café et trois madeleines dans un sachet plastique qu'il avait retirées de la machine.

Gaëtan dévora le tout.

– J'en ai assez de ces conneries, dit-il la bouche pleine.

Adan prit un air surpris.

– Tu n'es pas au courant ? Ma collègue n'est pas venue te le dire ?

Il secoua la tête.

– Ta première audition, c'était juste pour recueillir tes explications : des mensonges qui ne trompent personne. Maintenant, on va discuter sérieusement. Et un conseil, ne me prend pas pour un con : c'est moi le méchant.

Le brigadier lui passa les menottes et l'entraîna vers l'escalier qui menait à l'étage.

Un collègue de la crim était en congé et la femme de ménage avait laissé son bureau ouvert ; c'était parfait.

Il fit installer Gaëtan devant lui et brancha son portable sur le réseau relié à l'imprimante.

L'instant d'après, il envoya un SMS sur le téléphone de Marie.

Il était prêt.

– Où est mon père ? demanda Gaëtan, craintif.

Adan pianotait comme s'il n'avait rien entendu.

Au bout d'un moment il se pencha vers lui, impassible.

– Je vais jouer cartes sur table avec toi. Tu n'es pas chez nous par hasard, tu t'en doutes. On a retrouvé des échantillons de sperme sur le matelas d'Émilie, dans sa chambre. C'est là qu'elle a été massacrée. On va donc prélever ton ADN.

Gaëtan fronça les sourcils. Le flic poursuivit.

– Voici ce qui s'est passé. Émilie sortait avec toi parce que tu es plein aux as et qu'avec bon papa dans tes bagages, tu te destines à une belle carrière d'avocat. Comme tu aimes bien t'encanailler comme tous les fils de bourgeois, tu connais internet et les petites annonces coquines. Toutes ces gamines fauchées qui vendent leur corps sur la toile, ça te plaît bien. On te l'a dit ou c'est le hasard, mais un jour, tu es tombé sur le site d'Émilie : on l'a su en retrouvant l'adresse IP de ton ordinateur. De voir qu'elle faisait la pute en continuant de sortir avec toi, tu ne l'as pas supporté. Ton orgueil en a pris un coup.

Le jeune ne pipait mot.

– T'étais en rogne, tu as voulu lui donner une leçon, comme tes ancêtres savaient le faire avec une servante rebelle. La chose s'est passée dans le chalet de ton père, à Aydat. Je vois la scène : la vodka coulait à flots, les joints tournaient et peut-être de la neige, qui sait. Les mornifles ont dû pleuvoir. Après, il a fallu la reconduire dans sa piaule. C'était la veille du week-end, en pleine fête d'Halloween. Tout le monde était torché, on n'a pas fait attention à vous. Un pote t'a filé un coup de main, vous l'avez montée là-haut et ensuite, vous l'avez violée. Elle s'est débattue et elle a crié. Vous avez paniqué et tout est parti en live. Fin de l'histoire.

Gaëtan pleurait, de la morve coulait de son nez.

– Arrêtez… c'est horrible.

– Oui : horrible. Maintenant, on appelle ton père. Je continuerai quand il sera là.

Le regard perdu d'un gamin.

Adan le prit par le col.

– Tu veux que j'te dise ? Tu n'étais pas seul au chalet. Il y avait toute votre clique de petits arrivistes couronnés. Si tu ne veux pas coopérer, Je serai obligé de tout déballer et je connais quelques journalistes qui se feront un plaisir d'enquêter plus avant. On n'a pas fini d'en causer des morveux de la fac, crois-moi !

– Je n'ai pas tué Émilie, je le jure !

– On n'en est pas encore là, on a tout notre temps. Qui lui est passé dessus dans la chambre ?

Silence.

– Si tu coopères, je peux ne pas parler de la photo que tu as piquée dans sa piaule. Celle où vous êtes ensemble. Je pourrais aussi oublier la médaille de chouette à tête de mort trouvée sous le matelas.

Gaëtan n'osait plus lever la tête.

– Quelle photo ? Je ne sais pas de quoi vous parlez, je n'ai touché à rien.

Adan le toisa avec aplomb.

– Qui a découpé la fille ? Pas toi, j'imagine. Il fallait un sacré cran.

L'étudiant resta interdit puis fut pris d'une brusque remontée de bile. Il vomit dans une corbeille à papier qu'Adan s'empressa de lui tendre.

Il posa une main sur son épaule.

– Quel scandale si on convoque tous ces fils de bonne famille pour reconstituer la soirée. Tout ce déballage, la presse et la télévision qui vont camper devant votre domicile. Et ton père, tu veux le salir aussi ?

Le jeune sanglotait. Adan lui parla avec douceur.

– Allez, garçon. On va mettre tout ça par écrit.

8

Fabrice Boutteville était en plein cauchemar. Il avait devant lui Antoine de Sivry qui attendait qu'on lui rende son fils et voilà que son ordinateur perdait les pédales. Tout l'écran était à l'envers, il ne pouvait taper aucun texte. Il gaspilla une demi-heure avant qu'un collègue réquisitionné ne vienne tout remettre en ordre.

Cette farce l'avait mis dans une humeur exécrable. Il faillit exploser de colère en voyant Adan entrer dans son bureau en compagnie du gardé-à-vue.

– Settara, sors immédiatement !

– C'est pour la fin de GAV ? demanda l'autre d'un air ingénu.

– Je m'en occupe, siffla-t-il.

À ces mots, Adan fit asseoir Gaëtan dans le couloir et referma l'extrémité de sa menotte à un anneau rivé au mur. Puis, il retourna dans le bureau et tira la porte derrière lui.

L'avocat et son chef le fusillaient du regard.

Il répliqua par un sourire en coin.

– Pour le viol de la fille, Gaëtan vient de me faire des aveux complets. Les faits se sont déroulés à la cité universitaire, dans sa chambre.

Boutteville était décomposé mais c'est Antoine de Sivry qui réagit le premier. Il se leva d'un bond et tenta d'arracher la déposition des mains du policier qui esquiva en faisant un pas de côté.

– Espèce de cinglé ! Vous avez extorqué ces aveux sans ma présence. Pauvre amateur : votre torchon ne vaut rien.

Les yeux du père étaient incandescents.

Sans se démonter, Adan reprit le document et lut à voix haute : « Je renonce expressément à me faire assister par mon avocat durant cet entretien ».

– C'est signé de la main de votre fils, monsieur de Sivry.

Il posa le procès-verbal devant Boutteville qui n'en revenait toujours pas.

En sortant, il croisa à nouveau le regard haineux de l'avocat.

– Je vous ferai sacquer. Votre carrière prend fin aujourd'hui même.

Il avait débité ces mots avec la tranquillité de celui qui a suffisamment de pouvoir pour n'avoir besoin ni de menacer ni de hurler ; il dressait un constat objectif.

Ce regard, Adan le connaissait bien. C'était le même que celui du chef de camp à Sainte-Léonie-l'Hématite.

Dans le couloir, il croisa Marie.

– Quelle mouche t'a piqué, Adan ? Et qu'est-ce qui m'a pris de t'aider !

– C'était bien joué capitaine, tu m'as fait gagner le temps qu'il fallait pour que je boucle mon audition.

– Comment as-tu réussi ton coup ?

– J'ai dit au gamin que s'il renonçait à la présence de son père, je m'engageais à ne pas faire mention de leur putain de fraternité dans le procès-verbal. Il pouvait éviter d'entraîner tous les autres dans sa merdouille.

– Tu as conscience de ce que tu risques au moins ?

– J'en ai vu d'autres. Pour le moment, je meurs de faim. On va bouffer ?

Le French Connection était un snack branché qui avait fleuri autour de la place de Jaude. L'intérieur reproduisait avec minutie l'ambiance du Brooklyn des années 60 et offrait le plus délicieux hot-dog de tout le Massif central. Les flics de Clermont raffolaient de l'adresse ; et il n'était pas rare de voir des collègues en tenue passer commande.

– Au fait, lança Marie en prenant une carafe d'eau, chapeau pour ton astuce. Quand tu m'as demandé d'accéder à l'ordinateur de Boutteville, je n'ai pas compris tout de suite ce que voulait dire : « CTRL + ALT GR + FLÈCHE HAUT ». Mais en pianotant, j'ai pigé : c'était une manipulation pour inverser le clavier. Si tu l'avais vu courir partout pour qu'on vienne l'aider, personne ne s'est pressé au portillon.

Adan sourit.

– Je me suis rappelé qu'à la brigade des stupéfiants on bidouillait ainsi les machines saisies lors des perquisitions, avant de les rendre aux dealers. Les petites frappes mettaient un moment avant de comprendre l'astuce.

Les gâteries arrivèrent, ils mangèrent en silence.

Marie n'avait pas très faim.

– Tu sais, je crois que Michel va me quitter.

Elle l'avait dit sans émotion en regardant les passants dans la rue.

Adan ne lui parlait jamais de sa vie privée, et pour cause : pas de copine, pas d'enfants. Mais au commissariat, c'était le seul avec qui elle pouvait se confier. Il savait tenir sa langue.

– Mon mariage me semble si bancal. On est trop différents. Ce besoin d'élévation sociale que Michel affiche tout le temps, le désir de paraître… c'est tellement loin de moi.

Adan l'écoutait en terminant son repas.

– J'ai perdu mon père assez jeune, c'était un homme doux et gentil, il m'adorait. Après son décès, ma mère a refait sa vie avec un agent immobilier qui vivait dans le Sud. Un amateur d'armes à feu et de corridas, tu vois le tableau. Entre nous, le courant n'est jamais passé.

Adan commanda deux cafés. Elle attendit que le serveur s'éloigne avant de poursuivre.

– Après, j'ai collectionné les « mauvais garçons », pour faire enrager ma mère.

La suite, Marie la garda pour elle. À Paris, elle avait rencontré un gardien qui l'attachait avant de la baiser. Il avait fini par la battre en prétextant des scénarios sadiques. Elle était partie.

Elle désespérait de trouver un homme fort, rassurant, et doté de la même gentillesse que son père. En même temps, elle était fréquemment courtisée, surtout à la DST, où les gens à force de tourner dans leur bureau, semblaient tous devenus des obsédés sexuels.

Elle posa sa tasse et s'essuya les lèvres avec sa serviette.

– Ensuite j'ai croisé Michel. Je l'ai trouvé cultivé et doux, c'était aussi un entrepreneur. Il a toujours vu dans l'industrie pharmaceutique le tremplin vers la réussite. Il s'est occupé de moi, du moins au début. On vivait dans le confort. Mais à la longue, il nous a fait oublier l'essentiel : on n'avait rien en commun.

Mairie se dirigea vers les toilettes. Quelques minutes plus tard, alors qu'elle s'essuyait les mains, son téléphone sonna.

Adan reposa sa tasse. C'était le coup de feu, tous les tabourets étaient occupés.

Il y avait du brouhaha, la radio diffusait un air de folk.

Il se retourna et vit Marie bouleversée, entourée de gens qui riaient fort. Elle mit un moment à le rejoindre, jouant des coudes.

– Qu'y a-t-il ?

– Je viens d'avoir Agnès Charfotti au téléphone. Daniel a fait un nouvel AVC.

– Merde !

– Il est mort ce matin.

9

Les obsèques se déroulèrent à la cathédrale de Clermont, il y avait beaucoup de monde. Pas simplement parce que Charfotti avait une longue carrière derrière lui, mais parce que les gens l'aimaient. Marie se trouvait à quelques rangées des officiels. Il y avait le directeur interrégional de la Police judiciaire, le directeur de la Sécurité publique et la quasi-totalité des patrons, tous services confondus. Elle vit le préfet Boutterel et un petit homme qui faisait pièce rapportée.

Quand les employés des pompes funèbres chargèrent le cercueil, Marie fit un pas vers la veuve pour lui présenter ses condoléances. Elle lui prit les mains en souriant tristement.

– Votre visite lui avait fait tant plaisir, si vous saviez. Il parlait souvent de vous. Il disait que vous auriez fait une commissaire remarquable.

Le public se dirigeait vers la sortie, la famille avait souhaité un enterrement dans l'intimité.

Au niveau du transept elle croisa Fabrice Boutteville qui conversait gravement avec le représentant de l'État. Il remarqua Marie et lui fit signe de patienter.

Une minute plus tard, il s'approchait d'elle.

– Je viens de signaler au préfet que je mettais Settara à plein-temps sur l'affaire des chats, annonça-t-il d'un ton sec.

– C'est ridicule, Fabrice.

Les yeux du commandant s'étrécirent.

– Ce crétin m'a mis dans la merde en jouant au franc-tireur, il va me le payer cher. Je lui ai collé au cul un rapport en bonne et due forme. Pour commencer, il ne travaille plus sur le dossier Landrot. Le préfet a attendu la fin de la cérémonie pour nous demander si on avait trouvé celui qui zigouille les matous. Or, maintenant que Charfotti n'est plus, le préfet s'est trouvé un nouveau bouc émissaire : ma pomme. Il a reçu une demande d'interview d'une télévision japonaise hier matin, tu imagines ça ? Tout le monde se fout de notre gueule.

– Qu'a décidé Haudecourt, à propos de Gaëtan ?

– Il a demandé qu'on lui notifie sa fin de garde à vue ; il est reparti libre.

Marie n'en fut nullement étonnée.

Il poursuivit à mi-voix.

– Une instruction judiciaire a été ouverte pour enlèvement, séquestration et meurtre. Le juge Pajole est désigné.

– Ce ne serait pas le bonhomme en imperméable que j'ai vu dans les premières rangées, tout à l'heure ?

– Peut-être. Je veux que tu attendes sa commission rogatoire avant de bouger le moindre petit doigt, compris ?

Elle n'en revenait pas. L'assurance qu'il avait pris en si peu de temps. Qu'un salopard dans son genre se retrouve propulsé au sommet était navrant, mais logique. Son père lui avait fait cette remarque, un jour : « La méchanceté conserve très bien ». Boutteville en était la preuve vivante. Il n'était pas près d'avoir un AVC, lui. Comble de l'injustice, une secrétaire lui avait confirmé que son dossier d'avancement avait été signé par Charfotti juste avant qu'il ne parte en congé maladie. Boutteville avait un boulevard devant lui. Le constat était cruel : la manœuvre de Charfotti avait échoué. Elle resta un moment sur le perron, saluant des collègues, puis remarqua le juge qui s'éloignait. Il était seul et charriait son allure de chien battu en descendant la rue des Gras. Elle le rattrapa d'un pas rapide.

– Monsieur le juge ?

Il se retourna et la dévisagea.

– Capitaine Lesaux de la criminelle. C'est moi qui m'occupe de la disparition d'Émilie.

Ils se serrèrent la main.

– Les circonstances ne s'y prêtent guère, mais j'étais curieuse de savoir ce que vous envisagiez pour les prochains jours.

Une pointe de surprise dans son regard.

– L'instruction débute à peine. Nous aurons l'occasion de parler de cette affaire bientôt.

– En fait, je pensais à Gaëtan de Sivry.

– Je vois.

– S'il n'est pas l'auteur des faits, il connaît au moins celui qui a pris la photo et qui l'a mise sur internet, quoi qu'il s'en défende. Il doit être interrogé de nouveau.

Il la regarda avec gravité.

– Il sera toujours temps de convoquer ce jeune homme. Si je le fais venir dès demain matin, on dira que l'instruction roule pour la police, que c'est de l'acharnement. J'arrive à peine dans la région, laissez-moi le temps d'évaluer les forces en présence. Vous voulez bien ?

– Entendu, Monsieur le juge.

– Continuez d'accumuler des preuves, explorez toutes les pistes. Cette affaire est hors norme, vous l'avez compris.

Il la salua et reprit son chemin.

En regagnant sa voiture, elle vit Adan à l'écart.

– Tu étais là ?

– Tu pensais que j'avais mieux à faire ? Je l'aimais bien, Charfotti. Il a toujours été réglo avec moi. Un bosseur et un type courageux, je respecte ça.

– Je ne t'ai pas vu dans l'Église.

– J'étais au fond. Ce n'était pas nécessaire que je croise Boutteville. Deux flics qui se mettent le compte à côté d'un cercueil, ça ferait mauvais genre.

Ils marchaient côte à côte dans l'air froid. Marie sortit les clefs de sa bagnole et Adan dit qu'il préférait continuer à pied, seul.

– Tu es au parfum pour les chats ? demanda-t-elle.

Regard interrogateur.

– Boutteville veut que tu t'en charges, il te retire l'affaire Landrot.

Un silence. Elle prit un ton persuasif.

– Je te tiendrai au courant de toutes nos avancées. Tu seras mon principal conseiller.

– Te fatigue pas, j'ai pigé.

Une idée lui revint à l'esprit.

– Adan, tu étais où pendant qu'on allait chercher le fils de Sivry ?

– J'ai fait des recherches dans le fichier des délinquants sexuels, mais j'ai rien trouvé qui ressemble au profil de notre lascar ; alors j'ai appelé la brigade des mineurs, histoire de faire le tour. Ils ont péché deux noms figure toi, même profil : entre vingt et cinquante balais et de lourds antécédents : pédophilie, viols aggravés, etc.

– Ils habitent Clermont ?

– Oui, demande à rencontrer Christian et quand tu le verras, dis que tu viens pour « l'armoire aux péchés ».

– C'est quoi ce machin ?

– Il t'expliquera.

Elle ouvrit la portière.

– Adan, ça va aller ?

Il n'était pas comme d'habitude.

– T'inquiète, lâcha-t-il d'un ton rogue.

– Tu devrais te poser une journée ou deux, le temps que les choses se tassent.

Il ne répondit pas.

Quand la voiture tourna au coin de la rue Adan passa à l'improviste au marché Saint-Pierre, dans le café où son père taillait la bavette avec d'anciens du Bled. Mais aujourd'hui, il n'y était pas. Alors, il emprunta le lacis de ruelles qui traversait la vieille ville en direction du Boulevard Trudaine. Il poussa jusqu'à la station de tramway, repéra un banc à l'écart, s'assit et sortit son mobile. Il retira la carte SIM et la changea par une autre, vierge, qu'il s'était procurée dans la cité.

Il composa un numéro et attendit qu'on décroche.

– Ouais ?

– Message pour le Sarkinn : le Kabyle veut lui parler.

10

La brigade de protection des mineurs possédait des bureaux dans l'aile ouest de l'hôtel de police. Le lieutenant Christian Rossignol reçut Marie dans une pièce aux murs peints en rose, décorés de dessins d'enfants et d'affiches tirées de la littérature pour jeunesse. Il y avait des tables en plastique où trônaient des poupées, du papier et des crayons de couleur.

– C'est la première fois que tu viens chez nous, fit remarquer l'officier.

– Eh oui, dire que vous êtes à quelques mètres et que je n'ai jamais pris le temps de vous faire un petit coucou.

– On est tous débordés et ce n'est pas moi qui te jetterais la pierre. Je pense savoir ce qui t'amène.

– L'armoire aux péchés. C'est comme ça qu'elle s'appelle, n'est-ce pas ?

Rossignol tendit un doigt vers un buffet industriel en acier chromé dont la serrure était fermée par un cadenas. Le meuble trônait sous un poster des éditions du Père Castor.

– De quoi s'agit-il ? Adan a été évasif.

Le flic prit un air maussade.

– C'est là que la brigade range les dossiers en attente, on espère un jour les voir sur le bureau d'un juge. Une liste de désaxés pour lesquels on rassemble patiemment des indices épars.

– Tu veux dire qu'il y a plusieurs prédateurs qui rôdent dans Clermont et tout le monde s'en fout ?

– Pas nous, rétorqua Rossignol d'une voix sourde. Mais les lois sont complexes et nos moyens modestes. En fait, l'existence même de cette armoire est illégale : elle constitue un fichier informel non déclaré. C'est totalement interdit par la CNIL.

– Et c'est toi qui as les clefs ? Plutôt risqué pour ta carrière ?

Rossignol fixa la table un instant, pensif.

– Il existe une tradition non écrite dans cette section, murmura-t-il. Un fonctionnaire est désigné par son prédécesseur lorsqu'il quitte ses fonctions ; le témoin se transmet depuis une décennie. Quand le commandant Belletot a offert son pot de départ, il y a trois ans, il m'a pris à part et m'a remis discrètement la clef qu'il portait autour du cou, accrochée à un lacet de cuir. J'ai compris que c'était moi, le nouveau gardien de l'armoire. Et quand je ferai jouer mon droit à la retraite, ou que je demanderai ma mutation dans un autre service, je choisirai aussi mon remplaçant.

Marie semblait surprise.

– Tu sais, c'est le flair qui nous décide à entamer ou pas

un dossier. Certains ont été ouverts il y a quelques mois, d'autres ont plus de vingt ans. J'aime à penser qu'il existe une armoire de ce type dans tous les grands commissariats du pays.

Marie regardait le lieutenant Rossignol ouvrir le meuble et en retirer deux chemises. Il chaussa une paire de lunettes et fit de la place sur une table en chassant du bras des figurines destinées aux enfants.

– Voici deux individus qui pourraient coller à votre affaire, deux profils autour de la quarantaine avec des caractéristiques communes. Un goût pour les jeunes filles et des fantasmes de possession très élaborés.

– Tu pourrais me laisser les photocopier ? Que j'étudie ça tranquillement ?

Christian Rossignol sembla réfléchir.

– D'accord, mais n'oublie pas que tout ça est confidentiel. Comme je te l'ai dit, cette armoire n'a pas d'existence officielle. Aux yeux de la justice, elle n'existe pas.

11

Elle s'était mis en tête de faire du veau au curry. Bientôt, une odeur agréable envahit la cuisine. Michel rentra tard, comme à l'ordinaire. Morose, il accrocha son imperméable sur le cintre du vestibule, posa sur la table une liste et tira une chaise sous ses fesses.

Marie se retourna et essuya ses mains.

– Qu'est-ce que c'est ?

– Des adresses d'associations consacrées à la médiation

familiale. Je veux qu'on prenne rendez-vous, rapidement. Tant qu'on ne se déteste pas encore, qu'on peut discuter.

Elle resta interdite. Il leva sur elle un visage lavé de toute émotion.

– Marie, je veux qu'on divorce.

Elle attrapa son manteau et partit marcher autour de la maison. Une heure plus tard, Marie trouva la maison silencieuse ; il dormait dans le canapé du salon. Elle prit l'escalier qui menait à la chambre, gravit les marches d'un pas lourd et enfila sa chemise de nuit. Il était presque vingt-trois heures trente. Elle n'avait pas du tout sommeil. Elle se mit au lit et commença à lire les deux dossiers de l'armoire aux péchés.

12

Raphaël aimait porter des costumes italiens de bonne coupe. La plupart étaient sombres, comme ses lunettes. La blondeur de ses cheveux, coupés court, provenait de son ascendance yéniche. Mais ses yeux, d'un bleuté tirant sur le gris, étaient en tout point ceux de sa mère ; une *gadje* que son père avait épousée avant de l'emmener vivre dans un bidonville tsigane du nord de la France.

Celle qui l'avait mis au monde s'inquiétait de son devenir ; elle décelait en lui une intelligence vive, mais surtout une sensibilité qui risquait, dans cet univers brutal, d'en faire un souffre-douleur. Son physique n'arrangeait rien à l'affaire. Il était fin et délicat, il avait toujours tranché avec la silhouette courtaude des autres gamins. Il en récolta castagnes et quolibets.

Il gardait peu de souvenirs d'elle, quelques vieilles photos et ces leçons qu'elle lui donnait le soir. L'ancienne institutrice avait tout quitté pour suivre son mari. Au fil des ans, Raphaël avait vu sa mère s'échiner à porter les jerricanes depuis l'unique pompe à eau du camp, été comme hiver. Sa beauté s'était flétrie. À l'âge de dix ans, il la trouva sans connaissance, dans l'utilitaire Citroën qui leur servait de maison. Elle était morte d'épuisement.

Son géniteur, dont c'est peu dire qu'il n'avait pas la fibre paternelle, le confia à un oncle qui le mit vite au travail. Ses nouveaux frangins faisaient la ferraille et partaient souvent pour des nuits de *chourave,* se moquant de ce garçon au visage poupin qu'ils appelaient la pédale. Les claques pleuvaient. Lorsqu'il eut seize ans, il s'en alla un été faire les vendanges avec une douzaine de ses congénères. Un soir, autour d'un barbecue improvisé, la discussion roula sur les homosexuels. Quelqu'un parla de « Rapha la lopette », ce fut une explosion de rires gras. Il se leva sans un mot, les poings serrés, et quitta le cercle dansant des flammes pour regagner son sac de couchage. Tard dans la nuit, il sentit un frôlement et vit un des saisonniers qui le caressait. Il était engoncé dans son sac et ne pouvait fuir. Son agresseur qu'il ne pouvait voir, mais qui empestait la bière, lui décocha de violents coups de pied avant de s'acharner sur lui, le laissant à demi évanoui.

L'instant d'après, il le violait.

Le lendemain matin, Raphaël ne rejoignit pas les autres travailleurs devant les rangées d'arbrisseaux. À midi, son patron le vit qui marchait sans but, non loin de la ferme. Il lui passa une dégelée et déclara que ce n'était pas la peine qu'il revienne. Raphaël reçut une poignée de billets pour solde de tout compte.

Pendant tout l'après-midi, il se réfugia près d'une grotte et resta prostré.

Le soir il descendit au village le plus proche. Il y avait là des Marocains qui travaillaient dans un verger. Le dimanche précédent, deux d'entre eux s'étaient cognés avec des manouches occupés à la vigne.

Les gaillards avaient un physique de déménageur. Raphaël avait retenu le surnom du plus fort des deux : Amjad. Il se présenta devant la casemate où dormaient les Arabes et demanda à lui parler. À l'écart des autres, il lui tendit les billets qu'il avait ramassés dans la poussière.

Le marocain empocha tout sans réfléchir.

Quand le soir descendit sur le vignoble, un des journaliers partit pisser à l'orée du bois. Deux silhouettes sortirent de la pénombre et lui coupèrent toute retraite. Elles portaient des capuchons taillés dans une toile de jute. Deux trous à l'emplacement des yeux. Le gitan qui avait agressé Raphaël chargea immédiatement. Seul l'effet de surprise pouvait contrebalancer son infériorité numérique. Les trois hommes s'empoignèrent férocement. En familiers des rixes, ils ne perdaient par leur souffle à crier. Ils encaissaient sans laisser paraître la moindre douleur. Soudain, le cagoulé qui était Amjad fit jaillir un reflet argenté dans sa main : un cutter.

Le saisonnier récolta plusieurs entailles et du liquide écarlate se répandit sur son maillot. Ses forces commençaient à décliner. Il tenta un dernier assaut qui jeta le colosse au sol. Mais son comparse le frappa dans le dos. Un coup de pied très violent qui le fit hurler. En moins d'une minute, tout était terminé. L'ouvrier agricole gisait affalé sur le ventre, sa chevelure encollée de sueur et de sang.

Les deux types à la cagoule déguerpirent.

Dissimulé dans un fourré, Raphaël avait assisté à toute la scène. Il s'approcha lentement du corps meurtri et s'assura qu'il était bien hors d'état de nuire.

Il prit une cordelette qu'il avait nouée autour de sa taille et ligota rapidement le journalier : poignets fixés dans le dos et tête contre le tronc.

À l'aide d'un mouchoir, il confectionna un bâillon qu'il lui enfonça dans la bouche.

Le rustaud se réveilla. Indifférent à son regard haineux, Raphaël ajusta le bout de tissu pour que nul ne l'entende.

Le cutter gisait par terre, il le ramassa et fit sortir la lame.

Sans un mot, il retira la ceinture du captif et fit glisser son pantalon. Le gitan avait les yeux écarquillés. Il se mit à gesticuler et chercha à donner des coups de pied en tout sens. Le pantalon bouchonné sur les chevilles l'en empêchait.

Raphaël marqua un temps d'arrêt devant le caleçon. Il ne voulait pas regarder son agresseur, il ne voulait pas défaillir.

Après avoir arraché le sous-vêtement de deux coups de lame, il prit son inspiration et lui trancha les testicules l'une après l'autre.

13

Marie reposa la bouteille d'eau sur la table de nuit, cala son oreiller contre la tête de lit et se plongea dans le premier dossier confié par le lieutenant Rossignol. Sur la couverture d'une chemise en carton rouge, un nom était inscrit au marqueur : Marc Zecchoni, celui que la brigade des mineurs appelait « l'homme au casse-croûte ».

À l'intérieur, plusieurs photos dans un feuillet intercalaire en plastique.

Un type dans la cinquantaine au visage poupin. Il portait un béret sur un crâne dégarni. Ses petits yeux étaient embusqués derrière une grosse paire de lunettes noires, un modèle désuet. Marie détailla avec une pointe de dégoût le ventre enflé, recouvert d'un pull Jersey passé de mode.

Un cadeau tricoté par une maman castratrice, songea-t-elle.

Zecchoni, ancien électricien indépendant, avait pour habitude de vadrouiller autour de la gare routière en quête de fugueuses. Selon les témoignages collectés par les enquêteurs, il pouvait patienter des heures dans son ludospace, équipé d'un matelas, de jumelles et de quoi tenir un siège. Dès qu'une jeune femme était repérée, l'air esseulé avec pour tout bagage un sac à dos, il l'abordait en lui proposant un sandwich. Parfois, il ajoutait un coca ou de la bière tiède. S'il se faisait éconduire, ce qui arrivait souvent, il remontait au volant de son véhicule et la suivait à distance jusqu'à ce qu'elle se pose sur un banc ou à l'abri d'une porte-cochère. Alors, tranquillement, il revenait à la charge. Sa voix était doucereuse et ses gestes lents.

Zecchoni n'était pas seulement empâté, toutes les victimes disaient que sa peau dégageait, sous l'odeur de la sueur, celle d'une crasse ancienne. Mais les filles avaient faim et nulle part où aller. Zecchoni le savait. Il avait tout le temps du monde et des choses à grignoter à l'intérieur du fourgon.

Marie tournait les pages du bout des doigts, comme si la

nausée que lui inspirait ce porc imbibait le contenu de la chemise tout entière.

Plus loin, elle lut le témoignage d'une gamine de seize ans qui tenta de lui échapper. Il avait filoché l'adolescente sur près de dix kilomètres ; la traque avait duré quatre heures. Il l'avait rejointe dans un square pour enfants, à l'entrée de Gerzat.

Jamais tu n'abandonnes ton petit jouet, commenta Marie en plissant les yeux. *Un vrai prédateur, classé tout en haut de l'échelle. Le grand méchant loup des contes de fées, mais bien réel celui-là. Réel et en liberté.* Elle songea qu'au moment où elle parcourait ces lignes, la camionnette de Zecchoni devait rôdailler quelque part, entre la gare routière et la place de Jaude. La chasse n'était pas près de s'arrêter.

Ces gamines désargentées évitaient les flics et devaient se résoudre à dormir dehors. Quand celle qu'il talonnait se mettait à dodeliner de la tête, il venait la secouer, tout doucement : ce qu'il fallait pour la réveiller. Il pouvait recommencer la manœuvre inlassablement. À la fin, il gagnait toujours.

Marie pensa à ces sectes où les gourous contrôlent le sommeil des adeptes pour mieux leur laver le cerveau.

Alors, terrassées par la fatigue et à bout de nerfs, celles que leur voyage avait rendues apathiques finissaient par le suivre dans sa fourgonnette. Lorsqu'il pleuvait des cordes ou qu'il gelait à pierre fendre, c'était plus facile encore. Sitôt à l'intérieur, il changeait de visage, devenait violent.

D'abord, il les déshabillait entièrement avant de les ligoter. Après les avoir violées de différentes manières, il les lâchait sur une aire d'autoroute au petit jour, nues et à demi conscientes.

Marie arriva à la fin du dossier. L'écriture appliquée du lieutenant Rossignol recouvrait deux pages en forme de synthèse.

La police traquait Zecchoni depuis des mois, mais jamais elle n'avait pu mettre la main sur sa camionnette ni recouper la moindre trace d'ADN. Au moment des agressions, une fois les filles attachées, il portait toujours la même combinaison en latex rouge qui l'empêchait de mélanger ses poils ou ses cheveux avec ceux de sa victime. Il utilisait systématiquement un préservatif.

Les enquêteurs supposaient qu'il disposait de fausses plaques, peut-être de panonceaux faisant croire à un véhicule de service : celui d'un plombier ou d'un boulanger.

Aux dernières nouvelles, l'homme au casse-croûte résidait au dixième étage d'une tour HLM, quartier Gardénias.

Marie lâcha les feuillets, se frotta les yeux et resta allongée.

Elle avait chaud alors elle se dirigea vers la fenêtre et l'entrebâilla pour capter un filet d'air. Elle entendit des jeunes cuités qui remontaient la rue en renversant les poubelles.

Le deuxième salopard retenu par son collègue des Mineurs se nommait Sébastien Morémon. C'était un ancien fils de bonne famille, parti en vrille après avoir été abusé par son chef scout. Le gamin avait fugué à l'âge de seize ans. Deux années à faire de l'auto-stop en Europe. Durant cette période, il était tombé sous la coupe d'un groupe de marginaux qui le forcèrent à voler et à mendier. Après leur avoir échappé, il fut interpellé en Slovénie ou il purgea quelques années de prison pour agressions sexuelles. De retour en France, il repartit à l'ombre pour avoir violé une adolescente dans une auberge de jeunesse. À sa sortie, il avait presque trente-cinq ans. On l'obligea à se soigner et à loger dans un appartement thérapeutique, mais une nuit, quelqu'un y mit le feu. Le locataire prit la fuite et depuis, les rumeurs disaient qu'il vivait dans une caravane et qu'il s'était mis à la colle avec un dealer nommé Michan. Les deux hommes vagabonderaient autour des facs de la ville pour tenter d'y refourguer leur drogue hallucinogène.

Marie secoua la tête. *Un autre cinglé qui court dehors.*

Le dossier finissait avec une photo de Morémon prise au téléobjectif. Il avait des traits juvéniles et semblait horriblement maigre.

Marie en avait assez lu pour ce soir.

Elle éteignit la lumière et sombra dans un rêve nauséeux.

14

Le clos Saint-Joseph formait un collectif de deux cents appartements nichés dans une tour de treize étages, au sud du quartier des Gardénias.

En se rapprochant, Marie vit une camionnette de location garée devant l'entrée. Des hommes vêtus d'un gilet réfléchissant faisaient une chaîne pour transporter des sacs de vivres dans le hall. Elle remarqua les filins étranges qui pendaient des premières fenêtres. Plus haut, des échafaudages tubulaires annonçaient la réfection des façades. Des cordes reliées à des poulies sinuaient au milieu des plateformes dans un lacis compliqué. La scène rappelait le Moyen-Âge.

Dans le hall, un porteur en nage se désaltérait avec une bouteille d'eau minérale.

Il la vit avancer vers l'ascenseur.

– Vous fatiguez pas, il est hors-service.

Elle afficha une mine contrariée.

– Vous montez haut ?

– Dixième.

– Alors bon courage !

Elle jeta un œil sur les sacs de courses.

– Ça dure depuis longtemps ?

Le gars haussa les épaules.

– Deux semaines. Les portes ont été condamnées par sécurité, des gamins s'amusaient à pisser dans les cabines. Résultat, le seuil s'est oxydé et tous les capteurs ont été corrodés. Et je ne vous parle pas des boutons arrachés, des vitres cassées et de tout le reste. Avec toutes les factures impayées, la société en charge de l'entretien a jeté l'éponge. On cherche un repreneur depuis des mois.

– Vous êtes embauché par le syndic ?

Il ricana.

– Je suis juste un propriétaire qui habite au sixième. Comme personne n'est décidé à nous aider, on a pris les choses en main. C'est du provisoire, on survit comme on peut. Mais qui d'autre va monter les poussettes pour les mamans ou la bouffe pour les anciens ? Au-delà du dixième étage, certains sont cloîtrés chez eux depuis dix jours, vous le croyez ?

– Et s'il y a un incendie, comment ferez-vous pour évacuer le bâtiment ?

L'homme prit une mine sombre.

– Ça fera la une du vingt heures. On aura droit à la visite du préfet et du maire et peut-être du ministre du Logement. Mais rien ne changera : on est seuls, c'est tout.

– C'est si grave ?

Regard dépité du porteur.

– Vous êtes journaliste ? On aurait besoin d'un bon papier pour alerter les autorités sur nos misères.

– Je peux en toucher un mot à la police municipale, je connais leur chef.

– Mouais, vous savez, on n'a pas vu le moindre uniforme depuis des années dans le quartier. Les flics passent leur temps à surveiller les manifs des braves gens qui gueulent contre l'occupation de la Palestine, le sort des Tibétains ou le mariage des homos ; qui s'intéresse aux reclus du clos Saint-Joseph ? Ça finira mal. On a une dizaine de jeunes qui font la loi dans les étages. Mais le pire, c'est les miséreux qu'on croise dans les couloirs. Des propriétaires affirment qu'un marchand de sommeil a récemment fait fortune dans la tour. Il a racheté des appartements une poignée de dattes avant de les louer à la découpe à un prix exorbitant.

Marie n'avait pas l'âme d'une assistante sociale : elle lui souhaita bon courage et s'engagea dans l'escalier d'un pas décidé. Une fois la porte anti-panique refermée derrière elle, les ténèbres l'engloutirent. Il lui fallut tâter dans le noir jusqu'au premier niveau avant de tomber sur des panneaux de sécurité allumés. Au-delà, les autres étaient cassées. Elle mit en marche son smartphone et utilisa l'écran pour éclairer sa progression. La batterie indiquait dix-sept pour cent.

Au cinquième elle sentait son souffle court et l'acide lactique qui lui brûlait les cuisses. Étrangement, sa radio ne captait rien. Un grésillement désagréable s'échappait du canal cinq réservé à la police judiciaire. Au septième : elle fit une pause. Elle était en nage et se félicita de n'avoir pas emporté son gilet pare-balles, même si c'était contraire au règlement. Pour se rassurer, elle se disait que Marc Zecchoni était peut-être un pervers, mais qu'il n'avait pas le profil d'un collectionneur d'armes.

Le dixième niveau, enfin. À la différence des effluves d'ammoniac qui infestaient l'escalier, il régnait ici un parfum de violette qui sentait le désinfectant industriel.

Derrière la porte de l'homme au casse-croûte, Marie entendit un chant monotone et triste. Il lui rappelait quelque chose.

Zecchoni lui ouvrit à la deuxième sonnerie. La musique était plus forte.

Elle montra sa carte et demanda à lui parler.

L'homme portait une robe traditionnelle ample, d'inspiration orientale, et son crâne était chauve. Derrière l'épaisse paire de lunettes, Marie sentit une lueur de concupiscence qui la détaillait. L'intérieur était soigneusement rangé. Il lui proposa un verre qu'elle déclina ; elle n'avait pas envie de poser ses lèvres sur quoi que ce soit. La musique commençait à l'indisposer. Il accepta de baisser le son sans l'éteindre complètement. La mélopée… une aura hypnotique et malsaine. Marie inventa une histoire : une enquête dans l'immeuble qui concernait les dégradations faites à l'ascenseur. Elle notait à peine ses réponses, son regard furetait de droite et de gauche, à la recherche de quelque chose d'inhabituel.

Un tissu couvert de scènes africaines tapissait tout un mur.

– Comment faites-vous pour vous approvisionner, avec l'ascenseur en panne ? Vous avez des difficultés pour marcher ?

– En ai-je l'air ? Il se leva et s'approcha d'elle. Le froissement de sa robe avait quelque chose d'obscène. Elle se crispa et sa main droite descendit inconsciemment vers la crosse de son arme.

– Il y a les porteurs. J'aurais aimé donner un coup de main, mais avec ma corpulence je risque la crise cardiaque. Les gamins qui ont fait ça méritent une bonne correction. Vous ne trouverez que des petits vieux à l'étage ; c'est moi qui supervise la collecte des vivres. Si je n'avais pas été là pour signaler leur présence, la société les aurait laissé crever.

Elle jeta un coup d'œil par la fenêtre. On apercevait la cité universitaire, au loin.

– Je vais vous laisser une convocation, nous souhaitons vous entendre.

– À quel sujet ?

Elle se força à sourire. Ce type la dégoûtait.

– On vous l'expliquera quand vous viendrez. Mardi prochain, dix heures ?

Il prit le papier tamponné qu'il fit jouer entre ses doigts bouffis.

– Je ne suis pas né de la dernière pluie, vous savez. Que me reproche-t-on ?

– Ce n'est pas le lieu pour en parler. Elle se dirigea vers la porte. La musique était plus insupportable que jamais ; elle transpirait la folie.

En posant une main sur la poignée, elle vit la porte de la salle de bains entrouverte. Sous un sèche serviette, un fauteuil roulant était plié.

Une idée fusa dans sa tête : on pouvait transporter un cadavre avec ce genre de chose. Mais ensuite, il lui apparut qu'avec un monceau de membres découpés et ensanglantés c'était une autre paire de manches.

Dans le couloir la musique en sourdine l'accompagnait encore. Les portes des appartements se faisaient face, anonymes. Elle sonna plusieurs fois avant qu'une petite vieille ne lui ouvre, au bout du corridor. Sa voix était fluette. Une odeur de moisi et de croquettes pour chats s'échappa du logement.

La femme avait les yeux rongés par la cataracte et son regard voilé de blanc avait quelque chose de dérangeant ; le monde se résumait à un théâtre d'ombres. Elle s'appuyait sur une canne.

– Comment vous débrouillez-vous sans ascenseur ?

Elle répondit d'un ton craintif qu'elle n'était pas sortie de chez elle depuis la panne.

– J'imagine que les femmes de ménage ne montent pas à pied jusqu'ici, qui a passé la serpillière dans votre couloir ?

– C'est Monsieur Zecchoni.

– Vous l'aimez bien ?

Elle hocha timidement la tête.

– Il n'y a presque que des retraités parmi les voisins ; on est content de le trouver. Les premiers jours qui ont suivi l'interruption, des jeunes du quartier ont proposé leur aide. Nous étions tellement soulagés. On leur a donné le prix des courses et même un pourboire pour les remercier. Mais ils ne sont jamais revenus. Monsieur Zecchoni nous a appris qu'ils n'étaient pas de la résidence et que c'était certainement un gang qui avait profité de la situation. Il était en colère contre nous, il a dit qu'on avait été naïfs et qu'on ferait mieux de s'adresser à lui si on avait des ennuis. Depuis ce jour, il récupère toutes les commandes et utilise son ordinateur pour les livraisons au pied de l'immeuble. Les porteurs se chargent de tout monter.

– C'est tout l'étage qui passe par Zecchoni ? demanda Marie.

– Oui.

Marie était songeuse.

– Ce voisin est une perle, dire qu'il se déplace parfois en fauteuil roulant.

– Oh non, vous devez confondre avec la jeune fille.

– De qui parlez-vous ?

La vieille tressaillit. Silence gêné.

Marie lui parla avec douceur.

– Il y a quelque chose qui cloche par ici, n'est-ce pas ?

Elle secoua la tête avec empressement.

– Je ne sais rien et je ne m'occupe pas de ce que font les autres, lança la doyenne avant de claquer la porte.

Marie resta seule dans le couloir.

La musique avait cessé. Maintenant, elle se souvenait du nom du morceau : un extrait de la bande-son d'*Aguirre la colère de Dieu*, joué par Popol Vuh. Un air mystérieux illustrant le récit d'un conquistador mégalo, parti dans la jungle amazonienne pour trouver l'Eldorado. Une épopée pleine de folie et de morts, un voyage sans retour.

Marie était circonspecte, elle décida de repasser devant les autres portes. À sa ceinture la radio demeurait inaudible.

Au seuil d'un nouvel appartement, sur le paillasson aux couleurs vives on pouvait lire : « Chouette vous y êtes ! ».

Elle frappa et vit que la porte était entrebâillée. De l'index elle la repoussa doucement.

– Police nationale ! Il y a quelqu'un ? risqua-t-elle en faisant un pas dans l'entrée. Tous ses sens étaient en alerte. Elle guettait le cri d'un nourrisson, le tambour d'une machine à laver ou la rumeur d'une discussion. Personne ne lui répondit.

Elle longea une bibliothèque et tomba dans la cuisine. Des traces parallèles sur le linoléum.

Les marques d'un fauteuil roulant.

Son flair la maintenait sur le qui-vive.

Elle finit par entendre un geignement qui venait du bout d'un couloir.

Un sanglot de douleur.

Marie saisit son arme et progressa lentement vers la pièce.

Une porte de chambre entrouverte. Un lit défait.

Près d'une fenêtre au rideau tiré, un fauteuil était occupé par une jeune femme en sous-vêtements. Elle semblait prostrée, ses pieds et ses poings étaient ligotés par ces colliers plastiques qui servent à attacher les fils électriques.

Le haut de ses seins et une partie de la gorge étaient couverts de suçons et de plaies. Sur ses joues, du mascara avait coulé. Ses cheveux dénoués pendaient sur ses épaules et un bâillon l'empêchait de respirer normalement.

Marie lui retira le chiffon qui obstruait sa bouche.

Un hurlement d'épouvante s'en échappa aussitôt.

Elle tenta un geste de réconfort.

– Calmez-vous. Je suis de la police, je vais vous aider.

Les yeux de la fille étaient dilatés par la peur. Ils fixaient quelque chose qui se trouvait derrière Marie.

La capitaine se retourna. Elle cria à son tour.

Marc Zecchoni était là.

Il leva un gourdin et l'abattit sur elle.

15

Raphaël était devenu un fugitif. Même s'il n'avait parlé à personne du viol, sa disparition soudaine en faisait aux yeux des flics un suspect évident. Ils ne tarderaient pas à trouver le mobile du crime.

Il s'enfuit vers le nord, sans autre but que celui de ne pas se faire serrer.

Raphaël vécut comme un clochard plusieurs semaines. Dans l'Isère, un couple d'étudiants membres d'une église évangélique lui permit de se réinsérer dans un chantier de maçonnerie. Le travail était harassant, le contremaître intraitable. Mais chaque fin de semaine, il touchait sa paye de la main à la main ; l'association de religionnaires lui avait trouvé une piaule près de la gare. C'était un hôtel borgne, les cloisons étaient fines comme du papier à cigarette et les cris des putes l'obligeaient à dormir avec des bouchons.

Raphaël travaillait vite et bien ; entre deux tâches il observait le bâtiment de l'autre côté de la rue. C'était le commissariat central de la ville. Il remarquait les véhicules banalisés qui descendaient dans le parking souterrain, les femmes de ménage qui ouvraient les fenêtres après avoir passé la serpillière dans les bureaux et les policiers en civil qui en grillaient une devant l'entrée. Et tout le jour durant, il regardait ces hommes et ces femmes entrer et sortir du bâtiment avec, pour certains, une régularité de métronome. Avec un crayon épais, il s'amusait à noter sur les briques les immatriculations des bagnoles. Le soir il les recopiait sur une feuille puis recouvrait de plâtre les inscriptions de la journée.

Au bout de deux semaines, il avait mémorisé une quarantaine de véhicules.

Quand le chantier n'eut plus besoin de ses services, le hasard le guida vers un camp de gens du voyage. C'était un cimetière à voitures où de nombreux bus alignaient sous la pluie leur carcasse rouillée. L'ancien dépôt d'autocars était devenu un no man's land.

Raphaël longea la grille défoncée et les tas de pierres qui couraient le long du site. Il remarqua une voiture garée à distance, la dépassa et poursuivit son inspection. Finalement, il s'enhardit et partit explorer les lieux.

Des caravanes formaient un cercle au milieu du terrain vague. Alors qu'il progressait, quelqu'un le percuta par-derrière et il chuta violemment au sol. Un jeune homme, le torse travaillé par la fonte et les bras couverts de tatouage le dominait. Le soleil dans son dos empêchait Raphaël de voir son visage.

– Qui t'es, enculé ? lança le gitan en lui attrapant les cheveux.

Entre-temps, des gamins s'étaient approchés. Un mec se pointa avec un fusil à pompe.

Cette fois-ci, un coup de poing en plein visage le laissa à demi sonné.

– On t'a posé une question, fit une voix plus basse.

L'homme qui venait de parler se nommait Korab. C'était le chef de la communauté.

– Je cherche du travail, hoqueta Raphaël en crachant du sang.

Korab fixa longuement le yéniche avant de repartir vers sa caravane.

– Fume-le, cria-t-il au type au fusil.

– Des bleus sont dehors, ils vous surveillent ! cria-t-il au moment où le canon se levait dans sa direction.

Korab s'arrêta.

– Qu'est-ce que tu baves ?

– Une Opel Vectra grise, deux mecs. Ils prennent des photos : qui entre et qui sort du camp.

– Ils t'ont suivi ?

– Non. Mais je connais toutes les bagnoles et tous les visages de la flicaille. Écoute ce que j'ai à te dire.

Le chef resta silencieux.

Un attroupement hostile encerclait Raphaël.

16

Elle tenta d'esquiver, mais reçut le coup de trique en pleine épaule. Le visage de Zecchoni reflétait quelque chose de rageur et de diabolique à la fois.

Un nouveau choc dans le dos la fit crier de douleur. Elle parvint à se mettre à genoux et saisir son pistolet par le bloc culasse. D'un geste désespéré, elle frappa son agresseur à la face.

Un bruit mou et sec.

– Salope ! Il porta la main sur son nez, le sang giclait.

Pas le temps de réfléchir.

Fuir.

Fuir à tout prix.

Elle se précipita en dehors de l'appartement.

Rejoindre l'escalier de secours et sortir dans la lumière du soleil. Quitter ce cloaque !

La vue de l'obèse, la poursuivant avec sa matraque, était trop effrayante pour qu'elle se retourne.

Sitôt les premières marches, la porte se rabattit par-derrière avec un bruit de vacarme. La nuit fondit sur elle. Elle pensa à saisir son téléphone ; son pouce activa le bouton de déverrouillage, mais rien ne se produisit : batterie déchargée.

Marie était aveugle.

Elle ralentit pour se guider à la rambarde. Ses pas dans l'obscurité semblaient autant de sauts dans l'inconnu. Au-dessus, la porte claqua de nouveau.

Il la suivait toujours.

Elle accéléra, un de ses pieds trébucha et elle bascula en avant. Le choc sur les marches fut violent ; sa tête heurta le ciment et son revolver disparut dans le noir. Seul un réflexe de survie l'empêcha de crier. Pour taire sa douleur, elle porta une main à sa bouche et resta immobile, allongée en travers de l'escalier.

Ne pas bouger d'un cil.

Faire la morte.

Bientôt elle l'entendit arriver ; le souffle fort.

Zecchoni lui marcha littéralement dessus et ce faisant, s'entrava avant de plonger dans le vide. Un cri bref, précédé d'un bruit sourd.

Puis le silence.

Marie se releva gauchement puis remonta vers le dixième niveau. Elle était à quatre pattes et progressait aussi vite qu'elle pouvait. Après un temps qui lui sembla une éternité, elle vit la lumière qui s'insinuait sous la porte d'évacuation. Elle appuya de tout son poids avant de s'affaler dans le couloir.

La clarté du jour l'éblouissait. Elle avait mal à la cheville et le poignet, qui d'ordinaire serrait son arme, la faisait souffrir plus encore. Elle clopina au milieu de l'étage et hurla à l'aide. Pas le moindre bruit. Elle se rua vers l'appartement où se trouvait la fille ligotée. La serrure était verrouillée. Elle tambourina de toutes ses forces.

– Je vous en supplie, il va revenir ! Par pitié, laissez-moi entrer !

Pas de réponse.

Horrifiée, Maria tourna la tête vers la cage d'escalier.

La porte venait de s'ouvrir.

17

Korab comprit vite tout l'intérêt qu'il pouvait retirer de l'étonnante mémoire de Raphaël. Lui et son épouse régnaient sur de nombreux trafics. Dans un coin du camp, deux bus recouverts de bâches étaient remplis d'un fatras impossible : téléviseurs à écran plat, trottinettes, matériel horticole, des fringues et même un congélateur. Cette brocante hétéroclite était rachetée cycliquement par un convoi de Roumains qui faisait la route jusqu'à Bucarest. Korab exploitait aussi une douzaine de vieillards qu'il disposait dès l'aurore devant des feux rouges, aux carrefours les plus stratégiques de la ville. Certains se traînaient sur la chaussée avec une béquille, d'autres brandissaient leur godet en s'adressant aux conducteurs. Il les contraignait à se déshabiller chaque soir, qu'il pleuve ou qu'il gèle, pour s'assurer qu'aucun ne dissimulait de monnaie.

Raphaël fut chargé de déjouer les surveillances policières autour des loqueteux.

Chaque fois qu'une bagnole de la BAC ou de la Sûreté était repérée, un groupe d'Albanais était joint par téléphone. Se postant à couvert, ils prenaient le véhicule pour cible, le plus souvent au lance-pierres, et harcelaient les fonctionnaires jusqu'à ce qu'ils partent. Au bout de quelques semaines, le lot de bagnoles esquintées avait atteint un niveau critique et la pression autour des pépés mendiants se relâcha.

Korab avait le champ libre. En échange de l'assistance que Raphaël lui prodiguait, il lui accorda un peu de confiance. Il lui enseigna comment faire démarrer une voiture sans les clefs, faucher un smartphone posé sur une table devant son propriétaire, crocheter une serrure ordinaire et savoir se procurer une kalachnikov. Raphaël se montra bon élève. Sa curiosité était insatiable, il apprenait vite. Au bout d'un semestre à peine, le yéniche s'était bâti un embryon de réseau, une toile aux bords imprécis dont il était le cerveau méthodique.

Même les vieillards, dont il était pourtant le kapo, l'appréciaient. Sans que le chef du camp s'en doute, Raphaël profitait de ses tournées à bicyclette pour ravitailler les vieux en sandwichs et boissons fraîches. Ces vivres étaient dispensés de façon occasionnelle avec le maximum de discrétion.

Un jour, l'un d'eux fit une confidence au yéniche. Korab et Arbana s'étaient violemment disputés à son sujet. L'épouse s'inquiétait de l'influence qu'il exerçait dans le camp, y flairant une menace pour l'autorité de son homme. Il n'avait plus grand-chose à leur apprendre. Le moment était venu de s'en débarrasser.

La nuit suivante, Raphaël se leva discrètement et sortit du bus où il créchait depuis des mois. La veille, la bière avait coulé à flots, les hommes étaient assoupis. Il se faufila vers le fond de la casse et mit le feu à un tas d'ordures. Quand l'alerte fut donnée, une épaisse fumée noire et toxique montait déjà vers le ciel. Tout le monde courait pour étouffer les flammes avant que les pompiers et les forces de l'ordre ne rappliquent.

Il en profita pour se glisser dans la bicoque où logeaient Korab et sa femme.

Ce qu'il convoitait, c'était le petit carnet rouge à spirale où le chef consignait le pécule quotidien ramené par les papis.

Il savait où chercher ; un enfant à qui il donnait des bonbons lui avait confié qu'Arbana le dissimulait sous son matelas.

Au moment où il s'apprêtait à sortir, mémento en poche, il tomba sur Bisha, un des lieutenants de Korab. Le manouche avait le visage roussi par l'incendie.

Quand il vit Raphaël dans la maison de son chef, il se jeta sur lui en hurlant.

Le yéniche fut propulsé contre le lit qu'il venait de retourner. Par chance, il n'avait pas trouvé qu'un carnet sous le sommier, il y avait aussi un revolver. Raphaël saisit la crosse et brandit le canon vers la tête du tatoué. Il appuya sur la détente. Une partie de la face disparut dans un bruit de tonnerre.

Raphaël s'enfuit, encore. Mais cette fois il avait un flingue et les poches pleines de billets. Assez pour s'imposer dans la rue, le temps qu'il fallait.

Avant de quitter la ville, il déposa le carnet rouge à l'accueil du commissariat de police. Sur le pli qui le contenait, il inscrivit le nom de l'Albanais au stylo et celui du destinataire : le chef de la brigade financière.

Des années s'écoulèrent. Devenu l'éminence grise du Sarkinn, Raphaël vivait entouré de sicaires qu'il manipulait et qui le protégeaient en retour. Chose impensable jadis, on le craignait.

Ce jour-là, vêtu d'un costume sombre et d'une chemise immaculée en popeline blanche, il déjeunait avec Adan, à l'arrière d'un restaurant italien, rue du Terrail. L'entrée était discrète. Au milieu de la courette, une fontaine glougloutait.

Raphaël portait des lunettes de soleil, comme toujours.

Lui et le policier échangeaient parfois des informations. Le second savait bien quel physionomiste était le yéniche et avec quels soins il montait des dossiers sur ses ennemis. Féru d'internet, il avait passé de longues heures sur les réseaux sociaux à recouper les pages perso de presque tous les agents de police de la métropole. Tout l'intéressait : évocation du prénom d'une compagne, d'un fils ou d'une fillette, une destination de vacances, la marque de la voiture ou des confidences sur *Copains d'avant*. Tout ce qui prêtait le flanc aux menaces et au chantage. Raphaël aidait le Sarkinn à neutraliser les réseaux concurrents de la drogue ou la flicaille agressive. Il lui suffisait de raccrocher un domicile, de déposer un mot dans une boîte aux lettres ou le cartable d'un marmot pendant l'heure de la cantine. De petites attentions qui permettaient presque toujours d'enrayer une enquête, de faire taire une victime ou de calmer les ardeurs d'un avocat.

Une serveuse posa un plat fumant devant le yéniche en le commentant avec un fort accent calabrais.

Il se pencha au-dessus de l'assiette et sourit de plaisir.

– Préparer des raviolis frais implique de bien doser la

cuisson, lança-t-il. Quelques secondes de trop et la pâte se défait : une catastrophe. Il ne faut pas hésiter à les retirer un peu tôt, puis à les mettre dans une terrine pour finir la concoction. Tu ne manges rien ?

– Pas très faim.

Après sa première bouchée, Raphaël prit une serviette et s'essuya proprement la commissure des lèvres.

– J'ai appris pour le décès de ton supérieur. On dit que tu n'apprécies guère son remplaçant.

Adan regardait son assiette.

– Je ne suis pas venu t'arrêter, si c'est ça qui t'inquiète.

Le tzigane esquissa un sourire.

– Je ne suis pas inquiet. Qu'est-ce qui t'emmène, berbère ?

– Je dois rencontrer le Sarkinn.

– À quel sujet ?

Adan se pencha en avant et baissa d'un ton.

– J'ai besoin du crocheteur.

– Toi, une chourave ?

– Une visite dans maison, isolée en forêt. J'entre et je sors, ni vu ni connu.

Raphaël prit une autre bouchée et se servit un verre de vin.

– Il y aura une contrepartie, tu t'en doutes.

– Du moment que ça reste dans le domaine du possible.

– Je lui en toucherai deux mots. Je crois qu'il a apprécié le petit cadeau.

– La bagnole ?

Hochement de tête.

– Je te tiendrai informé, sur le canal habituel.

Adan fit un signe de tête au yéniche et se leva pour prendre congé.

Dans la rue, son téléphone vibra.

Au bout du fil, il reconnut la voix paniquée de Marie.

Elle appelait au secours.

18

Adan fut le premier à jaillir au dixième palier ; les autres de la brigade crachaient leurs poumons entre le septième et le neuvième.

Il remarqua plusieurs taches de sang dans le couloir, certaines se concentraient devant une porte. Le nom de Zecchoni figurait dessus. Après qu'il eut sonné, arme au poing, il eut la surprise de tomber sur Marie. Elle était pâle, ses lèvres tremblaient nerveusement.

Elle s'effondra dans ses bras et, malgré sa gêne, il n'osa pas la repousser.

Fabrice Boutteville déboula avec le reste des hommes. Ils étaient tous munis de gilets pare-balles.

– Marie, tout va bien ? interrogea le commandant en reprenant sa respiration.

Elle hocha la tête en regardant vers la fenêtre, au bord de l'étage.

Adan s'approcha. D'autres traces sanguinolentes salissaient le rebord. Il observa prudemment en contrebas. On voyait une plate-forme fracassée, des planches brisées qui pendouillaient et, quelques mètres en dessous, une forme qui oscillait dans le vide.

– Où est Zecchoni ? tempêta Boutteville.

– Je crois que je sais, fit Adan d'une voix sourde.

Les autres le rejoignirent.

– Il a voulu se tirer en empruntant l'échafaudage extérieur. Je suppose qu'il a paniqué en entendant les sirènes. Je ne sais pas comment il a fait son compte. Ce con s'est pendu en se cassant la gueule.

La dépouille du gros homme flottait dans les airs.

– J'imagine comment les choses se sont passées, ajouta Adan.

– Pour atteindre la passerelle la plus proche, il s'est laissé tomber de deux bons mètres. Il a dû perdre l'équilibre et basculer au-dessus de la rambarde. En se cassant la gueule sur le tas de cordes plus bas, son poids a fait effondrer la planche et la corde s'est enroulée autour de son cou au moment de sa chute. Il s'est brisé la nuque.

Boutteville semblait désemparé.

Le brigadier se pencha vers Marie qui s'était affalée contre le mur.

– Il t'a agressée ?

– Je survivrai. Il avait oublié de fermer son appartement et j'ai pu me retrancher chez lui. Je l'entendais qui hurlait derrière la porte, mais j'ai trouvé son téléphone fixe. Seigneur, ce type était vraiment cinglé.

– C'est fini maintenant, tu es en sécurité.

Elle tremblait encore.

– J'ai perdu mon flingue dans l'escalier.

Adan se tourna vers un gardien de la paix qui lui présenta le pistolet qu'il avait trouvé dans la lueur d'une torche, en gravissant le dernier étage.

Le sang de Zecchoni en barbouillait toujours le canon.

Elle le prit avec une pointe de dégoût et le mit en sécurité avant de le ranger dans un sachet plastique que lui tendit un collègue.

Adan vit les sapeurs-pompiers qui déposaient un brancard dans le couloir.

– Il y a une jeune fille, ligotée dans l'appartement en face, tu sais qui c'est ?

Marie secoua négativement la tête avant d'ajouter :

– J'ose à peine imaginer le scénario. J'ai vu des boîtes de médicaments à base d'anticorps monoclonaux sur sa table de nuit, Michel a les mêmes à la pharmacie. On les utilise pour soulager les personnes atteintes de sclérose en plaques. Je te parie que le fauteuil roulant que Zecchoni gardait dans sa salle de bains appartient à cette malheureuse. Il devait la tenir à sa merci, ce pervers. Et ce n'est pas tout, pendant qu'il tambourinait contre sa porte, j'ai eu tout le loisir d'explorer son logement. Suis-moi.

À l'intérieur de la cuisine, la musique s'était arrêtée. Marie écarta d'un mouvement ample le tissu parsemé de scènes africaines. Derrière se trouvait un panneau mobile qu'elle fit glisser sur des rails ; une installation bricolée par un homme aimant les secrets. Une pièce exiguë, un lit muni d'attaches : anneaux muraux, menottes. Des glaces accrochées aux parois, un trépied avec une caméra. Sur une petite table, un appareil photo et toute une collection de godemichets.

Marie boita jusqu'au guéridon et récupéra un lot de photos en noir et blanc.

Adan les parcourut en plissant les sourcils.

– C'est la jeune handicapée ? Le salaud.

– Elle était son jouet sexuel, souffla Marie. Pauvre fille.

19

Une collègue métisse frappa puis vint déposer devant Boutteville le procès-verbal d'audition de Louna Roland, la jeune handicapée. Il le parcourut à la va-vite.

– Que disent les médecins ?

– Elle a subi tout un tas de sévices et d'humiliations. Le rapport gynécologique fait état de lésions anales et vaginales. Les déclarations de la fille seront difficiles à corroborer avec celles des voisins, des vieux craintifs qui n'ont rien vu ni rien entendu, évidemment. Zecchoni régnait en suzerain sur tout le dixième étage. Il a rendu des services quand l'ascenseur est tombé en carafe une première fois. Les gens l'appréciaient beaucoup, du moins au début. Comme il était beau parleur, le syndic l'a nommé référent du palier, mais il a commencé à devenir autoritaire et intrusif dans la vie de chacun. C'est là qu'il a commencé à s'intéresser à Louna. Les pannes se sont multipliées et, au bout du compte, il fallut passer par lui pour le ravitaillement d'urgence. Quant à la victime, avec son fauteuil roulant et ses parents âgés dans le Var, elle s'est retrouvée pieds et poings liés, au sens propre comme au figuré.

Marie écoutait depuis le début, assise devant le bureau du nouveau patron par intérim. À l'exception d'un bleu sur la tempe et d'une meurtrissure sur le front, elle n'avait gardé aucune séquelle de sa rencontre avec le pendu du clos Saint-Joseph, ainsi que la presse le nommait désormais.

Elle prit la parole.

– Quand Zecchoni a compris que la dernière interruption d'ascenseur allait durer, il n'a plus refréné ses pulsions. Louna était entièrement à sa merci : une otage, comme les petits vieux du dixième. La lâcheté humaine a fait le reste. Zecchoni n'avait plus besoin de rôder autour de la gare routière, fini les heures de guet. Pour immobiliser sa proie, il lui suffisait de lui confisquer son fauteuil et son téléphone portable. Quant à la ligne fixe, elle ne fonctionnait pas depuis des semaines. Cet immeuble tombe littéralement en ruine. Il n'avait qu'à ouvrir sa porte et traverser le couloir pour la contraindre à le rejoindre dans son antre et se déshabiller devant sa caméra. On a vu que les murs du studio étaient recouverts de cloisons insonorisées. Ce mec avait absolument tout prévu. Un prédateur achevé.

– Il a le profil pour Émilie Landrot ? interrogea Boutteville.

– Sa fourgonnette contient tout le nécessaire du parfait petit ravisseur (ruban adhésif, menottes, cordes, etc.), mais aucune trace de chariot. Selon la police scientifique, il y aurait des dizaines de résidus de cheveux différents ; ça ne va pas être simple pour les prélèvements ADN. Et puis, reste l'appartement. Il a été fouillé minutieusement : aucun portrait de l'intéressée. Or, on sait qu'il adore se repaître des photos de ses jouets, on en a retrouvé une vingtaine comme celles-ci.

Marie étala sur le bureau plusieurs clichés. Les enquêteurs les avaient récupérés dans une malle dissimulée derrière une armoire de l'appartement.

Des jeunes filles ligotées dans une fourgonnette, nues ou en sous-vêtements. Les fugueuses de la gare routière. Au moins sept victimes.

Boutteville plissa les yeux.

– Marie, je veux ton avis.

– C'est un beau salaud, mais il n'a rien à voir avec notre

affaire. Ne t'en déplaise, notre meilleure piste reste le fils de Sivry. C'est ce que je dirai au juge Pajole.

Le commandant se rembrunit.

– Que foutait Adan dans l'immeuble ?

– C'est moi qui l'ai appelé, depuis la ligne de Zecchoni.

La suite, elle le déclama sans quitter Boutteville des yeux.

– Dans cette brigade, il est le seul en qui j'ai totalement confiance.

En traversant le parking où les fonctionnaires rangeaient leurs véhicules personnels, elle l'aperçut de l'autre côté ; il semblait pressé. Elle lui fit un grand signe.

– Tu es sortie aujourd'hui ? demanda-t-il. C'est plus tôt que prévu.

– Je ne trouvais pas le décorum du CHU très stimulant. Et puis, je ne vais pas laisser un salopard me gâcher la vie.

Il sourit.

– C'est bien. Il réfléchit une seconde avant d'ajouter, par politesse : « Ton mari est passé te voir ? »

L'enjouement de la jeune femme s'évanouit.

– Le premier jour. Mais ça ne change rien à l'affaire. Quand je serai complètement remise, il m'adressera une missive de son avocat. C'est son côté procédurier.

– Tout finira par s'arranger.

Marie regarda au loin. Cette remarque ne voulait rien dire, Adan manquait souvent de tact.

– Et si on prenait un verre ?

C'était la première fois qu'elle lui faisait une telle proposition.

D'habitude, il fuyait ce genre d'invitations. Mais aujourd'hui, les circonstances étaient un peu spéciales.

– Si tu veux. Tu prenais le tram ?
– Oui.
– Monte alors, je te déposerai chez toi après.

Ils mangèrent dans une brasserie, place de la Victoire. Marie n'avait qu'une dizaine de minutes à pied pour rentrer. Elle avait besoin d'exercice, de rassembler ses idées. La perspective de passer la fin de soirée avec Michel la mettait mal à l'aise. Ils se souhaitèrent bonne nuit au pied de la cathédrale.

Adan la suivit des yeux un instant puis descendit récupérer sa voiture au parking souterrain. Il mit le contact et prit la direction des quartiers nord.

Ce soir, il avait rendez-vous avec le Sarkinn.

20

La figure de proue du trafic de drogue dans les quartiers nord vivait au milieu d'un bloc de maisonnettes dont plusieurs murs mitoyens étaient percés. Le tout formait un entrelacs labyrinthique de couloirs et de pièces destiné à ralentir une descente de police ; des sorties de secours permettaient de se faire la malle à différents endroits. En apparence, depuis l'extérieur, plusieurs logements s'alignaient plaisamment au pied des tours, environnés d'un damier de jardins ouvriers. Impossible de deviner l'installation qui se dissimulait derrière les portes, toutes identiques.

On nommait ce coin le « terrier ». Le Sarkinn y vivait, entouré de quelques maîtresses et l'essentiel de sa garde prétorienne : des blacks recrutés dans un club de free-fight clermontois.

Le caïd était grand et chauve, pesait près de deux cents kilos et portait des bracelets de force ainsi qu'une grande chemise de batik.

Autour de son cou de taureau, un pendentif était composé de coquillages et de bouts d'ivoire qui rappelaient la défaite de ses ennemis. Le Sarkinn était beau parleur et se disait diplômé d'une grande faculté américaine ; il était surtout dyslexique et s'efforçait de masquer ce handicap en écrivant le moins possible.

Il sortait peu du terrier, si ce n'est dans un imposant 4×4 japonais qu'il avait fait venir d'Afrique du Sud. Il l'avait acheté à un riche exploitant de mines qui voulait se préserver du car jacking dans les rues de Johannesburg. Le véhicule disposait de vitres teintées et d'une carrosserie qui résistait aux balles de gros calibre.

C'était la deuxième fois qu'Adan rencontrait le « monarque », toujours par l'intermédiaire de Raphaël. Il y a longtemps déjà, le policier avait fixé les termes des échanges entre lui et la clique africaine : pas de traite des êtres humains dans la cité, pas de viols d'enfants, pas de crack et surtout pas de règlements de compte. Sur ce dernier point, le policier ne se faisait guère d'illusions. Des trafiquants disparaissaient occasionnellement. À l'époque, Adan travaillait à la brigade des stupéfiants. Les renseignements fournis par Raphaël lui avaient permis de porter de méchants coups au gang des Christos, à l'ouest de la ville. Les résultats étaient là. Mais la contrepartie, c'était la prégnance qu'avait prise le Nigérian sur tout le trafic de drogue au nord de la métropole auvergnate.

Le temps passant, de nouveaux caïds remplaçaient ceux qui partaient au ballon et peu à peu, Adan perdait la moelle.

Il avait de moins en moins de choses à négocier et çà, le Sarkinn le savait très bien.

Comme la fois précédente, Adan dut supporter d'avoir les yeux bandés. Des mains le fouillèrent sans ménagement pour s'assurer qu'il n'avait pas d'arme sur lui ni de téléphone portable. Il fut conduit à l'intérieur d'une voiture. Pendant une vingtaine de minutes, on le promena à travers la ville. En descendant, il percevait des bruits du quotidien : enfants qui jouent, klaxons, télévision. Une porte qui tourne sur ses gonds, des chuchotements. Odeur d'épice, de sucre et de jasmin. Déplacement de pièce en pièce : carrelage, tapis, parquet. Des serrures qui n'en finissent pas de s'ouvrir et de se verrouiller dans son dos, comme dans une prison.

Enfin, on lui retira sèchement son ruban.

Le Sarkinn était devant lui. Un sbire se tenait à ses côtés ; la crosse d'un calibre dépassait de son pantalon. Raphaël était assis à une table, il versait du thé en lisant les journaux.

– Qu'est ce que tu veux, kabyle ? demanda le monarque.

– J'ai besoin d'Isor, le crocheteur.

– Pour quelle raison ?

– Une maison à explorer, isolée au milieu des volcans.

Le caïd fit la grimace.

– Tu n'as pas d'argent.

Adan répliqua :

– Tu veux quoi ? Du fric tu en as à revendre.

L'autre fit un signe au mec armé et celui-ci s'éclipsa un instant. Quand il revint, Adan fut frappé de stupeur.

Il était accompagné d'un jeune maghrébin, l'air farouche. C'était celui qu'il avait croisé dans la cage d'escalier, lorsque

Fred et ses anciens collègues des stups avaient tenté d'interpeller Giovanni.

– C'est lui, tu confirmes ? dit le Sarkinn en pointant Adan du menton. Son regard était noir.

– L'enculé de sa race ! Il était avec les condés, devant la porte de Badisse.

Badisse… C'est donc ça, le prénom de Giovanni ? Un bon début…

Le jeune chargea Adan comme un chien fou. L'autre saisit son poing et lui expédia un coup de coude à la face qui le sécha sur place.

Au moment où il s'effondrait, Adan reçut un violent choc à l'arrière du crâne. Sonné, il ne put éviter un des blacks qui le faucha d'un coup de pied. Il se retrouva à genou, le canon d'un flingue sur sa nuque.

– Tu joues à quoi, rugit le Sarkinn. T'espères me baiser, c'est ça ?

Adan essayait de reprendre ses esprits malgré la douleur qui lui vrillait le crâne.

– Je savais pas que tu bossais avec cet enculé… Il a bousillé deux gamines, ce n'est pas ton style.

– Je bosse avec qui je veux, je rends compte à personne, et sûrement pas à un enfoiré de flic. T'es bien le fils de ton père, sale traître !

Le Sarkinn avait dégainé son propre flingue qu'il pointait à son tour sur la gueule du policier. Le doigt était sur la détente.

Un toussotement appuyé. C'était Raphaël, il posa sa tasse et fit un signe au Sarkinn.

– La camionnette : tu ne voudrais pas lui en toucher deux mots ? Ce serait un bon moyen de tester sa fidélité. À vrai dire, je ne porte pas non plus Badisse dans mon cœur. Je comprends un peu le Kabyle.

Le monarque resta figé une seconde avant de relever le canon de son arme.

– Les stups viennent de niquer plusieurs de nos sites de revente, dit-il. Ces enculés se sont dotés d'un nouveau véhicule de surveillance. Raphaël ne l'a pas encore identifié et il nous emmerde grave. Donne-nous une photo de cette bagnole et je te prêterai le crocheteur pour une virée. Puisque tu m'as fait des cachotteries, j'augmente le tarif.

Adan réfléchit à ce qu'il venait d'entendre.

– J'ai ta parole que tu n'exécuteras pas ces gars ?

– Le Sarkinn n'a rien à te promettre Kabyle ! C'est à prendre ou à laisser.

Il se redressa en massant l'arrière de sa tête et, pour toute réponse, fit signe qu'on lui remette la capuche.

Quand il retrouva la vue, c'était sur un trottoir de la Place Delille. La BMW avait démarré en trombe. Peu importait la plaque d'immatriculation, elle était certainement fausse.

La nuit était grise, les lampadaires distillaient une clarté blême. Il marcha jusqu'à la galerie commerciale du carré Jaude et prit la direction des toilettes pour handicapés. Il s'y enferma, puis ôta son blouson et son tee-shirt. Ses gardes-chiourmes l'avaient fait avant lui, à la recherche d'une lame de rasoir, d'une tige acérée ou d'une carte SIM. Mais ils n'avaient pas trouvé la puce GPS cachée sous son aisselle. Elle était composée de circuits imprimés moulés dans une fine couche de silicone. Le tout ne dépassait pas la largeur d'une grosse tête d'épingle.

Devant le miroir Adan la retira délicatement.

C'est Maxime Rochette qui lui avait installé depuis les bureaux de P-WATCH.

Adan s'assit à la table de la première brasserie venue. Il composa le numéro de Rochette.

– C'est au poil, lui répondit l'ingénieur depuis le local ténébreux du Teufelsberg. Sauf que votre grain de beauté a soudainement cessé d'émettre. Vous êtes entrés dans un bâtiment ?

– Oui, mais vous avez quand même une position précise ?

– Bien sûr. Vous pouvez noter ?

21

Marie avait mis du temps avant de dégoter le bureau qu'occupait le veilleur de nuit. Il prenait son service à vingt et une heures trente, elle le vit arriver cinq minutes avant l'heure, un sac de sport en bandoulière. Tennis et jean noirs, pull à col roulé type commando. Une casquette « USS NIMITZ » sur le crâne achevait le tableau.

Il zieuta la fille d'un air bourru.

Elle montra sa carte et lui demanda s'ils pouvaient discuter à l'intérieur.

Soulay lui désigna un tabouret en posant son sac. Il brancha la batterie d'une grosse lampe sur sa recharge murale et mit une cafetière en route.

– J'ai du déca.

– Très bien, répondit Marie en sortant une enveloppe de son cartable en cuir.

Soulay disposa une tasse devant chacun d'eux. La bouilloire frissonnait dans son dos.

Elle remarqua ses épaules larges, son menton carré et sa chevelure coupée court. La gueule du légionnaire assagi. Il la détaillait avec quelque chose d'indéfinissable dans le regard. L'esquisse d'un avertissement.

Elle se demandait si elle ne perdait pas son temps, mais c'est encore l'armoire aux péchés qui guidait ses pas. Selon les échos glanés par le lieutenant Rossignol, Sébastien Morémon, le pédocriminel dont l'appartement fut incendié avant qu'il ne se clochardise, traînerait autour des facs. En quête de chair fraîche ?

– J'aimerais vous présenter deux clichés, ce sont les visages de suspects dans une affaire de meurtre. Peut-être les avez-vous croisés, à un moment ou un autre ?

Le gardien détailla avec minutie les trognes de Morémon et Zecchoni.

Il versa le café.

– Vous pourriez me les laisser, que je prenne le temps de m'imprégner des figures ?

– Bien sûr, répondit Marie. Elle vida sa tasse. Je vous confie ma carte. Si, à tout hasard, vous croisiez un de ces types, appelez-moi et ne tentez rien par vous-même. C'est bien compris ?

Soulay parut surpris par cette dernière remarque qu'il trouva désobligeante. Le prenait-elle pour un bleu ? Il lui dit ce qu'elle voulait entendre, avant de la raccompagner dehors.

Soulay rinça la cafetière puis l'essuya à l'aide d'un torchon. Ensuite, il revint vers la table et s'empara sans hésiter du cliché de Morémon pris au téléobjectif.

Aucun doute possible.

Il ouvrit un tiroir et sortit un classeur qui comportait des images en noir et blanc provenant du réseau de vidéo-surveillance de l'Université. Elles représentaient toutes la même silhouette hâve aux vêtements raccoutrés. Ces épaules à l'angle osseux, la longueur des bras… Juste un détail qui changeait. Le salaud s'était toujours pointé avec un masque à peinture qui le faisait ressembler à un briscard de Verdun.

La fille venait enfin de lui ôter son déguisement.

Soulay hocha la tête.

La sale petite fouine, voilà plusieurs semaines que le campus était devenu son terrain de jeu, qu'il le narguait et le faisait passer pour un vigile incapable aux yeux de son employeur.

C'est ma paye qui est en jeu, putain !

Le clodo avait dû ramper à travers des fourrés, jusqu'à l'entrée d'un conduit d'aération, puis accéder au réseau de galeries qui couraient sous la faculté. Des endroits réservés à la maintenance, souvent déserts. Toujours le même scénario : après avoir uriné contre les murs, il pillait les appareils automatiques et repartait les poches pleines de vivres. De quoi tenir jusqu'à la prochaine descente.

Soulay scotcha l'image sur un miroir, au-dessus du lavabo.

Il la détailla en silence. Son visage s'était durci.

– Maintenant, c'est entre toi et moi, murmura-t-il d'une voix calme.

22

Soulay sonna au moins six fois avant que son ancien comparse vienne lui ouvrir. Mine grise, teint crevard et barbe de trois jours. Une haleine empuantie par l'alcool.

– Je dérange ? demanda le veilleur.

Haussement d'épaules.

– Nan, rentre.

Coup d'œil sur le pack de bières que Soulay portait sous le bras.

– Elles sortent du frigo.

– Ouvre en deux alors, répliqua Rémi Cédrard.

Les deux hommes s'affalèrent sur le canapé.

– T'as vraiment une sale gueule. Depuis quand tu n'as pas mis le nez dehors ?

– J'sais pas. Deux ou trois jours.

Soulay avait de la peine pour son ancien collègue de la police municipale. Viré il y a deux ans, soit bien après son accident, il avait multiplié les négligences sous l'uniforme : bibine, port non homologué d'un bâton de défense, utilisation d'un gel incapacitant prohibé… L'homme avait trouvé un point de chute dans une société de sécurité privée, un emploi d'opérateur sur terminal de vidéosurveillance. À l'époque, l'entreprise gérait les caméras de plusieurs facultés, dont celle où bossait Soulay.

Malheureusement, cette reconversion avait été de courte durée. Le directeur avait pris la fuite avec une partie de la caisse. Bilan : liquidation judiciaire et moral au fond des chaussettes.

– C'est pour venir pleurer sur ma gueule que t'es passé ? demanda Cédrard en ricanant.

– T'es costaud, tu vas faire face.

– Ouais, que tu dis.

Soulay prit une gorgée de bière.

– Tu as récupéré ce dont on a parlé au téléphone ?

– Et toi, t'as le fric ?

Le veilleur ouvrit son portefeuille et posa deux billets de cent euros à côté du bol de chips.

Son collègue se leva, partit fouiller dans un coin et revint avec un objet entouré d'un chiffon graisseux. Il fit un bruit lourd sur la table.

Soulay retira le vieux tissu et poussa un sifflement admiratif.

– Pistolet à impulsion électrique, modèle militaire, commenta Cédrard. Ça balance du cinquante mille volts dans le buffet.

– Tu l'as dégoté où ?

– C'est top secret. Il sourit. Mon fournisseur m'a laissé entendre qu'il aurait été barboté sur un stand lors d'un salon professionnel consacré à la sécurité. Pas d'achat sur internet, zéro trace. Incognito total.

Soulay soupesa le joujou et le rangea dans la poche de son blouson.

– Merci. J'aurais un dernier service à te demander.

Cédrard bâilla.

– L'autre jour, tu m'as dit que t'avais chouravé du matos de la boîte, après la liquidation ?

– Hum hum…

– Tu as parlé de disques durs que tu voulais effacer avant de les revendre ? C'est ceux qui contiennent l'archivage des séquences filmées ?

– Quelques-uns seulement.

Soulay planta sa canette devant lui.

– Je t'explique. Il sortit la photo de Morémon prise par la PJ.

– Il faut que je retrouve ce mec.

– Et alors ?

– Il dévalise des distributeurs de la fac, toujours de nuit. La direction m'a posé un ultimatum. Ou bien je mets fin à la fauche, ou bien elle s'adresse à quelqu'un d'autre.

– Les salauds, grommela Cédrard. Ils croient peut-être que les drones feront tout à notre place ?

– Cet enculé opère avec un masque pour peinture ; maintenant que j'ai sa trombine, j'aimerais savoir si tes caméras lui ont filé le train.

Au fond de la cave, des bouteilles de pinard vides étaient encollées dans un linceul de toiles d'araignées. Il planait une odeur de vinasse et de papier humide. Les cartons siglés « Varan Sécurité » formaient un tas branlant.

Cédrard parcourait les emballages avec une lampe torche.

– C'est un peu le bordel, t'as remarqué. Je pense que cette boîte avec la pastille jaune renferme ce que tu cherches. Seulement, il va te falloir des heures pour tout visionner.

Le soir même le veilleur s'activa à la tâche. Les disques durs amovibles mis bout à bout contenaient des centaines d'heures d'enregistrements numérisés. Heureusement, il y avait plusieurs vitesses de lectures, il prit la plus rapide.

Dans la pénombre du salon, il avala une pizza et plusieurs

canettes de bière. Les heures passaient, ses paupières étaient lourdes.

Le hall de la fac, les annexes et les couloirs. Les zones arborées à l'arrière.

Il bâillait à s'en décrocher la mâchoire quand une image capta son attention.

Morémon était là. Fripes cradingues, sweat-shirt à capuchon couleur terre. Il marchait les mains dans les poches, sac au dos. Le voilà qui s'accroupissait près d'un bosquet. Il rampa avant de disparaître au milieu des fourrés.

La sale petite couleuvre.

Soulay avait reconnu l'endroit.

23

Michel avait prétexté un colloque organisé par un gros laboratoire pharmaceutique suisse pour s'échapper du domicile conjugal. Quatre jours, tous frais payés à Malte. Elle lui avait donné sa bénédiction. D'ordinaire, ce genre de symposium lui faisait horreur.

Il la regardait à la dérobée en buvant son café. Marie s'était demandé s'il pensait à elle ou à Denis, entraperçu à l'opéra. L'image devait l'obséder. Elle, de son côté, ne pouvait s'empêcher d'imaginer la tournure que prendrait son séjour sur l'île de miel. Une consœur avenante et divorcée, une complice d'infortune. La vue sur la mer où brasillait la lumière du soleil. Cocktail sur la plage et marche dans le crépuscule. Les vacances, loin de la grisaille. Bien sûr, il était maladroit, mais la fille ferait preuve d'audace. Une parenthèse pour tous les deux, un répit dans la tempête. Il adorerait.

La photo de Morémon était un indice précieux que Marie voulait exploiter au maximum. Elle convoqua une dizaine d'employés de la Résidence Saint Mathieu. Des personnes susceptibles d'avoir croisé le loustic, rôdaillant dans les couloirs.

Le dernier à être entendu fut François Madani, le factotum.

Il avait posé sa canne contre la table et ôté sa casquette avant de parcourir la photo, longuement. Comme les autres, il ne fut d'aucune utilité aux enquêteurs.

La capitaine le raccompagnait vers l'ascenseur quand il se tourna vers elle

– On raconte que vous avez trouvé le coupable.

– Qui est-ce, « On » ?

– C'était dans le journal, hier matin. Le fils de l'avocat…

– C'était le petit ami de la victime : c'est normal qu'on s'intéresse à lui.

– Je ne l'ai jamais beaucoup aimé, fit Madani songeur. Jamais un bonjour.

– Vous l'avez croisé fréquemment ?

– Trois ou quatre fois, peut-être. Souvent le soir, avant de quitter mon service.

Marie poussa sur le bouton de l'élévateur.

– Puis-je vous demander si vous avez une camionnette, Monsieur Madani ?

– Non, pourquoi ?

– Simple curiosité.

L'ascenseur était arrivé.

– Avec ma patte folle, je n'aurais pas la force d'appuyer sur l'embrayage. Je ne me déplace qu'en bus.

Il la salua avant que les portes ne se referment.

En passant devant une glace, elle vit son visage terne, ce n'était pas la grande forme.

Elle se dit que Sébastien Morémon avait pu déserter la ville et crever seul dans un coin. Sans l'aide d'Adan, explorer les bas-fonds de Clermont était une expérience nouvelle… et déplaisante.

Le juge Pajole voulait la voir demain. Elle espérait son aval pour entendre de nouveau le fils de Sivry.

Adan avait eu raison d'insister, songea-t-elle.

24

Isor Bento n'avait pas toujours truandé. Avant d'offrir ses talents à de louches commanditaires, il avait débuté comme dépanneur en serrurerie. Secrètement, il haïssait ces appartements cossus peuplés de femmes apprêtées qui ne lui adressaient pas un regard. Continuellement agenouillé dans l'entrebâillement des portes, des outils dans les mains, il lorgnait leurs jambes épilées, les plis de leurs chemisiers et les rires sots qui s'échappaient de leur gorge quand elles conversaient. Après tout, une seule chose le séparait d'elles : le fric. Et pour son malheur, l'artisan n'en avait pas beaucoup.

Un soir de novembre, on l'appela pour une porte de bureau claquée dans un courant d'air. Les clefs étaient restées à l'intérieur. Le propriétaire l'attendait sur le palier. C'était un homme d'origine libanaise, vêtu d'un smoking. Il était tracassé, car il devait recevoir le soir même des clients importants pour négocier un contrat.

Isor travailla vite et bien. Pour forcer le pêne de la serrure, il n'eut besoin que d'une vieille radio médicale, il en gardait toujours une dans sa trousse. Il la fit d'abord glisser entre le bâti et la porte puis la remonta vers le haut dans un mouvement sec. Le tour était joué.

Il jeta un coup d'œil à l'intérieur. Une table apprêtée avec nappe, seau à champagne et petits-fours. Isor préparait sa facture quand les premiers invités débarquèrent. Des jeunes femmes, de différentes nationalités, vêtues de robes de soirée sexy. Elles s'engouffrèrent dans le salon et commencèrent à ouvrir une bouteille.

Le Libanais sortit deux billets de cinq cents euros et les tendit à l'artisan.

– Je te dois une fière chandelle, dit-il avec un fort accent. Tu as sauvé la fête.

Isor resta debout sans toucher au fric.

– Un problème ?

Les yeux de l'entrepreneur ne parvenaient pas à se détacher des filles.

– Mes invités ne vont plus tarder, tu te décides ?

– Une nana à la place, c'est possible ? dit-il à voix basse.

Le Libanais n'en revenait pas.

– Tu ne manques pas de toupet, toi.

Voyant qu'Isor était résolu, il éclata de rire et se dirigea vers une Eurasienne à la chevelure d'un noir luisant. Il lui murmura un mot à l'oreille et désigna l'ouvrier qui rangeait ses outils.

Elle vint le prendre par la main et l'entraîna dans les toilettes. Sa fine robe de couturier était lacée dans le dos.

Sans perdre de temps, elle lui caressa l'entrejambe, s'agenouilla devant lui et fit glisser son pantalon et son caleçon sur ses chaussures. Sa bouche se referma sur son gland et sa langue commença à tourner autour. L'affaire fut vite réglée.

Quand Isor Bento rejoignit le salon, les derniers conviés étaient là. Quatre hommes en costume de prix. Deux parlaient russe, les autres arabe.

Quand ils l'aperçurent, tout emprunté en rajustant son froc, ils s'esclaffèrent. Le Libanais s'approcha de lui.

– Tu t'occupes souvent des ouvertures à problème ?

– C'est mon métier, répondit Isor.

– Et les portes blindées, les systèmes d'alarme. Tu connais aussi ?

– Je peux faire des tas de choses, dit-il avec assurance.

Son client prononça quelques mots dans le parler de Tolstoï.

Les Russes hochèrent la tête.

– Tu travailles bien. Mais peux-tu tenir ta langue ? Il avait posé cette dernière question en français.

Les yeux d'Isor parcouraient la salle.

Le ricanement des putes, les papiers sur la table et les photos encadrées sur les murs : des pipelines dans le désert, des cravatés qui serraient des mains dans des palaces.

L'un des Slaves, grand et musculeux, s'approcha de l'ouvrier pour le détailler un instant. Une crosse dépassait d'un étui niché sous son aisselle.

– Tu sais ce qui arrive à ceux qui jactent ? lança-t-il avec un accent guttural.

– Je suis certain qu'il est au courant, assura le Libanais. On est toujours à la recherche de professionnels. Disponibilité, efficacité et discrétion : voilà ce qu'il faut pour les affaires.

– Je comprends monsieur.

Le costumé lui tendit une carte de visite blanc ivoire avec un numéro de téléphone.

Isor la prit et s'éclipsa, non sans un dernier regard pour l'Eurasienne.

– Si tu fais bien ton travail, tu pourras y goûter de nouveau, lâcha le Libanais dans son dos.

Dans la rue, il remarqua une Citroën noire garée en face de l'immeuble. Elle portait une immatriculation du corps diplomatique.

Sa carrière venait de subir une accélération soudaine.

Soudaine et dangereuse.

25

Un parking de supérette à la sortie de Royat. C'est là qu'Adan devait retrouver Isor Bento. L'homme, de petite taille, avait une tête de berger corse, une barbe de cinq jours et la peau mate. Il portait des vêtements fonctionnels, sombres. Le policier supposa qu'il avait gardé sa moto à couvert. Le crocheteur possédait une Ducati Hypermotard teinte en ébène, extra pour se faufiler entre les bouchons et distancer les voitures de la BAC en cas de coup dur.

Le flic ouvrit la portière de son véhicule et Isor s'engouffra à l'intérieur.

Ils se saluèrent sans formule. C'était la seconde fois qu'Adan requérait ses services. Précédemment, c'était pour une perquisition illégale dans le studio d'un trafiquant.

Ce soir-là, comme à l'accoutumée, Isor n'était ni exagérément confiant, ni particulièrement nerveux.

– Où va-t-on ?

– À Sauteyras, un chalet inoccupé.

– Démarre alors.

Ils roulèrent sur de petites routes qui s'élevaient jusqu'à rejoindre le lac d'Aydat. Le boulevard qui longeait les eaux était bien trop voyant, ils optèrent pour un chemin sur la droite qui montait, raide vers une piste enserrée par des champs et des bâtiments. Un muret de pierres courait sur la gauche de la chaussée. Ils se garèrent à l'écart. Adan ouvrit le vide-poches et sortit une cagoule, une lampe à diode électroluminescente et des gants.

Le crocheteur possédait le même genre d'équipement.

Cagoule sur le visage, ils se firent la courte échelle pour escalader la paroi. Adan s'accrocha à la grille et tira Bento jusqu'à lui.

Enjamber la barrière ne leur occasionna aucune difficulté.

De l'autre côté, Adan trouva plus sage de laisser le professionnel à la manœuvre.

À l'aide de jumelles Bento inspecta le jardin qui les séparait du chalet. Il recherchait de petites radiations lumineuses, signes de la présence d'une caméra.

Il s'engagea sur la pelouse le premier.

La porte à l'arrière ne semblait pourvue d'aucun signal d'alarme. Il posa son sac et mit moins de cinq minutes pour venir à bout de la serrure.

Un salon aux murs couverts d'un lambris en chêne cérusé. Une large baie vitrée qui donne sur les eaux noires du lac.

Ils étaient dedans.

– Tu cherches quoi ? demanda Isor.

– Pas tes oignons. Reste tranquille et ne touche à rien.

Avant d'allumer sa lampe, il tira les rideaux et plongea la pièce dans le noir.

Par où commencer ?

Les lieux étaient propres, tout semblait méticuleusement rangé.

Comme dans la chambre où Émilie a été mise en charpie…

Un escalier lambrissé montait à l'étage : deux chambres et un bureau avec vue sur le lac. Idéal pour oublier les dossiers du cabinet.

Adan voulait dénicher la piaule du fils. Il la trouva attenante à une salle équipée d'un billard.

Il travaillait à la loupiotte. Son rayon glissait le long du lit et du bureau, sur les portes de l'armoire. Tout un mur était recouvert d'une peinture inspirée de l'art conceptuel : une femme siliconée en levrette devant un paysage lunaire éclaboussé de pigmentations.

Les bourgeois sont des gens à part.

Adan recherchait des traces de heurt entre plusieurs corps. Il referma la porte de la chambre et sortit de son sac une seconde lampe. Celle-ci était à néon ultraviolet ; il l'avait empruntée sur l'étagère de la PTS l'avant-veille. Il la remettrait en place le lendemain, personne n'en saurait rien. Il balaya la moquette et le pied de l'armoire. À côté de la table de nuit, il nota une dizaine d'éclaboussures bleuâtres. C'était de petites taches rondes étoilées : des gouttes laissées par une personne immobile. Il éclaira la tête du lit et remarqua de la matière collante. Dans une boîte rangée au pied de l'armoire, il comprit ce que c'était : du ruban d'asservissement, comme en utilisent les adeptes du sadomasochisme. Dans une carrière de flic, on a quelquefois l'occasion de visiter un domicile rempli de ces machins. Il n'était pas au bout de ses découvertes : des menottes et une armature destinée à immobiliser un corps dans une position humiliante.

Et le fouet, incontournable. Il examina soigneusement les lanières aux rayons UV. Elles bleuirent rapidement.

Du sang…

Sous le lit, sa lampe fit ressortir des fibres blanches. Avec ses gants en latex, il en récupéra quelques-uns qu'il plaça dans un sachet en plastique.

Il devait y avoir toutes sortes de fluides disséminés sur les draps et la moquette, pas seulement de la protéine. Tout ce qu'il pouvait récolter n'aurait aucune valeur devant un tribunal, mais qu'importe. Il n'y avait plus de place pour le doute. C'est ce salopard de Gaëtan qui avait fait le coup. Tout avait commencé ici avant de se terminer au dernier étage de la Résidence Saint Mathieu. Un accident ? Probablement. Restait le mystère de la photo et de la clef USB. Pourquoi s'encombrer d'une preuve si compromettante ?

Il s'attaqua à la petite bibliothèque. Des livres de droit, des romans et des magazines de sport. Après plusieurs minutes d'une exploration minutieuse, il trouva un sachet de photos imprimées depuis internet. Quelques paysages, des potes – il immortalisa tous les gaillards avec son Smartphone – et cette dernière scène : Émilie et Gaëtan dans une pièce sombre et voûtée.

L'image qui manquait sur le mur de la chambre d'Émilie !

Il la photographia aussi.

L'aube était sur le point d'embraser les montagnes du Sancy.

Il redescendit vers le salon.

Isor Bento était assis en tailleur près de la fenêtre.

– Fini ? dit-il en apercevant le flic.

– Ouais. On calte.

Ils traversèrent le jardin en petites foulées et atteignirent la clôture qu'ils avaient escaladée deux heures auparavant.

Le crocheteur passa le premier, Adan le laissa monter sur ses épaules.

Avant que le flic ne se lance à son tour, il se retourna un instant pour embrasser une dernière fois la façade. Il se demandait si Émilie avait vu cette demeure sous le même angle, quelques mois plus tôt.

Pour la seconde fois, les silhouettes en mouvement rallumèrent le capteur volumétrique couplé à la caméra. Elle était nichée dans un arbre, à l'arrière du chalet. Un modèle autonome à haute définition. Elle filma les deux hommes au moyen d'un flash infrarouge impossible à déceler.

Isor Bento n'avait rien vu venir. À sa décharge, la présence d'un appareillage aussi sophistiqué dans un chalet de montagne avait de quoi surprendre. Antoine de Sivry se moquait qu'un voleur fasse main basse sur son écran plat ou les quelques tableaux qui égayaient son intérieur. Une seule chose importait : le coffre-fort dissimulé dans son bureau. Il contenait une copie de toutes les affaires sensibles gérées par son cabinet ces dix dernières années. Quelques-unes mettaient en cause les truands qu'il avait défendus, d'autres des politiques en responsabilité : une liasse de documents qui valait son pesant d'or. L'avocat était convaincu qu'un chalet dans la montagne auvergnate était le refuge idéal : discrétion assurée. Chaque intrusion prise dans le champ de la caméra était signalée sur son portable.

D'habitude, c'étaient des animaux.

Mais pas cette fois-ci.

26

Adan se pointa au service à huit heures trente. Boutteville assistait à une réunion à la préfecture ce matin-là. Il avait le champ libre jusqu'à midi.

Marie n'était pas encore arrivée. Il en profita pour rédiger un rapport consacré à ses diligences dans l'affaire des chats disparus. Une série de constatations et de démarches bidon lui permirent de donner l'illusion qu'il était au taquet, depuis l'enterrement de Charfotti et son éviction du dossier Landrot. Boutteville aurait un os à ronger. Un sac de croissants dans les mains, il monta au dernier étage et sonna à l'entrée du bloc occupé par la police scientifique. Il fallait un badge pour entrer, car derrière la porte blindée se trouvait le local à scellés. Il contenait d'ordinaire bien autre chose que des vêtements ensanglantés ou des bonneteries tachées de sperme. On y dégotait tout un bric-à-brac saisi lors de perquisitions. Des armes de poing ou d'épaule, des munitions de tout calibre et de toute provenance en attente d'expertise balistique et, surtout, des sachets de drogue. De la cocaïne, du cristal-meths ou de la marihuana, soigneusement étiquetés avant le départ pour le centre d'incinération.

Quand il vit Adan débouler, le technicien de permanence leva les bras au ciel.

– La Crim, encore ! Qu'est-ce que vous allez me refourguer de nouveau ? Y en a marre, j'ai d'autres dossiers, vous savez.

Adan sourit autant qu'il en était capable. Il déposa les croissants devant le collègue dont l'embonpoint révélait son penchant pour les viennoiseries.

– J'ai besoin que tu regardes un bout de ficelle dans ton microscope. Une comparaison de fibres.

– Je me coltine déjà les relevés biologiques de la fourgonnette de Zecchoni. J'en ai pour deux semaines, au bas mot.

– Là, c'est plus simple. Un petit coup d'œil. S'il te plaît...

L'opérateur, boudeur, fourragea dans le sac et ressortit une chocolatine.

– Qu'est-ce que tu veux, exactement ?

Adan exhiba la pochette qui contenait la cordelette trouvée dans la piaule de Gaëtan.

– Un rapprochement entre ceci et les résidus accrochés au radiateur de la victime.

Le technicien plaça l'échantillon sous la loupe d'un microscope, à côté du prélèvement tiré des scellés « LANDROT ». Il prit son temps.

Finalement, il se redressa en déclarant :

– La section transversale d'une fibre synthétique est toujours spécifique à un fabricant. Là, c'est la même gamme de ficelle. Pour avoir une certitude, il faudrait analyser les substances chimiques employées dans la composition de la cellule filamenteuse. J'ai pas ce genre de matos.

Adan fit un geste de la main.

– Je voulais un avis pour orienter l'enquête et tu viens de me le donner.

Après avoir salué son collègue, le policier descendit au parking du niveau moins deux. La brigade des stupéfiants y garait les camionnettes affectées aux surveillances.

Youcef avait tourné un moment dans le vieux Clermont à la recherche du cadeau qu'il destinait à sa fille. Les antiquaires ne manquaient pas. Un complice de carte au bar qu'il fréquentait, près du marché Saint-Pierre, lui avait recommandé l'échoppe du vieux Helal, rue d'Enfer.

Les étagères croulaient sous les montres à gousset, les stylos de toute valeur, des coupe-papier et même des poignards indonésiens. Du plafond pendaient des dizaines de lustres dont certains rejoignaient le sommet des rayonnages.

Youcef s'arrêta devant un saladier rempli de breloques ; il reconnut les décorations. Elles dataient de la guerre d'Algérie. Des chaînes étaient mêlées les unes aux autres. À l'extrémité, des plaques d'aluminium. Il essaya de les séparer pour lire les noms gravés dessus.

Une inscription le frappa comme la foudre.

Il faillit s'affaler contre une armoire.

La scène n'avait pas échappé au boutiquier qui pointa le bout de son museau.

– Vous trouvez votre bonheur ?

Youcef retournait le médaillon entre ses doigts.

– Cette plaque, bredouilla-t-il. Qui vous l'a apportée ?

Le vendeur inspecta l'objet d'un air distant.

– Pourquoi cette question ?

– Elle appartenait à un soldat que j'ai connu. Il est mort il y a près de quarante ans.

27

Il en vit plusieurs vautrés sur le canapé et d'autres qui parlaient en gueulant devant le frigidaire. Plus rien à picoler ni à bouffer : les boîtes de pizza vides formaient un tas branlant au milieu de la table. En cherchant les chiottes, il tomba sur une chambre. Sûrement celle des parents, à en juger par les croûtes qui se trouvaient au mur. Il y avait cet abruti d'Adrien, nu à partir de la taille, qui baisait cette fille. Une brune à lunettes et cheveux longs qu'il connaissait vaguement. Elle était encore plus dans le cirage que lui. Cette soirée devait être mémorable, elle finissait lamentablement. Le jeune homme attrapa son manteau et quitta le loft sans saluer personne. Dehors il faisait froid et le contraste avec l'ambiance enfumée à l'intérieur lui fit du bien. Il sortit ses clefs et s'accorda quelques minutes pour reprendre ses esprits. Il avait quelques kilomètres à faire avant de rejoindre la banlieue de Clermont-Ferrand, avec un peu de chance et pas trop de feux rouges, il serait au pieu dans moins de quinze minutes.

Le coupé sport ne fit que quelques mètres avant de s'échouer contre une borne incendie. Il était parti en vrille comme s'il avait roulé sur une plaque de glace.

Oh putain, non ! Ne remets pas le nez dehors, çà caille trop.

Il jura et finit par ouvrir la portière. L'alcool lui brouillait les sens, il vit qu'il avait enfoncé son pare-chocs et que le carénage avant avait également morflé. Il n'irait pas plus loin.

Sans réfléchir, il prit le boulevard et remonta le trottoir en direction des faubourgs nord. Tête baissée, le nez rouge et les yeux plissés par le froid et la fatigue, il ne prêta aucune attention à la camionnette qui venait de s'engager sur la chaussée. Elle stationnait depuis des heures, attendant qu'il se décide à rentrer chez lui. Prenant de la vitesse elle arriva à sa hauteur avant de braquer brusquement sur la droite. Elle le percuta de plein fouet.

La surprise fut telle, le choc si formidable, qu'il n'éprouva d'abord aucune douleur, seul l'effet de son cœur qui s'arrêtait et celui de son corps qui volait au-dessus du sol, avant de s'effondrer plus loin. Il ne sentait plus le froid, juste cette substance visqueuse au goût de fer et de sel qui se répandait dans sa gorge. Il toussa et la toux déversa dans ses poumons des litres d'or fondus.

Cette douleur !

Il allait tourner de l'œil, sombrer dans la brume et laisser la souffrance s'en aller toute seule.

Il pouvait bien s'étouffer avec ses glaires ou tomber en syncope, tout plutôt que cette *putain de douleur*.

Il ferma les yeux, plus rien n'avait d'importance.

Une silhouette s'était approchée et des mains se posèrent sur lui, cherchant une prise dans les replis de son manteau.

Elle le tira de la chaussée et la douleur qui s'était repliée quelque part, ressurgit. Elle bondit dans sa poitrine, toutes griffes dehors. Ses yeux se remplirent de larmes. Des convulsions parcouraient tout son corps.

La chaise électrique, en bien pire.

Il voulut crier.

Arrête, mais putain arrête ! Tu ne vois pas que mon dos est en miettes. Saloperie d'enfoiré !

Il était incapable de parler, encore moins de hurler.

Une douleur qui venait des abysses le traversait comme si on l'avait empalé à vif.

Autour de lui, un habitacle obscur qui sentait l'huile et les vieilles couvertures.

Ce n'était pas une ambulance : pas de brancard en vue ni de putain d'aiguille dans le bras. Pas de morphine pour éviter que la douleur ne le rende cinglé.

On l'avait jeté au fond d'une camionnette, comme un sac.

Des sons perçaient la nuit. Autour de lui, ils volaient comme des mouches puis s'éloignaient. Quelque chose de dur et de froid s'était installé dans sa gorge. Sa respiration était sifflante.

Voilà qu'on le tirait encore. Il se trouvait quelque part, sur un sol humide. Il songea à une cave. Il pouvait encore penser, malgré la souffrance. Les mêmes mains, toujours. Sa bouche s'ouvrit sur un cri muet.

Salaud, salaud, enfoiré de putain de salaud. Trop mal ! Trop mal !

Indifférent à son calvaire, l'homme le fit glisser dans une fosse rectangulaire.

Elle faisait à peine un mètre de profondeur, mais ce fut comme si plusieurs lames d'acier lui transperçaient le corps.

Il gisait dans une litière blanchâtre.

Il vit le gars qui se dressait au-dessus de lui et, l'espace d'une seconde, le reconnut.

– T'es pas fichu de parler, alors on va pas continuer de perdre notre temps.

Il partit chercher une pelle et un gros sac qu'il tirait avec peine.

Le gamin recevait des pelletées sur la figure.

Il était presque entièrement recouvert de cette saloperie quand le type revint avec un seau d'eau dont il aspergea le contenu de la fosse.

Au contact du liquide, la chaux vive émit de petits crépitements et commença à le dévorer vivant.

– 3e partie –

L'inconnu dans la maison

1

Le corps de Marie se raidit. La sueur collait ses cheveux sur ses tempes, elle venait de faire un cauchemar.

Alors qu'elle s'étendait dans le lit, elle ne sentit que les draps froids. Michel était déjà debout. La lumière du petit jour éclairait la chambre. Elle distingua les contours d'une boîte de Lexomil sur la table de nuit.

Hier soir, à peine rentré de la pharmacie, il s'était installé dans le fauteuil du salon, un verre de whisky dans la main. Il détestait les alcools forts, ne les achetait que pour les invités.

– Je vais partir. Je cherche un appartement.

Les mots étaient sortis d'un bloc, une phrase longuement répétée.

– Où ça ? fit-elle.

– Près de l'officine, dans le centre.

Elle ne savait pas quoi lui dire de sincère.

Le juge Pajole reçut Marie dans son tout nouveau bureau du palais de Justice. Il n'avait pas trouvé le temps d'accrocher ses cadres. Des piles de dossiers s'alignaient le long du mur.

– Je devine ce que vous allez me dire, lança-t-il en guise de préambule.

– Gaëtan de Sivry : il faut reprendre son audition à zéro.

– Est-ce notre dernière cartouche ? soupira le magistrat. Il y a tellement de pistes inexplorées, à commencer par la clef USB : à qui appartenait-elle ? Et qui l'a déposée dans cet hôpital désaffecté ? Je pourrais continuer longtemps…

Elle le dévisageait, regard brillant. Pajole vit les mains de la jeune femme qui se tordaient sur sa jupe, son tailleur froissé et la tache de dentifrice, sur le col de sa chemise.

– Tout va bien, capitaine ?

Elle redressa la tête et ses yeux plongèrent dans les siens. Un silence.

– Ce n'est pas la grande forme, osa-t-elle. Je suis en pleine séparation.

Une pause.

– Et cette enquête… Je n'ai jamais été confrontée à un cas aussi difficile. Vous connaissez les statistiques : l'agresseur fait partie de l'entourage et les meurtres sur fond d'alcool sont surreprésentés. Mais là, c'est autre chose. Peut-être qu'on ne trouvera jamais qui l'a tuée.

Le visage de Pajole s'adoucit.

– Vous avez besoin de vous confier, et je crains de ne pas être la bonne personne.

Marie s'essuya les yeux.

– C'est peut-être lié à ce que disent les gens sur vous.

Il se cala dans son fauteuil.

– Et que dit-on de moi ?

Elle rougit.

– On dit que vous êtes bon, Monsieur le juge.

2

Sous les combles de l'ancien hangar, la poussière chaude dansait dans les traits de lumière qui perçaient la toiture et dressaient un treillage à claire-voie.

Soulay balaya le grenier avec sa lampe torche. Il lui avait fallu une journée de planque pour dénicher le passage que le clochard empruntait au milieu des buissons avant d'aller foutre le boxon dans la fac. Sans les caméras de *Varan Security*, c'était chercher une aiguille dans une botte de foin. Quand enfin il l'avait vu sortir à l'air libre, Soulay l'avait filoché à travers la ville.

Désormais, il le tenait.

L'odeur alentour était insoutenable. Ça puait le cadavre. Il l'avait senti depuis l'escalier. Dans sa main droite, un reflet gris. Le pistolet électrique.

Soulay progressait lentement vers l'intérieur du grenier. Il avait d'abord remarqué que le plancher était couvert de larges taches brunâtres. C'était à coup sûr une saloperie de mérule, ce champignon qui ronge le bois des charpentes.

Puis, il avait vu le clodo, accroupi sous la fenêtre. Un corps efflanqué, des cheveux qui lui tombaient sur les épaules et une longue barbe. Soulay sondait la salle, au cas où d'autres loqueteux se cacheraient, prêts à lui fondre dessus. L'endroit devait grouiller de rats et de seringues usagées. Il avait prévu le coup avec ses rangers, son treillis noir et une vieille parka militaire. Soulay avait du métier, celui qui le baiserait n'était pas encore né.

La faculté avait déposé plainte depuis des mois pour

les dégradations occasionnées aux distributeurs, mais les flics n'avaient pas bougé et le chapardage avait continué de plus belle. Il allait devoir neutraliser cette saleté lui-même.

– Les bras sur la tête ! fit-il sèchement. Approche, que je te vois.

La silhouette grêle fit quelques pas vers le milieu du plancher.

Le veilleur vit qu'il n'était pas armé. Sa lampe balayait méthodiquement la pièce.

– Putain, mon pote. Tu m'as l'air sacrément givré.

Il coinça le Taser entre ses cuisses et attrapa une paire de menottes qu'il jeta aux pieds du SDF.

Soulay reprit son pistolet dans la main droite.

– Enfile les pinces et mets-toi à genoux. Ne m'oblige pas à me répéter, sinon tu feras la danse de Saint-Guy. Il braqua le canon dans sa direction.

Aucun mouvement.

Le regard du clochard le fixait par en dessous.

– Tu l'auras cherché, pauvre cave. Le veilleur se rapprocha des bracelets et ajusta son tir. Il allait lui injecter une bonne dose de foudre.

Au lieu de cela, il sentit son pied qui s'enfonçait dans l'épaisseur gluante du plancher et presque aussitôt, le pavage qui cédait dans un bruit écœurant.

Il n'eut pas le temps de crier.

Le sol l'avait dévoré.

3

Une brocante occupait la place des Bughes. Au milieu des allées, des badauds piétinaient entre les tables couvertes de bibelots, de jouets fatigués et de fringues.

Des odeurs de saucisses et d'oignons frits.

Raphaël l'attendait devant un bouquiniste, il parcourait des magazines.

Le flic chercha les gorilles du regard ; l'un d'eux mangeait une gaufre à quelques mètres. Le second faisait mine de s'intéresser à une montre.

Adan se mit à côté du yéniche et posa négligemment l'enveloppe sur une édition de *Jours de France* avec Audrey Hepburn en première page.

La taupe du caïd l'enfourna discrètement sous son manteau.

– Le crocheteur a bien travaillé ? s'enquit-il sans cesser d'examiner la gazette.

Adan acquiesça.

– Ton pli contient ce que je pense ?

– L'immatriculation de la toute dernière fourgonnette de surveillance des stups. J'ai noté trois faux panneaux de camouflage : des enseignes d'artisans bidon. Tout est dedans.

– Des plaques interchangeables ?

– Celle déjà installée et une autre rangée dans le coffre, au-dessus de la roue de secours. J'ai transmis les numéros.

– Bien. Le Sarkinn sera content.

– Je veux que les choses soient bien claires, alors je me répète, fit Adan en serrant la mâchoire. Pas d'agression contre les collègues, pas d'attaque contre la camionnette.

Raphaël sourit.

– La trahison est une boisson amère, mais le goût finit par s'estomper. Question d'habitude.

– Tu m'as entendu ?

Il regarda le policier avec un soupçon de complaisance.

– Toi et moi avons une chose en commun : on nous a toujours foulés du pied. Nous ne servons pas les mêmes maîtres, mais nous savons d'où nous venons et où se trouve notre intérêt. Je t'apprécie Settara et pour preuve, je vais te donner une information. Elle ne te coûtera rien, cette fois-ci.

Le bouquiniste s'en revenait en comptant sa monnaie. Raphaël fit un signe pour qu'ils s'écartent.

– Hier, vers minuit, deux gamins des quartiers nord se sont fait arrêter par la police municipale. Ils roulaient sans casque avec des bécanes trafiquées.

– Des chouffeurs au Sarkinn ?

– Tu es malin. Non, ils sont à mon service. Observer et écouter, voilà leur travail.

Adan savait que Raphaël disposait d'au moins une douzaine d'irréguliers, toujours occupés à traîner dans les galeries commerçantes ou au pied des immeubles.

– Pendant que les flics essayaient de récupérer leur identité, la radio à bord du véhicule a laissé passer une communication. La portière était ouverte, ils n'ont eu qu'à écouter.

– Tu as du personnel dévoué.

– La suite t'intéresse ?

Adan lui fit signe de se dépêcher.

– Hier soir, une patrouille a remarqué une voiture en stationnement gênant au pied d'un immeuble résidentiel, place Gaillard. Une heure plus tard, un riverain leur a signalé un panneau de signalisation esquinté, près d'un abribus : rue Lamartine.

– C'est à deux pas de Jaude.

– Parfaitement. En se rendant sur les lieux, tes camarades de la municipale ont retrouvé le panneau ; un véhicule l'avait percuté en quittant la route. En examinant les environs, ils sont tombés sur un portefeuille dans le caniveau. Il contenait un permis de conduire.

– Accouche. De qui s'agit-il ?

Raphaël esquissa un sourire.

– J'ai bien toute ton attention, il me semble. Tu es moins pressé de t'en aller. Mes lardons n'ont pas entendu le nom en question, mais j'ai pu le récupérer.

– Ton complice chez les bleus ?

Raphaël se contenta de sortir un petit papier.

– J'imagine qu'il ne t'est pas inconnu ?

Adan le relut plusieurs fois. Il n'en revenait pas.

Quand il releva la tête, Raphaël s'était déjà fondu dans la brocante.

Le policier prit son téléphone et appela Marie.

– Adan ? fit la voix de la jeune femme à l'autre bout du fil, je te cherche partout !

– Écoute-moi d'abord, j'ai découvert quelque chose.

– Non, viens m'en parler de vive voix : je suis au bureau.

– Je sais ce que tu vas me dire, que…

Elle le coupa net avant de raccrocher.

– Viens tout de suite.

4

Soulay était au fond du trou. Il avait chuté à travers deux étages et son corps gisait sur le sol d'une ancienne cave. Le mérule avait transformé les paliers en gruyère, le poids du gardien de nuit avait fait le reste. Il était fait comme un rat.

Morémon dansait frénétiquement autour de la mâchoire. Le manque de kétamine le rendait à demi-fou, son front était couvert de fièvre.

Depuis des jours il tentait de s'approcher d'un second trou, béant au milieu des lattes pourrissantes. Là où Michan avait voulu le tuer avant de traverser lui aussi le plancher. Dans la fosse, trois mètres en contrebas, gisait son ancien pote, couché sur son sac aux poches remplies de kétamine ; elles n'attendaient que lui.

Morémon se traîna vers la fenêtre et ouvrit l'unique volet.

La lune teinta le grenier d'une pénombre livide.

Il s'allongea sur le parquet et rampa jusqu'au bord pour mieux observer son prisonnier.

Le corps frémissait et râlait. Une main s'éleva, lentement, puis retomba.

Les minutes passèrent. La saleté avait dû méchamment s'esquinter.

Soulay essaya de se redresser. Une violente douleur lui cisailla la jambe droite. Elle était cassée, ou pire.

Cette saloperie de mérule, tu l'avais bien vue pourtant !

La nausée lui soulevait le cœur. Il ne pourrait jamais escalader le puits de gravats. Chaque espace qui séparait un des niveaux devait faire plus de deux mètres.

De son côté, Morémon avait oublié sa soif de kétamine. Un autre corps gisait dans le ventre du plancher et celui-là était bien plus amusant.

– Qui va danser maintenant, qui ? criait-il en agitant le pistolet électrique. Il le braqua vers le gardien en l'agitant nerveusement. Un rire dément remplit tout le grenier.

Soulay gueulait. C'était un affreux cauchemar.

Avec ses blessures, le courant allait le foudroyer d'un coup.

D'un geste futile, il mit un bras devant son visage.

Le famélique se bidonna une dernière fois avant de presser la détente.

5

L'hôtel de police, peu avant quatorze heures. Adan avait pris un café au distributeur avant de rejoindre le bureau de la criminelle où Marie devait l'attendre. Il se sentait harassé et n'avait pas changé de frusques depuis trois jours ; une douche ne serait pas de trop.

La capitaine n'était pas là.

Une secrétaire l'aperçut et vint lui dire d'une petite voix :

– Fabrice Boutteville t'attend dans son bureau.

– Je dois trouver Marie, d'abord.

– Elle est avec lui.

Le commandant discutait avec deux hommes qu'il ne connaissait pas : un gros type endimanché dans son costume sombre et un autre, pareillement fringué, mais grand et sec. Un couple tiré d'une mauvaise série.

Quand Adan entra dans le bureau, Boutteville le dévisagea avec rudesse.

– Où t'étais fourré Settara ? On te cherche depuis des plombes.

– J'étais sur la piste des chats, vous savez bien.

– Ne te fous pas de ma gueule, putain !

Le brigadier attrapa une chaise d'un mouvement brusque.

Il vit que Marie fuyait son regard.

Un silence.

– Ces deux personnes sont de l'inspection générale : le commandant Brémard et le capitaine Fareaud.

Ils toisèrent le gradé sans lui tendre la main.

– Et ? fit Adan sans se démonter.

Boutteville poursuivit :

– On sait tout, Settara.

– Je ne comprends pas.

– C'est ça, joue au con.

Boutteville prit la chemise sur son bureau et tourna le rabat pour se saisir d'une photographie qu'il brandit devant Adan.

– Tu nous expliques ?

Les bœufs ne le quittaient pas des yeux. Deux vautours sur son épaule.

Adan regarda le cliché. C'était une capture d'écran, manifestement. Une image prise de nuit avec un capteur infrarouge d'assez bonne résolution. Deux hommes qui traversent un jardin. Le premier, petit avec un sac à dos, le second plus grand.

Il lui ressemblait beaucoup.

L'officier qui se nommait Brémard se cala contre le dossier de sa chaise, bras croisés.

– L'image a été prise il y a deux jours, par une caméra

camouflée dans un arbre. Elle se trouve dans la propriété de Maître Antoine de Sivry près du lac d'Aydat. Un modèle assez perfectionné ; chaque fois qu'elle détecte un mouvement inhabituel, elle filme la scène et l'adresse par MMS sur le téléphone du proprio. Lorsque Monsieur de Sivry a été informé de l'intrusion, il a prévenu la gendarmerie de Saint-Saturnin. Mais le temps que les uniformes rappliquent, les visiteurs s'étaient fait la malle. Bien sûr, il a porté plainte.

– Il y a eu effraction ? demanda Marie.

L'un des officiers la foudroya du regard.

– En tant que chef de groupe, vous êtes témoin de cette audition, siffla Fareaud. Mais vous n'avez pas à prendre la parole.

– Que faisiez-vous dans cette propriété ? reprit l'autre.

Adan haussa les épaules.

– Je n'y ai jamais mis les pieds, vous faites erreur.

– En ce cas, pourquoi apparaissez-vous sur la photo ?

Le brigadier prit l'image en faisant la moue.

– Il y a une vague ressemblance, et après ?

– Où étiez-vous cette nuit-là ? interrogea Brémard.

– Chez moi. J'avais des heures de sommeil à rattraper.

– Personne pour corroborer ?

– Non. Je vis seul.

Boutteville se leva d'un bond.

– Qu'est-ce qui t'as pris d'aller traîner autour de la baraque de Sivry ? T'es complètement cinglé !

Les collègues de l'IGPN firent un signe d'apaisement.

– Il nous a été rapporté que vous aviez pris des initiatives malheureuses dans le cadre du dossier Landrot. À commencer par l'audition d'un suspect, le fils de Sivry, justement.

– Il n'y avait rien d'illégal. J'étais chargé de l'enquête, comme les autres.

Brémard secoua la tête.

– À la criminelle, on travaille en groupe. Le problème avec vous, Settara, c'est que vous êtes un électron libre, réfractaire à l'autorité. Tous vos chefs s'en plaignent.

– Tant qu'à évoquer mon dossier, n'oubliez pas les lettres de félicitations.

Le capitaine Fareaud se pencha vers lui.

– Je crois que vous avez pris cette affaire très à cœur et que vous menez une croisade personnelle contre le fils de Sivry.

Adan se renfrogna.

– Vous n'avez que dalle. Si vous estimez que j'ai violé un domicile, placez-moi en garde à vue afin que je puisse joindre mon syndicat et obtenir un avocat. Sinon, je n'ai plus rien à vous dire.

– Est-ce que tu as conscience que tu parasites une instruction judiciaire ? s'écria Boutteville. Ton attitude est scandaleuse !

Un éclat froid durcit dans les yeux d'Adan.

– Marie laisse-nous, fit le commandant en s'épongeant le front.

Elle quitta la pièce, visage clos.

Les trois hommes examinèrent le brigadier.

Boutteville s'agitait sur sa chaise.

– Tu maintiens ne pas t'être introduit dans la résidence de l'avocat ?

– Oui.

Il regarda les deux types de l'IGPN qui haussèrent les épaules.

– Très bien. Une plainte a été déposée et j'espère qu'elle sera suivie d'une enquête rigoureuse, car s'ils étaient avérés, ces faits seraient extrêmement graves. Je compte sur nos amis gendarmes pour ne pas te faire de cadeaux. Se payer un flic de la criminelle, ils doivent s'en pourlécher les babines. En attendant, je dois sévir. Ton comportement constitue un manquement à tes obligations de loyauté et d'exemplarité : je prononce ta suspension provisoire.

Adan ne broncha pas.

– T'as jamais pu me blairer.

– J'exige que tu me remettes ton arme et ta carte de réquisition. Et je t'interdis de refoutre les pieds dans ce commissariat jusqu'à nouvel ordre.

Adan digéra l'information une seconde avant de se lever lentement. Il dominait Boutteville qui sembla se tasser dans son fauteuil.

Après avoir sorti le Sig de son étui, il retira le chargeur et mit le canon en sécurité. Il posa le flingue devant lui et laissa tomber sa carte de policier sur le bureau.

Il sortit sans se retourner.

Derrière la porte, la tension retomba d'un cran. Boutteville sentait son cœur qui pulsait fort.

– Tu as bien agi, assura Brémard. C'est certainement lui sur la photo. Sauf que pour le faire plonger, il va t'en falloir un peu plus.

– Son dossier joue pour lui, il avait de sacrés scores aux stups, renchérit le capitaine.

Boutteville s'agaça de cette remarque.

– De trop bons résultats dans la lutte antidrogue, c'est parfois la preuve d'une corruption, je ne vous l'apprends pas.

– En tout cas, objecta le flic de l'IGPN, c'est une chance que Sivry ne l'ait pas reconnu sur la photo. Il n'a pas fait le lien avec l'audition de son gamin. Dans le cas contraire, il aurait ameuté la presse et l'affaire aurait pris une ampleur nationale. Toute cette agitation te serait retombée dessus ; on t'aurait reproché de ne pas tenir tes hommes.

– Et tu pouvais faire une croix sur ta carrière de commissaire, conclut le capitaine Fareaud.

Boutteville pâlit.

– Que dois-je faire ?

– Maintiens la pression, qu'il gamberge un peu. Nous, on va réunir toutes les preuves possibles. Au bout du compte, il craquera. J'en suis sûr.

Marie entra dans son bureau et vit le papillon adhésif sur son clavier d'ordinateur. Elle reconnut l'écriture de son collègue ; il avait dû le laisser juste après son audition devant l'Inspection. Quelques mots rédigés à la hâte.

Adan, dans quel guêpier t'es-tu fourré ?

6

La mort ne vint pas.

Ce cave n'a pas pensé à enlever le cran de sûreté.

Le clodo appuyait désespérément sur la détente et rien ne se produisait. Depuis la fosse, Soulay distinguait le canon du pistolet électrique qui s'agitait dans sa direction. Parfois, la tronche osseuse dépassait du rebord ; sa peau blafarde reflétait la lumière nocturne.

Passé l'instant de stupeur, le gardien de nuit laissa échapper un petit rire nerveux.

La vision de cette tête, si horriblement laide, lui rappelait ces gnomes qui peuplent les contes de fées. C'était surréaliste.

Dans un accès subit de rage, il tenta de se lever et d'escalader le boyau, au moins jusqu'au premier niveau. Ce devait être le rez-de-chaussée de l'entrepôt. Mais la douleur de sa jambe cassée fut si vive qu'il en eût des nausées.

Il retomba au milieu des sacs d'ordures.

Du haut lui venaient les imprécations du clochard.

Il prit le temps de scruter la fosse et ses parois. Ses yeux s'acclimataient aux ténèbres, il distinguait mieux le contour des choses. Un mélange de saletés, de terre et de fondations de briques. Plus haut, les flancs trahissaient sa chute et l'effondrement du parquet. Des entailles et des griffures émaillaient les murs comme si une bête énorme, jadis emprisonnée, s'était frayé un chemin à travers la maçonnerie avant de s'échapper par le toit.

L'odeur de décomposition s'estompa tant la douleur habitait son esprit. Il retira son blouson, enleva son tee-shirt et le déchira en lanières grossières. Il fabriqua un garrot qu'il serra sur sa jambe pour juguler l'hémorragie. Avec deux autres, il banda ses mains comme l'aurait fait un boxeur.

Des minutes passèrent. Des heures ?

Il n'entendait plus rien au-dessus de lui.

7

Hasna proposa à Adan de rester dîner et ajouta deux boulettes de viande dans la friture. Elle coupait des tomates et du poivron pour la méchouia. Du salon lui provenait le son du téléviseur. Adan était vautré sur le canapé à côté de son mari. La petite s'amusait à passer sous leurs jambes.

Elle mit le couvert et s'arrêta une seconde pour détailler son frère. Il avait une mine à faire peur.

Durant le repas, Chadil parla de son nouveau chantier et de la gamine qui grandissait à vue d'œil. Adan mangeait en silence. Hasna vit son polo qui n'était pas bien net.

– Tu devrais prendre des vacances, osa-t-elle.

Il eut un rire nerveux.

– C'est ce que je vais faire, justement.

– Tu pourrais rester avec baba un moment, la prochaine fois que tu referas ses courses. Je le trouve bizarre, en ce moment.

Il rompit un bout de pain.

– Bizarre ?

– Il traîne dehors. Chaque fois que j'appelle, personne ne répond.

– Il est à la mosquée ou au café.

– Je ne sais pas, c'est pas comme d'habitude.

– Il t'a dit quelque chose ?

– Il ne me raconte rien à moi, tu sais bien.

– D'accord, je passerai le voir.

On sonna.

Chadil se tourna vers sa femme.

– Tu attends quelqu'un ?

Adan se leva le premier et vint ouvrir. C'était Marie.

– On dirait que tu as trouvé mon message.

Elle était anxieuse.

– Tu sais que je ne devrais pas être là. Tu es suspendu et Boutteville nous interdit de communiquer pendant la durée de l'enquête administrative.

Il lui fit signe de parler plus bas.

– C'est la raison pour laquelle je voulais que tu viennes ici. Au bureau, personne ne sait que j'ai une sœur. Tu as mangé ?

La nuit était tombée. Ils parlaient dans la rue, sous un réverbère. De la buée s'échappait de leur bouche.

– Quand tu m'as appelée, confessa Marie, j'étais déjà avec les bœufs. J'aurais aimé te prévenir.

– Peu importe, je sais à quoi m'en tenir désormais.

– Boutteville t'en veut à mort. Il a drôlement chargé la mule.

– J'ai vu ça.

– Adan, tu t'es vraiment introduit dans cette baraque ?

Il regarda une voiture démarrer au loin.

– J'étais persuadé d'y trouver quelque chose qui impliquerait le fils de Sivry.

– Oh non… c'est toi sur l'image.

– Ils n'en feront rien, elle est trop imprécise.

– Qu'est-ce qui t'a pris ? Ils peuvent te radier.

– J'avais calculé les risques.

– Et cette putain de caméra, tu l'avais calculée aussi ?

Il se rembrunit.

– Crois-le ou pas, j'ai vu juste depuis le début. Même si au final, je me suis planté.

– Qu'est-ce que tu veux dire ?

Il tira sur la fermeture à glissière de son blouson.

– Émilie a participé à une fête dans le chalet du lac. La Couronne avait tout organisé. Ils l'ont attachée, frappée, violée peut-être. Ensuite, ils l'ont ramenée dans sa chambre, à la cité universitaire. Là, les choses ont dégénéré. Quelqu'un l'a égorgée puis l'a prise en photo. Maintenant, il ne fait aucun doute que Gaëtan de Sivry a participé à l'affaire. Mais ce n'est pas lui qui a tué Émilie.

Marie était stupéfaite.

– Tu es si péremptoire. Tu as des preuves ?

Il se tourna vers elle.

– Au moment où je te parle, la voiture de Gaëtan se trouve à la fourrière municipale. Tu serais bien inspirée de faire examiner le coffre et la banquette arrière. Il se pourrait qu'on y trouve du sang d'Émilie et quelques fibres. La cordelette que j'ai dénichée au chalet, c'est la même que celle qui a servi à l'attacher au radiateur de sa chambre.

– Comment sais-tu, à propos de la bagnole ?

– Laisse-moi terminer. La police municipale n'est pas au courant des affaires suivies par la criminelle ; elle n'a pas encore fait le lien entre plusieurs évènements survenus hier soir : une automobile qui a percuté un panneau rue Lamartine, un portefeuille ramassé à deux pas et son propriétaire.

– De quel lien parles-tu ?

– La personne qui a perdu ses papiers a été renversée ou enlevée par le véhicule en question. Et je sais de qui il s'agit.

Marie demeura interloquée.

– C'est de cela que je voulais te parler au téléphone. Quelqu'un suit les détails de notre enquête et ne tient pas à ce que Gaëtan de Sivry raconte ce qu'il sait. À l'heure qu'il est, il est sans doute déjà mort.

8

Le petit jour, un troquet de la rue Lamartine. Une brume froide qui s'accroche aux toitures des maisons et la silhouette fantomatique des voitures qui s'extraient de la pénombre.

Pajole aperçut Marie assise sur un tabouret, les coudes sur le comptoir.

– La nuit a été courte, capitaine ? Il fit un signe au barman pour commander un double expresso.

– C'est le moins qu'on puisse dire, Monsieur le juge. Je tape du pied sur la chaussée depuis quatre heures du matin.

Il tira un escabeau sous lui et repoussa les pans de son manteau, un modèle antique.

– J'ai de plus en plus de mal à émerger le matin, ce doit être la vieillesse.

Il prit sa tasse et la serra dans ses mains jointes.

– Vous pouvez me résumer les derniers événements ?

– Il y a un peu moins de vingt-quatre heures, la police municipale a fait enlever une voiture qui stationnait au milieu d'un trottoir, à la sortie d'un parking résidentiel. C'est juste au bout de la rue, en direction de la place Gaillard. Au moment où nous parlons, une équipe de la police scientifique l'examine.

– Elle est au garage Lafayette ?

– Oui, à la fourrière. La municipale a aussi constaté un accident de la circulation à dix mètres d'ici, on va y aller dès que vous aurez fini votre café. Un véhicule a fait une embardée avant de percuter un panneau de signalisation. Il y a des traces de pneumatiques et du sang sur la chaussée. Un choc violent. Je crois qu'une personne a été renversée et qu'elle a perdu son portefeuille au moment de l'impact.

– Et ce dernier appartient à Gaëtan de Sivry ?

– Oui.

– Vous avez contacté ses parents ?

– J'ai pensé que ce n'était pas nécessaire de les réveiller en pleine nuit, tant qu'on n'a pas retrouvé son corps…

Pajole paya et suivit Marie à l'extérieur. Elle toussa dans le matin froid.

Près d'un abribus, des hommes en combinaisons blanches prenaient des clichés.

La capitaine présenta le magistrat au lieutenant Gavoile qui supervisait les prélèvements.

– Tout laisse supposer un scénario de collision véhicule-piéton, fit-il en rangeant un stylo dans son bloc-notes. On a relevé des fragments de plastique caractéristiques des phares. Sur un éclat, grand comme une pièce de monnaie, se trouve le début d'une inscription. L'Institut de recherche criminelle de la gendarmerie nous aidera à déterminer la marque et le modèle de l'automobile.

Il se moucha bruyamment.

– Il y a une trace de pneumatique qui montre que la bagnole a brutalement accéléré avant de braquer sur la droite. Le flic désigna un endroit de la chaussée entouré à la craie. On peut estimer la largeur de la bande de roulement laissée par la roue.

– Il faudra faire le tour des garagistes et des carrossiers, ajouta Marie en soufflant dans ses mains.

Pajole était perplexe.

– Gaëtan de Sivry aimait sortir et faire la fête, comme la plupart des étudiants. Il a pu égarer son portefeuille ou se le faire voler.

Elle secoua tristement la tête et fit un signe à un collègue pour qu'il lui apporte un sachet qui contenait l'étui en cuir.

– Il y avait un billet de cinquante euros à l'intérieur ainsi qu'une carte de crédit. Quelqu'un voulait que Gaëtan rentre chez lui à pied et pas au volant de sa caisse.

– Qu'est-ce qui vous rend si sûre ?

– La fourrière nous a appelés après avoir inspecté la voiture : les deux roues arrière sont crevées.

9

C'était le soir, l'obscurité montait le long des façades et inondait la cuisine. La seule lumière provenait du micro-ondes qui tinta sans qu'elle s'en aperçoive. Elle avait dressé un unique couvert. Marie aimait cette pièce, la plus chaleureuse de la maison. C'est là qu'elle se réfugiait quand elle avait du vague à l'âme.

La table était abritée d'une nappe en carreaux Vichy, rouge et blanche. Dans le prolongement elle voyait le couloir et au bout, leur chambre.

Elle fixait son mari qui remplissait sa valise. Les polos et les chaussettes impeccablement pliés sur le lit. Le billet d'avion pour Malte sagement posé sur l'oreiller. Il s'était absenté de la pièce pour une conversation au téléphone dans le salon. Elle songea à jeter un coup d'œil dans la valise, cherchant une boîte de préservatifs. Mais peu lui importait. Revenu bronzé et ragaillardi de son périple insulaire, il se mettrait rapidement en quête d'un appartement.

Michel avait refermé sa valise et saisi une veste. Il était dans la cuisine, de l'autre côté de la table.

– Tu veux que je te dépose à la gare ? interrogea-t-elle.

– Ce n'est pas nécessaire, Alexandra passe me prendre. On partage le taxi.

Il avait prononcé le prénom à dessein, pour susciter une réaction jalouse de sa part ou pire, la blesser. C'était cette pharmacienne dont l'officine se trouvait Boulevard Dessaix. Veuve et enjôleuse, elle courait après tous les apothicaires mariés de l'agglomération. Lors d'un réveillon, à demi ivre, elle s'était littéralement pendue au cou de Michel. Depuis ce jour, Marie avait décrété qu'elle ne la reverrait plus jamais.

– Eh bien voilà, je pars. Il lui adressa un signe de la tête puis marqua une seconde, comme s'il attendait qu'elle le retienne.

Il sortit et Marie resta assise dans la cuisine.

Il faisait noir.

Elle venait de débarrasser quand son portable sonna. C'était le numéro de Denis qui s'affichait. Une sensation euphorique la traversa.

– Marie ? Tu vas bien ?

– J'ai connu des soirées plus gaies.

– Il faut qu'on se parle rapidement, maintenant si c'est possible ?

– Tu as vu l'heure ?

Une pause.

– Ça me ferait plaisir.

Elle n'hésita pas. Tout, plutôt que la perspective d'une veillée sinistre, seule dans sa cuisine.

– Bien, j'arrive.

– Tu n'auras pas besoin de prendre ta voiture ni de beaucoup marcher ; je suis garé devant chez toi.

Elle se dirigea vers la fenêtre et écarta le voile.

Une élégante berline patientait de l'autre côté de la rue.

– Qu'y a-t-il de si urgent ? demanda-t-elle en prenant place.

Cette question fit naître un léger rictus sur les lèvres de Denis.

– La réponse est à l'arrière.

Elle se retourna et vit Adan, la mine rusée.

– Désolé de te faire des chicaneries Marie, mais depuis ma suspension le téléphone n'est pas sûr. J'ai demandé à Denis de te contacter.

Elle les dévisagea tous les deux.

– Que fait-on alors ? Trois, c'est court pour une belote.

– On va au cabinet comme convenu, lança Denis en mettant le contact. Vous y serez plus tranquilles pour discuter. Y a un traiteur chinois à l'angle de la rue, c'est réglé pour le dîner.

La voiture prit la direction du centre-ville.

10

Au milieu des déchets organiques, il croyait nager dans un océan de chair, de bois et d'écailles. En haut, la loque avait commencé à uriner dans la fosse. Soulay s'était immédiatement collé contre la paroi, en quête d'un abri face à la pluie répugnante. L'idée lui vint alors de creuser un trou latéral pour s'échapper de la crevasse. Il redoublait d'efforts et grattait à mains nues. Tantôt il ôtait des pierres de maçonnerie, tantôt des planches pourries qui lui barraient le passage. Il y mit une énergie folle et bientôt une cavité se fit jour. Les débris le griffaient de toute part et ses vêtements s'imbibaient progressivement de son sang.

En poussant une planche, il la sentit basculer vers l'avant. Il découvrit un nouveau puits, semblable à celui qu'il avait quitté. Soulay avança encore. En contrebas se trouvait un sac à dos. Une des bretelles dépassait d'un tas d'immondices. Les yeux écarquillés il aperçut une bouteille d'eau minérale dont le bouchon sortait d'une des poches. Il se laissa tomber à côté et attrapa le récipient. Étancher sa soif était la seule chose qui comptait ; il ne prêtait plus attention au cinglé qui déraillait dans le grenier ni à la douleur qui lui consumait la jambe. Il but si vite qu'il se mit à tousser violemment.

Il jeta la bouteille et prit le temps d'observer le sac. Le haut était ouvert, des dizaines de pochettes de comprimés blanchâtres étaient éparpillées autour. En fouillant dans la sacoche, il atteignit la paroi intérieure et devina un paquet qui devait contenir des biscuits. Il s'empressa de saisir la bretelle à sa portée et tira comme il put. Le sac était encollé dans la crasse, il insista encore. Il repoussa des sachets étripés et sentit ce qui bloquait. C'était oblong et ferme. Il tâta du bout des doigts et ceux-ci se refermèrent sur *quelque chose*.

Une main.

Frappé par la foudre, Soulay s'arracha au cadavre et hurla.

Morémon sautillait autour de la fosse comme un dément.

11

Denis étant sorti chercher du ravitaillement, Adan et Marie se retrouvèrent seuls dans les bureaux de Gagné & Chédru Associés.

– Qu'est-ce qui t'est passé par la tête ? lança-t-elle. Pourquoi mettre Denis au milieu de notre enquête ?

– Il en connaît un rayon sur la Couronne, on a besoin de lui. Et comme tu le sais mieux que moi, il est plein de bonnes dispositions à ton égard.

– Adan, je ne vais pas fusiller ma carrière pour soutenir ta croisade. De ton côté, si tu nargues trop les bœufs ils te casseront les reins.

Il croisa les bras et lâcha à mi-voix :

– Cette fois-ci, je ne courberai pas l'échine. J'étais focalisé sur le fils de Sivry, mais cette affaire de fraternité étudiante va nous conduire beaucoup plus haut. Alors, laisse-moi avancer avec toi.

Adan et Marie avaient disposé sur la table des feuillets couverts de notes. Des flèches et des plans esquissés au crayon, des silhouettes et des points d'interrogation. Elle résuma la conversation téléphonique qu'elle avait eue avec le juge durant l'après-midi. Adan avait vu juste au sujet de Gaëtan et de sa voiture : on avait retrouvé des traces de ficelle dans le coffre.

Quant à Antoine de Sivry, il venait de déposer plainte pour l'enlèvement de son fils.

Ils firent le recensement des zones d'ombre : la cérémonie de la Couronne au chalet, le chariot et la camionnette, introuvables tous les deux. Restait la partie la plus mystérieuse du dossier : la silhouette du photographe à la moustache. Un vrai fantôme.

– Le seul suspect qui corresponde à ce profil, c'est Sébastien Morémon, lança Adan en se grattant la tête.

Marie repoussa sa chaise en arrière et fit quelques pas.

– Il nous manque quand même l'essentiel : le corps d'Émilie. Où peut-on dissimuler un cadavre sans attirer l'attention ?

Adan ouvrit son téléphone et montra l'image qu'il avait trouvée au chalet, dans la chambre de Gaëtan. C'était la photo ôtée du mur, celle qui les intriguait depuis le début.

Il fit un zoom sur l'écran.

– Tu vois, à l'arrière-plan ? Ces parois et le pilier de soutènement. Une cave…

Marie répliqua du tac au tac :

– Quelqu'un a pris soin de récupérer cette photo. Était-elle compromettante ? Et si oui, pourquoi ? Concernant les caves, j'ai repensé à une discussion avec la vieille aux chats, Madame Menut. Tu te souviens d'elle ? C'est devenu ton enquête après tout. Elle sourit. Henriette m'a raconté qu'un réseau de galeries court sous Clermont-Ferrand.

Marie passa dans le bureau d'à côté où Denis classait des papiers.

– Tu aurais un vidéoprojecteur ?

– Vous ne voulez pas manger, avant ?

Canettes de Tsintao vides, papiers gras et vestiges de pâtés fourrés à la viande. Adan avait connecté son smartphone. Sur un mur blanc, l'image de la cave s'étalait en grand.

Derrière Émilie et Gaëtan enlacés, le pilier se découpait sous l'effet du flash. Au sommet, un chapiteau avec au milieu un oiseau taillé dans la pierre. Ils firent l'inventaire de tout ce qui apparaissait entre deux coulées d'ombre : des armatures de tonneaux pourris, les aiguilles blanchâtres du salpêtre et l'esquisse d'une porte en fer.

– Les étudiants de la Couronne aiment se réunir dans des lieux isolés et sinistres, constata Marie. On dirait un cellier abandonné. Où peut-il se trouver ?

L'avocat soupira.

– Impossible à dire. Les caves ne font l'objet d'aucune cartographie à jour. En fait, toute la cité a été construite en bordure d'un cratère d'explosion volcanique. Lors de l'irruption, les scories se sont entassées jusqu'à modeler une butte. La vieille ville s'est édifiée dessus. Elle est composée d'un tuf tendre et compact qui a permis d'édifier des bâtiments à la surface et de creuser sur plusieurs niveaux des caves, des cryptes et même des égouts.

– Alors, cette image peut avoir été prise n'importe où ? demanda Marie, une pointe de découragement dans la voix.

– Vous savez, ajouta Denis, qu'il existe plusieurs sites dédiés à des divinités antiques dans la région. Le plus connu est le temple de Mercure, construit au sommet du puy de Dôme. Une légende prétend qu'un autre se trouverait dans les sous-sols de la vieille ville : un sanctuaire voué à un dieu solaire iranien, Mithra. Ses adeptes étaient des légionnaires romains. Leur culte utilisait des symboles, tel l'astre du jour, le taureau… mais aussi le corbeau dont Mercure était le protecteur.

Adan pointa la partie supérieure de la colonne projetée sur le mur.

– Donc, cet oiseau serait un corbeau ?

Denis acquiesça avant de préciser :

– J'ai vu des sculptures similaires, dans d'autres caves. On trouve ces images facilement sur internet. Il y a parfois des voûtes en ogive comme celles qui ornent les chapelles. Mais personne ne peut certifier qu'il s'agit de lieux de culte.

– Il doit bien y avoir des gens au courant de ces galeries, fit Adan. À la bibliothèque ou aux archives municipales ?

– Il faut surtout qu'on choppe la personne qui a pris la photo du couple, ajouta Maris.

– Je vois la scène, poursuivit Adan. Il photographie la malheureuse égorgée, mais se rend compte après coup qu'il y a sur le mur l'image du couple dans la cave. Il prend peur, revient sur ses pas et s'en empare. C'est lui aussi qui fait disparaître Gaëtan. Ils étaient bien deux à quitter le chalet en compagnie d'Émilie.

– Toujours notre moustachu… Mais pourquoi balancer la photo sur une clef USB ? C'est incompréhensible.

– Raison de plus pour retrouver le ravisseur de Gaëtan le plus vite possible, lança Adan.

Il regarda sa montre, il était tard.

En enfilant son blouson, il offrit à Marie de la raccompagner.

Elle mit un moment avant de répondre.

– C'est gentil, mais Denis s'est déjà proposé…

Il leur jeta un coup d'œil à tous les deux et hocha la tête.

Sitôt la porte close, Marie sentit Denis effleurer du bout

des doigts ses hanches et le haut de sa taille. Elle ferma les yeux.

Les bruits de pas s'éloignaient dans la cage d'escalier. Un portail qu'on ferme.

Le silence.

Denis caressait sa nuque, de petits baisers lui donnaient la chair de poule.

Ne penser à rien.

Des mains se glissèrent sous le chandail pour titiller les tétons devenus durs. Une paume cajola son derrière et attira son pantalon vers le bas. Denis lui enleva sa culotte avant de la déshabiller complètement. En moins de deux minutes, elle était entièrement nue. Son souffle s'était accéléré.

Il la fit mettre à quatre pattes, coudes contre le sol, et appuya sur son dos pour accentuer sa cambrure. Elle lui offrait sa croupe blanche et la vision de son sexe, récemment épilé. Une bouffée de chaleur enveloppait Marie, elle se sentait soumise, honteuse et perdue à la fois.

Denis marqua un temps d'arrêt puis retira maladroitement ses chaussures et son pantalon ; le boxer suivit le mouvement. Elle devinait le bout de sa cravate qui lui chatouillait les reins.

Il embrassa ses fesses puis commença à jouer avec son clitoris qu'il excitait avec sa bouche. Il la sentait frémir sous ses caresses. Elle s'attendait à ce qu'il la pénètre vite, mais il préféra faire courir sa langue sur son derrière et le collier de son anus. Elle poussa un cri de surprise et fit mine de s'écarter.

– S'il te plaît, laisse-moi faire. Je ne te ferais pas mal. Il lui avait murmuré cette supplique à l'oreille. Elle l'aurait pris pour un garçonnet s'il n'y avait pas ce sexe dur qui pesait contre elle.

Marie avait peine à articuler. Ce genre de pratique n'était pas du goût de Michel, il avait toujours trouvé ça un peu dégoûtant et elle avait renoncé à le convaincre.

Le fait est qu'elle se tenait devant lui en levrette, totalement nue, et que dans un instant il allait la sodomiser. En faisait-il autant avec sa femme ? Denis ne semblait pas très à l'aise, elle en conclut que pour lui aussi, ce devait être une première. Elle songea à toutes ces nuits solitaires où elle s'était caressée en écoutant sa voix sur les bandes audio. Tout ce temps perdu. Elle resta immobile.

Il poussait et Marie avait mal, mais elle ne voulait pas crier ; son index était lové dans sa bouche et elle le mordait fort.

Denis donna un coup de reins plus violent que les autres et son pénis entra complètement. Le poids de son amant lui écrasait les fesses. Il était trop excité pour s'arrêter.

Une chaleur envahit Marie qui se mit à haleter de plaisir. Bientôt elle le sentit jouir en elle, dans un cri.

Ils restèrent allongés l'un sur l'autre, juste derrière la porte de Gagné & Chédru Associés.

12

La maison était silencieuse, Adan rangeait les dernières courses. À la pendule, il était presque onze heures. Son père n'était pas là, il l'avait cherché dans toutes les pièces. La vie du vieil homme était pourtant réglée comme du papier à musique. Il ne sortait que dans son jardin le matin, et deux fois par semaine, en début d'après-midi, pour se rendre à la prière de la grande mosquée. Le samedi et le dimanche, il passait un moment au café du marché Saint-Pierre avec des connaissances.

Finalement, Youcef se pointa avant l'heure du déjeuner. Il vit Adan qui lisait un journal dans le fauteuil du salon.

– T'étais où ?

La question était banale, mais le vieil homme fut pris de court.

– Je me suis promené.

– Ce n'est pas dans tes habitudes.

– Ce n'est pas interdit.

– Tu causes comme tous ces types que j'interroge et qui ont quelque chose à cacher. Tout va bien, baba ?

– Pourquoi demandes-tu ça ?

– Hasna se fait du souci, elle te trouve bizarre.

Il se défit de sa casquette et de son manteau.

– J'avais des choses à voir, rien de particulier.

Il mentait. Adan le sentit tout de suite.

Son père s'assit à la table de la cuisine. Il se frottait les paumes des mains.

Le policier prit une chaise et lui fit face.

L'autre se décida à croiser son regard.

– Tu ne travailles pas, aujourd'hui ?

– Non. J'ai posé des jours.

Une pause.

Il chercha quelque chose dans la poche de sa veste, râpée aux coudes et posa sur la nappe une chaîne qui supportait une plaque fraîchement nettoyée.

– Qu'est-ce que c'est ? demanda Adan en examinant la pièce de métal.

Sans attendre la réponse, il lut : « Capitaine Vincent Joubert, 52e DRA. L'officier dont nous avons parlé à Bourg-Lastic ? »

Les yeux de Youcef brillaient.

– Le 52e Dragon : c'était son régiment de cavalerie.

Le vieux expliqua à son fils comment il se l'était procurée.

– C'est une drôle de coïncidence, admit Adan.

– Je crois aux signes, si cette plaque est tombée sous mes yeux, il y a une signification à cela.

– Le hasard…

– Non, pas du tout. Il fallait que je retrouve la personne qui l'a laissée à l'échoppe.

– C'est la raison de tes mystérieuses virées ?

Son père ne répondit pas.

– J'ai récupéré l'adresse de celui qui a mis la médaille en gage : c'est un gars d'Oran. Il se nomme Fouad Boudiaf.

Adan était circonspect.

– Tu ne me feras pas croire que ce bandit de Helal t'a donné le domicile d'un de ses clients.

– Il pouvait bien, le type est décédé depuis trois ans.

Adan haussa les épaules et tendit la main vers Simba qui venait chercher sa caresse.

– Et que comptes-tu faire, alors ? Visiter le domicile d'un mort ?

Youcef ne sut quoi répondre.

– Souviens-toi de notre voyage à Alger, de ce qui s'est passé à l'aéroport. Qui te dit que l'entourage de ce Boudiaf a envie de te parler ? Garde cette médaille puisque tu l'as achetée, mais ne va pas déterrer un cadavre. Il y en a déjà tant qui peuplent tes nuits.

Youcef se leva sans rien dire, partit dans sa chambre et revient avec une photo qu'il avait sortie d'une chemise en papier.

On reconnaissait Joubert entouré de ses goums, les supplétifs indigènes : casquette Bigeard pour tous, tenue camouflée, djellaba et fusils Mas 36, crosses au sol. Son père était le dernier sur la gauche.

– Après nous avoir récupérés, le capitaine avait accroché un drap blanc sur le capot du camion. Il avait peint un croissant rouge dessus. On était tous à l'arrière. Ta mère, ta sœur et d'autres harkis avec leur famille du village voisin.

Adan se leva pour faire du café.

– On ne craignait qu'une chose, c'était de tomber sur un barrage du FLN. Que le bahut s'arrête et qu'à l'occasion d'un contrôle, ils fassent descendre tout le monde.

Dans les villes, les marsiens avaient trouvé un nouveau jeu : traquer les pouces rouges. Un moyen de reconnaître les harkis qui avaient touché leur indemnité de départ. La peinture, c'était pour éviter les fraudes. Dès lors, à tout coin de rue, un suspect devait montrer ses paluches à des hommes en armes et malheur à celui qui avait de l'encre couleur tomate. Les haches n'étaient pas loin, le danger partout.

Il prit une boîte de sucres en morceaux et des tasses pour eux deux.

– Je me souviens que Joubert roulait à tombeau ouvert. À l'arrière, on était malades comme des chiens. Lui, il savait ce qu'il risquait : la prison. On n'avait rien à espérer de l'armée française, elle restait dans ses cantonnements.

Youcef se tut un instant. Adan servait le café.

– Il fallait atteindre la caserne de Zeralda, la dernière étape avant le port d'embarquement. Un endroit sûr, une forteresse.

C'est au petit jour qu'on est entré dans la wilaya d'Alger. Joubert avait conduit toute la nuit. Son visage était creusé par la fatigue.

– Je me souviens d'un couple qui s'embrassait et d'un petit garçon qui riait en criant : « On est sauvé, la mer ! La mer ! » Tu parles, sa joie a été de courte durée. Le camion avait pilé d'un coup. Il y avait des frises et des barbelés au travers de la route. À l'arrière, un silence de mort. On entendait les fellaghas qui interpellaient notre chauffeur. Sa voix restait calme malgré la tension qui régnait dehors. Des types armés de mitraillettes, certains très jeunes, se sont approchés pour soulever la bâche. Leurs visages étaient à contre-jour, il y en avait un qui fixait ta mère tout particulièrement. Au bout d'un moment, qui m'a semblé une éternité, il a dit : « les femmes descendent les premières ».

Pendant ce temps, le capitaine haussait le ton. J'ai entendu la portière du camion qui claquait. Joubert était devant le barrage, il engueulait leur chef. Ce qui s'est passé ensuite, jamais je ne l'oublierai.

Le vieux se leva pour poser les tasses dans l'évier. Il se mit à marcher dans la cuisine, trop excité pour se rasseoir.

– Tout est allé très vite : un coup de feu et ce bruit, celui d'un corps qui tombe. Que les gamins nous fassent sortir du camion et c'en serait fini de nous. J'avais gardé un couteau dans ma poche, j'ai fendu la toile de jute qui séparait l'arrière de la cabine. Il y avait encore la clef sur le contact. La rue était pleine d'ombres et de silhouettes qui allaient en tous sens.

Adan ne disait rien. Son père poursuivit comme s'il se racontait l'histoire à lui seul.

– J'ai sauté sur le siège conducteur et j'ai mis la première avant d'écraser la pédale d'accélérateur. Le bahut s'est jeté en avant comme si on lui avait piqué les fesses, il a défoncé la barrière en arrachant les barbelés. Les fellaghas ont riposté en tirant, les balles sifflaient autour de nous. Je ne sais pas combien de temps j'ai pu conduire ; je ne connaissais pas la ville. Je me suis orienté plein nord, direction la mer. Ce fut un coup de chance, on est tombé sur le grand boulevard avec la caserne tout au bout. La bannière tricolore était accrochée au fronton ; elle claquait dans la brise de mer.

Youcef marqua une pause.

– Ensuite, que s'est-il passé ?

– Je me suis garé comme j'ai pu et j'ai fait descendre tout le monde, sauf le petit et son père : ils étaient morts, touchés chacun par une balle. Une femme s'est mise à hurler, c'était la mère du gamin. Que pouvait-on faire ? Elle allait rameuter tous les fells du coin. J'ai attrapé ta sœur et avec votre mère, on a couru vers l'enceinte. Il y avait près de quatre cents mètres à parcourir. Lorsqu'on est arrivé au pied des grilles, on a vu le chaos à l'intérieur : ça grouillait de réfugiés. Dans les rues alentour, des centaines de harkis rôdaient avec leur famille, certains n'avaient qu'une couverture pour passer la nuit. C'était le délire. Tout le monde cherchait à se raccrocher à un officier, un chef de harka ou un responsable de SAS dans lequel untel aurait servi. Mon capitaine à moi venait de disparaître devant un barrage. On disait qu'il y avait des bâtiments amphibies susceptibles d'appareiller pour la France. Des noms circulaient : l'Argens, le Trieux, le Cheliff… des rumeurs impossibles à vérifier.

Notre salut, ce fut de tomber sur un officier subalterne que Joubert avait commandé au début de la guerre ; je connaissais le harki qui lui servait d'interprète. Il a accepté de nous conduire au port, en catimini.

Adan fit glisser quelques miettes sur la nappe.

– Tu ne l'as jamais revu, ce Joubert ?

Le vieux fit non de la tête.

– Je n'ai jamais cru à sa mort ; à l'époque c'était compliqué d'avoir accès au téléphone depuis Rivesaltes ou Sainte-Léonie. Par la suite, j'ai appris que le ministère de la Défense avait constitué un fichier dénombrant tous les soldats « Morts pour la France » en Afrique du Nord, durant la Guerre d'Algérie. J'ai envoyé un courrier au Service historique pour savoir s'il y avait un Vincent Joubert dans leur base. Ça me paraissait évident, mais étrangement on m'a répondu que non. Et s'il était encore en vie ? C'est ce que je me suis demandé aussitôt.

– Et que comptes-tu faire, après tout ce temps ? fit Adan en haussant les épaules.

– Il vit peut-être à Clermont ? J'aimerais le revoir, le remercier pour ce qu'il a fait.

– Avoir cette médaille ne suffira pas pour le retrouver, tu en as conscience ?

– Bien sûr. Mais toi tu es policier, tu vas m'aider ?

Il reçut l'appel alors qu'il rentrait chez lui. Les tours de la Croix-de-Neyrat lui barraient l'horizon.

C'était Fred, de la brigade des stupéfiants.

– J'ai appris que les bœufs en avaient après toi, c'est dégueulasse. Tu tiens le coup ?

– T'inquiète, ils brassent de l'air.

L'autre savait qu'on ne faisait pas d'omelette sans casser des œufs. Lui aussi avait eu droit au tourniquet, à une époque. C'était loin, mais il n'avait rien oublié.

– Si je peux t'aider en rédigeant une lettre de recommandation, surtout n'hésite pas. Tu es un bon flic, Adan…

– Boutteville veut se débarrasser de moi, ce n'est pas la peine que tu te le mettes à dos. Et puis, je ne suis que suspendu. De votre côté, du neuf avec Giovani, ou plutôt Badisse machin truc ?

– Et comment, mon pote. Grâce à ton prénom, on a pu recroiser des bribes de phrase récupérées sur les écoutes. Je crois qu'on tient son nouveau point de chute et cette fois, on a repéré toutes les issues possibles. Fini les dérobades ! J'ai voulu t'appeler plus tôt, mais on est en pleine bourre depuis hier soir. Tu te souviens du grand kebab, quartier Saint-Jacques ?

– Là où un gamin s'était tué en quad ?

– Exact. L'appartement se trouve au-dessus. On tape une descente demain à la première heure.

– J'imagine que vous allez planquer toute la nuit ?

– C'est clair. Pas question que notre Casanova se tire avant qu'on le réveille. Ce sera l'occasion de tester la nouvelle camionnette.

Adan sentit un picotement dans son ventre.

Oh non…

– Espérons qu'elle ne puera pas le neuf comme la précédente, c'était à vous filer la gerbe.

– Je… je vous dis merde, alors.

– Bonne chance à toi, mon vieux. Toute l'équipe te soutient. Tu passes nous voir quand tu veux.

Le froid le fit frissonner, il releva sa capuche et cala ses mains dans la poche de son sweat. Arrivé dans son appartement, il ne pensa pas à allumer la lampe du salon.

Seul dans le noir, il dominait les toits des quartiers nord.

Pas d'hélicoptère dans le ciel.

Une nuit calme.

Tout le contraire de lui. Il était vraiment furieux. Furieux contre Giovani et plus encore furieux contre lui-même et ce qu'il allait devoir faire.

13

L'entrée de la rue était bordée de maisons désuètes. Un quartier dortoir excentré.

À deux cents mètres à peine, le décor se dégradait. Un grand talus encombré de détritus précédait une impasse. Au bout, une cour occupée de box à voitures. La plupart étaient à louer, les autres appartenaient au Sarkinn. Passé le crépuscule, il y régnait une nuit perpétuelle ; les lampadaires n'éclairaient plus rien. Des gamins équipés de lance-pierres avaient touché un billet pour dégommer les ampoules. L'obscurité maintenait les riverains à distance.

La silhouette longeait le terrain en pente. Arrivée au bout, elle prit le temps de s'accroupir et d'observer les environs. Un bruit de scooter dans le lointain. Elle se dirigea vers l'entrée de la cour qui n'avait plus de portail depuis longtemps. Le garage qui l'intéressait était le dernier de la rangée du fond, à côté du muret. La porte coulissante n'était pas fermée. La plupart des choses qui se trouvaient derrière n'y restaient guère plus d'une semaine. C'était souvent des scooters volés en attente de transit vers le sud, plus rarement une sportive qu'on apprêtait avec de fausses plaques pour un commanditaire qui payait rubis sur ongle.

L'Audi RS4 était là. L'homme mit le contact et la berline s'élança dans la nuit ; elle prit la direction du centre-ville, puis du quartier Saint-Jacques qui vivait à l'ombre de la muraille de Chine. Une barre HLM monumentale qui contenait plus de neuf mille âmes. Il connaissait les lieux par cœur : chaque rond-point, chaque rue avec ses dégagements et ses dos-d'âne qui rendaient les accélérations téméraires. Un feu rouge à l'entrée des Liondards l'obligea à s'arrêter. Il en profita pour enfiler une cagoule. Il augmenta sa vitesse et s'engagea dans la rue Léon Blumm. Aucune place pour l'hésitation. Il vit sur la gauche l'enseigne de la pharmacie et plus loin la brasserie « le Cantalou ». Le kebab était à une vingtaine de mètres. Son compteur indiquait cinquante kilomètres heure quand il percuta le Renault Trafic comme un bélier. Il enfonça le côté droit, explosa le phare, le carénage et la portière avant de disloquer la roue arrière. Elle fut propulsée à plus d'une trentaine de mètres.

Durant le choc, ses muscles étaient restés tétanisés par la concentration ; il n'avait pas lâché le volant. L'Audi avait poursuivi sa course au milieu de l'asphalte puis son pneu avant gauche avait éclaté. Mais elle avançait encore. Il la fit rouler sur deux cents mètres avant de l'abandonner au pied d'une tour. Il s'engouffra dans la première cage d'escalier en courant aussi vite qu'il put et ressortit à l'arrière, empruntant un chemin qu'il avait balisé à l'avance.

Alors seulement, il retira sa cagoule et marcha en direction du tramway. Un véhicule de secours remontait la rue dans le sens opposé.

Il ressentait une douleur légère dans le ventre. Rien de grave.

Dans la rame qui le menait chez lui, il observait les lumières de la ville.

Sous un lampadaire, à l'arrêt Gaillard, Adan marqua un temps de recul en voyant son visage qui se reflétait dans la glace.

14

L'audition des étudiants qui avaient vu Gaëtan de Sivry pour la dernière fois n'apporta rien d'utile à l'enquête. Personne n'avait trouvé son attitude étrange et il était parti seul. Son téléphone mobile fut retrouvé dans la boîte à gants.

Sa photo avait été diffusée dans le fichier des personnes recherchées. Son père remuait ciel et terre, preuve évidente que le jeune n'était pas un habitué des fugues.

Le juge s'était entretenu une bonne heure avec Marie. Toutes les pistes résiduelles furent passées au peigne fin. Au final, il ne leur restait que le moustachu à rapprocher de Sébastien Morémon, le drogué qui écumait les galeries de l'Université. Le veilleur ne s'était pas manifesté depuis leur précédent entretien, elle décida de retourner le voir.

Le bureau de Jonathan Soulay était fermé, la lumière éteinte. Elle tourna un moment dans les couloirs avant de solliciter le secrétariat. On la dirigea vers l'appariteur qui masquait mal son exaspération.

– Monsieur Soulay n'a pas donné signe de vie depuis deux jours, c'est de l'abandon de poste pur et simple. Si vous saviez comme il est difficile de trouver une société de sécurité sérieuse de nos jours...

– Et s'il est malade ? Aucun coup de fil ?

– Rien, je vous dis. Et ce n'est pas tout, il a « emprunté » une voiture de l'Université.

– Volée ?

– Il en a l'usage durant ses heures de service pour patrouiller autour des bâtiments. Il doit la laisser quand il termine son travail, en début de matinée. Mais il ne l'a pas fait.

– Il est coutumier du fait ? s'enquit Marie.

– Non, pas que je sache. De toute façon je fais rédiger son préavis de licenciement dès aujourd'hui, la coupe est pleine.

– Il a pu avoir un impondérable.

– J'ai appelé chez lui, mais le téléphone sonne dans le vide. Par acquit de conscience, j'ai même joint les hôpitaux de l'agglomération : aucun accident de voiture impliquant un véhicule de l'Université.

Marie se tourna vers la secrétaire.

– Il me faut son adresse, tout de suite.

Un pavillon de plain-pied avec son jardin bien entretenu. La façade, tournée vers la rue, était plâtrée d'un crépi qui en dissimulait les craquelures.

Marie n'aperçut aucune automobile siglée du logo du campus. Les volets étaient clos ; elle s'avança dans l'allée et appuya sur la sonnerie.

Presque aussitôt, un chien aboya. Elle l'entendait qui grattait frénétiquement contre la porte.

Elle contourna la maison et vit que les issues étaient verrouillées. Cloîtré dans le noir, le chien poussait des jappements lugubres. Quand un clébard hurle à la mort et que son maître est introuvable, le pire est souvent à craindre. Elle prit son téléphone.

Les sapeurs-pompiers firent une ouverture de porte. Aucune trace de Moulay. Des assiettes sales dans l'évier, des penderies pleines de vêtements, deux valises vides sous une commode. Une bénévole de la SPA vint récupérer l'animal ; il ne semblait pas maltraité. Emmitouflée dans son manteau, Marie regardait les sauveteurs remiser leur matériel. Elle composa le numéro de la salle de trafic et de commandement. L'instant d'après, le signalement de la voiture empruntée par Jonathan Soulay était diffusé à toutes les patrouilles : une berline blanche avec le logo de l'Université d'Auvergne sur les portières. Immanquable.

15

Youcef ne parvenait pas à trouver le sommeil.

Il ne cessait de penser à cet homme, Fouad Boudiaf, qui avait laissé la médaille de son capitaine au prêteur sur gages. Qui était-il ? Son fils n'était pas disposé à l'aider ; il allait devoir se débrouiller seul.

Simba dormait en boule au pied du radiateur à colonnes. Une nuit grise, la pluie qui lèche les vitres. La télévision diffusait une émission vulgaire. Youcef n'y prêtait guère attention.

C'est la veille, en milieu de la matinée, qu'il s'était rendu à l'adresse de Boudiaf, dans une ruelle du quartier de la gare. L'immeuble, ancien foyer d'ouvriers migrants, avait changé de statut à plusieurs reprises. La façade était laide, les abords tristes. Un voisin lui confirma que l'homme était mort depuis des années ; c'était un vieux chibani qui avait travaillé comme gratte-papier dans un cabinet d'études foncières. Personne ne connaissait sa famille. Son appartement avait trouvé un nouvel acquéreur.

Une sexagénaire qui logeait sur le palier lui offrit une tasse de thé. Elle était originaire d'Algérie.

– J'aimerais vous montrer quelque chose, lui dit-elle en posant sur la nappe une assiette de pâtisseries aux amandes à peine sorties du four.

Elle partit chercher un gros album, s'assit et prit son temps pour retrouver le cliché qu'elle cherchait, noyé parmi des dizaines d'autres.

– Je ne sais pas pourquoi je l'ai gardé, j'ai du mal à me séparer des choses. C'était un repas entre voisins, à l'occasion de l'Aïd. Il y a longtemps déjà.

Youcef examina les personnages réunis autour de la table. Elle lui désigna Boudiaf : lunettes carrées, barbe grisâtre et regard blagueur. Il demanda s'il pouvait conserver la photo. Elle fut étonnée de cette requête, mais accepta.

Youcef examina encore une fois l'image avant de la ranger dans la poche de sa veste : un parfait inconnu. Il remercia la voisine et prit congé.

Il était tard. Youcef se traîna vers le téléviseur pour l'éteindre. Le silence retomba. C'est alors qu'il perçut un son singulier. Il venait de l'étage.

Des bruits de pas.

Il tendit l'oreille. Le parquet qui grince, dans le couloir menant aux toilettes. L'ancienne chambre de son fils se trouvait au bout.

L'espace d'une seconde, il se demanda si Adan n'avait pas passé la soirée à ses côtés, si ce n'était pas lui qui se déplaçait là-haut. Mais non, il avait dîné seul. La dernière fois qu'il l'avait vu, c'était ce matin. Il lui avait apporté des courses.

Le vieux se tenait immobile, aux aguets.

Quelqu'un était bien en train de marcher.

Puis ce fut une sensation différente. Un vent coulis… Une fenêtre laissée ouverte ? Ce n'était pas dans ses habitudes, le gaz coûtait cher.

Il se dirigea lentement vers le téléphone posé sur le guéridon ; sa fille le lui avait offert pour Noël. Il ne comprenait pas grand-chose aux nouvelles technologies, mais c'était un modèle simple à grosses touches ; elle avait mémorisé quelques numéros. En tête de liste : le sien, puis celui d'Adan. Il pianota dessus.

Un répondeur.

– Adan c'est moi, dit-il à voix basse. Quelqu'un s'est introduit dans la maison. On marche à l'étage. Je ne sais pas quoi faire, il faut que tu viennes tout de suite. Dépêche-toi, je suis inquiet.

En raccrochant, Youcef sentait son ventre se crisper.

Il crut que les bruits avaient cessé.

Mais non, les frottements recommençaient déjà.

Youcef n'hésita pas longtemps.

Il serra un peu plus fort la poignée de sa canne et se dirigea vers l'escalier.

16

La sonnerie le tira du lit un peu avant huit heures.

Adan prit son temps pour enfiler jean et tee-shirt avant d'aller ouvrir. De l'autre côté de la porte, l'impatience se faisait sentir.

Il jeta un coup d'œil à travers le judas et pesta en ouvrant.

Les officiers Brémard et Fareaud de l'IGPN le toisèrent, goguenards.

– On te réveille, Settara ? Excuse-nous.

– Qu'est-ce que vous voulez ? Enfoirés.

Le commandant fit un pas en avant.

– Surveille tes paroles, petit mec. Tu sais combien tu risques ?

Sous l'effet de la colère, son visage rubicond avait viré au rouge vif.

Fareaud mit son bras pour faire barrage. Il s'adressa au brigadier d'une voix posée.

– Tu permets qu'on entre deux minutes ?

Adan vit la pointe d'un pied se caler entre la porte et le chambranle.

Il refusa de s'écarter.

Fareaud grogna.

– T'es pas seul chéri ? Y a un minet qui t'attend bien au chaud sous la couette ?

Adan le fixa, impassible.

– Un pas de plus et je porte plainte pour violation de domicile.

– Tu veux la jouer comme ça ? Alors qu'on pourrait discuter

sagement, entre collègues. Très bien, alors voici pour toi. Brémard sortit une enveloppe de la poche intérieure de son manteau et la plaqua contre le torse d'Adan.

– Qu'est-ce que c'est ? Il prit le document sans quitter les bœufs des yeux.

– Une convocation devant l'IGPN pour demain dix heures.

– Du judiciaire ?

– Eh ouais p'tit rigolo. Bientôt tu chieras dans ton froc.

Adan marqua une pause.

– Vous êtes venus avec votre jolie voiture ? Ne traînez pas trop, alors. Vous pourriez bien retrouver la belle toute désossée.

Le commandant Brémard opina du chef.

– On ne m'avait pas menti sur ton compte, Settara. Le problème, c'est que t'es hors jeu : tu t'es trompé d'un siècle. C'est fini le bon vieux temps où on s'accommodait du règlement à la louche. Maintenant, tout le monde se tient à carreau. Et ne viens pas nous parler de résultats, tu n'as pas compris qu'on te demande juste de faire un peu semblant ?

– Ouais génial, vraiment.

– Tu sais, il y a un paquet de rumeurs qui circulent sur ton compte. Ta proximité avec les dealers des quartiers nord, par exemple. Il y en a une autre qui me plaît bien : tes anciens collègues des stups n'ont plus fait la moindre affaire dans la zone depuis que tu as quitté leur équipe. Étrange, non ?

– Barrez-vous.

Il leur claqua la porte au nez.

Derrière, Brémard éructait : « À demain dix heures. Sois ponctuel, si tu ne veux pas qu'on revienne avec les pinces et qu'on te traîne au commissariat à coup de pompes dans le cul ».

Adan resta une minute derrière la porte ; la colère bouillonnait en lui.

Il ne cessait de penser à la photo. Il avait en tête des affaires de fauche dans des supermarchés où les voleurs s'en étaient tirés pour des clichés bien moins flous. Ceux qui étaient confondus l'étaient souvent à cause de leurs vêtements. Comme il avait pris soin de se débarrasser des fringues, les bœufs allaient le travailler au coffre et Boutteville ferait son possible pour lui maintenir la tête sous l'eau. Mais rien n'était perdu.

Il alluma son mobile et partit faire du café.

En sortant de la douche, il vit qu'il avait un message.

La voix inquiète de son père.

Adan rappela aussitôt. Le téléphone sonnait dans le vide.

Il attrapa un blouson et se rua dans l'escalier.

En déboulant au pied de la tour, il fonça vers sa voiture. Une camionnette noire était garée non loin, portes arrières ouvertes.

À côté, un black épiait. C'était un des sbires du Sarkinn. Il le reconnut tout de suite. Après s'être fait virer de la plupart des clubs de free-fight du département, il avait tenté sa chance au club de Krav-maga. Sans plus de succès : sur un tatami, c'était une brute qui n'acceptait pas d'autres règles que la sienne.

Il vit le flic qui approchait et l'apostropha avec son accent particulier.

– Settara doit venir avec moi, le Sarkinn veut lui parler.

Adan s'arrêta, méfiant. Il jeta un coup d'œil alentour.

– J'suis pas à son service.

Alberto opina du menton en souriant.

– Il a dit que tu dirais ça.

– Alors dégage, si tu connais la réponse.

– Settara a une dette.

– On est quitte avec ton boss, lâche-moi. Dernier avertissement.

– Ça aussi, il a dit que tu le dirais.

Et sur ces mots, le black fit jaillir de sous son manteau un pistogel qu'il vaporisa droit sur le visage du flic.

La substance translucide lui brûla la peau et les yeux. Il recula en titubant et ne vit pas le chauffeur de la camionnette descendre pour aider Alberto à le culbuter à l'intérieur.

Adan s'essuyait la figure, en vain. La brûlure était incrustée dans son épiderme.

L'utilitaire démarra en trombe.

Un des blacks s'assit sur lui pendant qu'un autre lui attachait les mains dans le dos avec un collier de câblage. Adan criait de souffrance et de rage.

– T'as voulu baiser le Sarkinn, fit l'un d'eux en se penchant sur son oreille. Tu vas déguster.

– 4e partie –

Le Shepheard's Club

1

Un dépanneur avait ramené la camionnette du groupe Stupéfiants sur son emplacement, au second sous-sol de l'hôtel de police. Elle n'était plus que l'ombre d'elle-même. Carrosserie défoncée sur toute une largeur, moteur irrécupérable, vitres étoilées.

Pour l'heure, c'était une autre carcasse qui intéressait les hommes en combinaison blanche de l'Identité judiciaire : l'Audi RS4 qui l'avait si violemment percuté avant que son conducteur cagoulé ne prenne la fuite. Il était activement recherché.

Un des techniciens remarqua Marie et vint lui faire la bise. Elle avait garé sa voiture dans l'espace réservé aux véhicules des fonctionnaires. L'agitation autour de la bagnole avait piqué sa curiosité.

– Quel gâchis, fit-elle d'un air désolé.

L'agent de la PTS approuva.

– C'est une attaque délibérée : voiture volée, fausse plaque et marques d'estampage sur le moteur. Ils ont travaillé à la meule.

– Des pros.

– Oui, à l'évidence. Il y a quand même une coïncidence.

– Laquelle ?

– Un véhicule, dont la description correspond en tout point à celui-ci, a été utilisé il y a deux jours pour braquer un armurier. C'était dans le centre-ville, trois malfaiteurs qui ont embarqué des munitions, des fusils de chasse et plusieurs armes de poing.

– T'étais sur les constatations ?

– Oui. Le gérant était collectionneur de pistolets automatiques de gros calibre en parfait état marche : du Walther, du Smith & Wesson et au moins deux Manurhin. Tous ces joujoux tournent avec du 9 mm.

Marie serra sa crosse par réflexe.

– Comme nos Sig Sauer.

– Il les gardait – en toute illégalité d'ailleurs – dans un coffre planqué à son domicile. C'était au premier étage, juste au-dessus de la boutique. Les zozos étaient bien renseignés. Quant à celui qui a neutralisé le système d'alarme, je lui tire mon chapeau.

Marie fit un pas vers l'Audi.

– Il y a de l'orage dans l'air ?

– Tu ne crois pas si bien dire. Le préfet est persuadé qu'une guerre des gangs se prépare entre quartiers rivaux : les blackos au nord et les christos au sud. Il veut qu'on calme le jeu fissa.

– Et il compte faire comment ? En claquant des doigts ? On le sait depuis un moment qu'il y a des calibres qui circulent dans les cités.

Le technicien retira les chaussons blancs qui entouraient ses souliers.

– La BRI prépare une grosse descente avec des renforts lyonnais. La cible est un caïd installé à Chanturgue. On le suspecte d'avoir orchestré le casse dans l'armurerie. Le mettre sous les verrous, ce serait l'aboutissement d'une enquête qui dure depuis des mois. Et puis, ce matin, j'ai croisé Fontaine dans l'ascenseur. Pas le genre à se déplacer pour rien.

– Gaspard Fontaine, le directeur interrégional. En somme, rien ne change. La PJ clermontoise trime et au moment de conclure, c'est la police lyonnaise qui vient récolter les lauriers.

– Tu connais la musique, soupira le technicien.

Marie se dirigeait vers son bureau quand elle sentit une agitation dans le couloir qui desservait tout l'étage. Un groupe d'hommes, Boutteville en tête et les deux vautours de l'IGPN à ses basques, brassard POLICE et gilets pare-balles, gagnaient la sortie. Plusieurs gardiens, la mine fermée, jouaient les renforts. L'un d'eux se nommait Rémi Caseras. Un type sympa qui l'avait aidée dans plusieurs affaires. L'équipe attendait l'ascenseur, le jeune homme en profita pour faire un saut aux toilettes.

Marie le rejoignit discrètement.

– Qu'y a-t-il, Rémi ? Ça concerne Adan ?

Regard gêné.

– Boutteville nous a fait jurer de n'en parler à personne.

– Allez, soit chic, merde ! Je ne cafterai pas.

– Adan ne s'est pas présenté à sa convocation ; le patron veut le ramener au poste manu militari. Ils vont le mettre en garde à vue.

– C'est pour lui tout seul, cette brigade ?

– On ne m'a pas demandé mon avis, tu penses bien. J'suis

qu'un gardien qui fait là où on lui dit de faire. Laisse-moi passer, ils m'attendent.

2

Une demi-obscurité où percent l'odeur de rouille et celle, plus lourde de la terre. Ses yeux le brûlent toujours. Il a une bosse qui l'élance sur le haut du crâne. Il se souvient d'avoir reçu un coup de matraque dans la camionnette. Ses mains engourdies sont attachées dans son dos avec un serre-câble, de ceux qu'utilisent les électriciens. Pour le moment, il est adossé à un mur de briques d'où jaillit un assortiment de robinetteries ; il devine une construction cylindrique tout autour : un silo au fond duquel on l'a jeté. Ce n'est pas une cave, mais un local d'usine désaffecté. Il fait terriblement froid et humide. Il a encore son blouson sur lui, une chance. Son premier réflexe est d'évaluer la situation. Il peut bouger ses membres sans trop de mal. Pas d'hémorragie apparente. Si le Sarkinn avait voulu le buter, il serait déjà mort.

Les minutes passèrent, une heure peut-être. Une porte qui gémit sur ses gonds, quelqu'un s'approche. Il distingue les contours d'une silhouette.

C'est Raphaël.

Il est vêtu d'un manteau chaud.

– Comment te sens-tu, kabyle ?

Un bref grognement.

Sur le visage de l'espion, un sourire affecté.

– Je ne suis pas censé être là, alors je vais être bref. Il posa devant lui une bouteille d'eau. Tu devrais boire un peu.

Adan acquiesça et Raphaël lui tint le récipient jusqu'à ce qu'il soit vide.

Il reprenait son souffle.

– Qu'est-ce que je fais là ?

– L'Audi que tu as empruntée l'autre soir, elle venait de servir à un braquage. Le Sarkinn projetait de s'en débarrasser, mais tu ne lui as pas laissé le temps de le faire. Maintenant, elle est dans les mains de la police. Il est fou de rage. Il sait aussi pour la camionnette de tes collègues.

– Eh bien… il faut croire que je l'ai sous-estimé.

Raphaël secoua la tête avec gravité.

– Non. C'est moi que tu as sous-estimé.

Adan le regarda avec une pointe d'étonnement.

– Où sommes-nous ?

Il leva les yeux vers le plafond qui disparaissait dans les ténèbres.

– Dans un château d'eau abandonné, quelque part dans les bois. À une époque, l'armée s'en servait pour stocker des explosifs. Maintenant, c'est un peu chez nous. On vient y régler nos petits différents avec les traîtres et ceux du camp d'en face.

Des bois, l'armée ? Peut-être l'ancien camp de la Fontaine-Du-Berger… En ce cas, Clermont est à moins de douze kilomètres.

Adan prit une seconde pour déglutir, avant de demander :

– Il va me tuer ?

– C'est son intention. De toute façon, tu devais finir avec trois balles dans le dos. Je lui ai suggéré de différer un peu ton exécution, le temps qu'il t'interroge sur l'opération de police qui se prépare.

Adan secoua la tête.

– Tu perds ton temps, je sais que dalle.

– C'est possible, mais Sarkinn n'en croira pas un mot. Ce sera difficile d'expliquer comment tu peux tout ignorer des opérations des stups et dans un même temps, participer à leurs perquisitions. Il te faudra jouer le jeu.

– Je ne jouerais à rien du tout, dis-lui de me flinguer tout de suite, qu'on en finisse.

Le yéniche s'approcha de lui et le fixa en silence avant de murmurer :

– Tu n'as guère le choix, kabyle.

Et sur ces mots, il prit quelque chose de petit et de dur qu'il glissa dans une des mains qu'Adan avait liées dans son dos.

Adan voulut se redresser. Il grimaça.

– Tu n'es pas venu me voir juste pour me provoquer. Qu'est-ce que tu attends de moi ?

– Que tu ouvres grandes tes oreilles. Je veux que tu descendes le Sarkinn. Tu es presque un vieillard et comme il est beaucoup plus agile que sa corpulence ne le laisse paraître, tu as peu de chance de le vaincre. Aussi, si tu ne veux pas finir jeté du haut du réservoir, tu dois te concentrer sur son genou droit. Il souffre d'une fissure du cartilage rotulien depuis des années et son organisme est shooté aux anti-inflammatoires. Cogne fort et fais-lui mal. C'est ta seule chance.

Adan lui décocha un regard farouche.

– Je ne tue pas les gens, contrairement à toi. Et d'ailleurs, pourquoi te ferais-je confiance ? C'est toi qui m'as collé dans ce mitard.

Raphaël mit les mains dans les poches de son blouson.

– Je te l'ai déjà dit, tu n'as guère le choix, kabyle.

Il retourna à l'obscurité d'où il était sorti.

3

Ils vinrent le chercher à deux et il reconnut les cogneurs qui entouraient le Sarkinn lors de leur dernière rencontre. À cet instant-là il ne se faisait guère d'illusion. Il n'en réchapperait pas. Son visage était tout irrité, son omoplate lui faisait mal et il se sentait au bout du rouleau.

On le conduisit dans la cuve du château d'eau. Un cylindre de béton qui devait faire une trentaine de mètres de diamètre.

Une lumière flottante se dégageait de grosses lampes électriques accrochées sur les murs gris, un groupe électrogène vrombissait pas loin.

Il y avait au milieu de la cuve un orifice déchiqueté qui délimitait jadis la conduite d'amenée d'eau. Des traces sanguinolentes l'entouraient comme une gueule.

Une dizaine de types rangeait des caisses. Le flic remarqua les pistolets dont les crosses dépassaient des pantalons et même une kalachnikov qu'un gars portait en bandoulière.

Le Sarkinn, nerveux, donnait des ordres. Il portait une tenue traditionnelle qui recouvrait son corps comme un peignoir. Raphaël était derrière lui.

Deux hommes de main pour la protection du caïd, un autre occupé par les caisses et le type à la kalach… impossible de t'en sortir, mon gars.

Le caïd s'approcha du flic.

– C'est quoi, l'opération « SALOMON » ?

Adan ne broncha pas.

– Jamais entendu parler.

Le chef s'approcha.

– Sale traître. Tu m'as bien baisé, pas vrai ?

Silence.

Le trafiquant détourna sa colère sur Raphaël.

– T'avais dit qu'il parlerait ! Tu crois que j'ai que ça à foutre, putain ? J'aurais dû descendre ce bicot il y a des semaines.

Adan se prépara aux coups qui allaient pleuvoir.

Voyant qu'il ne disait rien, le Sarkinn hocha la tête. Il fit un signe à ses deux gorilles.

– Balancez-moi cette merde dans le trou.

Ils saisirent le flic par les bras et le poussèrent en direction du conduit.

Adan sentit son cœur qui battait à grands coups. Le puits n'était qu'à quelques mètres. Dans son dos, il entendit le Sarkinn qui ajoutait : « Et quand vous aurez fini, faites pareil avec le manouche ».

Raphaël était figé. Il n'avait jamais d'arme à feu sur lui et ne savait pas se battre. Les paroles du Nigérian lui rappelèrent la sentence de Korab, prononcée il y a des années : « Fume-le ».

Les mains des blacks attrapèrent Adan par les épaules et s'apprêtèrent à le précipiter dans le puits. Grâce à la lame de rasoir confiée par le yéniche, il avait patiemment entamé le fil électrique qui lui liait les poignets. Il tira de toutes ses forces et ses poings parvinrent à se libérer.

Une fraction de seconde, il lui sembla que Baptiste se tenait derrière lui. Son crâne chauve luisait aux reflets des lampes. Il entendait sa voix posée qui murmurait : « Pas de détails, fils. Les points vitaux : gorge, yeux et testicules ».

Le black le plus proche devait soulever de la fonte, sa musculature était puissante.

Adan se dégagea d'un coup de coude et fit un bon de côté pour faire face aux deux hommes. Celui qu'il avait frappé chargea, mais Adan avait anticipé la manœuvre. Son pied droit s'enfonça dans son bas-ventre comme un bélier. Il para le poing ennemi avec le tranchant de sa main gauche, celle de droite frappa violemment la gorge. Il s'effondra d'emblée.

Un instant, un profond silence régna, que déchira le rugissement de Raphaël qui s'était jeté sur le type qui portait la kalach sur l'épaule. Avec l'instinct d'une bête traquée, il l'avait frappé au ventre de toutes ses forces. Il n'avait pour arme qu'un simple stylo qu'il venait d'enfoncer jusqu'à mi-longueur. Ensuite, il s'empara du fusil par sa lanière et asséna sur le crâne de son adversaire un puissant coup de crosse.

Raphaël était dans un état second. Quelque chose de profondément animal brûlait dans ses yeux et toute trace de l'homme bienséant s'était envolée.

Le Sarkinn dégaina un revolver en gueulant et, au même moment, Raphaël appuya sur la détente. Une rafale gronda comme le tonnerre et les balles volèrent en tous sens. L'une d'elles fracassa la lampe qui éclairait le réservoir. Une grande étincelle électrique grésilla et tout fut plongé dans le noir.

Les secondes qui suivirent furent d'une totale confusion. Des hommes hurlaient et des tirs crépitaient dans les ténèbres, dévoilant les silhouettes qui couraient dans toutes les directions.

Adan s'était jeté au sol. Il craignait que son deuxième adversaire ne tire au jugé dans l'espoir de le toucher.

C'est ce qui se produisit pendant qu'il roulait sur le côté en priant pour ne pas tomber dans le conduit d'évacuation. Il voulait atteindre l'escalier principal et descendre dans les niveaux inférieurs. Le bruit des tirs était épouvantable, le réservoir amplifiait les détonations.

Accroupi et se bouchant les oreilles il essaya de retrouver le chemin par lequel il était arrivé. Il l'atteignit et se rua dans les marches. Une ouverture vitrée dans la paroi laissait filtrer quelques rayons de lune qui inondaient le niveau d'une clarté sépulcrale. Il tomba sur un autre sbire du Sarkinn, un jeune homme typé maghrébin occupé à se cacher derrière des caisses. Quand il vit Adan, il se saisit d'une clef à molette et attaqua aussitôt. Adan esquiva plusieurs coups avant d'empoigner la main qui tenait l'arme. D'un coup de coude puissant, il frappa le plexus solaire. L'outil était toujours en l'air. Alors, il tordit le poignet de toutes ses forces et les os du bras rompirent. La brute hurla et tenta d'attraper Adan par les couilles. Il se déroba et lui planta le pouce dans l'œil. Un filet de sang s'échappa de la blessure et la clef tinta sur la pierre. Adan le faucha d'un coup de pied et l'autre tourna sur lui-même avant de s'effondrer.

Le flic se redressa en reprenant son souffle. Ses poings étaient abîmés.

En haut, les fusillades s'estompaient. Adan continua de descendre vers le bas du réservoir.

Dans son dos, une cavalcade.

À la hauteur du portail d'entrée, il se retourna et vit le Sarkinn, écarlate de haine.

Terminus, mon gars. Tout le monde descend.

C'était un géant noir dont la force et la cruauté n'étaient pas usurpées.

Il attaqua avec la rapidité d'une panthère. Adan fit un pas de côté, mais reçut au passage un swing du droit qui manqua de lui éclater le foie. Il répliqua par un crochet sauvage et un enchaînement d'impacts qui visaient alternativement la base du nez, le menton et les tempes. Les bras de son adversaire étaient comme deux battes de fer qui repoussaient en vibrant les charges du flic. Lors d'un accrochage, il saisit Adan à la gorge et l'envoya valdinguer. Il se releva aussitôt. Un coup de poing féroce le heurta en pleine tête et il faillit s'effondrer pour de bon. Le flic évita un nouveau choc avec le tranchant d'une main et piqua droit au cou du Sarkinn qui s'étouffa, en chancelant. Il lui projeta alors un coup de genou dans le ventre. Le reste coula de source. Les gestes mille fois répétés. Saisie du poignet, rotation et étirement du bras vers l'avant. Un craquement bref.

Dans un cri sauvage, il se laissa tomber sur le Black en frappant son dos du coude. Le caïd resta cloué au sol.

Adan recula de quelques pas. Il écumait comme une bête et la sueur lui piquait les yeux. Il n'en pouvait plus.

Mais le Sarkinn se relevait déjà. Fou de douleur, il se rua en avant et tout son corps était comme une locomotive lancée à pleine vitesse.

Avant que la masse ne le percute, Adan rassembla ses dernières forces et projeta un pied, jambe tendue, contre le genou du caïd qu'il n'avait pas perdu de vue. Comme dans un ralenti sinistre, la rotule se déboîta du fémur qui jaillit au milieu des chairs et des tendons dans un flot hématique.

Les hurlements du Sarkinn carambolaient contre les murs de la cuve.

L'artère était touchée. Les gémissements du caïd allaient decrescendo. Bientôt, il se tut et sa tête retomba.

Dehors, de hauts sapins entouraient le château d'eau. Le fût en briques luisait sous la lune. Plusieurs voitures formaient un demi-cercle. Raphaël se tenait au croisement des phares, kalache dans les mains. Il, s'adressait s'adressant à la poignée de truands qui s'étaient ralliés à lui.

– Je prends la direction des affaires, dit le yéniche d'une voix ferme. Vous allez rentrer chez vous et attendre mes instructions. Mais avant çà, vous avez un peu de ménage à faire. Faites-moi disparaître tout ce qui traîne.

Les trafiquants échangèrent entre eux brièvement avant de se mettre à la tâche. L'ambiance était lourde. Rien n'était réglé.

Un chemin de terre menait à une clairière où attendait une 4×4 citadine que Raphaël déverrouilla à distance. Adan le suivit.

Sans grand égard pour les fauteuils de cuir, il s'affala à l'arrière.

Raphaël roulait vite et Adan sombra aussitôt.

Quand il reprit ses esprits, il vit qu'ils étaient garés en banlieue de Clermont, sur un parking derrière une usine. Un endroit désert, loin des regards.

Le gitan était en train d'installer de fausses plaques à l'aide d'une visseuse électrique.

Le flic mit une bonne minute pour émerger. Sous la morsure du froid, les contusions se rappelèrent à lui.

– Qu'est-ce que tu m'as fait faire ?

Sa voix était lasse. Sa mâchoire lui faisait mal.

– Il y a une trousse de secours sous le siège passager, lança l'autre sans cesser de s'affairer sous la calandre chromée. Tu peux l'utiliser si ça te chante.

Adan fureta dans la boîte, il sortit une bande de gaz et de l'antiseptique.

L'aube pâlissait, le puy de Dôme était dans les nuages, un présage de pluie.

Ils entendaient au loin les voitures qui roulaient sur l'autoroute.

Le flic était devant Raphaël.

– C'était ça, ton plan : devenir le nouveau chef !

Raphaël éclata de rire.

– Ça ne durera guère, crois-moi. Je ne suis qu'un gitan, je n'ai rien à voir avec leur clan. À l'heure où je te parle, ils se bourrent le mou et prévoient déjà d'organiser mon exécution. Il y a une bonne dizaine de négros qui rêvent de prendre les rênes des quartiers nord. Ils se mettront à ma recherche dès demain.

Adan haussa les épaules.

– Je ne comprends rien.

Raphaël referma son blouson.

– Monte, je t'expliquerai en route.

4

Raphaël s'était garé à côté du square de la place Michel de l'Hospital. Il avait récupéré un sac à dos dans le coffre et Adan l'avait suivi dans l'Impasse Saint-Austremoine. À cette heure, elle était déserte. Le gitan fit halte devant une vitrine grillagée que dominait une voûte à claveaux sombres, taillée dans la pierre de Volvic. Les carreaux, entourés d'un chambranle verdâtre, étaient occultés par une bâche ; l'endroit était abandonné. Une tige de fer rivée dans le mur supportait la silhouette d'une créature cornue qui devait, autrefois, coiffer une enseigne.

Raphaël inspecta la rue avant de sortir un porte-clefs de sa poche. Il l'utilisa pour ouvrir la grille et la porte juste derrière.

Le courant était coupé, la pièce plongée dans l'obscurité. Son guide s'aida d'une lampe pour évoluer au milieu des étagères bancales et des piles de livres, entassées à même le sol. Il attrapa une lanterne au propane cachée dans un angle et l'alluma en réglant la pression. Une lueur blafarde les recouvrit tous les deux.

Raphaël lui expliqua qu'ils étaient dans le repaire d'un bouquiniste qui avait fini dans la misère. Adan remarqua des étagères lourdes de magazines pornographiques qui s'enfonçaient dans le lino cradingue.

– Le Sarkinn le connaissait et l'autre dissimulait parfois de la drogue chez lui. Son corps a été retrouvé dans sa chambre, entouré de mygales grosses comme les mains.

– Des mygales ?

– Une espèce très venimeuse. Le bouquiniste trompait sa solitude en élevant des araignées exotiques, un passe-temps comme un autre.

Adan jeta un regard circulaire.

– Raphaël, pourquoi sommes-nous ici ?

– Je vais te montrer, chuchota le gitan. Suis-moi.

Au fond de la pièce se trouvait un panneau de bois rivé au sol. Il y avait un anneau au centre qui ouvrait une trappe à deux battants. Le yéniche dévoila une volée de marches qui descendait dans les ténèbres. Il tendit sa lanterne à bout de bras et s'engagea le premier.

Ils se retrouvèrent dans un cul-de-basse-fosse, encombré de papiers et de journaux mangés par les vers. Raphaël éclaira une excavation entourée de vieilles planches. Il y avait un râteau, posé contre le mur avec de curieux objets : des crochets à serpents.

Sans explications, Raphaël désigna la fosse et plaça la source de lumière juste au-dessus.

Adan vit que le fond remuait, il fit un pas en arrière.

– Les mygales, chuchota Raphaël. Nous les avons toutes mises dedans, elles sont nos gardiennes.

– Gardiennes ?

Raphaël saisit la tige à reptiles et entreprit de fouiller dans le trou. Il exhuma un sac plastique enrobé de chatterton.

Pour Adan, c'était certainement de la drogue ou des liasses de billets.

– Le trésor du Sarkinn ? demanda-t-il en s'accroupissant au bord de l'orifice.

Les mygales agrippées dessus formaient un édredon velu et onduleux qui avait quelque chose d'horrifique.

– Trois personnes connaissaient l'existence de la cache. Deux sont déjà morts : le Sarkinn et son second.

Il continuait de sortir les sacs. Parfois, une grosse araignée restait suspendue à l'un d'eux. Il agitait la perche pour la faire tomber.

– De quoi se nourrissent-elles ?

– Le trou communique avec une galerie qui rejoint un réseau de caves, plus loin. On a commencé à l'explorer avant de tomber dans un cul-de-sac. Tout cet endroit est infesté de rats, les petites chéries ont l'embarras du choix. Il existe aussi des canalisations qui transportent l'eau chaude vers l'immeuble situé de l'autre côté de la rue, elles adorent s'y accrocher.

Raphaël sentit un mouvement dans son dos.

Adan venait d'attraper son pistolet. Il le mettait en joue.

Le gitan n'était pas exagérément surpris. Il souriait en continuant d'enfouir les paquets dans le sac à dos.

– Tu comptes m'arrêter, kabyle ?

– Pas question que tu files avec la dope et tout ce fric. Désolé.

– Tu n'es pas curieux de savoir pourquoi je t'ai amené jusqu'ici. Au lieu de laisser les autres te massacrer dans l'arène ?

Cette question fit mouche. Adan baissa légèrement son arme.

– On dirait que l'heure de la grande explication est venue. Tâche d'être convaincant, sinon tu finiras ta soirée en garde à vue.

Raphaël ricana.

Une fois le sac rempli, il serra le rabat et passa les sangles sur ses épaules avant de se relever.

– L'opération SALOMON n'existe pas, c'est un code bidon que j'ai inventé pour impressionner ce gros imbécile de sarkinn. Mais il est vrai qu'une descente des stups se prépare, quelque chose de lourd. De gros moyens pour en finir avec le réseau nigérian. Pour ma part, j'ai décidé de ne pas attendre que mes camarades m'offrent un pneu enflammé en guise de collier. C'est le moment de changer d'air.

Le yéniche fit un pas en direction du flic.

– D'une certaine façon, je t'ai sauvé la mise en te laissant supprimer celui qui avait juré de t'écraser. Tu as une dette envers moi : c'est la raison pour laquelle tu es là.

– Continue, répliqua Adan en fronçant les sourcils.

Raphaël sortit une enveloppe qu'il lui tendit.

– Dedans, il y a une clef qui ouvre la grille de cette librairie. Tu trouveras également un petit dossier. Ouvre bien tes oreilles : une foi l'opération de police terminée, les rangs des dealers seront clairsemés, mais des poissons passeront entre les mailles du filet. Je sais lesquels. Leurs noms, leurs domiciles et les planques qu'ils utilisent. C'est dans l'enveloppe. Tu peux exploiter ces informations pour aider tes collègues à mettre en pièces le réseau ou tout garder sous le coude ; tu aurais là un beau moyen de pression.

Raphaël récupéra son pistolet et l'enfouit sous sa veste.

– Je n'en dirais pas autant de l'IGPN. Tu permets ?

Il sortit de la librairie.

Le 4×4 stationnait devant la maison de Youcef. L'aube pointait à l'est.

Adan descendit de la voiture avec peine. Ses vêtements étaient tachés d'huile et de terre. Du sang séché sur son front et ses joues lui donnait une mine affreuse.

Raphaël baissa la vitre.

– Adieu kabyle. On ne se reverra pas.

Adan regarda le véhicule s'élancer en direction de l'autoroute.

La maison était vide, même le chat n'était pas là. Il appela son père à plusieurs reprises, pas de réponse. La porte d'entrée n'était pas fracturée.

La nausée et les douleurs furent vite chassées par l'inquiétude qui allait crescendo, au fur et à mesure qu'il explorait la demeure. Le message que son père avait laissé sur son téléphone était préoccupant : « Quelqu'un s'est introduit chez moi. Il faut que tu viennes tout de suite ! »

Au premier étage une fenêtre était entrebâillée. Adan sentit les morceaux de verre sous sa semelle et vit l'éclat dans la vitre.

Il s'accroupit et se mit à rechercher des signes d'agression : des taches de sang ou la serrure forcée d'une des chambres à l'étage. L'affolement lui bouffait littéralement le ventre.

En se ruant dans l'escalier, il fut pris d'une nausée aussi soudaine que violente. Il voulut s'agripper à la main courante, mais un voile noir s'abattit devant son regard. Il tomba en avant et son corps roula au bas des marches.

5

Une main posait quelque chose d'humide sur son front. Il peina à ouvrir les yeux. C'était le matin, la lumière du jour éclairait le salon. Il était allongé dans le canapé. Hasna essorait le gant dans une bassine, Chadil discutait avec quelqu'un. La voix de son père.

– Tu nous as fait tellement peur, murmura-t-elle.

Adan voulut répondre, mais sa langue était grosse et sèche comme de la pierre.

– Depuis quand êtes-vous là ?

– Un quart d'heure, à peine. On t'a ramassé sur le tapis. T'as une sacrée bosse sur le crâne. Ce sang sur tes vêtements, tu t'es battu avec qui ?

Il voulut se redresser, mais un début de vertige l'en dissuada.

– Ça va aller. J'ai besoin d'une douche et de dormir dix heures. Baba, que s'est-il passé ? Qui est entré chez toi ?

Youcef lui prit la main, protecteur.

Il lui expliqua que n'étant pas parvenu à le joindre au téléphone, l'avant-veille, il avait appelé Chadil. Les deux hommes avaient trouvé la fenêtre fracturée et à demi ouverte. Dans la maison pourtant, rien ne manquait. Youcef avait appelé le 17. On lui avait conseillé de ne toucher à rien, au cas où la police scientifique effectue un relevé d'empreintes. Il l'attendait toujours.

– On s'est foutu de toi, grogna Adan, elle ne viendra pas.

– Et toi, que t'est-il arrivé ?

– Laisse tomber. Dis-moi plutôt pourquoi tu reçois de la visite, la nuit. Tu as fait une mauvaise rencontre ? Tu dois quelque chose au vieux Helal ?

– Lui et moi, on ne s'est pas disputé.

Adan grimaça en se redressant. Sa tête bourdonnait et une côte lui faisait mal.

– Ta collègue Marie est passée à la maison, hier soir. Elle a donné un papier avec un numéro de téléphone. Elle veut que tu la rappelles.

Une pause.

Hasna se lança :

– Tu pourrais nous expliquer ce qui t'arrive ? Cette intrusion, c'est lié à ton travail ? On est en danger ?

Il fit un geste agacé de la main et se releva.

– Vous ne risquez rien. C'était probablement un gamin intéressé par un ordinateur ou du fric. Comme il n'a rien trouvé, il s'est carapaté. Appelez un artisan pour réparer la fenêtre.

Il se mit à l'écart et appela Marie sur le numéro qu'elle lui avait laissé.

Au bout du fil, elle lui dit que la ligne était sûre. Ils pouvaient parler.

– Adan, les bœufs ne t'ont pas trouvé à ton domicile, ils sont furieux ! Quant à Boutteville, il ne s'est pas gêné pour donner ton signalement aux patrouilles. Tous les flics de la ville te recherchent comme si t'étais le nouveau Mesrine.

Sous l'effet de cette annonce, il ne sentit même plus sa côte endolorie.

– Je passe te récupérer. On va se rendre à la PJ ensemble. Cette affaire prend une ampleur pas possible. Il faut calmer le jeu.

– Je suis chez mon père, tu connais l'adresse ?

– Oui, mais tu y restes surtout. Donne-moi une heure ou deux, le temps de vérifier un truc avec Sébastien Morémon.

– Tu l'as logé ?

– Peut-être. Le gardien de la fac a disparu du jour au lendemain avec une bagnole de l'Université. Un équipage de la Sûreté urbaine vient de signaler son emplacement devant un garage désaffecté. Le parfait squat pour SDF. Morémon s'y trouve peut-être.

– Il est où, ce garage ?

Elle répliqua d'un ton sec :

– Tu es sourd ? Tu restes chez ton père et tu m'attends, c'est un putain d'ordre !

Elle raccrocha.

6

L'entrepôt était abandonné, à la lisière d'une zone industrielle. On devinait un peu plus au nord les pistes d'essais des Usines Michelin. Le bâtiment décati avait presque toutes ses vitres brisées. Le rez-de-chaussée, dont tous les murs étaient couverts de tags, avait servi de décharge sauvage. Des amoncellements d'ordure, de vieux canapés moisis et d'électroménager formaient un labyrinthe au milieu duquel s'engager était téméraire. L'endroit devait grouiller de rats.

Marie avait revêtu son gilet pare-balles. Elle ajusta son brassard orange, bien en évidence sur la manche de son blouson. La voiture de l'Université était garée à quelques mètres. Elle jeta un coup d'œil à l'intérieur ; elle était verrouillée, pas de trace d'effraction.

Dubitative, elle attendit en surveillant les environs.

Morémon était une loque, elle ne craignait pas grand-chose. Mais s'il se droguait, son comportement pouvait devenir imprévisible. Au moment où elle s'approchait de l'entrée de l'entrepôt, un long cri de souffrance s'échappa du rez-de-chaussée. Le son, à demi étouffé, s'était frayé un chemin à travers les déchets. C'était humain à vous glacer le sang.

Elle prit son mobile et appela la permanence du service. Elle tomba sur un lieutenant stagiaire.

– Rapplique fissa à cette adresse, c'est un ancien hangar qui se trouve le long de la route de Cebazat, juste avant les pistes d'essais Michelin. Tu as noté ? Avec la sirène tu seras là en quinze minutes. Je vais en éclaireur.

Sans attendre la réplique, Marie avait dégainé son arme. Elle entra dans le bâtiment.

L'aspirant courait dans le couloir et faillit renverser Boutteville qui sortait de son bureau. Il lui demanda où il détalait ainsi et, la minute suivante, le commandant filait chercher son équipement. Si c'était vraiment Morémon que Marie s'apprêtait à coffrer, il devait lui mettre les pinces lui-même. Ce serait l'aboutissement de l'enquête et la preuve que le fils de Sivry était innocent. De quoi amadouer son père, mort d'inquiétude, qui ne cessait d'user de son influence pour que le Parquet lui mette la pression. Si on ajoutait Settara, que les bœufs traquaient sans relâche, il avait sacrément besoin de rétablir son image de chef.

S'il ne voulait pas dire adieu à sa promotion au rang de commissaire, il lui fallait une victoire maintenant.

7

L'odeur était pestilentielle, mais le froid la rendait soutenable. Marie avançait lentement au milieu des rangées de frigidaires, de plaques chauffantes et de téléviseurs, tous cassés et rouillés. Elle se disait que nulle personne, saine d'esprit, ne pouvait loger dans un endroit pareil. Dans sa poche, son téléphone bourdonna. Un message. Elle répondit succinctement avant d'enfourner le mobile. Quand elle atteignit le fond du garage, elle perçut des gémissements. Elle remarqua alors une fissure dans le mur et au travers, une pièce remplie jusqu'au plafond de gravats et de maçonnerie. Elle pensa à une scène de guerre prise sur le vif : un immeuble éventré et sans étages après les bombardements. Des encoignures où des combattants tentent de repousser l'avancée inexorable des chars.

Ses phalanges étreignaient la crosse du Sig, canon tendu vers l'avant.

Morémon pouvait surgir d'un angle à tout instant pour lui fracasser le crâne.

Mais ce qu'elle vit était plus cauchemardesque encore.

Au fond d'une anfractuosité dont l'entrée devait se trouver dans les étages à demi effondrés, un homme couvert de sang geignait, avachi dans les gravats.

Marie rengaina son arme et s'approcha le plus près possible du trou.

Elle s'adressa au malheureux qui lui tournait le dos. Il se retourna lentement.

C'était le vigile de la fac ! Elle vit la pièce de bois qui traversait son épaule.

Il voulut dire un mot, mais ses lèvres desséchées ne laissèrent filtrer qu'une plainte inaudible.

Un bruit de tonnerre vint du dessus.

Un coup de feu.

Et au même instant, celui d'un corps qui tombe.

8

Arrivé sur place, sirène coupée à bonne distance pour ne pas attirer l'attention, Boutteville remarqua la voiture de la brigade empruntée par Marie.

Il appela la jeune femme sur son mobile, mais tomba sur la messagerie.

Il tenta un SMS.

– *Suis devant garage : où es-tu ?*

La réponse ne tarda pas

– *À l'intérieur.*

Il inspecta la façade.

Une silhouette passa furtivement devant le verre poli d'une fenêtre.

– *OK, je te vois. J'arrive.*

Sans attendre la réponse, il demanda au stagiaire de rester à l'écoute et sortit en évitant de claquer la portière. Il manquait d'habitude avec le gilet pare-balles. Trop serré.

En jetant un œil au rez-de-chaussée, il se sentit blêmir. Une porcherie dans laquelle il allait devoir entrer ; ses chaussures en cuir feraient la gueule.

Il glissa silencieusement le long de vieux établis. Plus loin, un monte-charge hors service jouxtait un escalier. Il s'approcha. Des sons au-dessus. Était-ce Morémon ou bien Marie ? S'il l'appelait maintenant, il risquait de donner l'alerte. Le loqueteux pouvait se faire la malle.

Il s'appuya contre une paroi et sortit son Sig, canon pointé vers le haut.

Il attendit.

Encore des bruits à l'étage. Ce ne pouvait être que Marie, explorant le grenier.

Il s'engagea prudemment sur les marches.

À nouveau des paroles d'homme.

Sur les murs en plâtre, des graffitis délirants inscrits au charbon de bois : mélange de croquis, de cartes et de voûtes célestes, de dessins obscènes et de silhouettes grimaçantes. Des corps qu'on jette dans une fosse remplie de serpents.

Il n'entendit que la voix d'un type. Pas celle de Marie.

Où est-elle donc ?

Pistolet brandi, il continua de monter.

Ses doigts tremblaient autour de la crosse de son arme. Il n'avait jamais tiré le moindre coup de feu en dehors du stand de tir. On disait le bruit d'une détonation si puissant que, sans casque, il vous arrachait les oreilles.

Le grenier était sombre. Des traits de lumière au milieu desquels flottait la poussière en suspension.

Le plancher était couvert de motifs bizarres.

Il chercha Marie sans la trouver.

Soudain, un mouvement sur le côté. Un homme se jette sur lui avec quelque chose dans les mains. Il sentit aussitôt une douleur au bras. Ce salopard l'avait griffé !

Il s'écarta comme il pouvait.

C'est Sébastien Morémon. Ou plutôt ce qu'il restait de lui : visage famélique, orbites creuses, peau cadavérique.

Le cinglé venait de lancer le bout de bois qu'il tenait. Il voulait le repousser vers le centre de la salle.

Boutteville leva son flingue.

Le clochard s'approcha d'une fosse. Il était à moins de trois mètres du flic. Il se baissa pour ramasser un objet.

Un pistolet électrique !

– Ne touche pas à ça, hurla-t-il.

Son index tressaillait sur le canon.

Morémon l'invectivait.

– Allez recule, putain. L'autre ne bougeait pas. Il regardait l'arme à impulsion.

Boutteville avait le doigt sur la détente.

Le coup partit. Morémon fut projeté plusieurs mètres en arrière.

Passé l'instant de stupeur, le flic ne vit plus qu'un corps immobile sur le plancher.

Il avança lentement. Une plaie béante au niveau de la poitrine ; le sang qui coulait généreusement et deux yeux grands ouverts.

Boutteville sentit un début de panique avant de se ressaisir. Une seconde après il se dirigeait vers le Taser, prit un mouchoir dans sa poche et le récupéra par la crosse. Il le plaça dans la main droite du cadavre. Son cœur battait la chamade, les idées tournoyaient dans sa tête. Il n'avait que quelques secondes avant que tout ne lui échappe, définitivement.

Le flic sentit qu'il y avait quelqu'un derrière lui.

– Marie, je l'ai eu, il allait me buter… commença-t-il en se retournant.

Ce n'était pas la jeune femme qui l'observait depuis l'entrée du grenier.

C'était Adan Settara.

Dans ses yeux, le commandant vit qu'il avait assisté à toute la scène.

9

– Il m'a braqué avec le Taser, bredouilla-t-il. Dans la pénombre, j'ai pensé qu'il avait un pistolet chargé. Il ne m'a pas laissé le choix.

Le visage d'Adan était immobile. Sa remarque tomba, sèche comme un coup de trique.

– C'est un homicide : il n'était pas armé.

Boutteville blêmit.

– Tu déconnes, Settara ?

– J'en ai l'air ? Quand les bœufs viendront me coffrer, je ferai ma déposition. Je dirai la vérité.

Boutteville s'approcha.

– P… personne ne te croira, tu es suspendu, d'abord !

Il transpirait. Sa voix était chancelante.

– Peut-être, mais comme je n'ai plus rien à perdre, je t'entraînerai au fond avec moi. C'est fini.

À peine avait-il dit cela que Marie jaillit de l'escalier.

– On a tiré ?

Elle vit la dépouille aux pieds des deux hommes.

– Boutteville a fait une grosse bêtise.

L'autre jeta sur Marie un regard bouleversé.

– C'est faux, bordel !

Il tenta d'agripper Adan qui esquiva sans peine.

– Regarde ce bougre, lâcha le brigadier en serrant les dents, il est tellement maigre qu'on voit ses côtes. Tu auras du mal à faire croire qu'il représentait une menace !

Marie les considérait sans savoir quoi dire.

– Écoutez, fit Boutteville en essayant de contenir la frousse qui montait en lui. On va accorder nos violons. Morémon m'a visé et j'ai dû faire usage de mon arme : c'était de la légitime défense. Toi, Settara, il faut que tu files avant l'arrivée de l'ambulance. Marie, on racontera que tu as été témoin de la scène ; tu confirmeras ma déposition. On est collègues, on doit se serrer les coudes.

À cette dernière remarque, Adan explosa.

– Ta gueule ! Tu l'as buté de sang-froid.

Il s'accroupit près du corps.

– La sécurité du Taser est enclenchée, il ne pouvait même pas s'en servir.

Au loin, on entendit la sirène des pompiers.

– C'est moi qui les ai appelés, fit Marie. Il y a un type gravement blessé juste sous nos pieds. Je crois que c'est Jonathan Soulay.

Pendant que les sauveteurs s'efforçaient d'atteindre le veilleur de nuit, en élargissant la fissure à coup de hache, Adan prit Boutteville à part. Marie les rejoignit.

– La PJ ne va pas tarder à débouler avec le grand patron lyonnais au milieu. Je te propose un marché, à prendre ou à laisser : je change ma version et je t'évite les Assises. En échange, tu interviens auprès de l'inspection pour que les poursuites à mon endroit s'arrêtent. Tu te démerdes, tu dis que je t'ai fourni un alibi au téléphone, ce que tu veux. Si je suis réhabilité sans trop de bobos, nous serons quittes. Sinon, je t'enfonce et tu écoperas d'une instruction pour homicide volontaire.

Boutteville était sidéré. Les yeux du brigadier luisaient d'un éclat sauvage.

– Ce n'est pas fini. Je n'ai aucune envie, demain ou dans dix ans, de te recroiser avec un galon de commissaire sur les épaules ; c'est quelque chose qui dépasse mon entendement. Alors, voilà : dès ma réintégration, tu donneras ta démission de la police nationale.

Il faillit s'étrangler.

– Mais c'est du délire. Pauvre cave, je te crache à la gueule. Tu n'es qu'un sous-fifre. Je ne céderai pas au chantage.

Adan se tourna vers Marie et fit un pas en arrière. Elle s'exprima à son tour, une pointe de tristesse dans la voix.

– Je confirmerai la déposition d'Adan. Je dirais que j'étais avec lui au moment où tu as descendu le suspect. Le Taser était au sol, tu n'étais pas menacé.

D'abord venimeux, les yeux de Boutteville se mirent à larmoyer.

Marie n'eut pas un geste.

– Je suis navrée, mais tu n'as pas l'étoffe d'un patron. Ta carrière, tu la dois à tes maquignonnages de bureau. Maintenant, c'est terminé. C'est un service qu'on te rend. Tu imagines ta vie en prison ?

Ils virent les bagnoles de la police judiciaire qui arrivaient au bout de la rue. Celle de Gaspard Fontaine, le directeur interrégional, se gara à moins de dix mètres.

Quand Fontaine les rejoignit, Marie désigna Boutteville avec un geste de compassion.

– Il est encore sous le choc, laissez-lui un moment. Morémon est décédé, son corps est dans le grenier.

Elle se tourna vers le commandant avant de conclure, amère :

– C'était notre dernière piste.

Adan se fit notifier sa mise en garde à vue. L'IGPN ne lui avait pas fait grâce des menottes, mais Marie avait obtenu de le reconduire elle-même au commissariat. Profitant d'un feu rouge, elle l'examina dans le rétroviseur.

– Comment as-tu fait pour trouver l'adresse du garage ?

Il souffla. Il avait tellement envie de dormir.

– J'ai appelé la salle de commandement en racontant que je travaillais pour le secrétariat de l'Université. J'ai monté un bobard en disant que j'étais chargé au nom de la fac de venir récupérer la bagnole.

– Et toutes ces traces de coups, c'est quoi ?

– Une longue histoire. Officiellement, j'ai chuté dans un escalier.

Une pause. Le feu tourna au vert.

Marie traversa le carrefour avant de s'engager sur l'avenue qui conduisait à l'hôtel de police.

Avachi sur la banquette, Adan regardait les passants dans la rue.

– Pourquoi m'as-tu aidé tout à l'heure ? Sans ta déposition, je n'avais pas la moindre chance avec Boutteville. Les bœufs auraient pensé que je mentais pour me venger de lui.

Elle se gara sur le parking du SRPJ.

– Tu sais, l'autre jour, quand ce porc de Zecchoni essayait de me tuer, jamais je n'ai eu autant la frousse de toute ma vie. Tu as été le premier sur place, je n'ai pas oublié. Et puis, je pense ce que j'ai dit. Boutteville n'a rien à faire dans la police. Il y a suffisamment de commissaires névrosés dans notre maison pour ne pas en rajouter. On a fait ce qu'il fallait.

Il la dévisagea avec une pointe d'admiration.

– Tu joues gros, Marie. Tu pourrais perdre ton job.

– Je reviens de loin avec ce cinglé de Zecchoni et voilà que Michel me quitte. Alors tu vois, j'ai décidé de ne plus avoir peur.

La voiture des bœufs vint se garer près de la leur.

Au moment où il sortait, elle lui prit le bras avec douceur.

– Tiens bon jusqu'à demain. On trouvera un truc pour justifier ta présence dans le grenier.

Les autres prirent Adan et l'emmenèrent avec eux.

10

L'affaire du SDF abattu par la police fit la une des journaux et occulta momentanément le dossier Settara ; l'IGPN alla au plus urgent. Boutteville fut promptement entendu et, au moment de son audition, ce n'est pas un, mais deux rapports qu'il remit. Le premier résumait précisément l'enchaînement des faits l'ayant conduit à faire usage de son arme. Le second présentait sa démission. La hiérarchie la refusa et lui imposa un congé forcé durant lequel il fit une dépression.

Mais dix jours après la mort de Sébastien Morémon, Adan n'en avait pas fini avec l'IGPN : sa suspension était prolongée. Toutefois, au vu des propos tenus par son supérieur, qui prétendait que la nuit où deux individus s'étaient introduits dans le chalet d'Aydat, le brigadier était, en fait, missionné pour une filature dans le cadre d'un dossier mineur, l'accusation s'en trouva fragilisée. Personne au sein des bœufs n'était dupe de cette brusque volte-face, mais l'inspection manquait d'éléments pour pénaliser définitivement le fonctionnaire. Il n'y avait qu'une simple photo, floue de surcroît. Adan avait dit vrai : à elle seule, elle ne prouvait rien. Il aurait pu craquer durant son audition et tout avouer. Mais le brigadier n'était pas de cette trempe, les flics de l'IGPN le comprirent vite. Et comme personne ne voulait savoir pourquoi Boutteville volait au secours de son subordonné, celui-là même qu'il conchiait quelques jours plus tôt, Adan fut prié d'écluser une partie de ses congés. Plus question de le voir dans les couloirs de la PJ durant un mois.

Morémon n'avait plus ses parents et aucune attache connue. L'affaire fut vite enterrée.

11

Youcef ramena la cafetière dans la cuisine.

Marie posa sa sacoche sur la table et sortit une chemise avec plusieurs procès-verbaux, des photographies et son carnet fleuri.

– Tu dors chez ton père ?

Adan hocha la tête.

– Depuis l'intrusion, oui. Tant que je ne sais pas de quoi il en retourne, je préfère être à ses côtés. Il y a toujours ma chambre d'adolescent, là-haut. Et ce n'est pas plus mal, j'évite de traîner dans mon quartier. Ça vaut mieux.

– Un rapport avec la dégelée que tu as prise l'autre jour ?

Il grimaça.

– Parle-moi plutôt de notre affaire.

– D'accord. Je commence par l'autopsie de Morémon : tué d'une balle en pleine poitrine, le cœur s'est arrêté sur le coup. Mais vu l'état de son organisme, il était condamné de toute façon.

– Drogue ?

– Les analyses toxicologiques ont révélé une importante quantité de kétamine. Tu connais ?

– Tu parles à un ancien des stups… c'est une substance à

sniffer dont la molécule est utilisée par les vétérinaires comme anesthésique. Elle provoque des hallucinations et le cortège habituel : anxiété, crise de panique, nausées, confusion… Il existe un signe caractéristique des junkies accrocs.

– Lequel ?

– Leur vessie se rétrécit. Ils deviennent incontinents et doivent aller pisser tous les quarts d'heure.

– Ça expliquerait l'odeur de vinaigre qui régnait dans le grenier…

– Qu'est-ce que vous avez déniché d'autre ?

Elle montra les pages d'un carnet gribouillées dans tous les sens. Au milieu se trouvait un début de plan labyrinthique.

– En lisant le contenu de ces lignes, je me suis remémoré des éléments collectés dans l'armoire aux péchés. Morémon fréquentait ce pauvre type, nommé Michan. C'est lui qui l'approvisionnait en kétamine. Il devait garder son stock dans un sac à dos. Un jour, après une dispute où Morémon devait réclamer sa dose, Michan s'est retrouvé au milieu du plancher infecté par le mérule. Il a fait une chute de trois mètres avant de s'empaler sur des débris. Malgré ses efforts, Morémon n'est jamais parvenu à récupérer la sacoche. Il craignait de tomber dans le trou à son tour.

– Et le gardien de nuit ? Comment va-t-il ?

– Il est hospitalisé au CHU Gabriel-Montpied. Il a perdu beaucoup de sang, le pronostic vital est engagé. Les médecins ont préféré le mettre dans un coma artificiel ; on n'est pas près de l'interroger. J'imagine qu'il a retrouvé la trace du pilleur de distributeurs. C'est la photo de Morémon qui l'a mis sur la voie ; il a voulu l'interpeller lui-même, mal lui en a pris.

Tout en écoutant Marie, Adan tendit la main et ramena un petit médaillon sous scellé.

– Encore une chouette à tête de mort ?

– Comme celle qu'on a trouvée dans la chambre d'Émilie. On a une inscription sur le verso : © *VSHOP*.

– VSHOP ?

– J'ai regardé sur internet : ça correspond à « Vamp Shop », une boutique underground du vieux Clermont qui vend des articles pour sadomasos.

– Donc, c'est là que les étudiants de la Couronne s'approvisionnent ?

– Je vais aller vérifier. Avec un peu de chance, ils auront fait des achats avec leur carte de crédit.

– Et Michan, tu as pu inspecter son cadavre ?

– Je lis dans tes pensées : il n'avait pas de moustache et son crâne n'est pas chauve. Celui de Morémon non plus, d'ailleurs.

– Ah merde, on ne va jamais y arriver.

Marie regardait les scellés d'un air désolé.

Adan détailla un moment le plan du carnet, se leva et se dirigea vers une commode. Il ouvrit un tiroir et farfouilla avant de revenir avec une carte de la ville. Il considérait les rues du vieux Clermont et essayait de trouver une corrélation avec les entrelacements du calepin.

Au bout d'un moment, il conclut :

– J'aimerais garder une copie de ce plan. C'est possible ?

– Tout de suite maintenant ?

– Oui, s'il te plaît.

– Il y a un *Copie express* deux rues plus loin.

Elle lui tendit le plan imprimé au format A3.

– Qui dirige le service, maintenant que Boutteville est sur la touche ?

– Le seul commandant qui reste, fit Marie : Rugeuil.

– Il est à la retraite dans six mois, il doit être ravi.

– Il pensait finir tranquillement en levant le pied, le voilà directeur régional par intérim. Tu me diras, il s'est beaucoup reposé ces dernières années.

Elle le salua d'un signe.

– Je vais m'occuper de ce VAMP SHOP. Toi, tu restes pépère. Tu dois te reposer. Je te tiendrai au parfum.

– N'y va pas seule, en tout cas. Une boutique pour sadomaso, ce n'est pas un endroit très recommandable.

Elle lui lança un sourire avant de regagner sa voiture.

12

Le pavillon se trouvait près du square Amadéo, à deux coudées de l'hôpital psychiatrique Sainte-Marie. Il était vingt heures pile quand Adan sonna. Il avait fait un effort sur la tenue : chemise repassée, jean propre et veste de cuir des grandes occasions. Tout était parfait à l'exception des traces de coup qu'il avait au visage ; elles étaient difficiles à dissimuler. Une femme aurait pu donner le change en vidant un tube de fond de teint, mais Adan n'utilisait pas ce genre d'accessoire.

Étienne Moutier ouvrit la porte et peina à cacher sa surprise.

– Que t'est-il arrivé, l'ami ?

– Un entraînement, sans mettre de gants, ce n'était pas une bonne idée.

Il rit et l'invita à entrer.

Moutier ne rayonnait pas de santé, ses traits étaient creusés par les soucis. Le brigadier major était à la retraite depuis six mois à peine. Il avait passé toute sa carrière aux renseignements généraux et tirait une grande fierté de n'avoir jamais pointé son revolver sur quiconque. C'était un homme de dossiers, un scribouillard archiviste qui adorait lire la presse et dont le stylo était l'arme la plus redoutable.

Pour l'heure, il gérait comme il pouvait les sauts d'humeur d'une épouse dont la santé mentale s'était dégradée au fil des années ; Étienne avait rêvé d'autre chose pour sa retraite, aussi quand Adan avait proposé de passer, il l'avait invité à dîner sans hésiter.

La femme d'Étienne n'était pas là pour l'accueillir.

– Elle n'est pas dans un très bon jour, s'excusa-t-il.

Après le repas, il débarrassa la table et offrit de la tisane.

– Tu ne regrettes pas le boulot ?

– Non, pas vraiment. Lors de la grande réforme voulue par la droite en 2008, quand j'ai compris que c'est la DST qui absorberait les RG et qu'ils allaient tous nous rééduquer, j'ai commencé à compter les jours. Au début, on nous a demandé de scanner nos documents, de tout mettre dans des disques durs. Beaucoup croyaient que notre mémoire serait préservée dans la nouvelle mouture. Mais c'était un leurre. Ils ont tout balancé. Des années de travail réduites en fumée, j'en étais malade. Une seule chose me consolait pourtant, la satisfaction de n'avoir pas été aussi naïf que les autres. J'avais dupliqué une partie de mes dossiers.

– Sans rien dire à personne ?

– On est trois à avoir conservé nos archives dans nos

domaines respectifs : terrorisme, mouvements sectaires et nazillons. On s'est dit qu'un jour, on pourrait filer des infos à des journalistes d'investigation ou des associations de bonne volonté. Les lanceurs d'alerte, c'est à la mode, non ? Reste que sans nous, toute cette mémoire aurait déjà disparu, alors…

Adan opina du chef.

– Toi, tu t'occupais des communautés étrangères ?

– L'Islam de France, entre autres.

– C'est pour ça que je suis là. J'enquête sur des faits qui remontent aux années soixante-dix.

– Je suis arrivé à Clermont en 1973.

– Ton disque dur va si loin ?

– Qu'est-ce qui t'intéresse ?

Adan sortit la photo de Fouad Boudiaf que son père lui avait donnée.

13

À deux pas de la place du Terrail, dans une ruelle qui n'avait plus de nom, le Vamp Shop se passait d'enseigne. À l'intérieur, l'espace était occupé par des mannequins décatis vêtus de tenues de cuir, de cagoules, de chaînes et de bracelets à pointe. Des dizaines d'ustensiles, menottes et godemichets pour tout usage s'entassaient dans les rayons d'une grosse armoire sans ventaux.

Le maître des lieux se faisait appeler « Kaiser ». Marie présenta le scellé avec la chouette et demanda si ce genre d'objets provenait bien de la boutique. Le gérant répondit par l'affirmative. Le cirque qui régnait dans son magasin était inversement proportionnel à la minutie avec laquelle il gérait ses comptes. Peu de gens achetaient ce genre de bibelots, mais quelqu'un en commandait régulièrement.

– Vous avez son nom ? interrogea Marie.

– C'est un amateur de jeu de rôles. Il paye toujours en liquide.

Elle montra la photo du couple dans la cave

Le gérant désigna Gaëtan.

– C'est lui, je le reconnais.

– Et la fille ?

Il secoua la tête.

– Ce jeu de rôles, où est-ce qu'il se déroule ? Dans une cave du quartier ?

– Qu'est-ce que j'en sais ? J'ai des clients qui aiment la discrétion. Je vends des accessoires, je me fous de ce qu'ils en font. Quant aux sous-sols, la butte de Clermont est un gruyère fait de centaines de locaux souterrains, parfois sur plusieurs niveaux. Certains tunnels sont reliés à des caves, un genre de labyrinthe avec son lot de rencontres, au détour des couloirs. Je sais que les goths adorent s'y retrouver.

Il se dirigea vers un tas de flyers qui traînaient près d'une pile de bouquins et en tendit un exemplaire à l'enquêtrice. Dessus, on lisait : « Clermontoise de Projection Underground ».

– J'aime assez ceux-là, commenta le gérant. Ils organisent des cycles de projections pirates dans les sous-sols de la ville ; ils déboulent avec un PC, un vidéo-projecteur et un écran pliable. Si vous allez deux secondes sur internet, vous trouverez des annonces *Under Fest* avec concerts privés. Toujours des coins bien enfouis où c'est interdit d'aller. Il se passe de drôles de choses, en dessous.

Elle jeta un bref regard sur la publicité. En relevant la tête, elle aperçut une armoire avec des vêtements bariolés et des accessoires pour Halloween.

Quelque chose avait attiré son attention.

Elle écarta des martinets et plusieurs menottes peintes en noir.

Ce qu'elle vit la fit tressaillir.

14

La pièce servait de buanderie et accessoirement de bureau. Moquette élimée au sol, bibliothèque encombrée de livres et de dossiers, du linge qui sèche sur des cintres. Moutier avait récupéré le disque dur dans une boîte cachée derrière la corniche d'une armoire.

Il le connecta sur son ordinateur.

– Qu'est-ce qu'il y a, là-dedans ?

Il esquissa une moue.

– C'est un peu le fouillis, tout a été copié à la volée. Je dirais, pêle-mêle : des notes remontant à la Libération, des comptes rendus de surveillance avec des photos, et quelques impressions de microfilms.

– Comment vas-tu t'y retrouver ? lança Adan, qu'un accès de découragement gagnait.

– Il y a un moteur de recherche en texte intégral, mais il est lent.

– Commence donc par *Fouad Boudiaf* avec des guillemets, suggéra le brigadier.

– C'est parti.

Le disque ronronna et bientôt, une note de la direction régionale des renseignements généraux du Puy-de-Dôme apparut à l'écran ; elle datait du 14 décembre 1962 et faisait près de dix pages. Le titre était : « Synthèse relative aux menées de la cellule OW7 dans la métropole clermontoise ».

Adan lisait par-dessus l'épaule de son collègue, la copie du texte n'était pas bonne, le contenu truffé d'acronymes.

– OW7 ?

– « O » c'est pour Oran et W7 pour la septième Wilaya, l'autre nom de la Fédération de France du FLN. Les 6 autres Wilayas découpaient le territoire algérien en différentes provinces. Un peu comme nos préfectures. Chacune avait à sa tête un colonel qui dirigeait les échelons inférieurs : zones, régions, secteurs et douars. En métropole, la fédération de France récoltait des fonds auprès des travailleurs algériens : ils étaient près de deux cent cinquante mille. Tous les moyens étaient bons et l'extorsion s'est déroulée à grande échelle.

– C'était le rôle de la cellule ?

Moutier se gratta le menton en décortiquant la note.

– Attend un peu, je lis la suite. À Clermont le FLN s'est intéressé aux ouvriers des usines Michelin. Il a récolté une belle cagnotte : deux ou trois millions d'anciens francs. C'est l'estimation des RG. Ils ont découvert que W7 avait un complice à la banque de France, un porteur de valise qui lui a permis d'échanger le fric contre de l'or. Après, on pense qu'il a été transformé en lingots, mais la piste s'arrête là.

– Il a parlé, ce compatriote ?

– Pas avant d'être refroidi, un peu à la même période. Dans des conditions assez horribles, d'ailleurs.

– Égorgé ?

– Pire. On a retrouvé son corps momifié dans une cave de la ville, transformée en cellule. À l'intérieur, un vrai petit labo avec bouteilles de gaz et tout le nécessaire pour le coulage de l'or. On l'avait laissé crever de faim. Les RG pensent que c'est peut-être l'œuvre de la cellule Oran.

– OW7 ?

– Oui, c'est elle qui était responsable du magot. Pour l'alimenter, elle ne faisait pas dans le détail.

– Et Boudiaf, là-dedans ?

– Une seconde, il n'apparaît pas encore dans la note. Cette fameuse cellule était composée de trois Algériens : Mahdi Arnat – le comptable et celui qui servait d'agent de liaison – et deux gros durs que connaissaient déjà les RG. Ils avaient fait leurs classes au sein de l'Organisation Spéciale. L'OS était le bras armé d'un mouvement nationaliste fondé en 1947 par Messali Had, mais que le FLN a écrasé impitoyablement au début de la guerre. Les deux porte-flingue avaient tourné leur veste juste à temps, prêtant allégeance au FLN.

À l'étage, quelqu'un cria.

Moutier se leva avec lassitude.

– C'est ma femme, elle fait souvent des cauchemars. Si je ne suis pas à ses côtés quand elle se réveille, c'est la panique. Je reviens.

Un quart d'heure plus tard, le retraité reprenait sa lecture commentée.

– Tu vois, peu après le référendum d'autodétermination en Algérie, OW7 n'a plus donné signe de vie. Le FLN s'est inquiété, ils ont envoyé quelqu'un pour localiser le magot. Cette personne, c'était Fouad Boudiaf.

– Il y est parvenu ?

– La note ne le dit pas. Elle pense que les trois d'OW7 se sont entre-tués. La disparition du trésor s'est faite, il faut le dire, dans un contexte troublé.

Moutier se frotta les yeux avant de poursuivre.

– Dès juillet 1962, la résistance algérienne a été traversée par deux courants antagonistes, en lutte pour le pouvoir à la tête du futur État. D'un côté, le Gouvernement provisoire de Benyoucef Ben khedda, soutenu par le FLN, et de l'autre le Bureau politique d'Ahmed Ben Bella, appuyé par l'Armée de libération nationale. Sur fond de règlements de comptes, d'épuration et de chasse aux traîtres, à commencer par les harkis, plusieurs tentèrent de faire main basse sur les réserves de guerre avant d'aller voir ailleurs. Le FLN a pensé que le scénario s'était produit à Clermont. La cellule OW7 et ses gros bras avaient peut-être failli.

– Et c'était le cas ?

– Le rapport suggère que non. Mahdi Arnat, le comptable, serait mort de façon accidentelle.

– Avant que Fouad Boudiaf ne lui mette le crochet dessus ?

– En effet. Tout ce que j'arrive à retrouver comme information, c'est que Mahdi Arnat s'était fait embaucher comme serveur dans un dancing de la vieille ville, le Shepheard's club. Un cabaret dont le nom évoquait un hôtel réputé du Caire. Dans les années vingt, c'était le point de ralliement des célébrités et des touristes fortunés en quête de safaris. La note précise que le cabaret a subi un sinistre et qu'à la suite, le trésorier n'a plus donné signe de vie. Accident ou liquidation, on ne sait pas.

– Il y a eu une enquête ?

– Pas vraiment, une explosion a volatilisé l'immeuble et le dancing en dessous. À l'époque, le gérant était un truand notoire. Selon plusieurs sources, il possédait un carnet avec les noms de ses clients. Le bordel était connu de toute l'intelligentsia : cadres de banque, politicards... Ajoutons que les pensionnaires avaient tendance à récolter des confidences sur l'oreiller. Bref, personne n'avait intérêt à ce qu'on trifouille les décombres. On a demandé aux RG de regarder ailleurs, pareil pour les collègues de la Sûreté. La piste d'Arnat s'arrête ici, celle de Boudiaf aussi. Fin de l'histoire.

Adan se leva un moment pour s'étirer.

– On a une photo du gars dans tes belles archives ?

– Non, juste sa fiche RG. Le rapport y fait allusion.

Un instant après, Moutier pointa quelque chose sur l'écran. Une note avec un renvoi en bas de page.

– Fouad Boudiaf est une fausse identité. Ce patronyme provient du passeport d'un algérien liquidé par le FLN dans un bar du 18e arrondissement de Paris, deux ans plus tôt.

– Les collègues ont trouvé son vrai nom ?

– Il est là, noir sur blanc : Bachir Madani.

Adan prit congé de Moutier non sans l'avoir chaleureusement remercié.

En traversant le jardin, il se retourna et vit le retraité derrière sa fenêtre qui lui faisait signe.

15

L'épouse d'Antoine de Sivry était une quinquagénaire sophistiquée, héritière d'une riche famille de Snovistrie, principauté nichée le long du Danube. Son nom était connu de tout le gotha clermontois. Pour l'heure, elle et son mari suivaient avec inquiétude Marie Lesaux et son équipe, occupée à fouiller minutieusement la chambre de leur fils.

Au bout d'une demi-heure, Marie présenta au père une cagoule.

Il haussa les épaules.

– C'est du folklore, vous savez. La jeunesse aime la transgression. Si mon fils s'est déguisé pour aller dans une cave, c'était certainement pour s'amuser.

– Un jeu qui a mal tourné, répliqua Marie. Une fille est morte.

En quittant le domicile, Pajole jeta un regard sur la rue.

– Que donne l'appel à témoins, capitaine ?

– Peu de signalements, on épluche tout. Mais sans l'aide d'Adan et avec l'IGPN qui demande à m'entendre sans arrêt, je n'avance pas. Je comptais beaucoup sur la chambre du fils pour dénicher un détail utile. Mais elle n'a rien dévoilé. Il faut quand même positiver.

– Que voulez-vous dire ?

Les yeux de Marie brillaient.

Elle portait un petit sac à dos qu'elle fit glisser le long de l'épaule et l'ouvrit avant d'en extirper un masque postiche transparent. C'était le visage d'un homme aux lèvres charnues, les sourcils broussailleux et la moustache épaisse.

– J'ai trouvé ce masque au Vamp Shop, hier. Ce fut une révélation. L'homme moustachu qu'on cherche depuis le début, il n'existe peut-être pas. C'est un faciès que le tueur a enfilé avant de prendre la victime en photo !

– Mais pourquoi une telle précaution, si c'est pour liquider la fille ensuite ?

– Il y a eu un accident ou alors c'était pour faire chanter quelqu'un. Et puis, cette nuit, c'était Halloween. Tout le monde était déguisé à l'étage. Quoi de mieux qu'un masque de carnaval pour passer inaperçu ? J'ai voulu me procurer la liste des clients en ayant acheté un auprès de la boutique SDM. Hélas, le gérant n'a pu m'aider, la plupart payent en liquide. Ils veulent rester discrets.

Pajole sourit.

– Bien joué capitaine. Voilà pourquoi nous courons après un fantôme depuis le début.

– Oui Monsieur le juge, mais il y a autre chose : je n'ai pas renoncé à cette affaire de camionnette, vous savez ; celle qui a sans doute transporté le corps démembré d'Émilie.

Il se cala dans son fauteuil.

– À ce propos, que donne l'exploitation ADN du véhicule de Zecchoni ?

– C'est négatif, Émilie n'y a jamais mis les pieds.

Une pause.

Elle croisa les bras avant de jouer sa dernière carte.

– En désespoir de cause, on a recherché toutes les fourgonnettes ayant attiré l'attention la nuit du meurtre.

– Comment vous y êtes-vous prise ?

– J'ai demandé au Centre national de traitement des infractions de Rennes de relever tous les véhicules flashés : feux rouges ou excès de vitesse. La fenêtre horaire correspondant à l'heure supposée du crime. J'ai aussi précisé le périmètre, un cercle de dix kilomètres autour de la résidence.

– Le créneau est large.

– Je sais, mais il fallait bien tenter quelque chose.

– Alors ?

– Une fourgonnette blanche a grillé un feu rouge, Boulevard Cote Blatin. Elle a également commis un excès de vitesse sur l'A89, juste avant la sortie vers Gerzat, au carrefour des Charmes.

Les yeux de Pajole cillèrent.

– Une photo du conducteur ?

– Non, le pare-brise était sale et il y avait des reflets. Un homme, peut-être. Heureusement, la plaque était identifiable. Elle correspond à celle d'un gerzatois en retraite.

– C'est en zone police ?

– Oui Monsieur. J'ai demandé aux collègues de prévenir les patrouilles, on cherche une fourgonnette blanche avec une galerie. Les consignes sont de contrôler l'identité du propriétaire et de nous rendre compte immédiatement.

– Vous aviez passé les principaux suspects de la résidence au fichier des cartes grises ?

Elle faillit se sentir vexée. Il la prenait pour une débutante ?

– Bien évidemment. Aucun résultat.

Le juge affichait un air morose.

– Allez sur place et procédez à un repérage. Si la camionnette est là, faites venir l'identité judiciaire. Il est impossible que ce véhicule ait transporté le corps d'Émilie sans qu'on y trouve des traces de fluides.

16

Youcef avait lu une histoire à la petite avant que sa mère ne la couche. Le salon était redevenu silencieux. À l'étage, Hasna préparait le lit de son père.

Adan était sur le canapé avec lui.

Il se décida à trancher le silence.

– Fouad Boudiaf que tu recherches depuis des jours, il n'existe pas. Son vrai nom, c'est Bachir Madani.

Il vit le visage du vieux se décomposer.

– Impossible.

– Pourquoi impossible ? C'est la vérité.

– Bachir est mort pendant la guerre. Le FLN l'a exécuté.

Une pause.

– Tu l'as vu de tes propres yeux ?

– Non, mais c'est tout comme.

Adan se leva pour éteindre la télévision. Ensuite, il fixa son père, les bras croisés.

– Pourquoi ce Madani est-il venu à Clermont, à ton avis ? C'est le FLN qui l'a envoyé. Je pense qu'ils ne l'ont pas tué, ils l'ont retourné.

Youcef était complètement perdu.

– J'ai peur que tu sois en danger, baba. Il faut que tu me dises ce que tu sais sur cet homme. Il est mort, mais des comparses sont peut-être toujours à l'affût.

Youcef fixa le sol un long moment avant de bredouiller :

– Sur la photo, je ne l'avais pas reconnu. Maintenant que tu as prononcé son nom, il n'y a plus de doute. C'est bien lui.

Adan revint s'asseoir sur le divan.

Son père parlait d'une voix affectée.

– Bachir et moi nous nous connaissions avant le début de la guerre. C'était un instituteur qui avait épousé la fille d'un lointain cousin de Kabylie. Je ne l'avais rencontré qu'une fois, à l'occasion de son mariage. J'avais fait le voyage avec ta mère. Je me souviens bien de la fête, elle m'a laissé un mauvais souvenir. Bachir l'avait regardée avec insistance tout au long de la soirée. J'ai compris qu'elle l'attirait, mais je n'ai pas voulu faire de scandale. Quelques années plus tard, on s'est retrouvé dans le même cantonnement de moghazni. Je n'étais qu'un soldat, lui avait de l'éducation, il servait comme traducteur. Un jour, un gamin est venu s'effondrer devant la grille d'entrée de la SAS. C'était comme s'il avait fui le diable et courut des jours entiers. Avant de s'évanouir, il avait prononcé le nom de son village et celui d'un chef de la rébellion connu pour sa cruauté.

Le village du gamin se trouvait en plein dans la zone interdite ; ses habitants – des paysans intraitables – n'avaient prêté allégeance ni au FLN, ni à la France.

On comprenait pas bien ce que disait le gosse, il semblait parler d'un massacre. Alors, un détachement a été constitué pour se rendre au douar et évaluer la situation.

Je fus réquisitionné et Bachir aussi, comme interprète.

Le village était à une bonne demi-journée de route, au fond d'une vallée entourée de grandes montagnes. Depuis le plateau, avant la descente, on voyait une nuée de corbeaux qui tournaient au-dessus du village. Les premières maisons longeaient la rive d'un oued qui partait s'enfoncer dans la montagne, plus au sud. On n'entendait que ces putains de croassement.

Youcef fit un geste avec sa main, comme s'il voulait chasser les oiseaux revenus le hanter.

– Sur les façades des gourbis, reprit-il, il n'y avait pas d'impact de balles. Mais au centre du village, un puits. La margelle était rouge de sang, elle grouillait de vermines. Les massacreurs avaient procédé de façon artisanale, comme ils savaient le faire : machettes et couteaux. Je me souviens d'avoir été le premier à me pencher au-dessus du point d'eau. L'odeur était atroce et ce que j'ai vu au fond, pire encore.

Youcef ferma les yeux et stoppa son récit.

Il reprit peu après, la voix blanche.

– Le puits était rempli de crânes qui baignaient dans un marigot d'eau croupie et de sang. Des têtes fraîchement tranchées, d'hommes, de femmes et d'enfants. Tout le douar y était passé. Aucun survivant. Alors, un lieutenant a demandé qu'on brûle le puits pour atténuer l'odeur.

Bachir avait refusé d'exécuter l'ordre. Les autres musulmans aussi. On voulait donner une sépulture à nos frères. Le jeune gradé qui s'appelait Rémi Saint-Jacques a explosé de colère avant de dire que puisqu'il en était ainsi, on n'avait qu'à se charger de la besogne nous-mêmes. Il nous a accordé une heure pour extraire toutes les têtes et les ranger dans une fosse. On devait se dépêcher, car les fellaghas rôdaient dans la montagne ; notre camion faisait une belle cible.

Hasna vint annoncer que la chambre de son père était prête, elle leur souhaita bonne nuit avant d'aller se coucher. La maison était silencieuse.

Youcef partit en cuisine se servir un verre d'eau. Adan l'y rejoignit.

– Quand la tombe a été recouverte, on a fait une prière

avant d'entamer le chemin du retour. Mais sur la route qui serpentait le long du col, le fourgon s'est heurté à un feu nourri. Les fellouzes s'étaient cachés dans les fourrés, ils nous attendaient... C'était la confusion, on a tous sauté du camion comme des diables pour tomber sur d'autres rafales qui crépitaient du ciel. Ils avaient un angle de tir parfait. La moitié des gars ont été tués avant de comprendre ce qui leur arrivait. On avait quelques mitraillettes avec nous et Saint-Jacques fit donner le feu. Après quelques salves, les fellaghas se sont repliés.

Youcef soupira.

– Tu vois mon fils, nous n'étions plus que quatre. J'étais avec Bachir, Rémi Saint-Jacques et un caporal qui s'appelait Meunier. Le camion était hors d'usage, le radiateur crachait de la fumée. Là vraiment je ne donnais pas cher de notre peau : le lieutenant perdait complètement les pédales et Meunier répétait sans arrêt qu'on était foutus. On a tout de même réussi à se mettre à couvert. On s'est décidés à longer l'oued vers le nord, en direction de notre camp de base. On a marché des heures. De temps en temps, des balles nous sifflaient aux oreilles. C'est Saint-Jacques qui est tombé le premier, une dragée en pleine tête. Le FLN ne nous lâchait pas, tu peux me croire. Le caporal a accéléré l'allure, nous avions du mal à le suivre. En haut d'un col, il s'est arrêté net, pétrifié. Je me souviens de l'expression de son visage quand il se retourna vers nous : livide comme la mort.

Bachir est le premier à avoir compris ce qui s'était passé ; il s'est jeté en arrière en criant. Meunier a aussi tenté quelque chose, mais la mine sur laquelle il avait posé un pied explosa. Il a été écharpé jusqu'à la ceinture. Je m'attendais à ce qu'il beugle et finisse d'ameuter le FLN, mais il était là, fixant le ciel avec ses yeux morts. Quant à Bachir, un éclat de fougasse lui était rentré dans la fesse. Je l'ai aidé à se relever, il parvenait à peine à marcher. Il a été brave, mais on devait s'arrêter souvent, de peur qu'il tourne de l'œil.

On a continué une bonne demi-heure. J'ai remarqué droit devant une ravine encaissée et profonde qui s'enfonçait dans la montagne. De gros blocs de pierre dressaient une chicane à l'entrée. J'ai pensé qu'on pourrait s'y faufiler et trouver un couvert, à l'abri des tirs ennemis.

Youcef semblait revivre chacun des détails de son récit. Adan le voyait qui ployait insensiblement du dos.

– Je portais Bachir sur mon dos. Sa jambe était poisseuse de sang et la fièvre le faisait délirer. Mais dans la gorge, la pénombre nous a fait du bien. L'eau glacée devait jaillir de sous la terre. On a pataugé dedans et ça nous a fouetté le sang. Bachir avait retrouvé un peu de lucidité. Il m'a demandé de le soutenir jusqu'à un rocher qui formait une surface plane au bord du courant. J'ai fait ce qu'il voulait. Depuis le promontoire, on voyait le canyon en enfilade.

Il a mis une main dans sa poche, saisit une poignée de cartouches et s'est adossé contre la muraille en chargeant son fusil. J'avais perdu le mien pendant notre fuite. Au fond du défilé, des silhouettes grises sont apparues. C'était eux, ils progressaient lentement, sûrs de finir par nous avoir. « Je vais essayer de les retenir », m'a dit Bachir d'une voix faible. Je lui ai dit qu'il ne tiendrait pas dix minutes, qu'ils étaient au moins une vingtaine. Alors, il a regardé sa jambe et jeté un œil vers les hauteurs.

Les yeux du vieil homme s'embuèrent.

– Sa dernière phrase est restée gravée en moi : « Je n'ai

plus de forces, je m'arrête. Toi, t'as qu'à gagner le plateau. Si tu restes caché, ils finiront par envoyer un hélicoptère pour savoir ce qui nous est arrivé. Tire-toi. »

Une pause.

– C'est ce que tu as fait ? demanda Adan.

Youcef se tordait les mains.

– Je savais que son sacrifice ne servirait à rien. Mais moi, j'avais mes deux jambes pour fuir. Et sans arme, qu'est-ce que je pouvais espérer ? Autant me livrer à l'ennemi tout de suite. J'étais un moghazni, ils m'auraient coupé les couilles et décapité au couteau. Alors... j'ai pris son fusil et je l'ai laissé là.

Adan ne disait rien.

– Il ne voulait pas le lâcher, j'ai dû lui arracher des mains. Ses cris me poursuivaient dans la gorge. Certaines nuits, je les entends encore. Que devais-je faire ? Ta mère et Hasna comptaient sur moi, c'est à elles que j'ai songé en courant.

– Mais ils ne l'ont pas tué.

– Je suppose qu'ils ont vu que c'était un traducteur, qu'ils pourraient obtenir des renseignements en l'interrogeant. Je ne l'ai plus jamais revu... jusqu'au barrage.

– Quel barrage ?

– Celui où mon capitaine a péri en tentant de nous évacuer avec le camion. Quand les fells l'ont fait s'arrêter, certains sont venus soulever la bâche à l'arrière. L'un d'eux a fixé ta mère avec intensité, il voulait la faire descendre. Cet homme, c'était Bachir. Maintenant, je me dis que c'est peut-être lui qui a tué Joubert. Pourquoi récupérer sa médaille, sinon ?

Adan mit un moment avant de répondre. Il entrevoyait, enfin, ce qui dévorait son père.

– En tout cas, conclut-il, il est bel et bien mort. Ou alors il a presque ton âge ; je l'imagine mal escalader ta maison.

Sur ces mots, il monta à l'étage et laissa Youcef, aux prises avec la nuit qui venait.

17

Les archives départementales se trouvaient au 75, rue de Neyrat. En entrant dans le bâtiment, Adan avait le sentiment de tirer l'ultime fil de la pelote. La descente de Marie au Vamp Shop s'était révélée vaine, l'inspection de l'appartement du fils de Sivry aussi. C'était le bout du chemin, la dernière piste.

Dans la salle de lecture, une recherche sur microfilms le fit tomber sur le fac-similé d'une brochure des années 50 : un recueil des soirées clermontoises insolites. Il dressait la liste des dancings, boîtes de nuit et bars clandestins à l'ambiance *speakeasy* où les noceurs fortunés pouvaient consommer de l'alcool, écouter de la musique et parfois s'accorder avec des filles qui étaient là pour ça.

Le Shepheard's club y figurait en bonne place. Une photo d'époque montrait une grande cave voûtée qui reposait sur des piliers sculptés, le genre de colonnes papyriformes pour temples égyptiens d'opérette. Sur les murs, des fresques et des statues en carton-pâte : cartouches, hiéroglyphes, têtes de sphinx et panthéon des anciennes dynasties. Des lampes à huile étaient accrochées à intervalle régulier, les serveurs faisaient couleur locale. Calotte tronconique en laine rouge et tunique traditionnelle.

Le second document consacré au dancing était un article

provenant d'un hebdomadaire régional, daté du 24 mars 1972. La photo présentait des riverains au pied d'un immeuble en ruine, on devinait en arrière-plan la silhouette de Notre Dame du Port.

EXPLOSION DANS UN IMMEUBLE DU VIEUX CLERMONT

Une explosion s'est produite vendredi, vers deux heures, dans les caves d'un immeuble situé rue Deschamps. La déflagration a réveillé tout le centre-ville en provoquant l'effondrement complet de l'édifice. Ce dernier, vétuste, était fermé au public. On ne déplore aucune victime. Selon une source policière, le sous-sol hébergeait depuis des années un cabaret : le Shepheard's club, réputé proche du milieu. Les sapeurs-pompiers n'ont trouvé aucune fuite de gaz et il sera difficile d'explorer les décombres en raison de la présence de plusieurs immeubles classés dans les environs. Les premières expertises accréditent la thèse d'une bombe datant de la Seconde Guerre mondiale qui aurait soudainement éclaté. Une équipe de déminage a été envoyée sur place.

Adan fit une recherche historique avec les mots « bombe » et « Clermont ». Il ne trouva qu'un seul article.

17 MARS 1944 : QUATRE LANCASTER DE LA RAF
BOMBARDENT L'USINE MICHELIN DE CATAROUX

Le 17 mars 1944, plusieurs forteresses volantes du 617 Squadron (RAF) ont bombardé l'usine Michelin de Cataroux, construite en 1870 et couvrant près de cinquante hectares. Les projectiles ont rasé le site en occasionnant d'importants dégâts collatéraux. Des dizaines de maisons ont été détruites, des centaines endommagées. Selon plusieurs témoins, des bombes sont tombées loin de l'objectif et quelques-unes n'ont pas explosé.

Adan quitta le lecteur de microfilms et se dirigea vers la fille de l'accueil.

– Existe-t-il un plan des caves de la butte de Clermont ? demanda-t-il. Comme pour les catacombes de Paris ? À moins que ce soit une légende…

Elle sourit.

– Vous n'êtes pas le premier à me poser la question ; les sous-sols de la ville suscitent des vocations parmi les aventuriers du dimanche. Ce qu'on sait précisément, c'est que pendant la guerre, la défense passive en a utilisé plusieurs comme abris antiaériens, je pense aux bombardements des usines Michelin. Il existe bien un plan qui évoque un projet d'interconnexion entre différents refuges, mais sa véracité n'est pas authentifiée.

– Les archives possèdent un tel plan ?

La fille opina du chef et partit consulter un terminal avant d'imprimer un document. Elle le tendit au policier.

– Si on en croit une association de passionnés qui inventorie depuis des années les souterrains du Vieux Clermont, ce serait un avis retrouvé accroché sur la porte d'un abri pendant la guerre.

Adan paya la copie et s'assit sur une table, près d'une fenêtre.

Intitulé « 2-25 Projet d'intercommunication de caves » le plan dessinait un emmêlement de gourbis enterrés. On envisageait, à l'époque, d'en percer certains pour les faire communiquer. Le dédale s'étalait sous les rues Ballainvilliers (ouest), Breschet (nord), d'Enfer (ouest) et Baroux (est).

Adan demanda à pouvoir disposer d'un plan de la ville. Il essaya de retrouver l'emplacement de l'ancien Shepheard's club, rue Deschamps. Avant qu'une bombe ne l'éparpille aux quatre vents. Il visualisa une zone grise, juste en dessous du lacis de caves. Un peu plus haut se nichait l'impasse Saint-Austremoine et le trou à mygales que lui avait dévoilé Raphaël. L'échoppe du prêteur sur gages était à deux pas. Cela faisait beaucoup de choses dans un mouchoir de poche. Pourtant, un dernier détail le frappa. Le cœur du labyrinthe se trouvait exactement à la base du triangle où les chats de la vieille ville s'étaient volatilisés.

Adan repartit voir la fille à l'accueil et lui offrit son plus beau sourire.

– Tout à l'heure, vous avez dit que je n'étais pas le premier à m'intéresser à la topographie des sous-sols, qui d'autre vous en a parlé ?

– Un monsieur très gentil. Il a consulté le même plan que vous.

Adan fronça les sourcils.

– Vous pourriez le décrire, donner son âge approximatif ?

– C'était il y a un mois ou deux. Je dirais la trentaine, peut-être plus.

– Vous avez gardé son nom ?

– Pour quoi faire ? Il y a du monde qui défile ici. En tout cas, il n'avait pas de carte d'abonné, comme vous d'ailleurs, fit-elle avec une pointe de malice.

Devant sa mine défaite, elle fit un effort pour se remémorer.

– Je crois qu'il habite Gerzat, près des jardins ouvriers.

– Des jardins ?

– Oui, je me souviens des traces de boue qu'il avait laissées dans la salle ; il s'en était excusé. On a discuté un moment. Il se plaignait de l'odeur qui régnait dans son quartier.

– De quel genre ? Un incinérateur ou une décharge ?
– Je ne sais plus, désolée.

En sortant du bâtiment, Adan appela sa sœur. Il voulait s'assurer que son père dînait bien chez elle, comme convenu.
– Baba va ronchonner, présagea-t-il, mais je te demande de le garder pour la nuit. Il y va de sa sécurité.

18

Il s'était garé sur le parking de l'abattoir de volailles qui lui rappelait tant de mauvais souvenirs. Le séjour de son père aux usines Michelin avait été de courte durée ; on avait vite su qu'il était un ancien harki. Comme le FLN comptait quelques sympathisants au sein des ouvriers, la vie devint intenable. Youcef démissionna. Après une longue période de chômage où il vécut avec ses enfants dans un logement minuscule de la rue Savaron, il trouva ce poste de technicien chair, à l'usine de Gerzat. Elle était toujours là, sur le bas-côté de la D210, au bout de la rue du Moulin de la Reine. Même façade à l'enseigne tapageuse, visible depuis la route.

Il flottait dans l'air une odeur carnée que le vent poussait tantôt vers les faubourgs de Gerzat, tantôt vers la A3. En été, les conducteurs qui connaissaient le secteur remontaient leur vitre dès qu'ils apercevaient les bâtiments.

En tournant le dos aux cuves qui servaient d'échaudoir, Adan vit les palissades des potagers.

Le soir tombait vite. Entre chien et loup, il distinguait la ligne floue et grise des cabanes entourées de cerisiers et celle des garages en bois et toiles de bitume. Il retourna vers son véhicule récupérer une lampe torche avant de s'enfoncer au milieu des gloriettes. Il entendait les voitures qui empruntaient la voie rapide et le chuintement de la fumée que crachait l'équarrissoir.

Après les jardins, à l'orée d'un massif envahi par les herbes folles, il découvrit une maison de plain-pied. Solitaire.

Adan s'approcha. Un coup d'œil à l'arrière : une terrasse laissée à l'abandon avec sa véranda aux vitres sales, un garage à vantail basculant devant un chemin boueux. Il examina le sol avec sa lampe.

Le grognement d'un molosse le fit sursauter. C'était un chien de garde qui tentait rageusement d'échapper à sa laisse ; elle le maintenait à l'écart d'une palissade, en bordure d'un lotissement.

Les aboiements eurent pour effet d'allumer une lumière dans la maison qu'il venait de contourner. Indécis, il resta un moment dans l'obscurité. Le clébard s'excitait sur sa chaîne. Adan échafauda mentalement une histoire pour justifier sa présence et vint sonner à la porte de devant.

Quand elle s'ouvrit, il peina à dissimuler sa surprise.

19

François Madani, le factotum de la cité Saint Mathieu, se tenait dans l'encadrement de la porte. Chaussons élimés et robe de chambre.

Adan n'avait pas encore ouvert la bouche, son esprit tournait à cent à l'heure.

François était-il le fils de Bachir ? L'agent du FLN envoyé à Clermont pour retrouver le trésor de guerre ? Tout faisait sens désormais : sa présence dans la résidence universitaire, le même intérêt pour les caves que Bachir. Pourquoi n'avait-il pas fait plus tôt le rapprochement entre les deux patronymes.

– Que voulez-vous ? demanda le petit homme au regard scrutateur.

Adan se donna un peu d'assurance.

– Notre enquête touche à sa fin, dit-il crânement. Mais il reste quelques détails à éclaircir. J'ai pensé qu'en venant chez vous, je vous évitais un déplacement au service.

Madani fit un pas dehors et examina les environs.

– J'ai dit tout ce que je savais.

Sourire pincé d'Adan.

– Ça ne sera pas long. Je peux entrer ?

Il s'écarta et referma la porte.

Une maison en désordre, mais propre. Un peu comme chez lui.

Il lui présenta un canapé dans un renfoncement qui devait faire office de salon.

Le policier s'assit sans retirer son blouson. Il ne faisait pas si chaud.

Madani gagna la cuisine.

– Vous voulez boire quelque chose ?

Il l'entendait sans le voir.

– Du thé, si vous avez.

Il en profita pour explorer la pièce. Sur un des murs, il vit une photo sous verre, jaunie par le temps. François et Bachir Madani, devant une baraque. Peut-être un camp de regroupement, comme ceux qu'il avait connus.

La canne était posée contre une chaise. François remplissait la bouilloire derrière la cloison.

Il remarqua une carte postale qui venait du bled, punaisée à côté. Il la retourna. D'autres papiers aussi, et cette image qui glisse sous une feuille.

Seigneur !

Du bruit dans la cuisine, il ne va pas tarder à revenir.

– Je ne pensais pas que vous pouviez marcher sans béquille, lança-t-il.

Jahid lui répondit derrière la paroi.

– Je la prends quand vient la fatigue, mais j'ai toujours ma carte d'invalidité.

Adan se demanda si cet homme était capable d'escalader la façade d'une maison. Il pensa à celle de son père. Avec le balcon qui faisait saillit et le lierre qui courait sur le mur, ce n'était pas si difficile.

– François, c'est le prénom que l'administration vous a donné, n'est-ce pas ?

Silence.

– « Adan » n'est pas celui que mon père avait choisi. Il préférait Abir. Mais au camp, l'assistante sociale qui renseignait les déclarations de naissance en décida autrement. Elle n'en dit rien à mon paternel. À quoi bon, c'était un indigène analphabète. Il est reparti sans se douter de rien. Ce n'est que plus tard qu'il comprit le sale tour que la République lui avait joué. Mais c'était trop tard, bien sûr. La bureaucrate a dû penser qu'avec un prénom biblique je m'assimilerai plus facilement.

Des bruits de pas derrière lui.

– Je m'appelle Jahid Madani.

Il tenait un fusil dans ses mains, canon pointé vers son torse.

Adan sentit son pouls battre dans ses tempes.

– Posez ce fusil, vous allez faire une connerie de plus.

L'autre secoua la tête.

– Je sais que vous n'êtes pas armé.

Ce n'était pas la première fois qu'un type le menaçait avec une arme à feu. Il souhaita que ce ne fût pas la dernière.

– C'est vous qui êtes entré chez mon père.

Une pause.

– Je ne sais pas de quoi vous parlez.

Adan soupira.

– Il y avait une trace au pied du mur. Le rond dans la terre : c'est la marque qu'a laissée le bout de votre canne. Vous cachez bien votre jeu, qui soupçonnerait un handicapé ? Ce qui m'échappe, c'est pourquoi un vieillard vous intéresse.

Les yeux de Jahid luirent d'un éclat soudain.

– Il a fouiné dans l'ancien immeuble de mon père et posé beaucoup de questions. Une voisine croisée au marché Saint Pierre m'a tout raconté. Que Settara revienne dans ma famille après toutes ces années, c'était vraiment bizarre. Après, j'ai fait le lien avec votre nom, sur la carte de visite que vous m'avez donnée à la résidence, et celui de votre père. Je me suis dit qu'avec un flic dans sa famille, le vieux pouvait encore nous causer des ennuis. Mon père haïssait le vôtre à un point que vous n'imaginez pas. Il l'avait abandonné à ses ennemis en lui prenant son arme : un fusil comme celui-là.

Le canon se leva un peu plus.

Trop loin pour tenter quelque chose.

– Et si vous commenciez par retirer votre doigt de la détente ?

L'autre n'en fit rien. Il agitait le calibre comme pour appuyer ses arguments.

Adan essayait de rester concentré. En vérité, il crevait de trouille.

– Youcef regrette ce qu'il a fait. Me supprimer ne changera rien à ce qui est arrivé. Aujourd'hui, il veut juste retrouver un capitaine qui l'a aidé. Il n'est une menace pour personne.

– Cet homme, répliqua Jahid en haussant la voix, je le connais. Mon père m'en a parlé. Il l'a tué il y a très longtemps.

Adan digéra l'information.

– C'était sur un barrage, près de la caserne Zeralda ?

– Il n'avait pas le choix, il devait le faire. Le FLN épargnait les harkis à une seule condition : qu'ils prouvent leur fidélité en tuant leur officier. Mon père a été torturé après avoir été abandonné dans la gorge. Il n'a survécu qu'en livrant les informations qu'il détenait.

Adan serra les dents.

– Je connais cette histoire, c'est une légende. Le cessez-le-feu était signé, jamais le FLN n'aurait pris le risque de tout perdre alors que sa victoire était acquise. Il était bien plus simple d'ordonner la liquidation de tous les traîtres, sans rémission aucune. Votre père a agi de sa propre initiative.

– C'est faux ! Vous mentez.

La voix de Jahid était étouffée par les larmes. Adan poursuivit, sans ciller :

– Bachir était amoureux de ma mère, il a soldé la jalousie accumulée pendant toutes ces années en égorgeant celui que Youcef admirait le plus. Ensuite, dans le chaos qui a suivi l'indépendance, une branche dissidente du FLN l'a envoyé en France récupérer le trésor des caves. Je ne sais pas s'il s'est débarrassé de son commanditaire pour effacer toutes traces et garder ce secret pour lui seul. Il a cherché le magot pendant des années, en vain. C'est vous qui avez pris la relève, je me trompe ? Comment expliquer sinon, votre intérêt pour les caves et votre passage aux archives de la ville ?

Jahid ouvrait des yeux ronds.

Alors, Adan ricana.

– Youcef ignore tout de ce trésor, il n'aspire qu'à vivre en paix, loin des démons du passé qui l'obsèdent. S'il vous inquiète tant, c'est que vous craignez qu'il vous concurrence dans votre quête. Vous avez faux sur toute la ligne.

Jahid fit un pas en avant.

– Je ne vous laisserai pas…

Un coup de tonnerre frappa Adan en plein dans le ventre et l'envoya valser contre le mur.

Il s'affala au sol, inerte.

Jahid avait appuyé sur la détente sans s'en rendre compte.

20

Marie remercia l'officier qui venait de lui apporter un café.

Le soir était tombé, il était à peine dix-sept heures.

Dans le bureau du permanent, au commissariat de Gerzat, elle relut ses notes avant d'appeler le juge.

La voiture flashée, la nuit supposée du crime, était immatriculée en préfecture du puy de Dôme, au nom d'Anatole Trémoulin. Un ancien instituteur, inconnu des fichiers de police.

– Un profil sans intérêt, conclut Marie.

À l'autre bout du fil, Pajole soupira.

– Passez lui rendre visite demain matin, l'air de rien.

– Ce sera difficile, Monsieur le juge.

– Pourquoi donc ?

– Trémoulin est décédé depuis trois ans, sa nécrologie est sur internet. Par ailleurs, la ville de Gerzat a construit une zone pavillonnaire à l'emplacement de son domicile. Il n'y a plus aucune trace.

Elle s'était levée en parlant. Derrière la vitre du bureau brillaient au loin les lampadaires du bloc d'habitations.

– C'est à côté d'un jardin ouvrier, un quartier résidentiel calme où il ne se passe jamais rien, aux dires des collègues. J'ai peur qu'on fasse fausse route.

Marie se dirigea vers sa voiture, il faisait nuit.

En ouvrant la portière, elle vit plusieurs automobiles alignées le long des trottoirs du lotissement. Elle décida d'aller jeter un coup d'œil.

21

Il peinait à respirer, mais il était vivant.

Sur le tatami, celui qui grimace de souffrance inquiète moins que celui qui reste face contre sol.

La cartouche provenait d'un fusil de chasse, pas d'une arme de guerre comme le croyait ce crétin de Jahid. Ce n'était pas une balle qui l'avait renversé, mais des plombs. La lampe rangée dans sa poche en avait dispersé certains, d'autres s'étaient nichés dans le gras du ventre.

Des dizaines de piqûres de frelon.

Madani l'avait descendu dans un local à chaudière ; le sol était en terre meuble. Du linge pendait, accroché à un fil.

Il l'entendait qui s'agitait autour de lui, tournant en rond dans la pièce. Tantôt il marmonnait, tantôt il sanglotait. Le fusil était toujours là, mais posé contre l'escalier. Trop loin pour tenter quelque chose d'intelligent.

Il n'avait plus son téléphone ; ce type n'était pas aussi bête qu'il en avait l'air. Ordinairement, Adan aurait pu le neutraliser d'un geste. Pas cette fois-ci. Il était blessé, il devait gagner du temps. Jahid commençait à perdre la boule.

– Je vais te descendre et après, j'irai buter ton père.

Ne pas céder à la panique.

– On est pareils tous les deux, murmura Adan, on est des fils de harkis. On a grandi dans les camps. Je comprends ta rage, mais ce n'est pas en tuant tes frères que tu effaceras le passé.

Pour toute réponse Jahid attrapa une chaise et s'assit à bonne distance du prisonnier.

– Quand mon père est arrivé en France, le camp de Bourg Lastic venait de fermer ; on nous a parqués dans celui du Larzac. Il est devenu instituteur, c'est là qu'il a rencontré une assistante sociale. Une Française plus âgée que lui qui était veuve ; il lui a fait un gosse. Après ma naissance, mon père a trouvé un emploi à Clermont. Il avait toujours en tête la mission qu'on lui avait confiée, pourquoi le cacher puisque tu sembles tout savoir, monsieur le policier !

Maintenir le fil de la discussion, lui éviter de perdre les pédales et de tirer une fois encore.

– Tu l'as suivi ?

– Il se foutait de moi, il n'y avait que l'or qui l'intéressait.

Ma mère ne m'a jamais aimé, elle m'a placé dans un internat : un centre de redressement. Les Français sont venus me chercher un matin, avec leur camionnette. J'ai hurlé et pleuré… Ma mère n'a rien fait pour les retenir. J'avais à peine treize ans.

Le visage d'Adan se plissa de douleur. À nouveau les taillades dans son ventre, un supplice chaque fois qu'il bougeait d'un poil.

En parlant, Jahid fixait quelque chose d'indistinct dans le noir.

– Il y avait ce type chargé de la surveillance des dortoirs. Un ancien garde-chasse qui vivait dans un pavillon, à côté du centre. Il recueillait des chiens abandonnés. On les entendait aboyer toute la journée. La nuit, il choisissait un lit et réveillait le gamin qui s'y trouvait. Tout le monde savait que mes parents se contrefoutaient de mon sort. J'étais la proie idéale ; j'y passais plus qu'à mon tour. Toujours la même chose. Je le suivais dans sa guitoune, il me déshabillait et me violait ensuite. Il ne parlait jamais. Je me souviens de la grosse horloge, dans la pièce.

Pendant que Jahid vidait son sac, Adan observait distraitement la pièce. Du fatras et une bâche sur le sol, au fond.

Jahid se leva. Il semblait décidé à en finir.

– Une nuit, j'ai tenté de fuir l'internat. Ce salaud avait repéré mon manège, il m'a lâché deux clébards aux fesses. J'ai réussi à grimper à un arbre, mais il est resté là, plus d'une heure à attendre que la fatigue et le froid me fassent tomber. La chose a fini par arriver. Depuis, ma patte traînasse.

Tu joues si bien la comédie. Mais ne t'arrête pas de parler, par pitié.

– Tu as rejoint ton père, après.

– Oui.

– Tu lui as raconté ce qu'on t'avait fait ? C'étaient de beaux salauds.

– La seule chose qui l'intéressait, c'était ses recherches sur la butte. Il a attendu d'être sur son lit de mort pour m'en parler. S'il avait trouvé ce qu'il voulait, il aurait disparu sans crier gare. Comme quand il nous avait abandonnés, ma mère et moi.

Ces souvenirs troublaient Jahid. Il marcha d'un pas d'automate vers le fusil, l'attrapa par le canon et caressa un moment la crosse, le regard perdu.

– Jahid…

Adan mourrait de soif et peinait à parler.

– Ton trésor, je sais où il se trouve : dans les ruines du Shephard's Club.

Il avait balancé ça au hasard. Il fallait le distraire de son projet morbide. Sinon, il était bien parti pour le flinguer avant de se tirer une volée de plombs dans la gueule.

Ses yeux s'étrécirent.

– C'est pour le magot que tu es venu ce soir, pas vrai ? Tu pensais me tirer les vers du nez ? Je t'ai eu le premier, salopard. Pas de chance.

Adan essayait d'accrocher son attention.

– Tu as fouillé une partie de la maison de mon père, tu sais qu'il n'a rien. Je te propose un marché. Tu me laisses partir et je te dis où se trouve le passage qui mène au dancing.

– Il n'y a plus d'entrée.

– C'est faux. Aux archives municipales tu t'es procuré le plan d'interconnexion des sous-sols. Il n'y en a pas de visible et le fac-similé n'en pipe mot. Pourtant, il en existe une.

Bachir était dubitatif.

– Si c'est vrai, pourquoi n'as-tu pas récupéré le trésor toi-même ?

– Je suis juste venu ici pour savoir si mon père était en danger. Je me fiche du fric.

– Tu as parlé de détails concernant l'enquête.

– C'était un prétexte.

Il le fixa de ses yeux pâles.

– Je pourrais te crever de suite.

Dehors, le gros chien aboya.

Jahid se raidit, ses doigts serraient compulsivement la crosse du fusil.

Adan s'écria d'une voix fiévreuse :

– Si tu vas dans l'impasse Saint-Austremoine, tu trouveras la boutique d'un ancien libraire : la devanture est verdâtre, tu ne peux pas la louper. La porte est fermée, mais j'ai la clef dans la poche de mon jean. Tu n'as qu'à la prendre. Dans le réduit où sont entreposés les livres, il y a un puits d'aération qui conduit à la galerie. Elle court jusqu'à un boyau qui mène sous la rue Deschamps : le dancing se trouvait là, le trésor aussi !

Son geôlier ouvrait grand les yeux. Un bruit de sonnette à l'étage le fit sursauter.

Il leva son fusil.

Adan hurla.

– Au secours !

Il reçut un coup de crosse en pleine tête.

22

L'éclairage des lampadaires vacillait dans le brouillard.

Marie remontait la rue en jetant un coup d'œil sur les voitures alignées devant les pavillons. Il n'y avait personne, un froid piquant s'insinuait au travers des plis de son écharpe.

Elle remarqua le jardin ouvrier et les cabanes qui formaient des taches sombres.

Un bruit sourd se fit entendre au loin.

Un coup de feu ?

Elle n'était pas sûre.

La jeune femme s'engagea prudemment au milieu des herbes blanches de givre et avisa une remise, à côté du pavillon.

Sa main se posa sur la crosse de son pistolet.

On dégaine pour tirer. On tire pour tuer.

Elle laissa l'arme dans son étui et continua d'avancer. Pas de lumière derrière les vitres de la maison.

En s'approchant du palier, elle fut surprise par les aboiements d'un chien, quelque part dans le noir. Marie attrapa son flingue pour de bon, elle entendait le bruit de la chaîne contre laquelle la bête se démenait.

Elle resta un moment, adossée contre la porte. Le clébard s'était calmé.

Marie allait repartir quand la semelle de ses chaussures crissa sur le gravier. Elle se pencha au sol et alluma son téléphone pour mieux observer. Quelques pierres étaient couvertes de taches brunes.

Du sang ?

Elle se releva et regarda la porte fermée. Elle essaya de tourner la poignée. Verrouillée.

Une maison à l'écart, discrète. Elle sonna.

Aussitôt après, un homme cria.

Marie fit deux pas en arrière et tira à trois reprises en direction de la serrure. Une balle fit sauter le pêne dormant dans un bruit de ferraille.

Elle repoussa la porte d'un coup d'épaule et pointa son arme à l'intérieur.

Une masse déboula d'un escalier et un tir fit éclater le plâtre dans le mur, juste au-dessus de sa tête. Marie mit un genou à terre et riposta sans réfléchir.

Quand elle atteignit la fenêtre de la véranda, elle n'eut que le temps de voir une ombre disparaître au fond du jardin.

23

La lumière des gyrophares embrasait alternativement les maisonnettes et les arbres, pris par le gel. Des sapeurs-pompiers remontaient l'allée en portant le brancard où Adan était étendu ; ils l'installèrent dans leur véhicule avant qu'il ne s'élance dans la nuit. Des techniciens en combinaison intégrale blanche croisaient dans le jardin des flics en civil, brassard sur le bras. À l'intérieur de la cave, des projecteurs sur trépieds éclairaient différentes scènes.

Réveillé en pleine nuit, Pajole se dirigea vers la maison en prenant garde de ne pas glisser dans la boue.

Dans le hall, il retrouva le capitaine Lesaux. Elle l'avait appelé, une demi-heure plus tôt.

– Comment allez-vous, Marie ? demanda-t-il tout de go.

– Ça ira, Monsieur le juge, je n'ai pas été touchée.

Le juge se pencha vers les cavaliers numérotés posés à côté de douilles. Elles étaient entourées à la craie. La porte d'entrée était lacérée par des tirs de grenaille, des impacts de balle criblaient un mur de la cuisine.

La mine de Pajole était sombre.

– Je viens d'avoir le colonel Ventou du groupement de gendarmerie du Puy-de-Dôme : tous les moyens possibles ont été engagés, le plan HIBOU de recherche nocturne est déclenché.

Marie approuva.

– De notre côté j'ai fait concentrer les patrouilles sur les gares et la périphérie de Gerzat. La police aux frontières d'Aulnat a été avisée.

– Qui est le tireur ?

– Il se nomme François Madani, quarante-deux ans. Nous sommes chez lui. Il est employé par le CROUS comme technicien à la Résidence Saint Mathieu. Il a pris la fuite avec un fusil de chasse de calibre douze, grenaille en plombs. Il m'a tiré dessus ainsi que sur le brigadier Settara, peu de temps avant. À l'évidence, Madani sait s'en servir. Maintenant, si vous voulez bien me suivre, ça se passe au sous-sol.

Le lieutenant Gavoile était accroupi près d'une fosse. Un masque sur le visage, il prenait des clichés pendant que deux autres techniciens évoluaient à l'arrière.

Marie enfila des gants et tendit au juge une paire de surchaussures en polypropylène.

Gavoile les vit s'approcher.

– La cavité contient le corps d'un homme, type européen ;

il a subi une importante corrosion ; âge indéterminé. L'identification anthropométrique est impossible pour le moment, mais je note qu'une partie de la mâchoire est intacte : le rapprochement avec un dossier dentaire est possible. Il baigne dans un linceul assez homogène d'oxyde de calcium dépourvu d'eau, je pense à de la chaux vive. On l'a recouverte de terre.

Il prit un instant pour s'éponger le front.

– On s'y prend ainsi quand on enterre les chiens dans les jardins. Le produit accélère la décomposition et neutralise l'odeur. Il provient de deux grands sacs qu'on a trouvés dans une poubelle, le long du mur près de l'établi.

Gavoile fit un geste avec son pouce au-dessus de sa tête.

– En manœuvrant la dépouille, on a constaté plusieurs débris osseux dessous. À mon avis, c'est une couche plus ancienne.

– Un autre corps ? demanda Pajole.

L'officier appela un collègue qui leur présenta un éclat d'os dans un sachet de plastique.

– Je ne suis pas médecin légiste, mais sur la mâchoire résiduelle de l'homme, les poils de barbe sont d'un brun prononcé. Là, c'est un bout de crâne avec sur le bord une suture coronale. Et juste avant, ceci…

– Une touffe de cheveux clairs ?

– Émilie était blonde, ajouta Marie d'une voix triste.

Le juge croisa les bras.

– Il découpe Émilie, dissimule les morceaux dans la fosse, la recouvre de chaux et rajoute un autre corps par-dessus ?

– Il y a une remise à côté de la maison avec une camionnette à l'intérieur, précisa-t-elle. C'est celle qu'on cherchait. Il a dû la récupérer lorsque son voisin est décédé. Comme celui-ci n'avait pas de famille il s'est bien gardé de signaler à la préfecture qu'il roulait avec, sans assurance de surcroît. On pouvait toujours chercher du côté du fichier des cartes grises… Officiellement, Madani n'a pas de camionnette. Il m'a bien roulé dans la farine en me racontant qu'il ne pouvait pas embrayer avec sa patte folle, la boîte de vitesses est automatique.

Quand ils s'approchèrent du véhicule en question, ils virent d'autres policiers en blouse blanche qui éclairaient l'intérieur et prenaient des photos.

Marie pointa l'aile avant droite.

– Le phare est cassé, l'aile est enfoncée. On a relevé des éclats de projecteur sur la chaussée, près du portefeuille de Gaëtan de Sivry. Je pense que d'ici deux jours l'Institut de recherche criminelle nous confirmera qu'il s'agit des débris de ce même phare.

Pajole se passa une main sur le front.

– François Madani a tué Émilie et Gaëtan. Mais quel est le mobile ?

Marie regarda le juge avec fatalisme.

– J'aimerais qu'il nous le donne lui-même. Mais souvenez-vous, la nuit d'Halloween à la résidence universitaire. Ce qu'il n'avait pas prévu, c'est que quelqu'un viendrait entre le moment de sa mort et son retour avec les outils. Ce visiteur, c'est le photographe masqué. Et lui, on ne sait pas où il est.

Pajole fixait la camionnette, immobile.

Marie poursuivit :

– Quand j'ai trouvé Adan dans la cave, il était assommé. J'ai pu le ranimer avant l'arrivée des secours et il m'a confié ça. Elle tendit la photo d'Émilie et du fils de l'avocat. Adan l'a découverte dans des papiers laissés par Madani sur une commode.

– L'image manquante sur le mur, commenta Pajole.

– C'est le lien qu'on cherchait avec les celliers.

Un policier interpella Marie qui vint à sa hauteur.

– La scientifique a fini de balayer la camionnette à l'ultraviolet. Le résultat est positif : traces de fibres et de fluides divers, plus qu'il nous en faut.

– Il manque le charriot, objecta le juge.

– Il y a pas mal de fourbi à l'arrière de la baraque, on va tout retourner.

– Bon travail capitaine. Si j'ose dire, il ne reste plus qu'à mettre la main sur Madani. La nuit promet d'être longue.

Un sourire triste.

– Et moi, ajouta-t-il, je n'ai plus qu'à appeler le bâtonnier Flandre pour qu'il m'accompagne au domicile d'Antoine de Sivry lui annoncer qu'il n'a plus d'héritier.

24

Dans la chambre d'Adan, au CHU Hôpital Nord, Marie était assise à côté du lit. Elle le regardait dormir sagement, malgré les pansements sur son visage et la marque des coups sur le reste du corps. Il avait dans son sommeil une expression qui lui rappelait Michel. Le chirurgien avait retiré une demi-douzaine de plombs, certains à quelques millimètres du foie. Un sac de soluté se vidait goutte à goutte. Il était relié à une aiguille plantée dans une veine de son avant-bras.

Dans le couloir, elle vit passer un groupe de clowns qui rejoignait le service de pédiatrie.

Adan avait ouvert les yeux. Il murmura quelque chose.

Elle se pencha.

– Madani…

– On ne l'a pas attrapé, pas encore. Tu es dans cette chambre depuis vingt-quatre heures. Tu as été opéré hier : tout s'est bien passé. Il te faut du repos.

– Mon père ?

– Il est chez ta sœur. Une voiture de police est garée devant la maison. Elle ne bougera pas tant qu'on ne l'aura pas serré. Ils sont passés te voir ce matin, pendant que tu dormais.

Il déglutit péniblement. Elle lui tendit un verre d'eau.

– Merci de m'avoir tiré de là.

Elle sourit.

– On est quitte, désormais.

En quelques mots elle lui expliqua comment elle avait raccroché la maison de Jahid.

Il ajouta : « C'est pour le trésor qu'il les a tués, tu comprends ? »

Marie fronça les sourcils.

– Quel trésor ?

Il parla du plan des caves et du Shepeard's, de la cellule d'Oran et des menées du FLN pour récupérer l'or extorqué aux travailleurs algériens.

– À la Résidence Saint-Mathieu, il avait accès aux chambres pour superviser l'entretien. Dans celle d'Émilie, il est tombé par hasard sur sa photo avec Gaëtan ; il y avait cette cave qu'il ne connaissait pas. Une nouvelle piste pour trouver l'or, c'est ce qu'il a immédiatement pensé. Il a voulu repasser dans sa chambre pour lui parler, mais cette fois-là, elle était ligotée au radiateur. C'était au moment d'Halloween, après que Gaëtan l'ait ramenée du chalet de son père. Il lui avait fait payer ses échappées sur internet comme escort-girl. Lui, le fils du grand avocat, à la colle avec une pute. Il a vu rouge.

Marie se leva et regarda par la fenêtre le ciel qui se chargeait de nuages.

– Mais il ne l'a pas tuée, poursuivit-elle. C'est quand Jahid s'est pointé qu'il s'est passé quelque chose de moche, Émilie n'a pas survécu. Alors, il est parti chercher de quoi faire disparaître le corps et, entre-temps, quelqu'un a fait son entrée. Il a pris Émilie en photo avec un masque de carnaval sur la tête. Il savait qu'avec Halloween personne ne le remarquerait.

Adan haussa les épaules.

– Mais qui est cette personne, et pourquoi l'a-t-elle mise sur une clef USB au milieu d'une friche ?

– Je te rappelle que le site qui hébergeait la photo se situe en Transnistrie. Mais ce n'est pas si grave.

– Tu trouves ?

– Oui. Avant-hier, on a reçu un coup de fil de ton ami, le chasseur d'OVNI. Il nous a filé un bon tuyau. Il s'est souvenu d'une affaire où un pédophile, se sachant surveillé, avait effacé toutes les photos compromettantes de son appareil, oubliant qu'elles étaient, en parallèle, automatiquement envoyées vers un service de stockage en ligne. Résultat : les gendarmes ont pu les récupérer auprès de la société qui fournissait l'hébergement sur internet.

– C'est bien joli, mais nous on n'a pas le téléphone en question.

Marie balaya l'argument d'un geste.

– On connaît le modèle, un Fire One, et quel jour la photo

a été prise. Tu sais qu'en matière de réseaux sociaux, les entreprises qui proposent des applications gratuites conservent les données de leurs utilisateurs. Là, je dois dire que Fournier a eu du flair. La presse informatique rapporte que depuis un peu plus d'un an, Fire One a passé un partenariat avec Full Box, une société qui héberge des fichiers en ligne. L'application est préinstallée sur les appareils et les propriétaires disposent de trente Go de mémoire gratuite pendant deux ans.

Adan se redressa.

– Vous avez pu contacter la société ?

– Bien mieux : quand on leur a dit que c'était pour une affaire d'homicide, ils n'ont pas rechigné. Pajole a transmis une réquisition et ils nous ont adressé tous les éléments. La photo d'Émilie se trouvait bien sur le « nuage ». C'est celui d'un étudiant, inscrit à la faculté de droit. Il suivait les mêmes cours que Gaëtan.

– Ça alors ! Un membre de la Couronne ?

Elle sortit un papier de sa poche.

– On a son adresse. Une piaule louée à un particulier, place de Jaude. On part taper son domicile demain, à la première heure. Je voulais que tu le saches.

Après le départ de Marie, Adan resta allongé un moment. Puis, au prix d'un gros effort, il se leva et attrapa son jean, taché d'huile et de sang. Il tâta la poche qui contenait la clef que lui avait donnée Raphaël.

Elle n'y était plus.

25

Dans la lumière tamisée de son bureau, Pajole tourna la tête vers Marie qui rassemblait les feuillets du compte rendu d'enquête.

– Il vous a tout raconté ?

– Je crois qu'il était soulagé de nous voir arriver. Le secret était devenu trop lourd à porter.

Elle se leva et jeta un coup d'œil dehors. La coupole de l'église était entourée des premières lumières du soir. Le bruit de la circulation autour du palais de justice montait de la rue en sourdine. Le quartier lui plaisait. Il y avait un cinéma d'art et d'essais pas loin ; avant que Michel ne se fasse engloutir par son travail, leur couple aimait s'y rendre. Des souvenirs…

– Franck Brenon est inscrit à l'Université des sciences juridiques, il a tenté de décrocher un strapontin au sein de la fraternité étudiante. Il est issu d'une famille modeste, son père est professeur des écoles et sa mère, secrétaire dans un garage de Royat.

Lors de la soirée qui s'est tenue au chalet d'Aydat, il était là. Émilie aussi, il le confirme. Tout le monde avait pas mal picolé et ce qui devait être une plaisante soirée de beuverie a mal fini. Une fois les étudiants partis, Gaëtan s'est retrouvé en tête à tête avec son amie et Franck tenait la chandelle. Face à Gaëtan, le fils d'un notable influent, il a toujours fait profil bas. Et comme le premier aimait se comporter en leader, les rôles étaient bien répartis.

– Que s'est-il passé exactement ? demanda Pajole, coudes sur le bureau et mains jointes.

– Une grande explication entre les deux amants. Gaëtan savait qu'Émilie se prostituait. Après lui avoir administrée plusieurs coups, il l'a traînée dans sa chambre où il l'a ligotée avec de la ficelle.

– Il l'a violée ?

– Franck n'a pas su me dire, il est resté prostré dans le salon.

– Quand Gaëtan est redescendu, Émilie avait des traces de coups sur le visage. À moitié ivre, Gaëtan a déclaré qu'il la raccompagnait dans sa chambre, à la résidence. Franck n'avait pas de voiture, il a suivi les deux « tourtereaux ».

À l'étage où logeait la jeune femme, ce soir-là, des étudiants fêtaient Halloween. Beaucoup de bruit, des gens déguisés un peu partout.

Nouvelle dispute entre Gaëtan et Émilie, Franck reste passif, incapable de s'en aller.

– Comment expliquez-vous une telle apathie, capitaine ?

Elle fit la moue avant de retourner s'asseoir.

– Franck avait bu, mais je pense que cette intronisation par la fraternité, c'était pour lui l'occasion d'échapper à sa condition. Il s'est senti paralysé, n'osant contrarier Gaëtan. Il m'a affirmé avoir quitté la chambre en laissant la fille attachée au radiateur, avec la même ficelle que celle utilisée dans le chalet. Il est sorti dehors et il a marché vers la station de tram la plus proche. Il faisait froid, il a dû dégriser. Comme il y avait une panne sur la ligne, il a eu le temps de réfléchir et d'avoir des remords. Il a trouvé un masque qui traînait dans l'escalier, il l'a enfilé de peur d'être reconnu ; il pressentait que quelque chose de sinistre avait dû arriver. Il y avait toujours la fête à l'étage, et la porte de la chambre était tirée, mais non verrouillée. Il l'a ouverte et là, il est tombé sur le cadavre d'Émilie. Étrangement, Franck n'a pas paniqué. Il a sorti son smartphone et a pris le cadavre en photo. Le lendemain matin, il a cherché à joindre Gaëtan. Mais entre-temps, le corps de la fille avait disparu.

Le juge écoutait Marie avec attention.

– Il n'a pas osé parler avec Gaëtan. Il se sentait complice et il avait peur d'être attrapé par la police. Au bout de quelques jours, rongé par la culpabilité, il a décidé de mettre la photo sur une « goutte morte » planquée dans l'Hôtel Dieu. Il y a un site international qui regroupe toutes les clefs de ce type disséminées dans le monde. Il l'a sans doute consulté ; après avoir transféré le ficher il avait prévu de localiser son emplacement dans un message depuis un site en ligne dont l'accès nécessite un mot de passe. Il voulait l'envoyer à Gaëtan, savoir ce que son mentor déciderait. Après tout, son père était un puissant avocat.

– Et il l'a fait ?

– Oui, mais le site a été piraté. De nombreux internautes s'en servaient pour échanger des photos pornos ou en faire une plateforme de téléchargement de films. Quoi qu'il en soit, l'emplacement de la clef s'est retrouvé sur un forum de discussion pour urbex. La suite, on la connaît.

Pajole posa les yeux sur le rapport : la conclusion s'étalait en caractères noirs.

– Aucun lien entre ce gamin et Madani ?

– On n'a rien trouvé.

– Les analyses ADN confirment que le corps de la fille plongé dans la chaux est celui d'Émilie, idem pour le fils de Sivry ?

– Sans le moindre doute. Je crois que Madani avait repéré la photo sur le mur de la chambre depuis un bout de temps, il devait être de garde au moment d'Halloween. En passant dans le couloir, il a vu la porte entrebâillée. Derrière, la fille était déjà attachée. Je ne sais pas ce qui s'est passé. Elle lui a claqué dans les doigts pendant qu'il l'interrogeait ou bien il l'a liquidée pour ne pas être inquiété. Après, il est ressorti pour chercher de quoi la faire disparaître. Mais entre-temps, Franck est revenu. C'est là qu'il a fait son cliché. Lui et Madani se sont peut-être croisés à deux reprises, dans l'ascenseur ou l'escalier.

Pajole hocha de la tête.

– Tant qu'on n'a pas retrouvé Madani, ce dossier n'est pas clos. Où peut-il bien se terrer ?

– Sa photo est dans tous les journaux. Tôt ou tard, il va faire une erreur.

26

L'avant-veille, Adan avait répondu aux nombreuses questions posées par ses collègues. Il fut tantôt précis, tantôt évasif.

Il apprit que le commandant Boutteville était toujours confiné chez lui, miné par la dépression. On craignait qu'il ne commette l'irréparable et un officier était passé récupérer son arme, accompagné d'une psychologue.

Un peu après vingt-deux heures, il regarda sa montre et décida que c'était le moment. Trois bonnes heures avant le passage de l'infirmière ; elle avait des habitudes de métronome.

Il se leva gauchement, ôta sa chemise de nuit et enfila des vêtements propres que sa sœur avait amenés pour sa sortie, le surlendemain. Il lui avait demandé d'apporter des bottes et une paire de gants.

Il avait commandé un taxi ; il l'attendit devant le hall d'accueil. Il se fit déposer Boulevard Trudaine et remonta à pied jusqu'à l'entrée de l'Impasse Saint-Austremoine. La rue était déserte. Il marchait lentement, car ses blessures étaient à peine cicatrisées.

Son hospitalisation avait duré plus d'une semaine et Madani courait toujours.

Adan s'arrêta au pied de l'enseigne au dragon, devant la vitrine empoussiérée. Il resta là, jetant un bref regard dans la ruelle. La porte n'était pas verrouillée ; il entra et commença à se changer. Il prenait son temps, grimaçant quand les sutures le titillèrent au moment où il enfilait ses bottes.

Il s'approcha de la fosse que lui avait révélée Raphaël. Ses mains étaient gantées, le rayon de sa lampe explorait l'intérieur. Il remarqua les mouvements soyeux des mygales. Il y en avait une dizaine. À l'aide du crochet à serpents, Adan les retira du puits les unes après les autres, puis les lâcha au fond d'une caisse avant de la recouvrir d'une planche.

Au fond du trou, il discerna le boyau taillé dans le tuf et au sol, d'autres araignées fouisseuses qui se dispersaient à son approche. Il baissait la tête pour ne pas se cogner au plafond.

Il vit une forme sombre au milieu du chemin : le corps d'un homme. Une grosse mygale posée sur son crâne fixa le policier quand le faisceau de sa lampe la balaya. Elle partit se réfugier dans l'obscurité. En tendant l'oreille, il entendait dans le noir les frôlements des arachnides ; un courant d'air caressa son visage.

Adan s'approcha prudemment de la silhouette immobile.

C'était Jahid Madani. Son fusil se trouvait à moins d'un mètre.

Les traits de son visage exprimaient l'horreur qu'il avait ressentie avant de mourir. L'humidité avait ralenti la putréfaction du corps.

Le policier inspecta ses chaussures puis baissa les chaussettes pour découvrir les chevilles. Des marques de morsure.

À l'aide de sa perche, il s'assura qu'aucune araignée ne séjournait dans les plis du vêtement. Il récupéra la clef dans la veste du mort et la rangea soigneusement dans une poche de son jean.

Plus loin, le corridor débouchait dans une autre cave, voûtée d'arêtes reposant sur des chapiteaux. Elle était encombrée de caisses pourrissantes. Il traîna un moment à l'intérieur, puis continua droit devant. Il remarqua de petits squelettes, disséminés au milieu du chemin. Des poils recouvraient des lambeaux de chair. Un orifice, assez large, s'ouvrait en haut d'un conduit d'aération dont la base donnait sur les charognes. Il devait s'agir d'un puits, il voyait la nuit étoilée et la gouttière d'un immeuble en surplomb. La cave au plafond curviligne n'avait pas d'autre issue et Adan en avait assez vu.

De retour dans la rue, il regagna le boulevard en quête d'un taxi pour l'hôpital. Il s'était débarrassé des gants et des bottes dans la première poubelle.

ÉPILOGUE

Henriette Menut finissait de balayer sa cour. Une agitation en provenance de la rue piqua sa curiosité. Un camion des sapeurs-pompiers et deux véhicules de police stationnaient à quelques mètres. Des hommes en uniforme allaient et venaient à l'intérieur de l'immeuble voisin du sien.

Elle resta un moment à guetter, les chats furetaient entre ses pantoufles.

Marie déboula dans l'immeuble en compagnie de deux hommes équipés de cordes, de mousquetons et de baudriers. Elle prit l'ascenseur pour le dernier étage et l'escalier de service qui menait à la toiture.

Là-haut, le temps était venteux et la pluie menaçait. Les cheminées en briques s'éparpillaient au milieu des conduites d'aération. Le décor alentour formait une série de plate-formes et de terrasses gravillonnées, entrecoupées de pentes de tuiles et de zinc, plus ou moins abruptes. Un pompier lui désigna un toit à versants inclinés où ses collègues du groupe d'intervention en milieu périlleux avaient installé un cordage sous forme de main courante. Sans elle, elle ne pouvait espérer franchir la passe sans glisser le long de la pente et être happée dans le vide, un plongeon de douze mètres.

– Tout l'immeuble a été fouillé, il ne reste plus que le toit, résuma un gardien en vérifiant que son baudrier était bien attaché à sa taille.

– En débouchant de l'escalier de service, on a remarqué des corbeaux qui tournaient autour de quelque chose, derrière le lot de cheminées, après le passage oblique. Il faut que vous alliez voir.

Marie s'efforça de ne pas regarder en contrebas. Grâce à plusieurs cordes, elle traversa doucement en fixant un pompier qui lui tendait la main, cinq mètres devant.

Une fois de l'autre côté, elle les vit. Des dizaines de carcasses pourrissantes, mélange de chairs corrompues, de poils et d'os broyés. Plusieurs têtes arrachées se trouvaient à l'écart. Certaines avaient roulé au pied d'une antenne de télévision ou basculé le long d'un toit avant d'atterrir dans une gouttière remplie de mousse et d'eau croupie.

Une odeur de charogne flottait dans l'air. Marie s'approcha d'une carcasse éviscérée pour ramasser une grande plume, striée de couleurs, qu'elle rangea dans son carnet rose. Alors, pris d'une intuition, elle se redressa et embrassa le paysage. Sous un ciel tourmenté s'étalaient les toits dissymétriques de la vieille ville, avec ses tuiles rondes occitanes, ses ardoises grises et ses belvédères d'où le linge séchait.

En tournant la tête vers l'ouest elle le vit, solitaire au-dessus des toits.

La Cime du Duc.

– Il y en a d'autres en bas ! lança un collègue en pointant une fosse carrée dénuée de fenêtres, qui devait faire dans les cinq mètres de côtés. Elle était formée par les façades arrière de quatre immeubles, couvertes de crépi et de briques. Tout au fond, on distinguait une ouverture circulaire et noire. Des sacs en plastique et quelques bouts de carton jonchaient le sol. Avec les jumelles qu'un brigadier lui tendit, Marie remarqua d'autres carcasses autour du trou.

– On va descendre pour voir où mène cette ouverture, prévint un pompier du groupe de reconnaissance et d'intervention en milieu périlleux.

En sortant dans la rue, Marie vit qu'Henriette Menut était aux aguets.

La policière vint à sa rencontre. Elle souriait tristement.

– Les chats de la butte vont enfin pouvoir dormir sur leurs deux oreilles.

Henriette aperçut des fonctionnaires qui transportaient une cage à l'arrière d'une camionnette. Un grand rapace s'agitait à l'intérieur.

– Il était dans le pigeonnier ?

Marie confirma d'un mouvement de tête.

– Le géologue dont vous m'avez parlé a dû le recueillir lors d'une de ses explorations. Je comprends mieux le surnom qu'il a donné au campanile : l'oiseau est un hibou Grand-Duc. C'est un prédateur de chats, à ce qu'il paraît. Vous ignoriez qu'il nichait là ?

Une profonde stupeur recouvrait le visage de la vieille femme. Marie poursuivit.

– Ce n'est pas si surprenant, remarquez. L'animal est nocturne. J'imagine qu'une fois votre voisin décédé, le hibou n'a plus été nourri. C'est là qu'il a commencé à chasser. Et dans son territoire immédiat, la nourriture la plus abondante c'était les chats.

– Mais, comment avez-vous su ?

Marie cala ses mains dans les poches de son manteau.

– Un courrier anonyme nous a signalé l'existence du puits, quelque part derrière cet immeuble. On est passés vérifier, à tout hasard. On a bien fait.

Henriette était bouleversée.

– C'était un homme qui ne pensait jamais à mal, vous savez…, il était juste un peu bizarre. Dans le quartier, certains disaient qu'après la mort de sa femme, il était devenu un peu fou. Il ne lui a pas survécu très longtemps, d'ailleurs.

Elle s'arrêta de parler, une boule de chagrin remontait dans sa gorge.

– Vous savez, de tous mes chats c'est *Suzette* qui me manque le plus ; elle avait un collier bleu.

Un regard perdu.

Marie hocha la tête.

– Je demanderai si elle figure parmi ceux qu'on aura trouvés. C'est promis.

– Vous êtes mignonne. Vous voulez un thé ?

Elle regarda sa montre.

– Je n'ai pas vraiment le temps.

Alors, Henriette lui jeta un regard si éploré qu'elle n'eut pas le cœur de refuser.

Dans son alcôve, au-dessus des pavés envahis par les fleurs de pissenlits, Bastet les fixait encore. La fiente de pigeons séchée recouvrait la statue d'une dentelle blanche.

– Celui-là, le hibou ne risquait pas de vous le prendre.

Un sourire mélancolique sur les lèvres d'Henriette.

– Chaque matin j'ai une pensée pour lui, j'espère que tout va bien.

– De qui parlez-vous ? demanda Marie.

– Du docteur. Bastet, c'est lui qui me l'a offerte, je ne vous l'avais pas dit ?

– C'est un joli cadeau. Mais pour être franche, je trouve à cette sculpture un regard étrange.

– Avant de s'envoler pour Haïti, le docteur est passé avec sa femme pour me dire au revoir. Il m'a raconté qu'il l'avait achetée au fils d'un riche caviste qui vivait dans le quartier. Cet homme, qui possédait énormément de bouteilles, alignées dans des caves à plusieurs étages, était aussi très égoïste. À sa mort, ses fils n'ont récolté que des vieilleries, dont plusieurs statues, comme celle-là. Ils s'en sont débarrassées aux enchères et le docteur en a récupéré une pour me l'offrir. Il voulait me remercier de l'avoir défendu, quand beaucoup le traitaient de sorcier.

Marie avala vite son thé.

Elle salua Henriette et se dirigea vers sa voiture, garée rue Neyron.

Dans son dos, un pompier l'appelait.

– Capitaine, vos collègues veulent que vous les rejoigniez sur le toit de l'immeuble.

– Qu'y a-t-il ?

– Nos hommes ont découvert un cadavre au fond du puits.

*

À la brigade des mineurs, un sapin de Noël clignotait à l'entrée du bloc. Dans la salle de conférence, des assiettes en carton remplies de chips, de cacahuètes et de petits fours, tout juste décongelés. Une vingtaine de fonctionnaires parlaient fort en sirotant dans leur gobelet du champagne un peu tiède. Le jus de pomme avait la faveurs des dames.

Le lieutenant Rossignol circulait au milieu des convives, riant et recevant des claques amicales dans le dos. Il venait de décrocher une mutation à la Réunion, avec à la clef un avancement au grade de capitaine. C'était un double privilège, plutôt rare. La totalité des effectifs de la brigade entourait l'heureux élu. Rossignol était un type sympa et un sacré bosseur. Il était estimé de tous.

Il vit Marie qui remplissait les verres des secrétaires.

– Merci d'être passée, dit-il en trinquant avec elle.

– C'est normal, je suis contente pour toi.

La vie n'avait pas été tendre avec Rossignol. Sa femme ne pouvait pas avoir d'enfant et l'année dernière, à six mois d'intervalle, il avait enterré un frère et une mère. Ce retour de chance était cent fois mérité.

Rossignol vida son verre. L'instant d'après, son ton se fit plus grave.

– J'avais besoin de changer d'air. Tous ces gosses battus comme plâtre, ces pervers avec leur déni perpétuel... je n'avais plus qu'une envie, leur flanquer une pile.

Elle sourit. Rossignol ne ferait pas de mal à une mouche, même à bout de nerfs.

Il la regarda un instant, cherchant ses mots.

– C'est vrai ce que j'ai entendu ? Tu vas rejoindre la brigade ?

Marie hocha la tête.

– Ce n'est pas encore officiel.

– Tout de même, les mineurs… pourquoi pas un service plus feutré comme la financière ?

– Je veux rester en contact avec le terrain, c'est ce que j'aime. Et puis, je suis encore jeune, sans enfant… le profil idéal.

Il sourit.

– C'est aussi mon avis, vois-tu. Il retira quelque chose qui pendait à son cou.

– Oh non, dit-elle, je ne peux pas accepter.

– Bien sûr que si. Je ne sais pas comment tu t'y es pris, mais Zecchoni et Morémon grillent en enfer. Elle te revient de droit.

Il lui saisit doucement la main et glissa la clef dans sa paume.

Sans autre cérémonie, Rossignol lui fit la bise et partit rejoindre les collègues qui l'appelaient.

Elle jouait avec le cordon quand Adan arriva.

– Tu es en retard, ils ont fini le jus de pomme.

– Ça m'étonnerait, répliqua-t-il en désignant le barouf.

Il allait mieux.

– Tu n'es plus arrêté ?

– J'ai vu la médecine du travail hier, je reprends demain.

– Ils n'ont pas tardé pour remplacer Boutteville, tu sais ? Lyon nous envoie un jeune commissaire, tout frais moulu de l'école.

– Hum…

– Comment va ton père ?

– Il est chez lui, avec son chat. Il n'a plus peur, je crois.

– Parce que Madani est mort ? L'autopsie dit que ce sont

les morsures des mygales qui l'ont tué. Sa lampe de poche était déchargée, il a peut-être cherché son chemin dans le noir, pendant des heures, avant de succomber au venin. Un mort horrible.

Adan haussa les épaules.

– C'est quand même inespéré. On était en plein brouillard et voilà qu'un témoin anonyme nous adresse une carte postale illustrée avec des matous. Et sur le verso, une série de chiffres imprimés : l'emplacement GPS de la fosse contenant les bestioles. Alors, on déboule direct et on découvre le puits dans une cour, entourée d'immeubles. Pile-poil au niveau d'un souterrain avec un beau cadavre dedans.

Adan pointa un doigt vers le ciel.

– Il faut dans toute enquête un gramme de chance, je ne sais plus qui a dit çà, un jour.

Les yeux de Marie s'assombrirent.

– Tu as tes petits secrets, Adan. Moi j'aurais préféré que Madani soit jugé.

Sans doute pour faire diversion, il lui tendit une enveloppe en papier d'emballage.

– On ne va plus travailler ensemble, alors, ce qu'il y a dans cette enveloppe devrait t'intéresser.

Un court silence.

– Je crois que les collègues m'attendent.

– Adan… elle posa une main sur son épaule. Je voudrais que tu prennes soin de toi.

Il sembla surpris du ton qu'elle avait employé. De la douceur.

– Que vas-tu faire, retourner à la Criminelle ? Ils te sacqueront.

Il répondit d'un ton blasé.

– Je devrais songer à la retraite, mais pour faire quoi ? Il est peut-être temps que j'aille voir ailleurs, moi aussi. J'étouffe dans cette ville.

Marie le laissa rejoindre la fête. Dans une main elle avait l'enveloppe et dans l'autre le lacet de cuir. Elle le passa autour de son cou et fit quelques pas dans le couloir.

Le bureau de Rossignol était ouvert. Il avait disposé un carton rempli de ses affaires personnelles.

Les tableaux étaient posés aux pieds des murs, l'armoire aux péchés bien visible.

La place était libre.

Elle resta un moment dans l'encadrement de la porte, n'osant rentrer.

Sa main glissait le long des boutons de son chemisier, elle sentit la clef sur sa peau.

Alors, elle vint s'asseoir et contempla les meubles qui l'entouraient. Elle regarda l'enveloppe et reconnut l'écriture d'Adan.

Un simple mot : *Giovanni.*

*

Suite au violent orage qui s'était abattu sur la ville, la cour d'Henriette s'était transformée en pataugeoire. Des trombes d'eau avaient mitraillé fenêtres et plantes.

Elle contemplait l'espace découvert quand ses yeux tombèrent sur la statue du chat noir. Dommage qu'elle soit si dégoûtante. Un mélange de terre et d'excréments spongiformes recouvrait l'animal. La vieille sortit un torchon et s'aida d'un fond de vinaigre blanc pour enlever les immondices. Au niveau des pattes, elle remarqua une plaque noire qu'elle frotta énergiquement. De petits idéogrammes apparurent. Ils encadraient une inscription en caractères antiques : *Shepard's Club.* Ce qui pouvait être un vernis, ou de la suie s'ôtait au fur et à mesure qu'elle s'activait.

Bientôt, le chat apparut dans sa couleur d'origine.

Il n'était pas noir. Quelqu'un l'avait entièrement recouvert de peinture.

Une fois la barbouille enlevée, Henriette recula d'un pas.

Bastet la fixait dans sa robe flavescente.

Elle était entièrement en or.

Merci à mes correcteurs qui m'ont aidé à rendre ce roman meilleur : Pascal et Anna, Michel et son crayon rouge.

Merci à Lalie Walker pour ses conseils de pro.

Merci à ma chère Betty qui m'encourage toujours à remettre sur le métier.

Robert, tu n'étais pas loin.

DU MÊME AUTEUR

Le Vallon des Parques
Éditions du Toucan, 2013

La Trace du silure
Éditions du Toucan, 2014

Un parfum de soufre
Éditions du Toucan, 2015
Prix Plume d'argent 2016 du thriller francophone

Pire que le mal
Éditions du Toucan, 2017

Tension extrême
Fayard, 2017
Prix du Quai des Orfèvres

sylvainforge.webnode.fr

MAQUETTE ET MISE EN PAGES

Zeharbegi@

OUVRAGE IMPRIMÉ EN JUIN 2019
PAR CORLET NUMÉRIC, Z.A. CHARLES TELLIER
14110 CONDÉ-EN-NORMANDIE
DÉPÔT LÉGAL : FÉVRIER 2018. N° D'IMPRESSION : 158047
Imprimé en France